Franz Spichtinger

Die letzten Tage des Franz Friedrich Přemysl-Trenk

AF187690

FRANZ SPICHTINGER wurde 1941 in Plöss, einem Dorf an der böhmisch-bayerischen Grenze, geboren. Nach der Vertreibung und Flucht aus der angestammten Heimat ließ sich die Familie in der benachbarten Oberpfalz nieder. Der Neuanfang, der Aufbau neuer Beziehungen und Lebensverhältnisse und die Vielfalt persönlicher Ereignisse in den Wirren der Nachkriegszeit haben sich auch in seinem Leben niedergeschlagen. Der Autor studierte Erziehungswissenschaften und Religionspädagogik an der Katholischen Pädagogischen Hochschule Eichstätt. Danach war er als Volksschullehrer und schließlich als Schulleiter tätig. Ein Schwerpunkt ist seit Jahrzehnten im Rahmen der Erwachsenenbildung die Auseinandersetzung mit Fragen der Gesellschaftspolitik und der Religionen. Franz Spichtinger ist verheiratet und hat zwei Töchter.

Informationen zu den bereits veröffentlichten Romanen des Autors finden Sie am Ende dieses Buches.

Franz Spichtinger

Die letzten Tage des Franz Friedrich Přemysl-Trenk

Roman

Die Bibliografische Information der Deutschen Nationalbibliothek
Die Deutsche Nationalbibliothek verzeichnet diese Publikation in der
Deutschen Nationalbibliografie; detaillierte bibliografische
Daten sind im Internet über http://dnb. ddb. de abrufbar.

Originalausgabe

Einbandabbildung: ©Andrey Kiselev, Fotolia
Herstellung und Verlag: BoD- Books on Demand, Norderstedt
www.bod.de

© 2019 Franz Spichtinger
Homepage des Autors: www.Franz-Spichtinger.de

ISBN 978-3-7448-3997-6

Handelnde Persönlichkeiten und gewisse Umstände

ES – Das Schicksal

Franz Friedrich Přemysl-Trenk, später Přemysl I., König des Neuen Tschechien, Besitzer vieler Kino-Center in Germanien (Republik), Volksliedbarde, weit gereist

Anke Přemysl-Trenk, geb. Dr. Anke Seling-Florentiner, leitet das gemeinsame Kino-Center-Universum, studierter und gebildeter Mensch, vielsprachig

Der Primátor von Prag, der Primátor von Brünn, der Primátor von Pilsen

León, American Pitbull Terrier aus Texas, der Killer

Gerch, auch Adolex von Rijd, den sie den Doktor nannten, weil an seinen Füßen Blut klebte, hündischer Ganove, unfeiner Schäferhund

Winston of Kent-Windsor, Labrador, der Gefährte, majestätisch, gelassen, Brite, distinguiert

›El Lider‹, Excelencia Don Raphaele Carlos Pablo de Martino y Sorolla, il único Señor presidente de la República Bolivariana de Venezuela

Damen und Herren verschiedener Ränge in Germanien, Venezuela und in Tschechien

Das Volk der Tschechen. Großartige Nation. Ist auf der Suche nach Wahrheit

Zudem in den USA: Tom Hankers und Kirky Douglazier

Umgebung: Teile Germaniens, gewisses Rayon um Caracas

in Venezuela, begrenzte Gebiete, limited areas in California, a State in the US of America. Vor allem das glorreiche Prag, haec pulchra civitatem, tato krásná a kultivovaná a požehnaná metropole. Naturgemäß das herrliche Tschechien, hoch geschätzt, multilateral kooperierend, global agierend, und die Šumava, die Raunende, auch Böhmerwald genannt.

Im Ausklang:

›Der Ackermann von Böhmen‹ – rezitiert von König Přemysl I.

›Das Editorial‹, respektive Vorwort – für den geneigten Leser deutscher Zunge (*)

Praeludium – für mehrsprachig Gebildete

Předmluva – für den geneigten Leser tschechischer Zunge

Avant-propos du livre – für den geneigten Leser französischer Zunge

Prólogo del libro – für den geneigten Leser spanischer Zunge

Foreword of the book – für den geneigten Leser englisch/britischer Zunge

Forsögn bókarinnar – für den geneigten Leser isländischer Zunge

Die Übersetzungen ins Tschechische, Französische, Spanische, Englische/Britische sowie Isländische erscheinen bei nächster sich bietender Gelegenheit.

(Der Autor)

Vorwort – wie oben einleitend erwähnt (*)

Ein MENSCH erhebt sich eines Morgens von seinem Bette. »Gemach, gemach«, lacht er. Sonnenschein grüßt. Der MENSCH, er schlendert lässig zur Toilette, danach ins Bad, sogleich erwärmt und erfrischt er sich unter der Dusche, macht sich eben zurecht für den Tag per se. Kleidet sich mit Modernem, das der Kleiderschrank gegenwärtig bietet. Deckt den Frühstückstisch mit einem Lied auf den Lippen. Brüht den frischen morgendlichen Kaffee, Fair Trade, auf. Der MENSCH nimmt Platz. Er beginnt ein erstes Brötchen mit feinem Messer zu eröffnen, wirft einen Blick in die Zeitung.

Ein Bimmeln, gemeinhin auch ein Läuten an der Tür.

»Ja, sieh mal an. Wer denn, was denn, wieso denn, jetzt schon? Erfreulich das. Gäste zumal?«

Der MENSCH erhebt sich, schreitet zur eichenen, fein gemaserten Eingangstür. Öffnet sie.

ES steht vor der Tür, gut positioniert, und ob der Mensch ES denn kenne.

»Nicht, dass ich wüsste.« Der MENSCH lacht, ist sich seiner sicher.

Unvermittelt schlägt ES zu und erwähnt schnell, beiläufig zudem, ES wäre sein Schicksal.

Dann setzt es links und rechts und ungefragt heftige Schläge vom Gröbsten ins Angesicht. Danach folgt ein zielsicherer Uppercut vom Feinsten, nun der Hammer auf die Schädeldecke, diverse Nackenschläge, Nierenschläge, Brüche der Lenden- und der Brustwirbel. In der Folge stehen der schwarz glänzende Rollator, dann der Tragestuhl, schlussendlich der silbrig glänzende, keinesfalls neuwertige Rollstuhl zum Einsatz bereit. Und nicht zu vergessen: langjährige Bettlägerigkeit, Dauerpflege. Exit.

Und die LEUTE: »Endlich Gerechtigkeit. Diese Ratte. Dieser Moloch. Dieser australische Beutelteufel. Dieses elende Schwein. Dieser Betrüger, Börsenhai, Immobilienhai. Acht Frauen ausgenommen wie Weihnachtsgänse. Allenthalben und heftigster Widerstand gegen die Staatsgewalt, Feuerteufel, Fahrerflucht, mehrere Kinderwägen beiseite gefegt. Zwölf Jahre ohne Bewährung. Es wurde auch Zeit. Unnötige Kreatur.«

Annegret von Fallenbostel-Greilich, junge Witwe, ebenfalls MENSCH, Ehegatte Johannes-Petrus von Fallenbostel-Greilich, ehedem reicher Rennfahrer. Annegret kommt aus tiefsten Straßenverhältnissen, ehedem letzter Dreck. Trotzdem hinaufgearbeitet, elf Sprachen, einschließlich Latein und Griechisch, Börsenfrau, Literaturyankee. Zwei Milliarden erarbeitet. Nicht zu Unrecht erwirtschaftet, nicht spekuliert. Nicht wie gewonnen, so zerronnen, ehrliches Geld eben.

Annegret ist psychedelisch vermint, esoterisch, spirituell und zudem hoch emotional und mitten im Leben stehend.

Sie steht mit der alten Burga von der gegenüberliegenden Straßenseite, deren Leben auch eine ekelige Hölle ist, am prächtigen Eingangstor des Anwesens derer von Fallenbostel-Greilich, welches die befahrene Straße von der Fallenbostel-Greilichschen Domäne trennt. »Schauen's, Burga, jetzt ist es elf, gen Mittag beinahe, und um elf Uhr und eins könnten wir schon alle tot sein. Jedes von uns hat ein individuelles und sehr persönliches Schicksal zu meistern. Steht ja überall zu lesen.«

Tatsächlich, der 60-Tonner ließ nicht auf sich warten. Mit eingeschlafenem Chauffeur verließ das schwere Gefährt stante pede diese Hauptstraße, rammte das feine und schmiedeeiserne Eingangstor, einschließlich Annegret und Burga, schrammte den zwanzig Meter prächtigen Gartenweg entlang, verwüstete die weiße, wundervolle Terrasse und bohrte sich in das Zwölfzimmerdomizil der Adeligen, explodierte und hinterließ Schutt und Asche.

ES schlug wieder zu.

Das Schicksal ist dominant, lässt seiner nicht spotten, ist gerecht, gleichermaßen gegenüber jedermann. ES steht in der langen Tradition des Nehmens, geht mit der Zeit, tritt dir mit dem Schwert gegenüber, schneidet dir deine Ehre in Stücke, haut dich um, wie du weiland den trockenen Feigenbaum. ES vergibt weder dein Versagen, noch preist ES deine Güte.

Des Schicksals Attitüden sind global gerechtfertigt, wenngleich jener Habitus, dem der MENSCH hörig scheint, den Einstellungen und Verwerfungen des Schicksals wiederum glatt zuwiderläuft. Es heißt zudem, ES würde den homo sapiens zu einer Explosion des je Heilbringenden und des je Unerträglichen im Innersten seines Seins drängen.

ES bestraft den Guten und den Bösen, sitzt über dir zu Gericht, noch bevor du die Frage nach Gerechtigkeit stellen willst. ES macht dich krank vor Angst, treibt mit Mann und Maus Schindluder. Dilemma hin, Notlage her, das Schicksal erntet, was ES sät, schätzt keine Vertraulichkeiten, macht Mächtige und Gewaltige klein und Erbärmliche, Unbedeutende erhebt es. Mit dergleichen Eminenzen willst du zusammenarbeiten? Hüte dich. ES vergibt nicht.

Annegret von Fallenbostel-Greilich hatte jene Erkenntnisse tagaus, tagein sinnlich wie kognitiv betastet. Trotzdem schlug ES zu, unbefangen, normativ und ohne dringend gebotenes analytisches Kalkül. ES verstand sein Handwerk, schlug ihr, Annegret von Fallenbostel-Greilich, den Meißel ihres Lebens eiskalt aus der Hand.

Ein MENSCH erhebt sich eines Morgens aus seinem Bette. »Welch ein trister Tag«, moniert er die Situation. Er schleicht zur Toilette, zum verschmutzten Waschbecken in seinem Badezimmer. Er bemüht den Kaffeeautomat, schnappt sich die Tüte mit den Semmeln, die der Bäckerbub vor die Haustüre dorthin geworfen hat. Diese kleine Kanaille knallt täglich neue und unterschiedliche kleine und große Massen dieser ekeligen Backwaren an die Tür. Zwölf solcher Dinge sammelt der MENSCH, gebückt und in trostlosem Zustand. Und die Morgenzeitung: »Immer wieder derselbe Unrat, der gleiche Schmutz, die gleiche geist- und sittenlose Schmiererei.«

Sein Blick gleitet zur Bücherwand: »Mist«, denkt er, »Stroh, nur Stroh und elende Stümperei.«

Und nun dieses grelle, scheppernde Geräusch, welches von der Türklingel verursacht wird.

»Wer denn, was denn, wie denn, warum jetzt? Welch ein medio.« Er stapft zur Tür und öffnet.

Vor ihm steht er, dieser Mann. Blauer Anzug, tolle Krawatte, rot und gelb gestreift mit Sternchen, an seiner Seite ein junges Ding, nicht der Rede wert. Er: Die personifizierte und verwirrte Einfalt sowie charakterliche Begrenztheit mit oblonger Visage, abstruser Physiognomie vom Widerlichsten und handgreiflich triebiger Wesensart, gepaart mit wölfischer Scheußlichkeit, plärrt ihm ins Antlitz. »Kennst du mich, alter Junge, weißt du, wer ich bin?

»Nicht dass ich wüsste.«

»Ich bin The Präsident oft The United States oft Amerika. Georg Harry Cameron Belafonte-Grand. Persönlich.«

Der MENSCH verzieht keine Miene.

»Ich kenne dich, mein Junge. Fünfundvierzig Jahre jung, dynamisch, vom Typ Lancelot, acht Bücher in vier Jahren, Politik, Philosophie, Chemie, Theologie, Finanz, Wirtschaft, Soziologie, Weltraumphysik. Drei Lehrstühle im In- und Ausland, begehrt bei Mann und Frau, Hund und Katz'. Ich brauche dich. Stabschef meiner Jungs und Mädels, White House Chief of Staff. In New York City, in Washington, in Houston/Texas und in sechs anderen Metropolen Immobilien, für dich, dein eigen. Und die Kleine hier gratis dazu.«

The President of the United States of America schob sich vorbei, schritt zügig in diese unwirtliche Absteige, bediente sich und vernichtete gemeinsam mit dem Nichts an seiner Seite alle übrigen Semmeln, elf von zwölf. Der MENSCH nannte diesen President of the United States of America einfach ›das Aas‹, den ›Geier‹, den ›Bartgeier‹ und zudem den ›Gänsegeier‹.

Und die Kleine: »What would you prefer?«

Der MENSCH staunte.

»Would you prefer a goose roast or a chicken?« Die Kleine legte es darauf an.

»O. K.«, sagte der MENSCH. »Sei es drum. It's my future.«

Und die LEUTE: »Dieser Typ soll uns von Washington aus regieren? Dass ich nicht lache. Dieser Idiot. Dieses Dreckschwein. Dieser Aasfresser. Dieser elende Kadaver. Immer die Falschen. Das Schicksal schlägt wieder zu. Immer auf die Kleinen.«

Und in the United States, die LEUTE sagen: »Ein Spediteur ist er, ein authentischer Conférencier und ein vom Schicksal vernachlässigter Kolumnist dazu. Und vor allem ein Konquistadore. Typisch spanisch. Español real, eben. Ein räudiger Hund von schändlichstem Geblüt. Ein heimtückischer Expeditionär der übelsten und der komplexesten Art und Weise und ein Restriktionist und berüchtigt für dergleichen. Ein roter Koi schließlich. Und vor allem: Er identifiziert sich nicht.«

»The life is doch dortzulande in the USA bitter wie defekte und vergiftete Lemons und unrühmlich und dem gesamten italienischen und amerikanischen mob dannoso läuft der MENSCH zuwider«, sagte die junge Studentin der Agrarwissenschaften von der fernen Universität in Ljubljana, die liebe Zuzana Mária Vášáryová. »Jedoch, ein edles und gescheites Wesen.«

»Lui celebra ogni opportunità e discrimina tutti loro. Un miserabile creep.« Wortlaut: Prälat Dario Tonio Luigi Verpucci, Rom, Kardinal, in öffentlicher Stellungnahme. Das wiederum durfte als allgemeiner Standpunkt vatikanischer Prälaten und auch der orthodoxen Magnifizenzen gelten, in Kiew wie in Moskau.

Global war nun die Rede von ihm, dem MENSCHEN.

Und komplex, signifikant und digitalisiert wäre er bis ans Ende des einsehbaren und zur Stunde vorherrschenden Kosmos.

»Und schon Pythagoras, der kluge Grieche, ist der Ansicht gewesen, dass es gegen die Schmerzen der Seele nur die Hoffnung und die Geduld einzusetzen gibt. Ansonsten ist doch alles Idiotie, Widersinn, gar Illusion.« Diese treffliche und wohl bedachte Aussage des Kleingemüsehändlers Aung San Lin Chit im elendesten Chinesenviertel von Naypyidaw im herrlichen und heiligen und erhabenen Myanmar ging durchs Land. Sie wurde von der leidenschaftlichen Teetrinkerin Aung Win Suu und dem stets freudlosen Than Khin Aye-Thant, einem aus der Dynastie der schreibenden Zünfte der Maung und Lwins aus Natmauk, zuerst räsoniert, danach analysiert und schließlich nach der totalen Verifizierung öffentlich zergliedert und zerschnitten. Auseinandergenommen und vom Sein an sich befreit wie der besessene Barrakuda, ein gewisser Ba-Than, der frei durch die burmesischen Gewässer schwamm, bis ihn der tollkühne Fischjäger Khin Saw Nu mir nichts dir nichts vor die Flinte bekam und ihn in die Gasse zum ›Starken Affen‹ warf, um zerlegt zu werden. Weltweite discussion, auch discusión, auch tartışma, was Gespräch in Türkisch meint. Jedoch überall, wo Mensch zu Mensch redet.

In Washington hieß es wiederum: »Ein Ekel von Gouverneur, zerbrochen, zerschlagen und noch dazu freudlos, verdreht und aufgeweicht wie eine alte Hühnerbrust ist dieser deutsche Handlanger. Wie der Puls der Welt. Ein Minimalist zudem und das voll reduktionistisch und noch dazu erregend gesellschaftsrelevant. Er hat auf ein Testament ver-

16

zichtet, und jegliche Form von Konstellation, oft auch nur der Anschein oder ein Hauch ökologischer Motivation sind ihm fremd.«

In Utah fragten sie, wo dergleichen denn hinführen sollte. »Platt machen, dieses Borstenvieh, und wie damals der alte Paulus sein Kleid zerreißen und ab nach Damaskus. Einer, der dem britischen Breakfast, also Ham and Eggs, in der Pfanne und ohne Salz und Pfeffer zuspricht. Ein Falschwürzer ist er, ein Falschmünzer, ein Falschparker.«

An Bord einer sinkenden Bohrinsel für inländischen Diesel- und Benzin- und Kerosinverbrauch schlugen die Offiziere und Mannschaften einander ins ölverschmierte Gesicht und schrien, eben wie die Schwerarbeiter einander anschreien: »Dem Dinner ist der Strolch verfallen, einer, der nur Zeit und Raum für sich beansprucht, der mit Renommee hantiert und uns alle herausfordert, einer, der immer und ewig auftankt. So etwas ist nun Sekundärführer der Freien, der Liberalen, der Kapitalisten und Sozialisten und der Rocker und aller Sauen und Keiler im Kobel dieser ungeordneten Welt.«

Der Kapitän war der Meinung, mit diesem Sekundärführer stünde einer in der Angel und in der Tür. Der Erste Offizier verbesserte ihn und es heiße eben schlicht und einfach, einer stünde zwischen Tür und Angel und der Kapitän ließ den Ersten Offizier und noch den Schiffsjungen über Bord werfen.

Eine Schamanin aus den peruanischen Gebirgsmassiven, wo der Weg von Villavicencio hinüber weist ins verträumte und verspielte Granja Campo Alegre, wo sie gerne ihre Urlaube gestalten würde, zeigte sich keineswegs überrascht.

Ob er es nun sei, den man zu erwarten habe in der Welt der Börsen und Märkte, der Plünderer und Miserablen und der Faxen, das sei ihr noch nicht zur Intimation worden. Aber sie selber könne warten. Sei es denn.

Der Oberste Mongolische Guru, welcher im Gobi Gurvan Saikhan in einer einwandfreien und ungemein tauglichen Höhle, inmitten des herrlichen Nationalparks der Mongolei, mit seinen wunderbaren und seltensten Pflanzen, Gräsern, Bäumen, Vögeln, Erdhörnchen und wilden Jaks lebte, empfing eine Frau. Er sagte dieser blühenden orientalischen Blume, scheinbar einer nahezu arabisch aussehenden Journalistin von der ›Asharq Al-Awsat‹ auf deren Frage ganz offen: »Er ist einer, der die Keile, welche die Menschen zwischen sich und ihre Mitmenschen geschlagen haben, herausreißen wird. Aber er ist weder Dentist noch wäre er ›un travailleur forestier sauvage‹. So viel kann ich festhalten, auch für die Zeiten nach mir und für die Nachwelt.« Und sein Wort habe Geltung.

Ein Alter, Weiser, aufgewachsen in der Gosse von Manhattans Chinatown, wieder genesen von übermäßigen medizinischen Seuchen und anderen extremen Lebensausflüssen, reckte ein Schild gen Himmel: »Wir brauchen einen Pflüger. Einen Pflüger braucht die Welt, der das Unterste zu oberst pflügt.«

Der Oberste Kardinal der Stadt wusste es noch besser: »Gehet in euch, bleibet in euch, bleibet spannungsfrei, erweckt, gesammelt-revolutionär, beeinträchtigt euch nicht, brennet, höret nicht auf. Ja, einer, der die Scholle bersten lässt, ein Veränderer und Geistvoller und Erneuerer wird es sein, a changer, un commutatore, un changeur, un cambi-

ador, ein verwandelnder, die Menschen umformender Erd-
mann sozusagen.«

So nahm das Unglück seinen Anfang und seinen Lauf.
In San Francisco warf eine erdbebende Stadt was stand in
Schutt und vor allem in Asche und in Texas überraschte ein
Hurrikan Zehntausende und spülte sie ins Landesinnere.
Die Taxifahrer von Boston bis Santa Barbara versagten ihren
wichtigen Dienst und die maledivischen Ziegenhirten war-
fen ihre Tiere über die Klippen. Und das alles an einem Tag.

Die Leute aber sagten, jetzt würde es vollauf genügen
und gingen zur Alltagsarbeit über.

Alle global siedelnden LEUTE waren ausnahmslos einer
Meinung: »Schmach über ihn.«

1

Franz Friedrich Přemysl-Trenk saß seit Wochen jeden Vormittag, bei schönem Wetter vorausgesetzt, auf dieser leicht gewellten hölzernen Parkbank, altbraun gestrichen, und beobachtete Mensch und Tier, die da vorüberzogen. Noch hatte er vehement zu gähnen.

Der lange Abend und das viele Singen, Gitarrespielen und Saxophonieren, je nachdem, und etliche gute Biere, das alles machte ihm zu schaffen. Trotzdem, so fühlte er, war er diese Parkvormittage seiner Gesundheit schuldig, und was man so in sich schleppt, das wusste er nun seit Wochen.

Er kannte in diesem Areal nun schon viele Leute persönlich. Die drei Damen mit den an ihren Körpern per Lederleine festgezurrten Hündchen winkten, wenn sie so dreißig Meter entfernt an ihm vorbeischritten, und zogen weiter ihres Weges.

Eines Tages blieben sie urplötzlich stehen, lachten, girrten und gurrten, und dann traten sie mitsamt der drei Hündchen näher und die blonde junge Dame stellte sich als die Marita-Lou vor, die zweite, ein Braunköpfchen, gab sich als die Ann-Sofie aus, und die dritte, das schwarze Köpfchen, hieß Charly-Hope.

Sie redeten alle drei zur gleichen Zeit und ihre Hündchen beschnüffelten den Franz Friedrich und waren sehr begeistert. Sie kamen ins Reden und plapperten einfach so belangloses Zeug. Bereits am dritten Tag wusste er über ihr Leben recht gut Bescheid und alle drei wären verheiratet, und das recht glücklich.

Marita-Lous Mann wurde als Bürohengst vorgestellt.

Die Ann-Sofie hatte einen Computermenschen daheim rumsitzen und die Charly-Hope war mit einem Tischler, selbstständig, sechs Mitarbeiter, verheiratet. Und sie, die Girls, wären den ganzen Tag allein und auf sich gestellt und bräuchten einander.

Alle drei kochten erst am Abend, weil da die Männer was benötigten. Ansonsten wären sie viel unterwegs, manchmal auch alle drei gemeinsam mit den Männern, auch wochenendmäßig. Aber sie hätten ihre Hunde eben zu beaufsichtigen und ohne die Hunde fehlte jede Liebe und das Gespräch und Kinder hätten sie nicht. »Und das kann ganz schön einsam werden.« Das mit den Babys aber käme noch und man ließe sich heute Zeit und auch mit vierzig wäre noch alles drin.

Franz Friedrich sagte, dass er auch oft recht einsam wäre und sogar sehr intensiv und somit dann und deswegen in den Park hierher käme. Mittags ginge er entweder zum Chinesen oder zum Italiener oder zum Griechen und manchmal würde er einen Schweinebraten oder ein Schnitzel essen.

Er besäße draußen in Haidhausen eine super Wohnung, keinesfalls subaltern, knappe 200 Quadratmeter, und wenn sie ihn besuchen möchten, also gerne, vielleicht ohne Hund.

Er wäre der Eigentümer von neun Kinos, davon sechs hier in der Stadt und den Rest auf dem Land.

Nachdem seine Leute in den Lichtspieltheatern alles im Griff hätten, wäre er gerne auch in der weiten Welt unterwegs. Von Italien über Nordafrika bis hinter nach Australien und hinüber nach Argentinien und Brasilien und hinauf in die USA und nach Kanada.

Aber auch China, Japan und diese gesamte asiatische zivilisatorische Reichhaltigkeit würde er alles bereisen und da gäbe es Kultur en masse.

2

Es käme heutzutage nicht darauf an, aber trotzdem wäre finanzielle Unabhängigkeit schon lebenswichtig. Sein Vater Peter Hans Přemysl wäre in jungen Jahren vom Dach gefallen und hätte Schulden hinterlassen und die Mama hätte in der Nachbarschaft Wäsche gewaschen. Aber ihr gesundheitlich schwer defekter Bruder hätte ihr dann alle diese Lichtspielhäuser und einen Haufen Immobilien hinterlassen und solche Schicksalsschläge könnte man nicht wegstecken wie ein Butterbrot. Aber er hätte alles im Griff und die Mama wäre auch verstorben.

Charly-Hope und Ann-Sofie und Marita-Lou kamen auch aus grässlichen Verhältnissen. Alle drei hatten sie die Realschule besucht und dann hatten sie sich neu ausgerichtet und die Ann-Sofie wäre Krankenschwester geworden. Die Marita-Lou lernte Bürokauffrau und Charly-Hope würde ihrem Mann die Buchführung machen, weil sie ja Finanzwirtin (FH) wäre.

Franz Friedrich Přemysl-Trenk hatte das Abitur geschmissen, erzählte er nun, weil er zu faul war, und heute noch würde er seine Dummheiten bereuen, weil ohne Abitur wäre man ja ein Affe. Aber er würde jeden Chefarzt in die Tasche stecken, ohne etwas dazu zu tun, und er würde für seinen Onkel Jahr für Jahr eine Messe lesen lassen. Der hätte zwar zu viel geraucht und getrunken und wäre dann an einer Leberzirrhose gestorben. Aber es wären ihm dadurch die gesamten Altersleiden erspart geblieben und Bettlägerigkeit und ein Rollstuhl und dieses verdammte Angewiesensein auf die Güte und Zuwendung irgendwelcher ignoranten Altenpflegerinnen. Er bräuchte sich weder mit brüchigen Knochen noch mit Demenz oder Diabetes Zwo herumschlagen.

Er selber hätte vermutlich Krebs im Darm, aber er ließe das eventuell rausschneiden und er wäre erst sechsundvierzig. Aber er würde noch überlegen und bis dahin gäbe es Halligalli, lachte er. Und er ließe die Sau raus. »Meine letzten Tage werde ich es so richtig krachen lassen.«

»Ich kann jetzt über die Straße gehen und ein Auto fährt mich tot. Wo ist da die Gerechtigkeit?«, fragte er. »Alles ist doch Schiss und Beschiss, Mädels. Besucht mich mal.«

Dann drückte er ihnen seine Telefonnummer in die kleinen Hände und auch die Handynummer und er hätte immer Essen daheim.

Und die Charly wäre die Älteste und die sollte als Erste nach Haidhausen rausfahren und die Mädels waren verdammt aufgeregt.

3

An einem Freitagnachmittag tranken sie bei Franz Friedrich Přemysl-Trenk mehrere Tassen Kaffee und der wäre Fair Trade, erwähnte der Franz Friedrich Přemysl-Trenk, und mehrere Stückchen Torte und Kuchen schmeckten ganz vortrefflich und den fantastischen Schlagobers, so nannte er den weißen Flaum, hätte er wie die drei verschiedenartigen Kuchen selbst zubereitet. Und die Mädels hatten ihre Schuhe abgestreift und ihre Beine auf das rote Sofa hingelegt. Es war schön und daheim hätten sie unendlich viel zu berichten. Und in diesem 200-m-Flat hier bei ihm, dem Franz Friedrich, zu sitzen, wäre schon ein echter Hype. Das erzählten sie unisono.

Die Männer daheim reagierten auf je individuelle Art und Weise.

Der Bürohengst hörte seiner Marita-Lou gar nicht zu, als sie ihm die tolle Kaffeeofferte vom Franz Friedrich Přemysl-Trenk vorstellte und der Computermann der Ann-Sofie sagte, sie sollte bei solchen Gelegenheiten aufpassen. Da wäre schon so Manches und Etliches passiert und er hätte es ihr hiermit gesagt.

Und der Tischler monierte, dass sie da ja den ganzen Nachmittag irgendwo auf so einer blöden und bärigen Sause rumhänge, und wer würde denn das Büro machen.

Franz Friedrich Přemysl-Trenk hatte ihnen mehrere tausend Fotos von der ganzen Welt gezeigt und sie hatten ungemein viel zu plaudern und alles wäre so atmosphärisch und da bekäme man, wenn man die Fotos so betrachte, Sehnsüchte um Sehnsüchte.

Marita erzählte, sie wäre mit ihrem Bürohengst, einem gewissen, Alfred, schon in dem herrlichen Venedig gewesen und die Anna wäre mit ihrem Computerfreak nebenan in Padua bei Verwandten abgestiegen, weil ja ihr Sergio väterlicherseits aus diesem Territorium stammte und sie wäre eine Mattarella-Botticelli, aber nicht verwandt mit denen allen von Botticelli, wahrscheinlich. Schließlich gab die Charly-Hope zu erkennen, dass sie eine Bergfreundin wäre und ihr Tischler, der Ulrich und sie hieße Meyer-Helms, wür-

24

de nichts als wandern. Nur einmal möchte sie nach Hawaii oder sonst wohin, nur weg von der Tischlerei und raus aus dem Büro.

Und der Franz Friedrich Přemysl bot ihnen an, mit Einverständnis der Ehegatten, sie als Begleiterinnen auf eine Kreuzfahrt oder was auch immer mitzunehmen. »Geld spielt keine Rolle.«

Die Charly-Hope sagte auf dem Heimweg, also, dass sie da voll dabei wäre, und die Ann-Sofie konnte sich die Reaktion der italienischen Verwandten ihres Gatten vorstellen, dass sie also eine Hure wäre. Und die Marita-Lou sagte, dass der Alfred vermutlich sowieso eine Freundin hätte und ganz froh wäre über ihren Weltenbummel mit dem Franz Friedrich Přemysl-Trenk. Der sei wenigstens ein Gentleman und vielleicht sogar ein Caballero.

4

Aber man soll den Mächten des Schicksals nicht trauen. Denn dergleichen Herrschaften setzen sich nämlich unvermutet fest und wenn sie aus dem eigenen Schatten treten, dann kann es aus sein mit der Gesundheit oder gar mit Leib und Leben. Oder das Haus brennt, die Oma wird von der Nachbarin angebrüllt und bekommt einen Herzinfarkt, wie bei Charly-Hope, deren Oma diesen Infarkt nicht überlebte. Der Mann ihrer Freundin, ein Lehrer, wurde überraschend von der Straßenbahn gestreift und liegt heute, und das seit zwei Jahren, im Bett und sie plärrt wie eine Bassgeige und ist elendiglich beieinander. Und so könnte man Schicksalsschlag um Schicksalsschlag notifizieren.

Franz Friedrich Přemysl-Trenk hatte für drei Wochen den Hund eines Geschäftsfreundes seit Sonntagnachmittag in Logis und führte ihn gleich am folgenden sonnigen Montagvormittag in den Park zum Ausgleich. Schon von Weitem schien der León die drei Hündchen der Ann-Sofie, der Marita-Lou und der Charly-Hope zu wittern und das beruhte auf Gegenseitigkeit. Die drei jungen Damen gaben ihren Hundchen die ersehnte Freiheit und der Franz Friedrich Přemysl-Trenk ließ den León los und der León wäre ein geborener American Pitbull Terrier aus Texas, berichtete Franz Friedrich hernach.

Innerhalb von fünf Minuten hatte der León die Kleinen erledigt und die ›Haidhauser Morgenpost‹ schrieb am nächsten Tag von einem regelrechten Blutbad im Haidhausener Park.

»Auch den drei Besitzerinnen ging der American Pitbull Terrier, ein gewisser León, ans Eingemachte. Sie trugen Bisswunden im Gesäß, den Beinen, im Oberarm davon«, stand geschrieben.

Der American Pitbull Terrier machte dann noch auf Attacke gegen zwei Polizeibeamte, die im Streifenwagen das Dilemma zu klären versuchten, und einer der Polizisten schoss ihm fünf Polizeikugeln in die Brust und den Bauch und zudem musste Leóns Kopf herhalten.

Finanziell wurde es haarig und die Rechtsanwälte des Geschäftsfreundes, des Oskar Bärenstil und die Anwälte der verheirateten Damen witterten ein schönes Geschäft. Aber der Franz Friedrich Přemysl-Trenk wollte das Elend ohne Inanspruchnahme der Justiz aus der Welt schaffen und er bot den drei Freundinnen einen Haufen Geld. Und alle drei machten auf Schmerz, nichts als Schmerz und Seele, welche lebenslang geschädigt, wenn nicht gar völlig demoliert wäre.

Im Frühjahr lud der Franz Friedrich Přemysl-Trenk die drei Damen und ihre Herren Ehegatten zu einem Dinner in ein feines Hotel, weil Versöhnung besser wäre, als Streit bis in die dritte und vierte Generation, sagte er.

5

Die Charly-Hope machte dann definitiv Schluss mit ihrem Tischler, weil der erstens eine Freundin hatte und zweitens ein eingebildeter Klotz und ein abgestandener Drecksack von einem Mann wäre, der sie betrogen und als billige Arbeitskraft missbraucht hätte. Der Franz Friedrich Přemysl-Trenk besorgte ihr einen Arbeitsplatz, weil sie ja Finanzwirtin (FH) wäre.

Die Ann-Sofie Mattarella-Botticelli, geborene Seidenmann, wiederum lernte als gelernte Krankenschwester einen Assistenzarzt kennen und lieben und ihr Mann, der Spezialist für Computer und alles Digitale, sagte, sie sollte sich das doch nochmals überlegen. Erst müsste er für ein Jahr hinüber in die Staaten nach Prescott und seine Firma dort repräsentieren und sie sollte ihm Bescheid geben.

Die Kauffrau Marita-Lou wiederum führte die Geschäfte des Franz Friedrich Přemysl-Trenk und vielleicht, so dachte sie, heiratet mich der Franz Friedrich, weil er so alleine ist in seiner riesigen Junggesellenwohnung und schlechter als ihr es der Alfred machte, könnte sie es beim Franz Friedrich Přemysl-Trenk auch nicht haben. Und der hätte einen Krebs und würde nicht mehr allzu lange leben.

Aber das Schicksal bündelt nicht nur unentwirrbare Knoten, es webt beizeiten auch wundersame Fäden und der Franz Friedrich Přemysl-Trenk erfuhr bei einer Darmnachuntersuchung von diesem Irrtum, dem der seinerzeitige Herr Oberarzt aufgesessen wäre und er, der Franz Friedrich Přemysl, hätte beileibe keinen Krebs im Darm. Sonst wäre er ja schon hin und weg, lachte der Herr Chefarzt Dr. Ritter-May, und der Franz Friedrich Přemysl-Trenk lud den Herrn Chefarzt samt Frau in sein 200 Quadratmeter ausgedehntes und ungemein subtil eingerichtetes Appartement zu einem freundschaftlichen Besuch.

Lange Rede, kurzer Schluss: Der Herr Chefarzt Dr. Ritter-May verliebte sich, Assistenzarzt hin oder her, in die schöne und in der Trennung von ihrem Mann lebende Kauffrau Marita-Lou, die zu bestimmten Anlässen dem Franz Friedrich Přemysl-Trenk an die Hand ging.

Die Nochfrau des Herrn Dr. Ritter-May wiederum rief den Franz Friedrich Přemysl-Trenk eines Abends an und sagte, sie könnte ihn nicht vergessen und sie würde umkommen ohne ihn.

Franz Friedrich Přemysl-Trenk sagte, man könnte es einmal probieren und er werde in drei Wochen hinüberfliegen nach Caracas und ob sie ihn denn begleiten würde.

6

Schuld an dem ganzen Gaudium, an diesen Schicksalsschlägen, war schließlich der León, ein echter American Pitbull Terrier, und das sollte man nicht vergessen, dass eben alles mit allem und alle mit allen zusammenhängen.

So konnten Charly-Hope und Ann-Sofie und Marita-Lou ihre Herkunft aus den übelsten und abscheulichsten Verhältnissen vergessen und ihre Ehemänner versetzten sich jeweils in neue Situationen, und ihrer aller Sehnsucht nach Glück und Liebe schien ein gutes Ende zu finden. Aber das Schicksal und dergleichen Weisheit wären schon in der Bibel zu finden. Die Fügung pfeffert dir in nicht bewusstem Augenblick und vorsätzlich dazu schon ein dermaßen heftiges Problem vor den Latz, dass du mittellos dastehst.

Dann schreist du oder weinst dich durch die Tage oder du fängst gar zum Beten an. Du verfluchst dein Leben und das deiner Nächsten, du unterbrichst deinen Alltag und jede Ästhetik und das Fernsehen machen keinen Spaß mehr und du verlierst Gewicht oder du frisst dich voll, bis du platzt. Der Verstand schaltet rigoros ab, deine Kräfte schwinden, fünf Depressionen hintereinander schicken dich nahezu zum Teufel persönlich. Und du bist ein Notfall.

In Anbetracht deiner vollends beschissenen Lage fängst du neu zu leben an und knetest dich schließlich durch einen Töpferkurs und pilgerst zu Fuß nach Assisi oder schließt dich einer Wallfahrt nach Lourdes an. In Lourdes letztlich triffst du die Liebe deines Lebens.

Und dein Chef sagt, solche Leute wie dich, die zur Mitte ihres Lebens gefunden hätten, könne er brauchen und du wirst Chef der Export-Import-Abteilung eines großen Unternehmens. Du wirst reich und glücklich und nimmst zu an Ansehen. Nach weiteren zehn Jahres trifft dich der Schlag, während du frohgemut über den Firmenparkplatz zu deinem großen neuen Wagen steuerst. Und deine Ehefrau, welche du in Lourdes gefunden hast, erbt dein Vermögen und bringt es mit irgendeinem Herumtreiber durch.

Ähnliche Gedanken rasten durch die Gehirnwindungen des Franz Friedrich Přemysl-Trenk und er rief die Nochfrau des Herrn Dr. Ritter-May vom Flughafen aus mit seinem Handy an und er fliege alleine nach Caracas und der Teufel solle sie holen.

7

In Caracas verwechselte das Empfangskomitee den alten Germanen, wie er sich spaßeshalber im Freundkreis nennen ließ, mit einem deutschen und sehr berühmten Bariton, Opernsänger, Professor für Gesang und Melodie.

Und sie hoben ihn, den Přemysl-Trenk, auf verschiedenste Schultern und reichten ihn weiter bis zu einem großen, weißen und sehr alten Automobil.

Franz Friedrich Přemysl-Trenk fühlte sich zwar geehrt, verwies immer wieder auf die falsche Annahme ihrerseits und er wäre eben ein Kinobesitzer und er führte daheim Regie über einen ganzen Haufen an Kinos und vielen anderen Sachen mehr. Venezuela wäre schon immer sein Ding gewesen und nun das hier.

Und es wäre ja praktisch wie Weihnachten, dem großen Fest der Liebe, rief er und dann sang er einige seiner Wirtshauslieder und zugegeben, er verfügte über eine recht ordentliche Stimme, feinste gedämpfte Singstimme, klangrein.

Sie führten ihn in eine Suite und da machte er sich's gemütlich. Trotzdem kam er nicht umhin, immer wieder den Irrtum ihrerseits anzumahnen und er wäre eben nicht der, für den sie ihn hielten.

Sie lachten nur und er wäre für sie interessant, ein Typus mit besonderer Wirkung. Man wisse um sein Talent und dann sang er gleich am nächsten Tag seine Volkslieder, wohin sie ihn auch führten und laufen ließen und die Gitarre war venezolanisch und wohlklingend, gutes, abgehangenes Holz, südamerikanisch.

Sie priesen ihn an als den Caballero Don Franz Friedrich Přemysl-Trenk, República Federal de Alemania, und der Liederabend entwickelte sich zur großen Schau.

»Un gran y maravilloso y único recital de canciones«, titelte die linkslastige ›El Nacional‹, und ›El Mundo‹ schrieb, wie ›Sol de Margarita‹ und ›El Observador‹ auch, übereinstimmend von einer Sternstunde der baritonalen Musik aus der großen und weltläufigen República Federal de Alemania.

Franz Friedrich Přemysl-Trenk zeigte sich beim Frühstück in der Hotelaunch dankbar und merkte wiederholt an, dass er Kinobesitzer wäre, zwar ab und an mit seinen Schnupferfreunden Volkslieder sänge, dass er natürlich Gitarre klimpere und etwas saxophonales Genre an der Hand hätte, beiläufig, schon seit seiner Jugend. Aber ansonsten bezeichne er sich weder als besonderen Musikus noch kenne er die Großen dieser Zunft.

Er rief seine Freunde von der südamerikanischen ›Cinema Holdings‹ mit Sitz in Caracas an und schilderte die Umstände: Roberto Negra-Centes dos Valle vom Filmpalast mit siebzig Niederlassungen in Caracas selber, dann die guten Freunde in Ciudad Bolívar, in Puerto La Cruz, in Barquisimeto. Zudem regierte der Roberto Negra-Centes dos Valle fünfzig Filialen in Acarigua und in San Cristobal zwölf

Etablissements.

Sein alter Freund Paulo Santo-Carlos Alfredo Torres y Gasset lachte am Telefon, wie Franz Friedrich Přemysl-Trenk es von ihm gewohnt war. Er wiederum war der Boss vom großen ›GranCineStudio‹ mit sechzig Remisen in Caracas und vierzig Häusern in Maracay.

Pedro Carlos Jaime de los Fatales y Madariaga schließlich, ein paar Jahre jünger als er selber, lud ihn gleich noch zum Abendessen in seine Villa und er würde ihm seinen Chauffeur schicken, pünktlich gegen zehn Uhr am Abend am Portal seines Hotels. Er besitze das ›Estudio de Sine‹ mit sechzig Filmpalais in Puerto La Cruz, hob er hervor, in Cumaná und im Süden in Barinas und San Cristóbal.

Sie wussten alle schon Bescheid und warum er ihnen sein gesangliches Können denn verheimlicht hätte. Er meldete sein Zimmer im ›Ambassadeure‹ ab und die gesamte Direktion des Ambassadeure würde sich voll auskennen und sie luden ihn zu einem Gesangsabend ein und massenhaft Tänzerinnen vom Erlesensten und Anmutigsten würden auch anwesend sein.

»Die Töchter und Söhne der großen Ciudad Caracas beehren sich, Señor Franz Friedrich Přemysl-Trenk zu begrüßen.« Er las die Zeitungen am frühen Morgen und die Temperaturen von Caracas umschmeichelten ihn milde.

Am Nachtkästchen stand hinter einer dünnen Plexiglasscheibe ein wunderbares Foto des jüngst verstorbenen American Pitbull Terrier, eines gewissen León. Ob er nach Caracas eingeflogen wäre, ohne Leóns Bekanntschaft? Er konnte sich das so ohne Weiteres kaum vorstellen. »Andererseits muss der Mensch ja dem Schicksal seinen Freilauf lassen«, dachte er. Und er sollte recht behalten.

Die Zeitungen überschlugen sich und nannten den deutschen Caballero Don Franz Friedrich Přemysl-Trenk aus der hoch geachteten República Federal de Alemania einen ungemein wertvollen Partner, der die Beziehungen zwischen dem herrlichen Venezuela und der República Federal de Alemania auf neue und dauerhafte und hochgeschätzte Grundlagen stellen würde.

»Was heute zählt, ist Qualität.« Dieser Meinung der Zeitungen und des Fernsehens schlossen sich die Gewerkschaften und die Arbeitgeberverbände und die Kirchen ebenfalls vollumfänglich an. Und el artista und el cantate und el caballero del arte y la canción Don Franz Friedrich Přemysl-Trenk wurde wegen Kunst und Bescheidenheit zu den Ansässigen, hier Angestammten dazu berechnet und das von heute auf morgen.

8

Die vornehme Donna Maria Carmen Mercedes Rovira y Robles, eine geborene Sanchez und ihre Schwester Donna Anna Dolores Ibárruri Gómez-Fersucella, ebenso geborene Sanchez, saßen in jedem der Konzerte in der ersten Reihe und sie warfen ihm mehrere Kleidungsstücke zu.

»Musik schenkt Emotionales«, riefen sie im Einklang mit vielen anderen. Und er danke mit dem urdeutschen Lied ›Heimat deine Sterne‹. Im Saal war es still und man spürte förmlich die Sehnsucht durch die Herzen schwingen.

›Heimat deine Sterne/Sie strahlen mir auch an fernem Ort/Was sie sagen, deute ich ja so gerne/Als der Liebe zärtliches Losungswort.‹

»Caballero y el un talentoso cantante Don Franz Friedrich Přemysl-Trenk,República Federal de Alemania übertrug die geliebte deutsche Sprache noch dazu in die herrliche und so wunderbare spanische Eigentümlichkeit«, hieß es allgemein.

Er sang von ›Casa tus estrellas‹ und dazu und gleich darauf ein weiteres Mal ›También me irradian a un lugar lejano‹. Die verehrlichen Damen und Herren, las damas y caballeros, weinten tatsächlich, denn dergleichen tief in die Herzen dringende Balladas waren ihnen bis dato vorenthalten worden.

Die Zeitungen kommentierten diesmal exakt auf der Kulturseite, dass hier Inhaltliches und Relevantes auf tiefsinnige Art und Weise zu Gehör gebracht wurde. Auch als Dreingabe die ›Ballada vom Lindenbaum‹, dem ›Árbol con las hojas verdes‹ trugen in ihrer fast femininen musikalischen Anmut und nahezu philosophischen Tiefe und bemerkenswerten Zartheit zur außergewöhnlichen Wirkung bei.

Caballero y el un talentoso cantante Don Franz Friedrich Přemysl-Trenk, República Federal de Alemania teilte bereits am vierten Gesangsabend den Zuhörerinnen und Zuhörern mit, dass er, und das wäre sein tiefes Anliegen, das abendliche Salär den Armen und Bedürftigen, den Witwen und Waisen, den Drogenabhängigen und Schwerkriminellen überlassen würde.

Er wäre einer, der Kultur und Zivilisation durch die Musik zu definieren verstünde, der die Menschen träumen ließe, dessen Texte und gesanglicher Ausdruck zu tieferer Sinnhaftigkeit vorstießen, der den Menschen in ihren Sorgen nahe und Träumereien zu erden verstünde: Die Worte von Rodriguez Santa Clara de Costas, Kulturfachmann bei ›El Mundo‹.

Caballero y el un talentoso cantante Don Franz Friedrich Přemysl-Trenk, República Federal de Alemania verstand die Welt nicht mehr. Er kam da völlig ahnungslos auf dem Flughafen in Caracas an, wurde empfangen, hofiert, ausgehalten, wie seinerzeit Columbus oder der Francisco Pizarro vor fünfhundert Jahren.

Er schrieb an das Zwetschgerl, die den ganzen Kinoladen daheim schmiss, eine Mail, dass er die Welt nicht mehr verstünde und er wäre hier ohne sein Dazutun zu einem Künstler gemacht worden und er wisse nicht, ob er diese Vorfälle eher als Fluch denn als Segen zu bewerten hätte. »Und das Schicksal, dessen bin ich mir sicher, wird bei nächster Gelegenheit zuschlagen, dass sich die Balken biegen.«

Tags drauf legte er einen relativ schwachen Auftritt hin und er sagte zu Anfang, dass er heute etwas malade wäre und auch ein Künstler wäre ein Mensch mit Haken und Ösen und mit Schwächen und Stärken und funktioniere nicht wie eine Maschine, wäre einfach mal schlecht drauf.

Und schon neigte sich der Stamm in eine andere Richtung. Indisponiert wäre er da vorne gesessen, hätte seinen Schwierigkeiten gehabt, seine musikalischen Schwächen allzu oft nicht mehr unter Kontrolle gehabt: Wieder der Kulturunmensch von ›El Mundo‹.

Nur die zwei treuesten Seelen, die vornehme Donna Maria Carmen Mercedes Riviera y Robles, selbige eben diese geborene Sanchez und ihre Schwester Donna Anna Dolores Ibárruri Gómez-Fersucella, ebenso geborene Sanchez, saßen wie immer in seiner Nähe und in jedem der Konzerte noch dazu in der ersten Reihe und sie warfen immer noch ihre feinsten Kleidungsstücke durch den Saal.

9

Eine perfide sogenannte Pop-Journalistin, Carla Lucia Anchero y Trabaja, eine aus Caracas, studierte Literatin und dann schwer mit Drogen abgestürzt, warf ihm tatsächlich Ausbeutung der Anwesenden vor, die ihr gutes Geld hingelegt hätten, und dann dieser Mist. Und so etwas laufe heutzutage durch die kultivierten Straßen von Venezuelas herrlichen Städten, verachte Mann und Maus und er sollte lieber in seine República Federal de Alemania zurücktrampen, denn diese Schweinsgermanen würden die Leute zu Hause noch auspeitschen und die Menschen weltweit verachten und ausbeuten und man sollte sie öffentlich liquidieren.

Das war dann genau das Schicksal. Acht Tage dauerte das Unwetter, dann fanden sich zwei Leserbriefe von seinen zwei treuesten Seelen: Die kultivierte Donna Maria Carmen Mercedes Rovira y Robles, eine geborene Sanchez und ihre Schwester Donna Anna Dolores Ibárruri Gómez-Fersucella, ebenso geborene Sanchez, zogen schwer vom Leder. Und es stellte sich heraus, dass diese beiden Damen in Caracas mehrere feine Boutiquen ihr Eigen nannten, zudem exklusiv acht Topmodels laufen hatten, einen venezolanischen Duftklassiker für Herren und zwei für die Damenwelt kreiert hatten und vor Geld stanken.

Přemysl-Trenk kam da verdammt gut weg und die beiden Damen verwiesen zunächst auf den ungewöhnlichen

Humor und die skurrile Ausdrucksweise der Carla Lucia Anchero y Trabaja hin und sie käme stets ungewaschen und nach Schweiß riechend und einfach schwer transpirierend in irgendeine Veranstaltung. Und sie würde sich dort vollfressen und totsaufen und dann irgendeinen Artikel aus den schmutzigen Fingern saugen und sie sollte endlich einen Schnitt machen, sonst würde sie gänzlich abstürzen und sie wäre ein Rattenschreck und jeder ihrer Nachbarn würde ihr gerne das Haus anzuzünden, wenn sie denn eines besäße. Sie schliefe mit anderen journalistischen Ziegenböcken, die für gutes venezolanisches Geld Stunk in die Öffentlichkeit trügen und das herzliche Verhältnisse der beiden Kontinente und der República Federal de Alemania und der Venezolanischen Republik würde sie mit Füßen treten.

Sie boten ihr dann Hilfe beim Umstieg und beim Ausstieg an und das brachte ihnen Ansehen ein und der Přemysl-Trenk sang wieder ›Heimat deine Sterne‹ und wurde mit vollen Häusern belohnt. Sein Salär spendete er weiterhin den Armen.

Dann musste er in ein Krankenhaus, hatte er doch schmutziges Wasser getrunken, und der Přemysl-Trenksche Hype legte sich und dann flog Přemysl-Trenk wieder von Caracas aus in die República Federal de Alemania. Und er landete am Flughafen in Frankfurt und das Zwetschgerl holte ihn mit dem neuen SUV ab und er fragte sich, warum er denn seinerzeit überhaupt nach Caracas wollte und das Zwetschgerl wusste es auch nicht.

In Caracas, aber auch im Rest der Venezuelanische Republik kannte man die wohlhabenden Damen Maria Carmen Mercedes Rovira y Robles, geborene Sanchez, und ihre Schwester Donna Anna Dolores Ibárruri Gómez-Fersucella, geborene Sanchez nur unter dem Pseudonym ›SancheChitas‹, die Gepardinnen aus dem Stall der Sanchez-Familia. Und ihnen, schrieben sie an Franz Friedrich Přemysl-Trenk, ginge es um das, was hinter dem Duft stecke, dem Geruch, dem Aroma, dem Bukett, dem Odeur per se.

»Wie will man dergleichen beschreiben, ihm nähertreten? Wir sprechen vom Unsichtbaren, lieber Franz Friedrich Přemysl-Trenk. Deswegen auch unsere Besuche bei deinen konzertanten Vorstellungen. Es war das Unsichtbare, das uns nahezu zwangsläufig anzog, hinzog zu deinem Wohlgeruch.«

Na, das haute ihn um. Er schwitzte zwar, dass jedoch seine Ausdünstung durch die Stadt ziehen würde, bis hinüber ins Eastend zu den beiden Gepardinnen, das verwunderte ihn nun schon sehr.

Diese Suche nach dem Unsichtbaren könnte auch über das Ästhetisch-Animalische hinausgehen und beide spielten früher, also ab und an mit dem Gedanken ins Kloster zu gehen.

Die Gepardinnen wollten nun ihre neue Kreation »Heimat deine Sterne« nennen. ›En casa son tus estrellas‹ und nur das gelte.

Und Franz Friedrich Přemysl-Trenk versprach wiederzukommen, Caracas aufs Neue einen Besuch abzustatten. »Ich werde Gespräche führen«, sagte er zum Zwetschgerl, welches ihn in ihren SUV nach Frankfurt chauffierte.

»Und lass dich nicht über die Bettkante ziehen«, rief sie ihm nach. »Parfüm«, sagte, sich Franz Friedrich Přemysl-Trenk, »Parfüm, na ja, wenn die Bedingungen stimmen.«

Und da könnte man die Künstliche Intelligenz einschalten, mit Geruchsensoren und Sensoralem fürs Unsichtbare, überlegte er.

Er erinnerte sich der drei Damen, deren Hündchen seinerzeit und das aus heiterem Himmel seinem León zum Opfer gefallen waren. Zumindest die Ann-Sofie versprühte etwas wie einen sechsten Sinn und die Marita-Lou und Charly-Hope vor allem bewegten sich in esoterischen Kreisen und das könnte nicht schaden. Man müsste die drei wie Spürhunde auf die Fährte setzen.

Da nahte aber das Weihnachtsfest, das allgemein als Fest der Liebe die Zeiten überdauerte und Franz Friedrich Přemysl-Trenk sinnierte darüber und kam zu dem Schluss, dass da wohl einiges Übernatürliche und Übersinnliche dahinterstecken könnte. »Könnte«, sagte er und er sagte zum Zwetschgerl, dass es hier in der westlichen Hemisphäre nur um das Fressen und Saufen ginge und wenn man ehrlich und schonungslos und kompromisslos agierte, dann müsste man auswandern. Und in der hiesigen República Federal de Alemania würde er sich von diesem Kaufrausch nie anstecken lassen und ihm genügte seine zweihundert Quadratmeter große Flat und er würde, bei Gelegenheit und dergleichen müsste man dem Schicksal überantworten und weil er genug Geld im Koffer liegen hätte, ein kleines Renaissanceschlösschen erstehen. Und der finanzielle Freiraum würde ihm eine schöne, nicht zu große Terrasse gestatten und etwas Historie im Interieur, gute Heizungsverhältnisse, nettes Ambiente.

Weil ohne Umgebung und Milieu entstünde keine Atmosphäre und er würde sich wieder einen in Texas geborenen American Pitbull Terrier kaufen, Houston oder so, El Paso vielleicht. Von dort, hieß es, kämen die Schärfsten ihrer Rasse, durch die Wüstenwinde gestählt, messerscharfe Knochenbrecher. In Socorro, so verlautet in den Kreisen der Eingeweihten, würden sie die Pitbull Terrier an freilaufenden Gefangenen trainieren.

Er vertraute dem Zwetschgerl seine Überlegungen von Mensch zu Mensch, eher von Mann zu Weib an.

»Das ist alles Franz Friedrich? Ein charmantes, kleines Renaissanceschlösschen? Kleiner Ziergarten, Rosengehölze aus den Zeiten der heiligen Elisabeth, eigenes Biogemüse, Gärtner aus Nordafrika, etwas eingestreute Kunst à la Greece, Malerei à la Baselitz, figurativ-expressiv-lasziv oder wie oder was und wenig Arbeit?«

Das Zwetschgerl studierte damals irgendwas mit Geschichte, Kunst.

»Master Přemysl, bist du ein Untermensch. Schäm dich, Franz Friedrich. Du hast so viel Geld im Kasten. Fördere doch Kunst und Kultur, Literatur und Architektur und animiere Progressionen und Success in der Wissenschaft und im ganzen Espritgelände. Wer, wenn nicht du, sollte vorangehen? Engagiere dich in der klassischen Spiritualität, in logisch-schlüssiger Erneuerung einer neu durchdachten und größtmöglichen zivilisatorischen Gesittung, fester Ethik und beständiger Moral und verbunden mit Laudationes plus Weisheitslehren.«

Franz Friedrich erschien leicht erschüttert, fehlten ihm doch gerade auf jenen Feldern Bildung, noble Sinnesart und definierte Bedeutsamkeit all jener Fragmente, die das Zwetschgerl ihm unterbreitete.

»Und komplexe Globalität und Regeneration, Franz Friedrich. Und lobe Preise aus und Auszeichnungen. Philosophie und Seinswissenschaften und das Universum solltest du nicht ausschließen. Dergleichen hat Zukunft. Den ›Franz Friedrich Přemysl-Trenk-Preis‹ für XY und so weiter kreieren und du weißt, was ich meine?«

Franz Friedrich bestätigte des Zwetschgerls Überlegungen und würde gleich nachdenken.

Das ging tief, tief unter die lederne Weste, die er aus Caracas importierte.

11

»Estaba equivocado formidable.« Mit diesem Allgemeinplatz brachte Franz Friedrich die Angelegenheit nun endlich auf den Punkt. Sie hatte recht, wie immer. Zwetschgerl blickte durch und was er bisher nicht bedachte, sie brachte Wesentliches zur rechten Zeit in richtige Zusammenhänge, vorausschauend, ungekünstelt. Auch für ihn fassbar, nannte sie das Kind beim Namen. Sie hatte schon etwas auf dem Kasten und als er sie seinerzeit mit der Gesamtadministration seiner Kinopaläste und Immobilien betraute, musste er ihre perspektivische Kraft geahnt haben. Ihre Intelligenz, ihre Meisterschaft, das Tüpfelchen auch auf das ›i‹ zu setzen. Zwetschgerl war imstande zu liefern, wie man es in der kaufmännischen Branche zu nennen pflegt.

Sein sechswöchiger Ausflug nach Venezuela, mit diesen musikalischen Events in Caracas, war für sie nur peanuts. »Die Leute sind oberflächlich und leben für die Äußerlichkeit. Da spürt man wenig Tiefgründiges, im Ernstfall Abgründe, wie eben diese südamerikanischen Ableger so sind. Nur Gefühl, nichts also Emotion und wenig Verstand.«

Und von diesen beiden Aroma-Gepardinnen hielt sie nichts. Nur Schnickschnack, Duft, Öle. Typisch. Nur um die Männerwelt zu reizen, wie im Tierreich, balzen, gockeln, aufplustern und da würde doch nichts funktionieren. Nichts als Revolte und Erhebung und dann wieder Unterdrückung und Diktatur. »Diese elenden Terroristen.«

Aber es stünde nichts dagegen, diesen neuen Flakon ›Heimat deine Sterne‹, den die beiden Gepardinnen in Südamerika auf den Markt brächten, auch hier in Deutschland aufzumischen. Sie hätte eine Idee und sie meinte, dass sie und der Franz Friedrich synchron agieren würden und es wäre ja schließlich sein Geld, das im Ernstfall den Bach runterliefe.

Sie kenne einen Ökonomen, den Professor Dr. Archimedes Peklopopolous und der würde gerne wertvolle Tipps liefern. Dann bekäme das Ganze ein Gesicht und logischerweise ginge das alles nur in digitalisierter Form und analog kannst heutzutage vergessen. Und ob er sich schon mit Wässerchen und solchen Sachen einmal auseinandergesetzt hätte. »Rasierwasser und so anderes kenne ich schon«, deutete Franz Friedrich an.

»Da könnte man also Gold waschen«, sagte das Zwetschgerl. »Aber konkret, nicht Kraut und Rüben durcheinander.

Wenn schon weiblich draufsteht, dann muss auch weiblich drinnen sein.« Und ein Duft wäre für jede Frau ein Sinnenereignis und südamerikanisch erscheine von vorn herein herzbewegend und zugleich erregend und die Sinne betörend. Und in der heutigen Zeit, wo man nur Schlechtes höre und lese und im Fernsehkasten betrachten müsste, würden das Schöne, das Wahre und das Gute Wunder wirken.

Und wann es anlaufe, fragte sie dann noch. Blick hin und Blick her. Und er, der Franz Friedrich würde ihr alles überlassen und er nahm sie dann etwas in den rechten Arm und das könnte man rückblickend als Wende bezeichnen. Später würde sie sagen: »Als du mich da so rückhaltlos in deine Arme genommen hast, wusste ich worauf ich meinen Fokus zu richten hatte.« Und er, Franz Friedrich Přemysl-Trenk, hätte es auch geahnt.

Die beiden blieben dann noch in der weiteren Diskussion, denn in seiner venezolanischen Abwesenheit wären ja auch Initiativen durch sie gestartet worden und das in kultureller, gesellschaftlicher und ökonomischer Hinsicht. Sie hätte den Bruce Willis eingeladen und den Johnny Depp und die Angelina Jolie und die Scarlett Johansson, die zu Besuch nach Dänemark fahren würde und auch im ›Sine-Capitol‹ vorbeikäme.

Und den Herrn Oberbürgermeister und den Herrn Ministerpräsidenten hätte sie schon in Kenntnis gesetzt und namens von Franz Friedrich Přemysl-Trenk zur Eröffnung gebeten.

Er, Franz Friedrich, gab dann noch einen sogenannten ›Europa-Impuls‹ aus, was besagte, dass man auch im europäischen Rahmen und Kontext auf die Kinoszenerie achten

müsste und das vermehrt, weil das Fernsehen die Kinoland-
schaft runterbuttern würde, dass es eine Sau graust. Er, Franz
Friedrich Přemysl-Trenk, hätte über die Arbeitgeberverbän-
de-Spezialabteilung schon entsprechende Briefe losgelassen
und er würde da vermutlich im kommenden Jahr für das
Amt des Vizepräsidenten gehandelt und die Cineasten von
Rang müssten zusammenhalten.

Da würde er manche Rede halten müssen und sie, das
Zwetschgerl, wäre auf diesen Feldern ja bewandert und absolut qualifiziert und könnte über allgemein europäische
wie konkret süd- und mitteleuropäische Belange schreiben
und das praktisch auf Augenhöhe mit den Stars.

Sie würde ihn da schon dialogisch fernsteuern, lachte er
und drückte ihr nochmals den Arm und er dachte an León,
den American Pitbull Terrier, dem er das alles zu verdanken
hätte und es wäre eben alles Schicksal.

»Dem Schicksal entkommt keiner«, sagte er abschließend.

12

Aber das Schicksal schlägt weltweit zu. Die Kunstakademie
von Caracas lud ihn nämlich für den Herbst des laufenden
Jahres zu mehreren festlichen Soirees ein unter dem Motto
›Heimat deine Sterne‹. Und ob er denn seine Frau Gemahlin
nicht gerne vorstellen möchte?

»Seine Exzellenz, der verehrte Herr Botschafter der
ruhmreichen und glorreichen República Federal de Alemania und Seine Exzellenz, der Herr Präsident unserer ebenso
herrlichen und unsterblichen Venezolanischen Republik, La

República Bolivariana de Venezuela, geben sich die Ehre, seine Exzellenz Franz Friedrich Přemysl-Trenk zu begrüßen.«

Eine Einladung auf gelbem Büttenpapier, die ihn mit Stolz und Dankbarkeit erfüllte. Zudem würde seine Eminenz, Herr Kardinal, zugegen sein und man würde ihn, Exzellenz Franz Friedrich Přemysl-Trenk, bitten, im Rahmen dieser Abendveranstaltungen den erhebenden Gesang des deutschen Freundes und Brückenbauers zwischen den Nationen genießen zu dürfen.

»Schön«, sagte das Zwetschgerl, »wirklich schön und die Leute haben doch einen Anstand, Franz Friedrich und einen Respekt.«

Er sagte, dass auch er sich über diese gegenseitige Wertschätzung, die positive Entwicklung der Verbindungen zwischen den beiden Staaten und Völkern freute.

»Wenn schon nicht wir mit gutem Beispiel vorangehen, wer denn dann?« Wären doch die Beziehungen oft über schwieriges Gelände, oft auf leidenschaftlichen Bahnen, zu lotsen gewesen. So viele gravierende und höchst elementar und vollauf unterschiedliche Standpunkte wären zu versöhnen gewesen und diese Sprachlosigkeit und das alles sei nun in guter Entwicklung und er wäre dankbar, dabei einen kleinen Schritt mitgegangen zu sein. Aber es würde eben alles seine Zeit brauchen.

Zwetschgerl meinte, jetzt wäre es genug und sie könnten mal zum Italiener rübergehen, weil ihr Magen knurrt.

Was sie an ihm am meisten bewunderte war diese Unerbittlichkeit, mit er auftrat, sich einer Sache annahm und das erahnte sie als sein löwenartiges Gen, weil er ja auch zu sich selber streng war und sich seiner eigenen Problemlage konsequent annahm.

13

Der Herbst, diese ausklingenden Tage im September, befriedeten Herz und Seele des Franz Friedrich Přemysl-Trenk. Die Geschäfte liefen gut, auch dank seiner hervorragenden Mitarbeiterinnen und Mitarbeiter. Vor allem auch das Zwetschgerl ging ihm zur Hand und ihre ehedem firmeninternen und allseits sehr gut angenommenen und hoch gelobten ›Cine-Qualifizierungen‹ brachten neues Flair in die deutschen Lichtspielhäuser. Denn sie war unterwegs.

Die Häuser der Přemysl-Trenkschen Lichtspielhausgruppe, als die ›PTL‹ in Fachkreisen wohlbekannt, entwickelten sich zu den führenden und das filmische Geschehen in der Republik steuernden Unternehmungen der Filmbranche des Landes. »Alte Zeiten«, so das Zwetschgerl, Dr. Anke Seling-Florentiner, »sind definitiv vorbei, haben das große Amen gesprochen. Lernende von Anbeginn, deutlich Studierende auf Dauer, als Innovative angelegt, sind und bleiben wir eingebunden in diesen evolutiven Kreislauf von historisch Gewachsenem und neuen inspirativen Genres.«

Franz Friedrich Přemysl-Trenk lobte den ›CINE-AWARD-GERMANY‹ aus mit einem Preisgeld von nahezu 450000 Euro vor Steuern. Und als sich an diesem besagten Abend die Nebel allmählich lichteten und die ersten Preisträgerinnen und Preisträger die Treppe zur anmutig ausgeschmückten Tribüne hinauf stiegen, brandete Beifall auf. Die Amerikaner und die Amerikanerinnen waren vorhanden und auch

Franzosen und einige Hiesige glänzten.

In der Kategorie ›Kulturfilm des Jahres‹ stach eine Produktion über die Mongolei hervor. Deren extremes wirtschaftliches Wachstum, der mongolische Einfluss auf die Kulturen der benachbarten Länder und Nationen und die filmischen Neuheiten des Aufsteigers sollten gewürdigt werden.

Der ›Kulturfilmpreis Extraordinale‹, el gran precio de la película, wurde, von einer total unabhängigen Jury gesponsert, Venezuela zugesprochen. Einerseits sollten die seit Jahrhunderten gewohnten elenden und knechtschaftlichen Verhältnisse dieses ausgebeuteten und von den Regierenden absolut verführten Menschenschlages dargestellt werden. Andererseits wollte man den Realitäten gerecht werden.

Die internationale Anerkennung, die dieser dokumentarische Streifen anschließend erfuhr, sprach sich in Windeseile bis nach Caracas hinüber und die beiden Gepardinnen stellten sich an die Spitze eines landesweit ausufernden Protestes gegen den führenden Jeffe, genannt ›El Lider‹.

›El Lider‹, Excelencia Don Raphaele Carlos Pablo de Martino y Sorolla, il único Señor presidente de la República Bolivariana de Venezuela befürwortete umgehend dieses einzigartige filmische Machwerk und er wäre anwesend anlässlich der Begrüßung von Don Franz Friedrich Přemysl-Trenk. Und der Abend würde Glanz über Land und Volk der Venezolaner ausschütten.

Die mächtigen Sorollas gehörten zu den uralt eingesessenen Familien in Venezuela mit massig Geld und Gold und Juwelen, sowie unzähligen Besitztümern über das weite Land verstreut. Er, Don Raphaele Carlos Pablo de Martino y Sorolla, durfte als Hidalgo erster Klasse, de pura raza, precioso, e generoso, bezeichnet werden, natürlich politisch engagiert, eine venezolanische Familie, extraordinario, destacado, reich, korrupt und richtig gemein.

Mit ihm an einem Tisch zu sitzen und der Empfang würde bereits am zweiten Tag seines geplanten Aufenthaltes in Caracas in der großen Oper stattfinden, würde augenfällig einem Damoklesschwert gleichen. Darüber hinaus konnte der Besuch vielfältig sich als doch missverständlich offenbaren und der Zweideutigkeit, der Ambivalenz, waren Tür und Tor geöffnet.

Obwohl multiplex aufgestellt, hatten die Beziehungen der beiden Länder Vorrang.

Erfreulicherweise würde neben ihm der verehrte Botschafter seines Heimatlandes, Seine Exzellenz Dr. Dr. Hans-Peter Sier-Hausen, República Federal de Alemania samt Gattin Maria-Bettina Sier-Hausen Platz nehmen. Da war es Franz Friedrich Přemysl-Trenk dann schon leichter im Gemüt.

Dr. Anke Seling-Florentiner, sein Zwetschgerl, sie hatten inzwischen in kleinstem Kreise den Bund der Ehe geschlossen, bestand darauf, zweiter Klasse zu fliegen, weil sie aus gewöhnlichem Hause käme und Akzente setzen wollte. Sie würde ja nur mitfliegen, weil er, der Franz Friedrich Přemysl-Trenk, sonst aufgeschmissen wäre und sie würde sieben Sprachen beherrschen und Spanisch wie ihre Muttersprache.

Und sie würde hinhören und wenn die abfällig oder schweinisch reden würde, dann gäbe es Zoff vom Feinsten oder auch vom Gröbsten, wie die wollen, diese elenden Ausbeuter. Und man bräuchte endlich eine neue Weltordnung mit Harmonie und Rechtsstaatlichkeit, mit Achtung vor den Schwachen und deren Fürsprecher könnte er, der Franz Friedrich Přemysl-Trenk, auch in Venezuela werden.

14

Franz Friedrich Přemysl-Trenk erklärte ebenso, dass ein Mordsumbruch fällig wäre und das nicht nur ökonomisch und finanziell. Vor allem menschlich.

Er selber dürfe sich doch zu jenen Menschen zählen und sie, Anke wisse dass doch ganz genau, welche ihre Wege stets bis an die Grenze gehen, das Äußerste wagen und wäre diese noch so nahe am Abgrund. Er, Franz Friedrich würde zudem jede sich bietende Gelegenheit zur Voll- und Absolutidentifikation regelrecht ausschöpfen. »Das soll mir einer nachmachen«, fasste Franz Friedrich Přemysl-Trenk nochmals zusammen und steckte sich eine dieser venezolanischen Zigarren an, Fetzendinger, wie er sie titulierte, jedoch nicht unangenehm. Da würde doch wohl Anbaukunst dahinter stecken, Jahrhunderte alte Tradition, ausgewählte Bodenverhältnisse und eben das Klima und da hätten die da drüben genug davon.

Anke bestätigte ihm mit beiderseits angehobenen Augenbrauen, dass das eben aber auch eine Satzkonstruktion gewesen wäre, superstark und brauchbar und eine satzarchitektonische Meisterleistung. Auch ihrer Intention nach ginge es immer um das Wagnis an sich, das ja in der Schöpfung bereits grundgelegt wäre, Wagnis eben auch vor den Schluchten der irdischen Sphären. Sie hätte in ihren linguistischen Seminaren früher an der Universität Chimärisches an vielfältig-dummen Sprachversuchen anhören müssen und da wäre sie von Zeit zu Zeit an die Decke gegangen, nahezu ausgerastet. »Der Schlüssel zum Glück ist die Bedachtsamkeit«. Mit Ankes Schlussfolgerung identifizierten sich nunmehr beide.

Der Franz Josef war auf ihre Kritik angewiesen und was in seinem Innersten blühte, verstand er von Jahr zu Jahr geistreicher zu artikulieren. »Jeder Weg, den man einschlägt«, so sein Denken, »jede Markierung, die man platziert, hat doch Bedeutung und seien die Tiefpunkte schon gesetzt, die Fallen aufgestellt, unsichtbar, jedoch existent. Diverse Gabelungen müssen klug betreten werden, weil vom Schicksal vorbedacht«, sagte Franz Friedrich. »Leben meint Läuterung, spezifische Intensität, jedoch auch Gelassenheit in einem. Sei es die cineastische oder die politische Welt.« Und Anke bewundere seine Kraft, die aus seiner inneren Ruhe käme.

Das Zwetschgerl enthüllte ihm bald darauf, wie und wo es lang geht und sie freute sich, dass er, der Franz Friedrich, guten Willen zeigte und dass eben Resultate ihre Zeit nötig hätten. Und da wäre sie praktisch Zeugin von Vorgängen, die in einem Mann zwar angelegt wären, aber oft genug eben nicht zum Vorschein kämen.

Franz Friedrich las noch viel, ließ sich von einer seiner Angestellten, einer Karina aus der Au, drüben aus der Staatsbibliothek Material über Venezuela einholen und das Zwetschgerl sagte ihm, er sollte nur einen Punkt herausarbeiten oder auch zwei und die gescheit büffeln und damit könnte er dann brillieren.

»Vor allem springen die auf das Kulturelle an und das Geschichtliche, weil sie sich immer und jederzeit als die Ungewöhnlichsten empfinden. Gegensätze, wenn überhaupt, dann nur zum Vorteil der Damen und Herren Venezolaner heraus arbeiten. Und steige, bitteschön, in die Tiefen der vergangenen Epochen ein. Dann kriegst auch noch einen Orden. Und plärren müssen die, richtig plärren. Verstehst, Franz Friedrich. Im Wasser stehen.«

Franz Friedrich Přemysl-Trenk verstand vollumfänglich und er legte sich Diverses zurecht und er würde auch auf die gegenwärtige üble Situation in der eigenen República Federal de Alemania eingehen und er würde die Frage stellen: »Was bleibt, Señor Presidente? Was bleibt? Es sind die Werte, die das Volk der Venezolaner hoch hält und es sind die hehren Weiten und es ist die atemberaubende Geltung und die Autorität Venezuelas in der global aufgestellten und digitalisierten Welt.«

Anke hörte sich den Sermon an und nickte und sagte, er sollte nur dick und pomadig auftragen. »Das gefällt denen und dann schlafen sie gut.«

Dann lernte er noch einige Passagen über die Kultur allgemein. »Ich bewundere die herrlichen Fresken in den Klöstern, besonders über das herrliche Monasterio San Charbel hat meine Mama schon zu meinen Kinderzeiten gesprochen. Der Besuch im Klöster ist für mich und seine geliebte Gran Dama einmalig.«

Er sollte nicht übertreiben, rief sie aus dem Schlafzimmer im ersten Stock, denn sie wohnte ja bereits länger in diesem gute zweihundert Quadratmeter umfassenden Domizil. Und er bat sie, doch noch sein Spanisch abzuhören. »Es algo espectacular e impresonante muy bonito fue una experiencia única.«

»Das sage ich ihnen ins Gesicht.« Und Anke bediente ihn mit Kaffee und üppigen Näschereien und würde ihn trainieren, bis jeder Satz sitzt. Und über den Simon Bolivar würde er zehn Sätze auswendig lernen und das höllische Erdbeben vor zweihundert Jahren wäre unbedingt zu erwähnen und er würde sagen, dass die venezolanische Regierung derartige Infernos heutzutage im Griff hätte, dank seiner Excelencia Don Raphaele Carlos Pablo de Martino y Sorolla encia, de La República Bolivariana de Venezuela.

15

Franz Friedrich Přemysl-Trenk sammelte im Laufe der nachfolgenden Wochen und Monate deutsches Liedgut, das er mit seinem alten Spezi, den Hardloser Sepp in spielbare Musik umsetzte und er übte Tag und Nacht bis zum Zusammenbruch. Seine Bemühungen brauchten Rückgrat und Charakter und daran fehlte es nicht.

Dass nun ob seiner musikalischen Übungen Verbalattacken und andere Angriffe überhandnahmen, stand nie in seiner Absicht.

Eine junge Mutter, Halterin eines sechs- oder auch schon achtjährigen Sohns beschwerte sich, dass er, Franz Friedrich Přemysl-Trenk, zu viel von dem Saxophon loslasse und er bot ihr einiges an und sie vermisste an ihm Strahlkraft und Überzeugung und sie nannte ihn einen vulgären Überzeugungstäter, den man wegschließen sollte.

Franz Friedrich plauderte mit ihr eine gute Viertelstunde

und lud sie nach Caracas ein, denn dort würde man Frauen wie sie glatt übersehen oder notschlachten.

Gegenüber seiner großzügigen Flat wohnte auch noch eine alte Dame mit Rollator und sie sagte, sie wäre dankbar für seine Musik und sie hätte schon aus der Zeitung erfahren, dass er der Musikbotschafter zwischen Gran Canaria und uns hier wäre. Dort wären ein gewisser Sandstrand und die passatischen Winde, wie auch der Lorbeer bekannt und sie wisse die Kanaren in ihrer Totalität sehr zu schätzen.

Eine Kassiererin im Fleisch-Center verwies auf die neuesten Forschungen, nach denen musikberieselte Kühe bessere Milch gäben und ihr Fleisch lasse sich knackiger beißen.

Und schließlich erfuhr er von einem jungen Mann, der wegen übler Geschwindigkeit in Gewahrsam genommen wurde, dass er, der junge Mann, ein Hans-Georg und der Haftwärter in der Justizvollzugsanstalt gemeinsame musikalische Interessen hätten und ›Heimat deine Sterne‹ gehörte zu ihrem Liedgut. Sie würden sich nunmehr regelmäßig in einer Disco oder privat oder in der weitläufigen Flur, Ackerland und anderes mehr, je nachdem, treffen und Musik austauschen.

Und Franz Friedrich Přemysl-Trenk sagte sich, er würde verrückt und er würde dafür sorgen, dass dieser Straßenzug abgefackelt würde. Trotzdem ging er nach Zwetschgerls Mahnung dazu über, in den frühen Morgenstunden auf Gepflogenheiten musikalischer Art zu verzichten.

In Caracas blühte um diese herbstliche Zeit noch der Kro-
kus im Topf und Franz Friedrich und Anke waren vortrefflich untergebracht. »Logis und Verpflegung Spitze«, sagte
Franz Friedrich.

Auf den Boulevards und den Avenues war einiges los und
die Überquerung derselben entwickelte sich zum Alptraum.

Sie besuchten den Panteón Nacional de Venezuela und
logischerweise die Nationalbibliothek. »Da staunst du, was,
Anke? Da haut es dich um. So viele Bücher. Glatter Wahnsinn. Das sind Werte.«

Anke fabulierte danach im Panteón Nacional de Venezuela
von Schönheit und extremer Sensibilität, exquisiten Skulp-
turen, Fresken und viel Figuralem und Malereien, Öl, Pastell,
Aquarell und gekonnter Pinselführung. Alles nur vom Vor-
nehmsten und wesentlich feudaler als angenommen.

Und eine Menge Freiheitshelden hätten diese Venezolaner hervorgebracht, alles ehrenwerte Leute und sie würden
verdammt eher auf Ezequiel Zamora stehen. War einer der
Führer der Liberalen.

Schon auch Simón José Antonio de la Santísima Trinidad
Bolívar Palacios y Blanco, genannt schlicht und einfach der
Große Simón Bolívar, wäre adäquat. Und diese Freiheits-
kämpfer hätten was zu tun gehabt und das wäre noch nicht
das Ende und ›El Lider‹, Excelencia Don Raphaele Carlos
Pablo de Martino y Sorolla, il único Señor presidente de
la República Bolivariana de Venezuela wäre doch keinen
Schuss Pulver wert.

Anke hasste mit voller Inbrunst diesen ›El Lider‹. Eine

elende Bestie wäre ›El Lider‹ und würde man die entmensch-
ten Verhältnisse hier in diesem von der Natur so gesegneten
Land näher kennen, dann würde der Schurke nicht einmal
als gewöhnlicher Unhold durchgehen. Dann wäre der ein
Schlächter und dem gelte es das Handwerk radikal zu legen.

Der Flug ins Südamerikanische, logischerweise über Mi-
ami in den US, plätscherte so dahin und nach zwölf Stunden
standen sie auf dem Flugfeld von Caracas und die Musik
spielte und ein Vertreter des venezolanischen Befehlshabers
begrüßte sie und sie wurden in ihr Hotel gefahren.

Die Anke sagte, dass das doch alles nur Schauspieler wären. »Und wenn du denen die Hosen runterziehst, nur Desolates und Hypochondrisches.« Alles eben nur Spiel und
Bluff und stinkfaul wären sie und lebten auf Kosten des
einfachen Volkes und was sie denn hier in diesem Chaos
eigentlich sollte.

Am Abend gegen zwanzig Uhr Ortszeit wurden die beiden Herrschaften in der einmaligen und prächtigen Staats-
oper, eben magníficamente, empfangen. Der Hohe Herr
und Super-Excelencia Don Raphaele Carlos Pablo de Martino y Sorolla, il único Señor presidente de la República
Bolivariana de Venezuela hielt eine Rede. Aber schon etwas
Schönes und manchmal im Ausdruck still wie ein Bergsee,
wie jemand, der auf der Suche nach Einsamkeit pausiert.

Dann brach wieder eine sprachliche Bombastik über die
Lauschenden herein und alles war exzeptionell und es setzte
verschwenderischen Beifall. Und von de primera clasa und
de primera calidad bis extravagante und fuera de lo común
war jede frenetische Äußerung vertreten und viel und heftiges Klatschen, auch mega immens.

17

Schließlich kam die Soiree zum Höhepunkt: Musikalische Affinität des Don Franz Friedrich Přemysl-Trenk aus dem großen Land auf dem europäisch-abendländischen Kontinent, der República Federal de Alemania. Gemischt, wie in der vorliegenden Offerte zu lesen stand, mit literarischen Ergüssen der bekannten venezolanischen Dichterfürstin Ida Gramcko aus ihren ›Ausgewählten Werken‹, den ›Obras escogidas‹ und last but not least aus ›Tío Tigre y Tío Conejo‹ des unübertroffenen Herrschers der venezolanischen Hochliteratur Antonio Arráiz.

»Das erste Kapitel aus der herrlichen essayistischen Literatur liest Irma Ana Maria Carmen Dolores Rojas y Toldeado.« Bravo, bravissimo.

Beifall, massiver Applaus, honorige Vorstellung. »Edler Charakter, diese Leute«, dachte Franz Friedrich und Anke wartete mal ab.

Carmen Enriqueta, die allseits verehrte Gattin des Hohen Herrn und Super-Excelencia Don Raphaele Carlos Pablo de Martino y Sorolla, il único Señor presidente de la República Bolivariana de Venezuela ließ es sich nicht nehmen, die konzertante Aufführung wie die Lesung anzukündigen.

»Heimat deine Sterne, der Himmel ist wie ein Diamant …« Viel Beifall. »Que bendita hora und Qué tarde para la música, la literatura y la cultura.« Da erhob das auserlesene Auditorium sich dankbar und formvollendet. Stehende Ovationen und sehr kultiviert.

La Grande Dame du peuble der venezolanischen Kultur, Donna Carmen Enriqueta wandte sich nunmehr eben an jene ergebenen Leute im Auditorium, ob es denn die kleinen Orte alleine wären, an denen völkerverbindende Aspekte einander begegneten? Und wo stünde der vertrocknete Feigenbaum, nichts und niemandem zunutze, wenn nicht hier in diesem herrlichen Saal venezolanischer Architektur und beginne nun zu blühen?

»Die Gedanken sind frei«, brachte Don Franz Friedrich Přemysl-Trenk mit seiner baritonalen Stimme zunächst zu Gehör. Danach folgten die herrlichen Balladen ›Am Brunnen vor dem Tore‹ danach ›Es klappert die Mühle am rauschenden Bach‹, unterbrochen von einigen großartigen Auszügen aus bereits genannter venezolanischer Literatur der Dichterkönigin und des großen Dichterfürsten.

Der ›Zweite Teil‹, ›la segunda parte‹ mit ›Ach, wie ist's möglich dann‹, ›An der schönen blauen Donau‹ sowie ›Guten Abend, gut Nacht‹, floss hinüber in die letzte der balladischen Liebkosungen: ›Schlaf mein Prinzchen, schlaf ein‹.

Dass Zugaben erwünscht wurden, versteht sich von selbst.

Der anwesende und Hochwürdigste Herr Kardinal Pedro Juan Rafael Torres y Palomares dos Schiaffino erwähnte seine deutsche Abstammung, kamen doch seine Ururgroßeltern aus einem gewissen Grenzland nahe am Osten.

Er klagte etwas über die übliche Migräne. Es wären einfach die Probleme, die ihn niederdrückten und Gallensteine ab und an und die Frage, ob ihn die Arzneimittel eher an den Rand des Grabes, denn wieder in die Höhe brächten, lasse ihn nicht los.

Sie kamen überein, dass es Widerstände zu überwinden gelte und dass die Umstände der Normalität widersprächen, dass Gesetze verabschiedet würden, die eher Bestialität denn orientación esencial para el futuro für das venezolanische Volk brächten.

Über die Globalität der Musik war man sich ebenso nahe gekommen wie über liturgische Probleme in der Kirche. Letztere wäre zwar sichtbares Symbol, jedoch Zeichen des Unsichtbaren an sich. Und man müsste das alles reflektieren und der Kontrast des vielfältigen Blau des Hintergrundes auf der Bühne, einschließlich einer in diesem Land gewisslich notwendigen Redundanzdebatte drängten unbesehen.

»Dieses Blau beunruhigt mich, bedrängt meine Seele, tendiere ich innerlich doch zu Rot und spielte doch das Rot bereits in der Renaissancemalerei per se, esencialmente, eine beträchtliche Rolle.« Und er denke da weiter, wäre das Rot, wie gesagt, und tatsächlich per se, doch Zeichen der Würde der Amtsträger, der Nachfolger der Apostel und solches wäre unbedingt auch theologisch zu reflektieren.

»Wobei ich die charakteristische Farbenkombination Ihrer Nationalflagge, lieber Don Franz Friedrich, vor Augen habe. Diese Farbkomposition erscheint mir essenzielles Kernstück malerisch-ausdrucksvoller Ästhetik zu sein.«

Franz Friedrich entgegnete, dass alles in der Evolution überaus spannend und gestalterisch variieren würde. »Und vom Schöpfer dieser Welt so gewollt«, warf der Kardinal dazwischen. Don Franz Friedrich nickte.

»Und alles geht dem Abgrund entgegen, taumelt durch die Universen und steuert in den, wie schon gesagt, höllischen und infernalischen Schlund. Gnade uns Gott.«

18

Anke wandte ein, dass nur die Ästhetik und das aggressive Arbeiten darüber hinweg helfen könnten und magisch müsste man sein, en toda la vida. Zumindest solle man versuchen, die heilige Magie in das eigene Leben einzupassen. Franz Friedrich war von den Socken. So kannte er sein Zwetschgerl wahrhaftig nicht, auch nicht in Ansätzen.

»Viele Völker«, so Anke, »viel Magie.« Der Kardinal verstand diese Aussage voll und ganz und würde sie unterschreiben. Seine Sicht der Dinge: »Magie darf man weder vergessen noch vernachlässigen noch gar verwässern. Sie, und auch dieses ist doch in der Schöpfung bereits voll inkludiert, ist Standortbestimmung und Kampfansage gegen die primitiven Formen der materiellen Realität, especialmente en las sociedades seculares.«

Anke war in bestem Fahrwasser und mit Blick auf Franz Friedrich ergänzte sie, dass den eigenen Nachwuchs in diesen beherrschenden Stürmen des Lebens groß zu ziehen, reine Magie bedeute, ausdrücke, unmissverständlich und radikal bloßlege. Und sie spiele nicht mit dürftigen und vulgären Klischees, welche verabscheuungswürdig daherkämen. »Der rüde Männlichkeitswahn der Venezolaner und das nur als Beispiel eingebracht, irritiert eben die venezolanische Weiblichkeit.«

Der Kardinal hob auf die in Venezuela allgemein bekannten und beliebten zwei Gepardinnen ab und zitierte deren Ansicht vom Kontrollverlust der Wirklichkeit als Essenz, dem Sosein schlechterdings. »Das Leben muss erträglich sein, formal wie faktisch und die Aussichten sind beschränkt.« Der Kardinal musste zur Toilette und andere Herrschaften warteten schon zu lange, um mit den beiden Herrschaften aus dem fernen Alemania zu debattieren oder gar in tieferes Gespräch einzutreten.

Irma Ana Maria Carmen Dolores Rojas y Toldeado, welche die herrliche und absolut geistreiche wie qualitativ hoch erscheinende Dichtkunst las, nannte im Vertrauen auf der beiden deutschen Freunde Verschwiegenheit, den Don Raphaele Carlos Pablo de Martino y Sorolla sowie seine subversive Gattin Carmen Enriqueta die personifizierte Ausgeburt der Hölle. »Dämonen eines schwefeligen Infernos, Abgesandte des Hades, Repräsentanten des Höllenpfuhls und man sollte sie auf der Stelle liquidieren.«

Der Don Raphaele Carlos Pablo de Martino y Sorolla wäre ein Störenfried, ein Kampffaktor, ein abartiger Kontrolleur, einer, der nötige Grenzen auflöst, die Liebe zerstört, Emotionen zerschnüffelt, ein Antisolidaritätsmanager und ekelhafter Reduktionist.

Und der Kardinal, der mit gewaschenen Händen erneut dazu stieß, nannte den Don Raphaele Carlos Pablo de Martino y Sorolla und seine Carmen Enriqueta Kombattanten der Schattenwelt, Geldgierige, Machtgeile, Initiatoren von unnötigen Gegensätzen, Proporzschmiede. So war man sich einig.

»Irma Ana, ich erwarte dich morgen Abend bei flachem Huhn mit Reis und einfachem Salat.« Sie blickten einander verschämt und erfreut in die Augen. Irma Ana Maria Carmen Dolores Rojas y Toldeado kannte den Kardinal in seinen reflektierenden Charakterzügen und Gewohnheiten seit langem.

Und der Don Raphaele Carlos Pablo de Martino y Sorolla wäre eben einer, der gemeinsame Sache mache und ein Implantier der wenig generösen Art. Das wäre er. Und auch noch in hohem und wenig überprüfbarem Maße, einer der Grenzen überwindet, wo es unschicklich ist und er schaute der Irma Ana wieder direkt ins Gesicht und Don Raphaele Carlos Pablo de Martino y Sorolla würde andere unfair misshandeln.

Franz Friedrich und Anke kehrten dann, der frühe Morgen war angebrochen, mit der großen Limousine des Don Raphaele Carlos Pablo de Martino y Sorolla zurück in das Hotel und sie hatten viel zu denken.

19

»Was schert mich Don Raphaele Carlos Pablo de Martino y Sorolla«, fragte sich Don Franz Friedrich Přemysl-Trenk.

Diese drei Wochen in Caracas empfand er einesteils erfrischend und wirklich faszinierend. Land und Leute, Fauna und Flora perfecto, sehr gediegen, sólido das alles, das gesamte Genre. Andererseits nachträglich, ohne nachtragend zu sein, ein Sturm im Wasserglas: Da singt und spielt er einige hübsche Heimatliedchen, klimpert mit der Gitarre die Melodie dazu und diese Menschen machen da einen Elefanten daraus.

Er freute sich am Leben. Noch vor einigen Monaten sagte ihm die nachbehandelnde Ärztin, er wäre nun fällig. Einige Tage oder Wochen wären da schon noch drinnen und dann ab in die Kiste. »Die letzten Tage Herr Přemysl-Trenk«, sagte sie, »seien Sie artig.« Sie lachte und schaffte einige verletzende Zuckungen und Bemerkungen übler Sorte.

Er traf sie bald darauf auf der Straße und sie fragte ihn, ob er tatsächlich noch lebe und sie freue sich nachträglich riesig, dass sie einer Täuschung, »verdammt noch mal, »zum Opfer gefallen wäre. Er fragte sie, ob sie Prügel bevorzuge oder eine öffentliche Schelte, Zeitung, Fernsehen und so und sie sei alles andere als sattelfest und wie viele Patienten sie schon auf dem Gewissen hätte. Früher oder spoäter, also eher früher, wird er ihr den Hals umdrehen.

Sie fasste seine Anmerkungen als einen echten Spaß auf und lachte ihm ins Gesicht. Und das wäre das Beste vom Besten, feixte sie recht anzüglich und ob er sonst auch so wäre.

Franz Friedrich Přemysl-Trenk beschaute dieses Weib und meinte, für ihre dreiunddreißig Jahre schaute sie alt und verlebt aus und der schreckliche Faltenwurf im Gesicht mache sie auch nicht jünger und ob ihre Zähne ähnlich kaputt wären. Sie sei charakterlich schon unbrauchbar und so etwas sollte man auf Leidende und Sterbende nicht loslassen.

Sie erinnerte ihn an die christliche Nächstenliebe und ob seine Rache mit dieser Nächstenliebe vereinbar wäre.

Die Erfahrung mit ihr lehre ihn, erwiderte er, dass man mit der Nächstenliebe nicht weit käme und der Fortschritt basiere grundsätzlich auf Krieg.

Auf der gegenüberliegenden Straßenseite bellte ein Hündchen und Marita-Lou winkte und daneben pirschte sich die Ann-Sofie durch die Gegend und er sagte zu der Ärztin, sie könnte ihn im Mondschein besuchen und bevor er sich noch einmal bei ihr auf den Tisch lege, würde er lieber in die Isar springen.

Die Zeitungen der Landeshauptstadt befassten sich auf knappen dreißig Zeilen mit Don Franz Friedrich Přemysl-Trenk und seinen Auftritten in Caracas und das wäre so ein typischer volksmusikalischer Zirkus gewesen und der germanische Cinema-Tycoon sollte sein Geld lieber den Armen der Landeshauptstadt vermachen, als es den korrupten Venezolanern in den Rachen zu schmeißen.

Der Herr Oberbürgermeister ließ ihm ausrichten, er würde Franz Friedrich gerne zum Abendessen in den Ratskeller einladen und freute sich auf Informationen über Caracas und Don Raphaele Carlos Pablo de Martino y Sorolla, den von ihm sehr geschützten Präsidenten und Don Franz Friedrich Přemysl-Trenk sagte ihm dann, dass dieser Radaubruder ein übler Staatsgauner der Sonderklasse wäre, ein scheußlicher Ausbeuter und unerträglicher Halsabschneider, der das Volk ausbeute und die dem Volk zustehenden Rechte mit Füßen trete.

Und links sein bedeute nicht gleich für Recht und Ordnung und Frieden und Freiheit und Gleichheit und Wohlstand einzutreten. »Langfristig«, sagte Franz Friedrich Přemysl-Trenk, »ist dieser Lump schon weg vom Fenster. Rübe ab und in den Kanal.«

Und der Herr Oberbürgermeister, der mit seiner Gattin anwesend war, verstand die Welt nicht mehr und der ›Fluch der Mumie‹, der ägyptische Thriller, den er gesehen hatte, letzte Woche im Fernsehen, handelte von ähnlichem Lumpengesindel und die wurden zu jener Zeit umgebracht und einbalsamiert, zuvor von Herz und Leber und den restlichen Innereien befreit. Heutzutage würden die Balsamierten und Gewindelten als Geister in den Gassen von Kairo und Alexandria rumschwadronieren und allen möglichen Personen zu unpassenden Stunden erscheinen und den Ägyptern der Neuzeit das Leben schwer machen.

»Schweig still, Ottokar«, sagte seine Frau zu ihrem Herrn Oberbürgermeister, »die Mumie erscheint mir jede Nacht im Traum.«

20

Ein Journalistin von der ›Weekendpress‹ zeigte seine vermeintliche Abstammung von einem Pandurenhauptmann, einem ehemaligen Preußen auf, und er wüsste davon nichts, gab Don Franz Friedrich Přemysl-Trenk auf Anfrage zu verstehen.

Sein Vorfahre hätte eine gewisse Liaison mit der Kaiserin von Wien gehabt, der Maria Theresia und die hätte sich erkenntlich gezeigt. So die Ausführungen der Weekend-Dame.

Die Presseleute gaben keine Ruhe und schon drei Wochen später wurde eine andere Linie seiner Vorfahren ausgegraben. Er sollte nach dieser Überlieferung von einem Prager König abstammen, nicht mal unehelich. Jedenfalls ließe sich seine Abstammung zurückverfolgen bis zum Ottokar II. Přemysl, der wiederum der böhmischen Přemyslidendynastie entstamme, und dieser Ahn Ottokar II. Přemysl wiederum, wäre König von Böhmen gewesen. Und wollte man weiter zurückgehen, aber das unter Vorbehalt, würde Don Franz Friedrich Přemysl-Trenk eindeutig, wenn, wie gesagt auch relativ ungesichert, vom Ahnen aller Tschechen, dem Přemysl, dem Pflüger, dem mythischen Patriarchen des Herrschergeschlechts der Přemysliden abstammen.

Die Anke sagte, das wäre ja doch das Mindeste, was er aufbieten könnte und Hauptsache, das Geld stimmt und der neue Filmpalast in Salzburg werfe einige Dukaten ab. Name, Familie und Abstammung, Geschlecht wären das Maß aller Dinge und nicht zu verachten.

Viele Leute klopften an der Haustüre, riefen in den Büros seiner Bediensteten an und wollten ein Foto mit Přemysl, dem Pflüger, schießen lassen und daraus gewann er Kraft und meinte, wenn man den Leuten Gutes tut, dann färbt das ab, denn Geben ist seliger als nehmen und so etwas würde eindeutig Frucht bringen und schlussendlich angerechnet werden.

Er erinnerte sich anlässlich solcher Gedanken, dass er in Caracas mehr oder minder von den einheimischen Fruchttellern gelebt hatte und seine Verdauung hätte ihm das reich gelohnt. Und er fühlte sich gesund.

Und die Anke sagte, wenn die Ann-Sofie und die Marita-Lou nochmals an der Tür zur renovierten Flat läuten würden, dann würde sie die Polizei holen, weil diese verblödeten Weiber nichts als so was im Sinne hätten oder sie würde sich einen León zulegen. Er hörte da gar nicht mehr hin, hatte anderes im Kopf.

Der Clou, so empfand er selbst es und er dürfte sich nicht täuschen, waren zwei Angebote tschechischer Großstädte. Pilsen und Brünn boten ihm das Amt des Primátors an. Anke sagte, dass sie da keinesfalls rüber ziehen würde. Die Kanäle der Abwässer in diesen Städten stammten noch aus dem neunzehnten Jahrhundert und Glasscheiben wurden dort noch vor dem Weltkrieg eingesetzt und bis heute nicht gewechselt.

Přemysl-Trenk entgegnete, dass er sein Hab und Gut hier in der Republik nie und nimmer für einen Posten als Primátor zunichte machen möchte. Er würde ihnen jedenfalls in dankbarer Anerkennung ob dieser zugedachten Ehre, Blumen schicken und an seine Vorfahren erinnern, an den Pandurenhauptmann Trenk, der zugeschlagen, an Ottokar II. Přemysl, den man seinerzeit ausgebootet hätte und an Přemysl den Pflüger, der sein Feld bestellte und den er nach wie vor hoch verehre.

Er würde zudem in Prag und in Pilsen und in Brünn ein Gebinde niederlegen für seine verblichenen Stammväter und Stammmütter und alle Anverwandten, denn derartige Okkasionen, skvělé příležitosti, für gemeinsame Auftritte ließen doch auf sich warten. Primátor Josef Jelinek aus Pilsen und der Primátor von Brünn, Karl Butzecky, waren ob dieser Antwort glücklich und luden zu einem Empfang. Und diese Einladung wurde bekannt.

21

Ohne Franz Friedrich Přemysl-Trenks Zutun wurden in den tschechischen Presseorganen wie im Fernsehen auf allen Stationen und Kanälen urplötzlich vier radikale Sendefolgen präsentiert und eine Menge opulenter Diversa aus dem Leben des Franz Friedrich Přemysl-Trenk geoffenbart.

Er wäre schamloser Caracasi, hätte in Venezuela mit seiner Musik eine Revolution angezettelt, würde angesichts des verbrecherischen venezolanischen Regimes dieses arglistigen

Täuschers und Volkstribuns Don Raphaele Carlos Pablo de Martino y Sorolla gegen jegliche monarchistische Bestrebungen zu Felde ziehen.

Franz Friedrich Přemysl-Trenk waren diese Angriffe unbekannt, wurden ihm jedoch durch einen befreundeten tschechischen Prälat zu getragen.

Er absolvierte Hals über Kopf den in der Seniorenweiterbildung der Hauptstadt ausgeschriebenen Schnellkursus in Freundschaft, Frieden, Zusammenarbeit und Toleranz und parlamentarischer Demokratie und wagte eine Prognose: Sie würden ihn nun doch in Frieden weiterleben lassen, diese Tschechen. Er suchte ja weder nach Reichtum, noch nach politischem Einfluss. Dergleichen Finessen waren nicht das Seine. Auch Macht brauchte er nicht zum Überleben. Ihm gefiel, auf der Bühne auf einem Stuhl zu sitzen und fertig. Und dann sang er seine herrlichen Volkslieder.

Dem Herrn Primátor Josef Jelinek aus Pilsen und dem Herrn Primátor von Brünn, Karl Butzecky, teilte er umgehend mit, ihm wäre es der Ehre zu viel. Jedoch der Ehre wert, in Brünn oder in Pilsen oder in Prag nahe seinem Urvater Přemysl, dem Pflüger, beigesetzt zu werden.

Zu seiner Anke gewandt, teilte er ihr mit, dass dies sein Stil wäre und dass er sich frei entscheiden und er dafür kämpfen und dazu auch jederzeit stehen würde.

Anke überlegte, ob denn ihr Gatte dort drüben nun willkommen oder eben nicht willkommen wäre und sie fragte den ihnen bekannten tschechischen Prälat. Der, versprochen wäre versprochen, würde digital eingreifen, weil er wusste, dass die tschechischen Behörden dem Analogen abgeschworen hatten und modern und sozialkonform agierten. »Nur prälatisches Gerede«, fauchte Anke.

Schließlich erfolgte eine doch recht exzeptionelle Positionierung seitens des Přemysl. »Überzeugung ist gut, Überzeugung ist nötig. Überzeugung ist lebensnotwendig.« Das waren seine Worte.

»Ich kenne den Highway von Caracas über Valencia bis nach Barquisimeto und hinunter nach Calabozo und hinauf nach Barcelona und nach Puerto La Cruz und wieder westlich hinein in den Parque Nacional Guatopo und weiter nach Caracas. Das sind Wegstrecken, die man schätzt. Was ist Böhmen, was ist Mähren? Nichts, Anke, nichts.«

22

Anke zeigte mit dem Finger irgendwohin und er setzte fort. »Ich könnte, wollte ich nur, den Highway nach Prag, rüber nach Olmütz, runter nach Leitomischl und ins herrliche Brünn und nach Budweis und hinauf ins schöne Karlsbad querbeet ausbauen und alleine finanzieren. Und das nicht nur cinematografisch.«

Sie sagte, dass sie müde wäre und es ginge da ums Ganze. Und dass man weiterdenken müsste, weil die Welt sich verändere und dass es den Leuten da drüben über der Grenze auch ganz einfach ums Überleben ginge, auch um Aufschwung. Franz Friedrich Přemysl-Trenk wiederum konnte den mäandernden Formalismus im Tschechischen nicht ausstehen, weil der nichts brächte und wenn sie ihn in ein Amt einsetzen wollten, sollten sie kniefällig werden. Er hätte das nicht nötig.

Da rief ihn, wie es die Leute so gerne tun, spät abends

der tschechische Spitzensaxophonist Vaclav Strosny an. Er, Strosny, würde den tschechischen ›Saxo-Event‹ vertreten, in Prag zumal und er wisse um des Přemysliden Taten in Venezuela und man könnte auch gemeinsam in Pilsen und Strakonice auftreten. Oder in Příbram und andernorts und auch den Saxo-Event in Polen in Wroclaw hätte er anvisiert und in Gorzów Wielkopolski und auch, und das nur als gegebenes Beispiel, in Białystok oder fernerhin in Busko-Zdrój. Da gäbe es schlechterdings Gelegenheit an Gelegenheit und wie die Reiher stünden sie auf westliche Musik. Man könnte sich entscheiden.

Der Vaclav entfaltete dann durchs Telefon Kraft und Mut und blies jede Note und er würde mit aller Entschlossenheit daran gehen und gäbe es ein Rennen, so wäre ihm das auch gleichgültig.

Franz Friedrich Přemysl-Trenks nun sang und spielte das Seine aus dem reichen Repertoire von Volksliedern begleitet mit eigener Gitarre, in Richtung Böhmen. Das wären ja doch schließlich super Melodien, sagte der Vaclav, er hätte das nicht gedacht, aber auch ein Wagnis, weil er gerade in der Tschechei in einem Aufbruch stecke, nach einem Zusammenbruch. Aber er schöpfe gegenwärtig seine musikalische Power und sein Selbstbewusstsein aus seinem Ich und das konsequent wie nie vorher und man lerne nie aus und er, Strosny, könnte stolz sein.

Vaclav Strosny vertraute den beiden an, dass er täglich bis in den Mittag hinein ausruhe, dann jedoch richtig pulsiere. Manchmal könne er jedoch tagsüber kaum schlafen und auch nachts erwache er schlaftrunken, wohlwissend, dass andere mehr zu leiden und zu tragen hätten und dass die Welt auf diese Anfeuerungen des Leids global antworten müsste.

Er erzählte von einer verlorenen Braut, welcher er wie ein schwer kranker Hasardeur liebte, und dass er nach dem Studium total verschuldet die Absicht hatte, in die Moldau zu springen und jeder Versuch auf den siebzehn Prager Brücken wäre ihm zum Nachteil ausgelegt worden, weil er ein Feigling wäre. Jedoch er bereite sich weiterhin gerne und manchmal auf ein schönes Ende vor.

Anke meinte, sie hätte diesen Slawen nicht recht verstanden. Und sie deutete dem Franz Friedrich, er sollte den Vaclav Strosny am Telefon abwürgen. Es wäre zwei Uhr am frühen Morgen und er dürfte ja wieder einmal ins gemeinsame Schlafzimmer eindringen.

Seinen, Strosnys Beitrag zur Ehrenrettung aller Přemysliden durfte man ihm getrost abnehmen. Der Přemysl legte sich schon auf Vaclav Strosnys Seite, denn der Spitzensaxophonist mit tschechischer Urigkeit, Vaclav Strosny, der also viel zu oft und zu lange elend schlief und sein Ehrgefühl aus seinem Ich und das obendrein beharrlich schöpfte, machte eben seine wieder gewonnene Regsamkeit nicht vordergründig an der ethischen Grundfeste seiner Musik fest.

Eher kreierte er modernen Saxophonismus edlerer Art aus der individuellen musikalischen Moralität der gesamten tschechischen Musikszene, dem Drogensumpf auch, dem exzessiven Alkoholgenuss der versammelten Saxo-Hierarchie. Jiří Benesch, Mischung aus tschechischem, slowakischem und ungarisch-zigeunerischem Blut, holte ihn seinerzeit, vor sechs, acht Monaten, heraus aus dem Morast und nun stünde er wieder oben und zwar ganz oben.

23

Es entwickelte sich nun alles wie der Faden aus dem Wollknäuel. Und die dunklen Flecken wurden heller und Dämmerung brach an.

Einer Einladung der Herren Primátoren Josef Jelinek aus Pilsen und aus Brünn, Karl Butzecky nachkommend, zogen Strosny und der Přemysl nun recht überragend vom Leder. Butzecky wiederum stellte ihnen direkt in Brünn seine Tochter vor, Elena Butzeckova, promovierte Sozialkundlerin mit multikulturellen, besonders russisch-ukrainisch ausgerichteten Feldversuchen. Elena Butzeckovas lange wissenschaftliche Mühen offenbarten eindeutig die Berechtigung musikalischer böhmischer Fachliteratur, auch rückblickend auf zweitausend Jahre tschechisch-slawischer Bläsergeschichte.

Ihres Erachtens wäre schon der Gründer der tschechischen nationalen Szenerie, ein gewisser Čech, einschließlich seiner Brüder Lech und Rus, ausgewiesene musikalische Asse gewesen, Familienmenschen allemal, furchtlose Wanderer und von solchen Menschen könnte man Unerschrockenheit und vorausschauende Besonnenheit lernen.

Da nickte man mit den Häuptern und er, Vaclav Strosny selber, würde diese Urväter, das wäre jedoch eine akademisch nicht nachgewiesene und abgesicherte individuelle Ansicht, als die Grundpřemysliden betrachten und dergleichen bräuchte man, um sich aufzurichten.

Dem konnte Franz Friedrich Přemysl-Trenk seine Referenz nicht verhehlen. »Qualität ist stets und demnach global und historisch anzuerkennen und zu respektieren.« Auch damit lag der Přemyslide voll im Trend.

Vaclav Strosny, Person, Identifikationsgarant, Tonkünstler mit tschechischem Wurzelgeflecht, erhoffte sich von diesen gemeinsamen Auftritten einfach nur frohe und fröhlich umgestimmte Menschen in die neue Woche zu schicken, an ihre verteufelt unangenehmen Arbeitsplätze, in diesen heutigen Sklavenzeiten, unter den Bedingungen kapitalistischem Standrechtes.

»Weitblick«, sagte er, »Weitblick ist nunmehr angesagt. Nur die besonnene Vorausschau ändert die Dilemmata im Kosmos.«

Vaclav Strosny gab da doch eine Menge hoch interessanter Erkenntnisse von sich und zum Besten und Franz Friedrich bestätigte, dass auch ihn diese großartige und verdammte Ehre hinreiße, hier in den tschechischen Gebieten aufspielen zu dürfen. Butzecky kredenzte dann auch eine Ladung echten russischen Wodka und böhmischen, sehr fein geschnitten Schweineschinken. Auf Tannenholzbrettchen, fein gemasert und sauber gewischt.

Und er ergänzte, dass seiner Ansicht nach alles einmal zu Ende gehen wird und er dankte, gerichtet an die restlichen versammelten Herren Primátoren, für den in ihn gesetzten kollegialen Glauben. Přemysl wiederum dankte für das ihm geschenkte Vertrauen in seine Kunst im Rahmen und vor allem im Auftrag der Völkerverständigung und dergleichen wäre schon in Venezuela gut abgelaufen und gut angekommen und ebenso erfolgreich zu Ende gebracht worden. Vaclav Strosny dankte für den guten Schinken, welchen man ja auch in Tschechien in dieser Qualität schon suchen müsste. »Könnte ein mährisches Stück sein«, sagte er, »und sehr wahrscheinlich aus Hustopeče?«, fragte er, und der Butzecky bestätigte das und er, der Vaclav Strosny kenne sich aus. »Respekt, Freund, Bruder Vaclav.« Butzecky geriet außer sich.

Přemysl veranschaulichte noch einige Späße aus seiner Zeit in Venezuela und die Venezolaner wären dort gleich recht hitzig gewesen und würde man überhaupt global von Destruktion sprechen, dann eben nur eingebunden in diese venezolanischen Hitzetiraden von kosmischem Ausmaß und er hatte in dieser Affenhitze ›Heimat deine Sterne‹ intoniert. »Kommt immer gut an«, setzte Franz Friedrich hinzu.

»Tüchtig, tüchtig, Vaclav«, ehrte er den Vaclav Strosny vor den versammelten Tschechen und an die Herren Primátoren richtete er nochmals die selten von ihm geäußerte Bitte, der Abkehr von der Musik in diesem so schönen Land Einhalt zu gebieten, würden doch Perspektivlosigkeiten und der klare Gesamtgestus von Ignoranz und Nichtwissen die Musik und deren Aussagekraft destabilisieren.

24

Der Primátor Josef Jelinek aus Pilsen machte sich dann nochmals zum Wortführer und legte gesteigerten Wert auf seine wohl bedachte Aussage, dass Musik aus tschechischer Sicht eine Ausweitung der Werte allgemein beinhalte, auch jene der Ehre und Würde, jene der Beharrlichkeit und Beständigkeit im Diesseits und aktuell, brandaktuell.

»Musik ist ein großer Ausblick in die tschechische, wenn nicht gar in die slawischen Seele und die Historie des böhmischen Volkes an sich.« Solches warf Brünns Karl Butzecky, der dort und im weiten mährischen Umkreis ehrengeachtete

Primátor in die Waagschale und dass eben vieles noch mehr problemorientiert gehandhabt werden müsste und seine Tochter Elena hätte hier und jetzt als Sozialwissenschaftlerin besondere Eigeninitiativen entwickelt und ihresgleichen würde ja heute überall beklatscht. »Und schaut euch doch einfach um.«

Elena Butzeckova, Doktorin der Sozialkunde mit multikulturellen Bezügen und mannigfachen Modalitäten und didaktisch-methodischen Projektarrangements, schaute sich den Přemysl genau an. Er wäre einer, welcher furchtlos mutige Gedankengänge formuliere und das im Konzeptionellen wie im Strategischen. »Dir, lieber Franz Friedrich, eilt der Ruf voraus, ein Pionier des Universalgeistes zu sein, weit jene üblichen und dahergeschneiten Novitäten überragend, welche sich affin jeder modernen Torheit zum Türöffner machen. Dank dafür.«

Vaclav Strosny bestätigte dem deutschen Freund, auf den noch Ungeahntes lauere, eine seltene Weisheit, die ihn wiederum befähige und bereit mache, das chaotische oder katastrophale tschechische Grundphänomen nicht zu vergleichen mit legitimer und zum Neuaufbruch mahnender Krisis und solches würde er auch nicht verwechseln. Und das wäre doch genau das, was der Tscheche oder auch die Tschechin benötigte in Zeiten, in denen das Politisch-Soziologisch-Fiskalische weiland schon des Öfteren vor die Hunde gegangen wäre. »Erinnere man sich, verehrte Herrschaften.«

Es folgte nunmehr einem herzhaften Prosit ein weiteres und das kräftige und unbefangene Lachen brachte die Autoritäten in Hochstimmung.

Dann interpretierte Vaclav Strosny nun an der Seite der

herrlichen Elena gerückt, sein ureigenstes saxophonisches Spiel, höchst motiviert, höchst zukunftsorientiert und strategisch modern angelegt, symphytisch und dezidiert. »Eine kakophonische Schau, dies«, sagte Anke, mitgereist ins Böhmische. Zu delektierter Hochform aufgelaufen, hatte sie bisher doch noch kein Wort verloren.

Franz Friedrich ließ sich von Ankes Voreingenommenheit nicht den Mut nehmen oder gar ins Bockshorn jagen. »Veritabel diese Umsetzung«, applaudierte er dem Vaclav Strosny. »Da wurde der Pflug angesetzt und das musikalische Feld wurde beackert, Scholle um Scholle, ein Umbruch in perspektivisch horizontaler Wandlung. Ja, beackert und Vaclav Strosny macht sich Gedanken.«

»Große Musik, starke Musik, autonome Musik«, konzedierte der Prager Primátor Milos Tomáš Jan Křepek-Husak. Der hoch geachtete Herr Primátor musste es wissen, spielte er doch während studentischer Zeit in den Prager Cafés das Klavier und das Saxophon, einfach um nicht finanziell auszutrocknen und solche Leute braucht die Nation. »Die Welt verliert zunehmend ihr Konzept, ist weitgehend aus den Fugen geraten. Böhmische Musik eint, kräftigt die Lungen und steigert Empathie und Vertrauen.«

25

Im andauernden Gespräch verhaftet, stellte der Primátor Milos Tomáš Jan Křepek-Husak fest, dass nur durch Anarchie und Vitalität der kulturellen Eliteerneuerungstruppen des tschechischen Volkes kulturell wie in kalkulierter Amorphität Deckungsgleichheit geschaffen werden könnte. »Und allenthalben. Und überall. Identität, lieber Franz Friedrich Přemysl-Trenk, Kongruenz und Reform allein.«

Man trank viel Gutes und süffiges pivo und das musste man den Tschechen lassen. »Wenn Bier, dann eben pivo.«

Primátor Josef Jelinek aus Pilsen hob den Krug. »Alle Macht den Witigonen«, stammelte er, die Thematik endlich wechselnd, und der Primátor Milos Tomáš Jan Křepek-Husak entgegnete etwas verärgert, dass dem nichts hinzuzufügen wäre und landesweit ginge es jedoch um die Wiedereinsetzung der Přemysliden. Das solle sich der Herr Primátor Josef Jelinek doch endlich merken. Und ob er den Geruch noch nicht in der Nase hätte, er, der Herr Primátor Josef Jelinek aus Pilsen. Und die Macht müsste sich wieder in einer Hand komprimiert zusammenballen und nichts gegen Witigonen und dergleichen Leute. »Aber es war doch unser großer Pflüger, lieber Franz Friedrich Přemysl-Trenk, Ihr Vorfahre, der uns vor der geschichtlichen Vergessenheit und Verdammnis gerettet hat und wer denn sonst, frage ich.«

Franz Friedrich Přemysl-Trenk sicherte vollstes Verständnis zu und würde er in Prag oder in Marienbad oder irgendwo an der schlesischen oder österreichischen Grenze seine Ballade ›Heimat deine Sterne‹ singen und mit Gitarre dezent, versteht sich, begleiten und auch dem Vaclav Strosny diese edle Musik anheimstellen, dann eben auch im Rückblick auf in Europa einmalige kulturelle Errungenschaften unter eben diesen Přemysliden.

»Und hat unser elendes Pilsen nicht den blutrünstigen habsburgischen Despoten Wallenstein aus der Heimat nach Eger verjagt? Haben ihn die Egerer nicht in den Leib gestoßen? Und waren das nicht Ausländer? Und ein edler Slawe hätte dergleichen nie über sein Herzu gebracht.« Josef Jelinek aus Pilsen, ehrengeachteter Primátor, jedoch unter momentanen Umständen kaum Herr seiner Sinne, hob da doch sogar noch das Glas auf die Egerer und auf einen für die seinerzeitige Faktenlage notwendigen irischen Obristen, einen gewissen Walter Butler. Und der zweite Trinkspruch erinnerte an den schottischen städtischen Kommandeur von Eger, diesen Johann Gordon. Primátor Milos Tomáš Jan Křepek-Husak reckte seinen rechten Zeigefinger wie eine Lanze. »Solltest du, lieber Primátor Milos Tomáš Jan Křepek-Husak auch noch auf Hauptmann Walter Deveroux den Krug erheben, stoße ich dir meine Hellebarde in deinen verfluchten Ranzen und zur Hölle mit dir. Ihr habt den obersten aller Ruchlosen vergessen und zum Teufel mit den Schotten und zum Teufel mit Walter Leslie, der ein elendes Schwein war und alle Schmach, alle Ehrlosigkeit ist heute auszugießen über diese barbarischen Verräter und Mörder.«

Primátor Milos Tomáš Jan Křepek-Husak war somit in heftigste Rage abgeschmiert und packte den seiner Meinung nach charakterlich total heruntergekommenen und elenden Primátor Josef Jelinek aus Pilsen am Arm und warf ihn über die Bänke und forderte alle Anwesenden auf, sich auf diese Pilsener Sau zu stürzen. »Du warst schon an der Uni ein widerlicher Rüde, Josef Jelinek, ein übler Klassenfeind, wie er im Buche steht. Der gleiche Tod für dich, Josef Jelinek und Schande über dich und deine Familie und deine Mutter und deinen Vater und bis ins sechste Glied und recht ist's, dass der Josef-Miroslav Čermák deine blöde Schwester schwängerte. Recht geschieht ihr, dieser blöden Zdenka, die der Teufel holen soll. Und ich war hinter der her. Du hast an der Uni die entzückende Vlasta Klasnova öffentlich enthüllt und die unübertreffliche Marketa Brzobohatá-Hadenova ebenso und du elender Hund weißt genau, dass ich die Vlasta Klasnova überreden wollte, ich, wer sonst, und das vergesse ich nicht.«

»Selber Blödmann, edler und affiger Primátor Milos Tomáš Jan Křepek-Husak aus dem dreckigen Scheißhaus Prag, diesem öffentlichen tschechischen Abort.«

Jetzt wurden sie brutal und verletzten sich nicht nur verbal und einer sagte dem anderen, dass er ihn seinerzeit hätte umbringen sollen.

Franz Friedrich Přemysl-Trenk und Vaclav Strosny spielten dann, gerührt von der allseitigen Begeisterung, noch etliche deutsche und tschechische Volkslieder und der Franz Friedrich Přemysl-Trenk sagte, dass der Vaclav Strosny jede Kadenz improvisiere und wenn einer virtuos spiele, dann eben der tschechische Ausnahmesaxophonist und Weltmusiker Vaclav Strosny.

Vaclav Strosny selber hatte auch schon genug gewettert und sich zu Wort gemeldet und musiziert und er legte sich auf das Bühnensofa hinten im langen Korridor des großen Opernhauses und schlief wie die Herren Primátoren einen schweren Rausch aus und man fand ihn erst zwei Tage später in einer größeren feuchten Umgebung wieder.

Primátor Milos Tomáš Jan Křepek-Husak entschuldigte sich mehrere Wochen später, um das vorweg zu nehmen, in einer handschriftlichen Nachricht bei seinem Freund und Gefährten Franz Friedrich Přemysl-Trenk. Wegen der Sauferei würde er sein Beileid mitteilen und er freute sich über die herrliche Weltgewandtheit und des heutigen kreativen

Wirkungskreises musikalischer Genies und deren obsessiver Querulanz und nur so und nicht anders und vor allem nicht ohne Widerspruchsgeist könnte man auch eine neue Zeit und Weltordnung auf den Weg bringen.

26

Vaclav Strosny freilich, wieder erholt von prächtigem pivo, stand fernab jedweder Fragestellung, alleine im Saale stehend, fernab unzerstörbarer Disposition. Jedoch auch gezeichnet, gleichwohl souverän wie er sagte oder aber auch zumindest andeutete, saxophonisch einer kosmischen Exposition und eklatant mächtiger Volumina ausgeliefert, sphärisch, exorbitant orional. Im weitläufigen Spektralen gewissem Background zugeordnet und in außergalaktischen Raumtiefen lokalisiert per se.

Jiří Benesch, übriges von einem tschechischen Vater gezeugt und von einer Mutter aus aller Herren Länder empfangen, geboren und erzogen, war dem Freund Vaclav Strosny ungemein zugetan: »Der Vaclav Strosny, was ist mein Freund«, säuselte er, in einer weichen Gummimatte liegend, »identifiziert er das Saxophonische in einem vorherrschenden und immer wieder neu zu entdeckenden Maximum. Schöpferisch und vor allem kreativ, der Vaclav. Und er war es wert, gerettet zu werden aus dem Verelendungsprozess, dem morastigen und wieder mitten hinein katapultiert zu werden ins musikalisch-böhmisch-slawische Element.« Und es wäre ihm ein Vergnügen. Dabei rannen ihm die Tränen aus den Augen über die böhmisch-slawisch-ungarischen und doch schon so mies zerklüfteten Wangen und hinunter über diese ausschweifende Kinnlade und hinein ins offene Hemd. »Und der Vaclav Strosny gehört zur Gilde der Sieger, der Brückenbauer und der Versöhner, der den globalen Groll und auch die Bosheit verabscheut, jede Feindschaft saxophonisch aufhält und dezimiert.« Da erhob er sich nun zu Ehren des schon martialisch schlummernden Vaclav, der gute Benesch und weinte und taktierte mit seinen syxophonischen Händen allzumal. »Das darf und muss ich sagen, als Freund und Genosse. Und der große Přemysl möge mir beistehen, weil's wahr ist.«

Und er wandte sich nun an den musikalischen Vokalisten und Bariton und Gitarristen Franz Friedrich Přemysl-Trenk, welcher schon in Caracas spielte, der wiederum im gleichen Augenblick an seinen alten und schon verstorbenen Freund und Lebensgefährten, wenn auch nur kurzzeitig, den guten American Pitbull Terrier León dachte und Franz Friedrich hielt in diesem Augenblick viel von Amerika.

Er würde auch A-cappella singen, überlegte Franz Friedrich Přemysl-Trenk, weil im klassisch-bewährten Repertoire fühlte er sich entgegen ursprünglicher Annahme pudelwohl und die entsprechende Literatur hätte er nun auch schon studiert.

A-cappella-Arrangements aus weichem afro-amerikanischem Soul, bass guitar inklusive und fetzigen nonverbalem Protestrock. Vaclav Strosny würde anmerken, dass er mit kultiviertem Pop rechne und das alles logisch in individuální definici.

Der gute Benesch sagte ja doch schon auf der Fahrt vor acht Tagen hierher nach Brünn, dass sie doch alle drei, der Vaclav Strosny, der Franz Friedrich und er, der Behnisch, solidarisch mit Stimme und instrumental bestehen könnten, hier im Böhmischen und auch im Polnischen, logisch. Es ginge ihm, Benesch, alleine um ausgeprägt fakultative Instrumentalbegleitung und hier wäre noch was darüber nachzudenken und das Böhmische käme ihm zupass.

Franz Friedrich hatte seine Anke, die neben ihm gesessen hatte, verwegen ins Gesäß gekniffen und er war sich dessen sicher und der Vaclav Strosny und der zigeunerhafte Jiří Benesch, mit der Samtstimme und diesen fantastischen Fingern wären seine, Franz Friedrichs Brüder. Herzensangelegenheit. Und Přemysl-Trenk dachte nicht nur an León, sondern auch und das in großer Deutlichkeit an seinen Urahnen, den Pflüger Přemysl.

»Mit dem Herzen sieht man besser«, und er erforschte nun hier im Brünner Saale sein Gewissen, inwieweit er die Anke gegenüber dem Baritonalen vernachlässigte und er wollte da in sich gehen. Er kam dann zu dem Schluss, dass er alles, auch das gute Verhältnis mit seiner Anke, dem León zu verdanken hätte und er würde zu überlegen haben, inwieweit ein echter American Pitbull Terrier in der Nachfolge des seligen León ein Anrecht hätte.

27

Die nächsten Tage der vorbereitenden Consilien mussten kommen, brachen an und es erhellten sich der Himmel und sein Freund, der Horizont.

Natürlich ging es Tage später in Prag und wie sollte es denn anders sein, wiederum zu vormittäglicher Stunde um die Frage, inwieweit der Přemysl-Hype, der durch die hoch löblichen Herren Primátoren wie durch Vaclav Strosny und den zu früher Tageszeit noch nüchternen und eindeutig freundlich-zigeunerhaften Jiří Benesch ins Bankett geschleudert wurde, denn aufrechterhalten werden könnte und Franz Friedrich Přemysl-Trenk sprach da vom möglichen Zusammenbruch, von explodierenden, praktisch vulkanischen Perzeptionen und das landesweit. Er schaute verwegen durchs Fenser über die Dächer der Prager Altstadt, drehte sich dem einladenden Primátor zu und machte seinen ergebensten Diener.

»Ja, was heißt Zusammenbruch«, rief Primátor Milos Tomáš Jan Křepek-Husak bei dieser ersten Konferenz im Hinterzimmer vom Karel Hanizel drunten im Graben und er verbat sich ausländische Einmischung und man müsste im Prager Parlament mit unzureichenden Mehrheiten rechnen und danach richtig abrechnen.

»Und das bringt Dramatik ins Leben«, war die Auslegung des Josef Jelinek, der noch immer sein Leben für die Machtübernahme der Witigonen in die Waagschale werfen würde.

Ob Musik oder Saxophonie«, rief wiederum der Benesch, »alles bedeutet Explosion und jeder tickt für sich und nach seinem Gusto.« Und da würde noch manches Wässerchen die Moldau runterfließen.

Und der Primátor Milos Tomáš Jan Křepek-Husak ergänzte erneut, dass noch manches andere die Moldau hinunterflösse. Sillschweigend, wie sich's gehört. Und er allein wusste, was denn da runterflösse, und er lachte.

Und so mancher und das wollte er gesagt haben und er stierte den beiden anderen Primátoren schrecklich ins Angesicht, schreie nach Wasser, obwohl er hier in Prag in seiner

Stadt nur Wein saufe. Und er hätte die doofe Schwester vom Josef-Miroslav Čermák, diese elende Zdenka, ja geheiratet. Aber der Pospischil, dieses Vieh, hätte sie ihm ausgespannt und das würde er dem Bock nicht vergessen und ihm schaden, solange diese Sau von einem Pospischil lebte. Vaclav Strosny verwies da drauf, dass der feuchte Besuch vor Tagen in Brünn nichts gebracht hätte und das Politische doch jetzt hier in Prag anstünde und nicht wieder die abgestandene Zdenka oder irgendeine Moldau.

Und es ginge doch bei diesem zweiten Anberaum um den tschechischen Thron oder liege er da falsch, fragte der Vaclav Strosny in fulminantem Ton.

Und der Benesch sagte, dass die Vlasta Klasnova immer noch in Prag auf dem Vínohrady hinten umtriebig wäre und ein gutes Geld machte mit Hüte und mit dem Bordieren und Second-Hand, gebraucht und gemischt und insbesondere mit den ausländischen Herren Diplomaten auf Du und Du stünde.

Der Josef-Miroslav Čermák, dazu geladen, erhob sich und verkündete dann und er hielt frohgemut ein Glas frisches Bier in der rechten Hand, dass es doch der Milos Tomáš war, seinerzeit, der in die Moldau sprang, stockbesoffen wie immer. »Und die Leute drüben in Libeň haben dir zugeschaut und sich eins gelacht. Bist ein Esel und bleibst ein Esel und so was wird ein Primátor. Na, in Prag ist alles eben möglich. Die machen einen Esel zum Primátor. Ich werd' narrisch.«

Die Anke, wieder im politischen Kreise der Herren angesiedelt, hielt ihnen vor, sie und der Franz Friedrich wären extra aus Bayern hierher nach Prag gebrettert und nach dem Brünner Besuch wäre das der zweite Besuch in kürzester

Zeit und jetzt sollten Nägel mit Köpfen gemacht werden. Sie hätte daheim mit ihren Cino-Palästen viel und viel zu viel zu tun. Na also, denn.

Der Primátor von Prag fechierte mit der Hand, redete jedoch nicht mehr. Geholfen hätte ihm, dem besoffenen Milos, seinerzeit die Ludmila Bellerova, deren Vater gefischt hatte und sie hätte ihn ins Boot gezogen, ließ er noch wissen, der Josef-Miroslav Čermák.

»Siehst, Milos, bist nicht verreckt, hast dein Leben einer depperten Gans aus dem blöden Libeň zu danken, wo auch nur Abschaum lebt, und das seit Jahrhunderten. Und was ist aus der blöden Henne geworden? Na, wegezogen ist sie mit dem Miroslav Kupka, einem dürren Depp von einem Akademiker und sie, die Ludmilla, eine kleine Tochter von einem Fischhandlerer.«

Aber ihren Hund, ein neumodischer Kläffer aus dem fernen Labrador, den hätten sie erschlagen und da wäre die Aufregung groß gewesen und die in Libeň hätten es einer auf den anderen geschoben. »Aber was kann der Hund dafür, frag ich dich.«

28

Der dazu geladene Josef-Miroslav Čermák sagte, hier in Prag gäbe es noch Leben und Liebe und er pfeife auf den Hund und dass er nie Wasser und Wein trinke und das stünde schon in der Bibel und die wären doch schon seinerzeit alle alkoholabhängig gewesen, eben Mittelmaß, und seine Frau freute sich früher über jedes Deo und die Bananen, die der italienische Konsul vorbeibrachte. Und die Vlasta

Klasnova hätte Deutsch und Amerikanisch studiert und hätte eine Auslandserfahrung und ob sie das Saxophon beherrscht, wandte er sich an den Benesch und den Vaclav Strosny, könnte er nicht mit definitiver Gewissheit sagen.

Primátor Milos Tomáš Jan Křepek-Husak nahm nun wieder unversehens den Čermák ins Visier: »Josef-Miroslav, bitte, schau mir in die Augen, hör mir zu. Jeder weiß doch, dass der italienische Konsul nicht nur zum Wassertrinken in deine Hütte geschlichen ist«, lachte er und klatschte dem Benesch auf den linken Schenkel und der zigeunerisch-liebenswürdige Jiří Benesch laborierte ja seit Wochen mit einem purulenten Batzen rum und schrie, dass er jetzt halb verrecke. Wegen dem Schmerz von dem Schlag. Der Čermák winkte ab.

Anke rief: »Thronbesteigung.« Und: »Verdammt.« Aber sie hatten alle ihre Gedanken bei anderen Exzessen. Und der Jiří Benesch wurde auch bärbeißig und laut.

Der Primátor Milos Tomáš Jan Křepek-Husa monierte, dass der Jiří Benesch jetzt wie ein korrumpierter Russe schreie und das in seiner Stadt, im herrlichen Prag und der Benesch wäre auch nur eine infizierte Wohlstandskreatur. Und er, der Primátor Milos Tomáš Jan Křepek-Husak, hätte da eben nur die Wahrheit gesagt und nichts als die Wahrheit. Weil eben die Čermáksche, die Zusana, ihren Bub von eben dem Konsul gekriegt hätte und der Kleine schaut dem Vater so gleich wie ein Aff dem anderen und er, der Jiří Benesch, sollte da nicht lachen und auftrumpfen, weil so was überall passieren könnte.

Aber einen Respekt hätte er vor einem solchen Scheiß-kerl von einem Konsul überhaupt nicht und er wäre schließlich der Primátor Milos Tomáš Jan Křepek-Husak von Prag und er hätte schon von jeder Prager Moldaubrücke gekotzt. Dann drückte er dem immer noch grölenden Jiří Benesch den Ellenbogen in den fetten Bauch und sagte ihm, dass er, der Primátor Milos Tomáš Jan Křepek-Husak, erbarmungslos zuschlage und er sollte sich vorsehen und er rief nach dem siebten Bier.

Franz Friedrich war nach diesem zweiten und so schnell einberufenen Symposium, wie es ihm schien, unbefriedigenden und von vorneherein unnötigen Fahrt nach Prag, leicht mürrisch. »Was tun wir hier, was wollen wir hier, wohin geht die Reise?«

Primátor Josef Jelinek aus Pilsen und Primátor Karl Butzecky aus Brünn umarmten einander, denn man käme so jung nicht wieder zusammen. Das war ihrer beider Meinung.

»Ein Irrenhaus«, konnte sich Anke nicht verkneifen, festzustellen, »und das mitten In Prag. Wir fahren wieder heim. Pfeif auf den Thron.«

Dann begab sich das nette Fräulein vom Tresen zum Sicherungskasten im Korridor vom Hause und drehte den Schalter nach rechts, weil das viele Licht zu teuer würde. Und die Herren Primátoren und der Jiří Benesch und der Vaclav Strosny schnarchten durch die Nacht. Wieder ein Tag und wieder eine Nacht. Der Franz Friedrich Přemysl-Trenk sagte, sollte er hier bald regieren, würde er ihnen den Gashahn abdrehen, denn ohne Gas und ohne Licht und ohne Wasser kein Menschsein.

Er pfiff einem Prager Taxifahrer und der fuhr ihn mit seiner Anke über die Grenze und der Taxefahrer, ein gewisser Jan, schimpfte wie ein Rohrspatz, dass es doch an der Zeit wäre, dass man alle Politiker ertränkt. Wo, wäre ihm völlig gleich und er würde für die Witigonen stimmen. »Aber die Intellektuellen stehen wieder zum blöden Přemysl und gegen das Volk. Den Pflüger hätten sie damals schon in die Moldau werfen sollen.« Aber es wäre kein Verlass. Trotzdem empfände er dieses neue Suchen nach Verlässlichkeit eher als ein imaginäres Tasten, eben als das Fantastische an den Momenten der Absage an Anarchie und Durcheinander und man wüsste nie, wo dergleichen Ambitionen enden würden.

29

Anke verglich ihre derzeitige Situation mit einem kompletten Schiffsbruch, jedoch auch mit einem legitimen Aufbäumen gegen Niedergang. Als Cinemafrau waren ihre abstruse Filme, Spielfilme aus der Horrorszene, Skurriles vor allem doch wohl vertraut. Die Umstände, die ihnen beiden zur jetzigen Zeit zu schaffen machten gingen weit darüber hinaus. Sie wusste, dass die Welt nicht auf ewig dahin sieche, dass vieles so banal wäre. Und die Frau Kasimir von Kasimir&Co. könnte noch leben, hätte sie den winterlichen Streifgang durch die Kordilleren überstanden. Schneemassen schienen über sie hinweggegangen zu sein. Oder auch der Herr Hochwürden von Sankt Barnabas, ein schöner und integrer Mann, der heute im Rollstuhl sitzt. Und die Frau Henrichs, in deren Auto der Geistliche oft Gast war, hätte gesagt, der Leopold hätte eben nie eine Ruhe gegeben und dann wäre sie an den Straßenbaum gebraust, Ahorn, sechzig Jahre.

Franz Friedrich würde die zwei Angebote als tschechischer Primátor in irgendwelchen tschechischen oder slowakischen oder slawischen Städten oder Großstädten Verantwortung zu tragen, zwar bedenken, jedoch nicht übernehmen und ob er sich in die musikalische Szenerie dort drüben in die Arme werfen würde, bliebe dahin gestellt, weil er ja vor Ort einen Kino-Central-Komplex dirigierte und einen Haufen Immobilien zu kommandieren hatte. Und Höheres? Kaum darüber gesprochen worden von den Maßgeblichen, den Tonangebenden, den Tschechen. Es wären eben nur nichtssagende Begriffe an die Wand gezeichnet worden, wie ein Menetekel.

Karl Butzecky aus Brünn, dortiger Primátor, der diese anmutige multikulturelle Tochter besaß, ließ dem Franz Friedrich auch durch eine Mail mitteilen, dass eben gerade seine Tochter, Elena Butzeckova, promovierte Sozialwissenschaftlerin, überdies drüben im Westen ihre Feldversuche startete und mit allem Drum und Dran und er könnte jederzeit auf ihre fraulich-töcherlichen Erfahrungen zurückgreifen. Aber es wäre eben alles durch und durch korrumpiert. Aber sie würde vorbeischauen bei den Přemysl-Trenkschen.

30

Elena Butzeckova, Brünnerin, Tochter des Karl Butzecky aus Brünn, dortiger Primátor, ebenda, verbrachte nun ein paar Tage in München und würde wohl wieder nach Brünn zurückkehren, hätte drüben auch eine Großraumsuite zu eigen.

Bereits am ersten Abend im Großraumflat des Franz Friedrich Přemysl-Trenk und seiner Anke, selbst Wissenschaftlerin, vielsprachig zudem und bekannt, empfingen die beiden Kino-Mogule nämlich diese liebenswürdige tschechische Frau und Dame.

Die Elena Butzeckova stand ganz hinter den Perspektiven ihres ehrgeizigen Brünner Vaters, der von einer künftigen Witigonenherrschaft Grundsätzliches und wesentlich größere Teilautonomie erwartete, für die individuellen Landesteilen wie die tschechischen Städte. Und sie hätten doch alle mit den Relikten der Kommunisten heute noch zu tun. Wer kümmere sich schon, wer bemühe sich, gegen Rudimentäres jedoch hartnäckiges Konvulsives, als stünde man am Anfang der Geschichte. Zudem hätte jeder und jede seine und ihre diversive Mission, opravdu zvláštní mise, zu erfüllen, weil aufgetragen, protože byla použita eben.

Und, erwähnte sie, der Jiří Benesch und der Vaclav Strosny verdienten Beachtung, jene Hochgespülten, durch eigene Virulenz ihre künstlerische Mannigfaltigkeit erreicht, besonders angesichts der elenden Kakophonie des Saxophonischen und also landesweit ein Begriff geworden.

Und solche Leute wären nötig für Mut und Zusammenhalt. Musik wäre immer das Eine. Andererseits empfinde sie, Elena, auch nach barocker Architektur ein Verlangen. Deswegen auch ihre Reise ins Hiesige, opravdu příjemný výlet. Sie könnte sich nicht satt sehen und der Herr Primátor von Prag Milos Tomáš Jan Křepek-Husa, der ja mit dem Herrn Vater im Dauerclinch läge, seit gemeinsamen Studienzeiten in Prag, hätte sie dermalen schon eingeladen, seine Prager Stadt, jeho město, zu besichtigen. »Jeho město, dass ich nicht lache.« Und dieser Mann wäre ein zugreifender und exzessiver Mensch. Nichts da.

»Da muss so viel durchdacht werden.« Das hätte sie alles bereits eruiert. »Saxophon und das Uraltinstrument böhmischer Musikalität, die Zither, gibt es nicht zum Nulltarif. Der Musiker als solcher gehört zu den sensibleren der Wesen, die die Schöpfung hervorgebracht hat. Hier gilt es vertrauensvoll und initiativ zu initiieren und vor allem muss Resignation vermieden werden.«

Elena Butzeckova wusste, wo der Hase im Pfeffer liegt. »Und ob die Witigonen oder die Přemysliden ihren uralten und adeligen Wertekompass hochhalten, mag wohl von Bedeutung sein«, sagte sie. »Aber wie Albert Einstein schon festhielt, wäre dessen Relativitätstheorie zwar wichtig, wesentlich aber wäre nach Einstein die Bewegung per se, geistig und körperlich. Dem nun müssen beide Adelsgeschlechter entsprechen, sonst sind sie verdammt, in den ewigen historischen Abgrund einzutauchen und das für immer und ad infinitum.«

Elena Butzeckova setzte also und nur als Beispiel viel Vertrauen in den Jiri Benesch und vor allem in den Vaclav Strosny. Beide wären zwar finanziell wie moralisch am Ende. Aber ihr schien es ein Ende mit der Möglichkeit zu je neuem Anfang zu sein und man dürfte eben die Hoffnung nie aufgeben oder gar beiseiteschieben. Die Hoffnung wäre das letzte, heiße es im tschechischen Idiom. »Und gerade daraus erwächst jene Autonomie, die wir uns, wer immer auch die künftige Regierung bildet, wünschen. Einzig und allein.«

31

Anke war der Überzeugung, dass ihr Přemysl bei einem Eintritt in die tschechische Bewandtnis, nicht wissend, welches Schicksal ihn ereilte, den falschen Weg gehen würde. Ob so oder so und wie auch immer. Da würde viel zu vieles nach den Regeln von hässlichem Va banque laufen, aus dem Ruder laufen, ins Leere jagen. Und es hätten andere schon immer Va banque gespielt, wie der alte Tischlermeister Steppkens, der Haus und Hof in einem tschechischen Casino verspielte und jetzt drüben um Seniorenschachtelhaus überlegt, ob er diesen Fraß, wie er lamentierte, essen sollte oder den Sprung im Treppenhaus wagen sollte.

»Geh lieber ins Venezolanische, nach Caracas, Franz Friedrich, wenn du so gerne spielst, da sind die Verhältnisse solid. Und es gibt nichts Schlechteres, als Instabilität und der Mensch braucht einfach was. Und wenn es exponentiell ist.« Anke war zweifelte nicht, dass der Mensch das Recht auf sichere Zugänge hätte. Aber was nützte es, zu intergieren, wenn global die Ressourcen ausgeschöpft, das Recht auf Identität und Fragen der Philosophie und der Ethik hintan gestellt würden.

Elena griente verwegen und in gewisser Weise teuflisch, als wüsste sie mehr. Sie würde im Namen des Herrn Vaters gerne in eine frequente Debatte einsteigen. Sie lachte breitmaulig, diese eloquente Brünnerin Elena Butzeckova, den roten Lippenstift hätte sie vor Eintritt in das hiesige Domizil nachziehen dürfen. Was soll's. Auch nur eine. Eine solche gar. Wenn überhaupt.

Sie, Elena, wisse um die Ambivalenz des gestrigen Anrufs,

aber der Herr Vater brächte es üblicherweise nicht übers Herz selbst den Hörer anzufassen oder gar ins Automobil zu steigen und über die Grenze kommend, hier vor Ort einzufallen. Hätte er sich doch gewaltig daneben benommen.

»Und dann auch noch seine Attacken gegen Přemysl, unseren Urvater, unseren Pflüger, der das Land fruchtbar und die Menschen anständig gemacht hatte.« Zunächst zeigte sie sich allgemein recht betroffen, warf ihre langen Beine mal von dieser mal von jener Seite durchs Zimmer.

Sie räsonierte dann drauf los und war ganz der Herr Vater. Der Herr Herrn Primátor Josef Jelinek aus Pilsen, schimpfte sie, wäre eben korrupt und das seit Studentenzeiten, die dieser Pilsener Hund mit dem Herrn Vater und auch dem Primátor von Prag Milos Tomáš Jan Křepek-Husa gemeinsam an der Prager Karlsuniversität zugebracht hätte.

Und Letzterer wäre ja darüber hinaus eine Ausgeburt der Hölle, tendiere gegen jede Privatsphäre und schütze letztendlich den Gauner vor den Guten. Veränderungen im Staate ließen sich mit dergleichen Usurpatoren nie und nimmer bewerkstelligen. Und Tschechien wäre per excretionis allseitig befasst pulcherrume stultitia und das belaste sie.

Und er, Franz Friedrich Přemysl-Trenk und sie schenkte dem Přemysl ein faszinierendes Schmunzeln, könnte sicher angesichts seiner globalen Erfahrungen und das eben zvláštním způsobem mit dem Homo novus von Venezuela, diesem velkému vůdci Excelencia Don Raphaele Carlos Pablo de Martino y Sorolla, il único, el Señor presidente de la República Bolivariana de Venezuela, ein Lied singen.

»Ah, die weiß Bescheid, eine Soziologin eben«, dachte Franz Friedrich Přemysl-Trenk, »weltgewandt, diese Akademikerin, praktisch kollektiv im Geschäft, global, polyglott, resistent gegen Emporkömmlinge wie gegen Reflexe des gemeinen Volkes.

Aus solchem Fleisch werden Generäle geschmiedet oder auch Präsidentinnen.« Franz Friedrich Přemysl-Trenk wusste, solche Leute schreiben Geschichte. Er hätte viel zu bedenken.

Er wagte den Zwischengedanken auszusprechen, dass man auch hier im Osten, im Tschechischen, bei Naturvölkern, weder verbal noch nonverbal spalten dürfte. »Populi, pax, unitatis.« Behutsamkeit und bedächtiges Denken, Reden und Handeln wären hier die Maximen.

32

So ließ er die tschechische Dame weiterhin frequent reden und ohne Unterlass in die Debatte einsteigen und Anke war ganz Ohr, wagte Zwischenfragen. Und die Elena, wirklich und man muss ihr das zugestehen, ein liebes Mädchen, erwies sich jedoch mehr und mehr als mährische Schwadroneuse ganz besonderer Provenienz. Sie sprach zusätzlich und mit ungemein langem Atem über vatikanische Männerbünde und den tschechischen Showbusiness, die arabischen Geier, Adler und Falken, deren Flugkünste sie erst vor kurzem vor Ort bestaunte. Sie bestand auf ihrer Kritik am tschechischen Politiksystem und dass ekelige Gesellschaftssatiren in Mähren überhandnähmen, dass sie den systematischen Download jetzt definitiv beherrsche, dass sie den kolumbianischen Drogenbossen den Hund an den Hintern hetzen und ihre Frauen in der Pampas krepieren lassen würde.

Schließlich referierte sie über die weltweit anzusteuernden Grenzwerte für Stickstoffdioxid, dann über den sibirischen Tiger, welcher zu Unrecht vom Aussterben bedroht wäre, als Großkatze noch dazu. Schlussendlich würde sie den Kapitalistenschweinen in Südafrika, welche die Kumpel in fünftausend Meter Tiefe sich totrackern ließen, das Licht ausblasen. Und zwar definitiv und ohne zu fackeln und da wäre sie rigoros.

Schlussendlich wandte sich Elena Butzeckova in ihrem Prolog direkt an Franz Friedrich Přemysl-Trenk. »Lass es dabei bewenden, Franz Friedrich. Weder Musik noch Politik werden dich auf Dauer befriedigen. Zum einen: Wenn jemand tatsächlich Anrechte auf einen der adeligen Fauteuils erheben kann, dann nur du. Jedoch: Nachfolge hin oder her. Das Maß aller Dinge erscheint mir dein persönliches Wohlbefinden und eben Contenance. Überlege also, bedenke, myslete pečlivě, deine Seele, nur deine Seele ist das Maß aller Dinge, vaše duše je důležitá. Das Herz muss mitmachen, Srdce se musí účastnit.« Sie drückte seine Hand mit diesem spezifischen Brünner Frauenzugriff. Klar, deutlich, vielversprechend.

33

Franz Friedrich hatte ja doch nun schon einiges vom Zaun gebrochen. Von Caracas drüben bis Prag im Osten, historisch und fulminant spannungsladen, musikalisch wie eben in cinematic history. Und dazu bekannte er sich und ob er nun einer ist, der sich auf witigonische oder přemyslidische Narrative bezieht, wäre seines unerheblichen Gutdünkens und betrachtet man das Wesentliche noch dazu per se, v podstatě, völlig unwichtig.

Anke selber, nun auch ihre Gedankenwelt flutend, wissenschaftlich denkend, legte Wert auf Kongruenz, denn ohne Übereinstimmung doch kein Gegenwert. Und so gingen ihres Erachtens Profilbildung wie kakophonische Satire ineinander über: Ein Ton erwidere den anderen und alles mache dann erst Spaß und Freude und ließe demnach jene oft vermisste Identifikation mit neuen Ideen und Raum und Zeit in einem gemeinsamen Universum ja erst zu.

Elena nahm diese Gedankenwelt auf. »Oder anders gesagt: Wolfgang Amadeus Mozart war gestern, heute stehen Michael Dillerson oder John Lennon oder Bob Dylan oder Whitney Houston oder die große Beyoncé, wer sonst, an der Tür zum Olymp.« Und jeder fange klein an. »Und verachtete mir die Kleinen nicht, steht ja schon in der Bibel geschrieben.« Das wäre tief in ihr eingesickert in Kindertagen, erzählt durch die babička. »Ich selber basiere nicht mehr in religiösem Denken. Stehe nunmehr drüber. War ein Reifeprozess, bin faktenorientiert. Bin weit entfernt von diesem abseits der Realität und der Lage des factums, essentiellement, widersprechenden und negativ existierend-seienden Christentum oder vom současný judaismus.«

Sie, Elena, halte eher doch wohl das Sakral-Unnahbare, inhabitat inaccessibilem eben und Mystisch-Wertige des Buddhismus hoch, weil sie das sogenannte ›Alles in allem‹ als solches allmählich zu erahnen beginne und die Lehre der Soziologie stütze ihre Ansicht.

Musikalisch-kreativ prononciert meine sie demnach, sich rückbesinnen zu sollen auf die unendlich jedoch gegebenen

Traditionen des Bläsergenres, denn tanzende und wirbelnde Generationen von Ahnen und Urahnen verbliesen doch ihre Sorgen und Nöte, již v té dobĕ.

Elena erzählte, welch kleine Verhältnisse sie, die in Prag Geborene und mit den Eltern nach Brünn Ausgewanderte, prägten. Großeltern ärmste Leute, keine Gerechtigkeit, keine Nächstenliebe, kein Familienleben, Essen eigentlich elementares Grundrecht auch für Prager in der Altstadt weit in den hintersten Winkeln der Jalovcová, wo der Dreck noch stinkt, ist sie aufgewachsen, Nahrung musste seinerzeit auf der Straße und in den Mülleimern gesucht werden.

Eine harte Zeit in jenen Jahren und nur Pragmatismus ließ sie alle überleben, bis auf babička und dĕdeček, die Allerliebsten und Gütigsten, die starben am Hunger und Krankheiten und der Kälte in den zwei unbeheizten Räumen und sie würde das alles nie vergessen.

»Dĕdeček Ludek-Milan und Babička Ann-Maria, die Gütigsten der Welt, haben die gierenden Feinde auf der gegenüberliegenden Straßenseite nicht missachtet, ihnen weniges gegönnt, was sie selber vermissten, sie nicht verurteilt, die eigene Hand ausgestreckt, um zu trösten. Aber auch dĕdeček und babička mussten sterben, in eben jener kalten Winternacht.«

Deswegen verspreche sie sich gerade von den Witigonen Großes. »Denn auch wir, die Post-Witigonen, entbehren nicht der großen Abstammung von Witiko von Prčice eben, dem Vater aller Väter.«

Er dürfte, wie viele seiner Zeitgenossen, musikalisch bewandert gewesen sein, denn gerade das Zupfen und das Streichen und das Blasen wären schon immer böhmische musikalische Elemente gewesen, musikalische Realität. Wie gesagt, jak jsem řekl, comme je l'ai dit.

34

»Und die heutigen Herren Musiker vor allem, ereifern sich auf Superfestivals und diese Spieler sind mal wieder en vogue, klar, die Dummen und musikalisch Naiven.«

Ihrer Meinung nach böte jeder Klangkörper seine individuelle Note und Herausforderungen. Na gut, und trotzdem: Seit Jahrhunderten drehe doch gerade die Musik und der musikalische Kult die Entwicklung der Menschheit zum Besseren, damit die Menschengeschlecht gesellschaftsfähig würde, eine berühmte Rolle spiele, ans Herz ginge. »Musik fesselt die Masse, die Humanität in uns, zwingt das Geschöpf zum Guten. ›Sensum in genere‹ oder wie wir Tschechen es auszudrücken pflegen: »»Příslušně prakticky vlastním způsobem‹.« Das würden ja auch Leute wie Benesch und seine Freunde sagen.

Franz Friedrich Přemysl-Trenk schaute dieser als Elena getaufte Frau, diesem strahlenden Weib, mythologisch griechisch besetzt, die Glänzende auch, lange hinter ihr ausgebreitetes Gebälk: »Errare humanum est«, koinzidierte er nachdenklich, jedoch auch mit Gewicht.

»In Polen und in der Ukraine und besonders bei den Hunnen brennt es doch an allen Ecken und Enden. Denen ›Heimat deine Sterne‹ oder ›Am Brunnen vor dem Tore‹ oder gar ›Lindenbaum oh Lindenbaum‹ zu servieren, hieße doch die berühmtem Perlen vor diese elenden Säue werfen.« Diesen Přemysl-Trenkschen Bekenntnisse, Ergüssen vom

Besten, folgte dazu und nachfolgend der eigentlich redundante Verweis, das man dergleichen als ein Wagnis, ein Experiment, bezeichnen dürfte. Und dieses könnte Donner und Blitz markieren, Mord und Totschlag würden folgen. Welch vergeudete Energie, welche verschlampte Kampagne, welch verschwendete Liebe. Sie stimmten voll überein, très bien und auch velmi dobré und auch noch semper bona ipsius diese ihre Gedanken.

Abschließend erinnerte Elena sich wieder aufs Neue an ihre Großmutter, milovaná babička, die schon erwähnte Lebensnahe und ihr Reden über das unaussprechlich Bewegende. »Und gerade die Frau als individuelles Geschöpf hat den Riecher, sich dem Unsagbaren in Demut zu nahen, anzunehmen, was sich eben schickt, schicksalsverwoben die Existenz durchzustehen im Odium des Unsagbaren.«

Alles war in ihren, babičkas wunderbaren Augen ein Mysterium und die forsch-beherzte Elena lud die Přemysl-Trenkschen nach Brünn und das viermal hintereinander, zuletzt vor der schon geöffneten Tür des verschmutzten alten Lada auf der sauberen, frisch gereinigten Straße, draußen vor dem Přemysl-Trenkschen Anwesen, ein Import aus der DDR, wie sie sagte. »Es ist ein Platz in jeder Hütte«, lachte sie und nahm einen deftigen Schluck aus der ihm Wagen liegenden Bierflasche und warf sich in diese alte Kiste hinein, startete den Motor und steuerte nach Hause.

35

Přemysl-Trenk selber überdachte mittlerweile die Karrieren von Charly-Hope und Ann-Sofie und Marita-Lou, welche ja alle aus grässlichen Verhältnissen stammten. Aber deren bedächtige Art ließ die hier anwesende tschechische Elena wie ein Torpedo in den höheren gesellschaftlichen und Etagen erscheinen. Und er wollte mal nur kurz schnell entfliehen, ins Büro im Obergeschoss ans Telefon und für Charly-Hope eine Nachricht durch den Äther blasen.

Zu den Mädels waren seit langem die Kontakte abgerissen, teilweise zerbrochen, wie man trockenes Fichtenholz im Spätsommer zerbersten lässt. Ann-Sofie und Marita-Lou waren Neumitglieder eines schulischen Hyänenparks, welcher rauchend und grölend am frühen Morgen ihren hässlichen Wurf an ihrer Schule ablieferten und dann scharfsinnig ihre Theorien tauschten, wie andere Leute ihre verschwitzte Wäsche.

Charly-Hope hingegen schien ihre Arbeit in seinem, Přemysls Imperium zu leisten, ohne aufzufallen, aber mit einer ungewöhnlichen Effizienz. Er müsste sie einmal zum Mittagessen einladen, wer weiß, was es Neues im Karton gäbe. »Der Einsatz der Charly-Hope ist eben ein toughes Experiment der besonderen Art.« Franz Friedrich Přemysl-Trenk fand seine besonnenen Überlegungen völlig in Ordnung.

»Was nutzen«, überlegte er weiterhin, »vollmundige Ankündigungen in er Betriebsversammlung, wenn danach Atempause herrscht, oftmals gar eine Sendepause.« Die Angestellten würden zurecht monieren, dass es hier in der guten Stube an guter Führung und dem nötigen Arbeitsklima mangelte. Wer zum Beispiel den dringenden Wunsch nach Einzelgesprächen zwischen ihm und irgendeinem Filmvorführer oder einem anderen betrieblichen Bastard vorbrachte,

wurde von ihm erhört und »das verstünde sich von selbst.«
Seine Worte.

Charly-Hope hatte ihm berichtet, dass der Ulf van Mejeren, ein abgebrochener Jurastudent, ein abgebrochener philosophischer Kandidat und ein abgebrochener Physikmensch, dem er Unterkunft gegeben hatte, als Filmvorführer mit der Möglichkeit des Aufstiegs zum Ober-Filmvorführer, die Arbeit verweigerte. Charly-Hope hätte ihn mit Rauswurf bedroht, er mit dem kompletten Einsatz des innerbetrieblichen Betriebsrates, wobei er mit dessen Chefin ein wenig katholisches Verhältnis hatte.

Ärgernisse stiegen in den Přemysl-Trenkschen Seelengängen herauf, wie Magmas aus den höllischen Schlünden. Er würde ihn desillusionieren, den Blödmann aus Den Haag und dann säße der Faulpelz wieder auf der Straße und er, der Přemysl, würde ihm derart eins um die Ohren schlagen, links und rechts, dass der Faulpelz seinem Geschick noch dankbar wäre. Man soll eben nicht jeden, der sich als Idiot ausgibt, auch so behandeln und ihm Arbeit gegeben.

Da dachte Franz Friedrich Přemysl-Trenk auch in geschichtlichen Weiten, frei jeder stultitia. Er hatte gelesen, dass in einem Konvent früherer Zeiten nur der aufgenommen wurde, der einen Sessel von einem harten Sitz unterscheiden konnte. Klugheit wäre, so überlegte er, nicht unbedingt ein Zeichen dieser, unserer Zeit, dergleichen musste auch in früheren Äonen schon möglich gewesen sein. »En formas modestas«, würde der Berater des ›El Lider‹, Excelencia Don Raphaele Carlos Pablo de Martino y Sorolla, il único Señor presidente de la República Bolivariana de Venezuela sagen, ein gewisser Juan Jaime de Tàpies y de Zurbarán, der sich ja nicht nur als Berater, sondern auch Autor und Minenbesitzer in einem vorstellte.

»Auch ein Aas«, erinnerte er sich des Juan Jaime de Tàpies y de Zurbarán, der die Gattin des Don Raphaele Carlos Pablo de Martino y Sorolla umgarnte wie die venezolanische Boa Constriktor ein Wildkarnickel, gar umzingelte und sie unmoralisch und ehrlos bedrängte. Herrliches Stück Leben übrigens, diese Boa Constriktor. Leicht gängig wie eine Wildkatze, zugriffig und deutlich in allen nötigen weiteren Aktionen. Perfekt eben, venezolanisch.

Franz Friedrich Přemysl-Trenk hatte die unredliche Liebschaft seinerzeit bemerkt und seine Eruierung prompt dem ›El Lider‹, Excelencia Don Raphaele Carlos Pablo de Martino y Sorolla, il único Señor presidente de la República Bolivariana de Venezuela gesteckt. Franz Friedrich Přemysl-Trenk wusste ja nicht, ob Seine Excelencia diesen Don Juan nun entehrte oder ihn gleich aus einem Flugzeug ins Meer werfen ließ.

»Andere Länder, andere Sitten.« Das verstand er und die Syllogismen würde er zu meistern verstehen.

36

Sorgenfalten prägten ihr schönes Gesicht. Anke war grundlegend verärgert. Er, der Herr Přemysl-Trenk, spielte in der Weltgeschichte herum, tändelte von Stadt zu Stadt, von Land zu Land und auf fernen Kontinenten und sang sein Liedgut, zusammen mit diesen beiden irren tschechischen Saxophonisten. Und sie, Anke, war zur harten Geschäftsarbeit verdammt. Da soll sie sich nicht ärgern oder gedemütigt fühlen. Bullshit das.

Der Grund seiner Abstinenz läge in der Abwesenheit seines alten Freundes León, des American Pit-Bull, den die Polizei seinerzeit in einem Anfall von Wahn abknallte.

»Der Hund war gerade vier Tage in deinem Haus, zur Logis, kleiner Dienst an einem Freund, räumte selbstständig deinen Kühlschrank aus, riss die Vorhänge aus den Leisten und schlief mit dir im Bett. Irgendwann hätte er dich gerissen. Aber es mussten, sozusagen zur Einübung in sein Mordhandwerk, unschuldige Hündchen sein. Warum nicht gleich konkret?«

Ganz so verhielte sich das also nicht und hätte er wieder einen Hund zum Kuscheln und zum Reden, aber einen Hund und kein Irgendwas, das man übersehen und nebenbei zertreten kann, dann wäre er vermehrt hausgebunden.

»Ausreden, mein Lieber, nur Ausreden. Kuscheln kannst du auch bei mir und ich nähme mir sogar die Zeit für dich, bin ja kein Unmensch.«

Ohne Musik, seine Volkslieder, die venezolanischen und tschechischen Tage wäre er nicht das, was er ist, gab er schließlich zu Bedenken und sie sollte sich nicht so haben.

»Jetzt bin ich wieder die Schuldige. Typisch Mann. Ich gebe dir wohl gemeinte und herzliche Ratschläge und du fasst sie als ungebührliche Einmischung auf. Darf man denn gar nichts mehr sagen?«

Er hob resigniert die Hände und schüttelte den Kopf und so wäre sein Einwand doch nicht gemeint.

»Anke, fass das nicht als Widerrede auf oder gar als Herabsetzung. Bitte, Anke.«

»Sei doch froh, dass ich mich dir geöffnet und dich

schlussendlich erhört habe. Stell dir vor, da säße dir jetzt im Moment eine Ann-Sofie, eine Marita-Lou, eine Charly-Hope gegenüber. Das sind doch schon alle relativ abgestandene Weiber, ohne Esprit. Die würden dich ausnehmen.«

»Die Charly-Hope macht doch für dich die Drecksarbeit und sehr gut, wie du immer sagst.«

Anke hätte gar nichts gegen die Charly-Hope und das wäre eben wieder eine Entgleisung seinerseits und sie hätte nur erwähnt, dass die Charly-Hope nie und nimmer zu ihm gepasst hätte. Da rann nun das Gespräch den Bach hinunter und schließlich schritt sie ins Schlafzimmer und drehte den Schlüssel von innen. Das war deutlich.

Aber Přemysl-Trenk legte sich dann auf das Sofa in seiner großen Flat und suchte irgendwo Decken und Zeitungen, um sich vor der nächtlichen Kälte zu wappnen und man sollte doch noch Karriere machen dürfen, überlegte er und dann trank er doch noch zwei Bier. Aber aus lauter Frust.

Dass er sich vornehmlich dem Volksliedgut widmete und nicht etwa abglitt in den verblödeten Pop-Betrieb oder den Rock, der ausgedient hatte, das rechnete er sich hoch an.

Irgendwann verblasst jeder Stern am Himmel, aber er, Franz Friedrich, würde sich mit seinen Balladen halten.

Am Morgen stand er allein im Flat. Anke war ausgerissen und auf einem Zettel fand er einige Tageshinweise. Er sollte in die Apotheke rüber laufen und diesen Kinofritzen, er wisse schon, anrufen und den Kulturfetzen in der Zeitung mal genau durchforsten, was da für ein Shit drinnen zu lesen wäre, von wegen.

Und bevor er die Hütte verlässt, sollte er gefälligst die Fenster schließen, den Müllbeutel in die Tonne stecken,

Licht in der Toilette ausknipsen. »Schalt den Herd aus, dreh den Wasserhahn auf ›Aus‹, rutsch nicht auf dem Teppich wie gestern. Brichst dir noch das Genick.«

War alles liebevoll gemeint. Aber er fand, sie, die Anke, wäre der geborene Widerspruch an sich. Einmal so, gleich drauf wieder so oder anders, je nachdem, wie es der Dame eben beliebt. »Nichts als Emotionen, ein Gefühlsladen, so ein Weib«, dachte er.

37

Nach dem Morgenkaffee setzte er sich an den Schreibtisch, war doch eine riesige Unmenge von Arbeiten liegen geblieben und wer macht dergleichen? Nur er, Přemysl-Trenk.

Da dachte er an seine Freunde in Brünn, Pilsen und Prag, an diese Fantastereien der Tschechen, von wegen Witigonen oder auch, was seinen Stamm angingen, Přemysliden eben. Aber ohne ihn. Und diese Elena? Der ging es auch nur darum, hier in der deutschen Republik Fuß zu fassen und einen Mann zu angeln. Alt müsst er eben sein, der Herr Gemahl. Schnelles Ableben, sichere Rente. Diebisch und kriminell diese Tschechinnen und Polinnen und die aus Ungarn.

Er dachte an die Reise an den Plattensee mit der Anke kurz vor Ostern, seine zwei Auftritte. Inzwischen beherrschte er einen Katalog an Volksliedgut und das aus dem ›FF‹.

Er wurde plötzlich wieder sehr müde und wachte dann gegen drei Uhr am frühen Nachmittag wieder auf, rannte in die Apotheke, erfüllte die Arbeitsaufträge seiner Anke und dann war es später Abend und sie war noch immer nicht da und er sorgte sich.

Die Post fand er im Briefkasten und er war dankbar, dass Anke sich verspätete, hätte das doch wieder einen gewaltigen Anschiss bedeutet. »Kannst du nicht einmal diese Postkiste leeren. Wer weiß, ob da nicht Termine oder Rechnungen oder sonst was zu erledigen wäre, dringend und heute noch.«

Dann war sie da und sie wäre müde, klagte sie und so weiter und so fort. Er war auch müde, hätte sich jedoch noch Zeit für ein Gespräch genommen.

»Die Musik ist und bleibt meine Liebe«, sagte er sich, als er drei musikalische Angebote sichtete, die er zu später Stunde noch aus dem Briefkasten zog. Ihm ging es weder um Ruhm noch um Anerkennung, es war die Liebe am Gesang, die Freude am Spiel auf der Gitarre, eben der Musik allgemein und das war erhebend.

In den letzten Wochen häuften sich die Anfragen, ob und wann und unter welchen finanziellen Bedingungen er zusagen könnte. Und da galt es manches unter einen Hut, auf einen gemeinsamen Nenner zu bringen.

Den Beruf, also seine Arbeit, die Suche nach einem neuen Hund und dann noch Termine mit Anke. Im Betrieb selber schien er nicht zu fehlen. Aber denen würde er schon auf die Schliche kommen.

38

Elena telefonierte und in den Augen der Anke viel zu oft. Und ob er, der Franz Friedrich schon einen neuen Hund angeschafft hätte und den würde sie heute schon in ihr Herz schließen. Und der dürfte natürlich mit ins Böhmische fahren, der tolle Hund, nach Brünn und vielleicht fände er eine Lady oder derer zwei oder drei und sie kicherte schamlos durchs Telefon.

Und worum ging es ihr? Um die Musik und Anke vermutete, dass diese Frau aus Brünn arbeitslos wäre.

Nicht nur eine velká prohlídka saxofonu, eine Saxophontour sollte es werden. Nein, eine konkrete velká přehlídka saxofonu a kytary, eine wunderbare musikalische Reise, une tournée de la musique. Elena lachte und schrie und plante: Also die beiden Saxophone plus Musik und das schlösse eben ganz vorne das Volkslied ein. Sein Volkslied, nádherná lidová píseň eben oder um es aus der konkret französischen Sichtweise, merkte Elena an, der Heimat der Musik, anzusprechen: »La merveilleuse chanson folklorique plus le saxophone splendide et la guitare unique.«

»Das muss dann doch genügen«, lästerte Anke. »Das faule Stück hat es auf dich und dein Geld abgesehen.« Und außerdem sollte sie anständig sprechen, kein Mensch verstünde das Mischmasch dieser Brünnerin. Für solche Leute empfände sie Verachtung und die könnte singen, wie und was sie wollte, denn solche Leute wären bedenkenlos.

Franz Friedrich war jedoch beschäftigt, das Abendgespräch mit Elena hatte er bereits in den Akten abgelegt.

Tags drauf rauschte es im Karton. Die Charly-Hope überraschte den Přemysliden mit der Nachricht, dass sie demnächst eine Baronin von Amtzig-Werdenhoven würde. Der Baron von Amtzig-Werdenhoven, mit Vornamen heiße er Willem, wollte sie zu seiner Frau machen und dann würden sie am Bodensee leben und dort Nachklommen anschaffen. Zumindest würden sie sich bemühen und beileibe nichts unversucht lassen. Aber man wüsste ja nichts und Willem wäre knappe fünfundfünfzig, was nicht zu alt wäre und er wäre in der Immobilienbranche wie der Přemysl-Trenk eben knorrig und würde auf diesen Feldern schwer Hand anlegen und mit voller Inbrunst dabei und auch im Getränkemetier würde er anschaffen. In Italien und Spanien und in Portugal.

Sie wäre guter Dinge und die Hochzeit wäre in vier Wochen eingeplant, wegen dem Wetter. Herbstlich und stimmig wäre es da noch am Bodensee. In Langenargen besäße der Willem ein Stadthaus mit einem Mordsgarten. Praktisch wäre das als Anlage zu bezeichnen und in Friedrichshafen würde er mit einer Herde von Angestellten agieren und ein Sohn aus erster Ehe wäre Rechtsanwalt, noch jung und unerfahren, aber von Akribie und sie würde ihn schon kennen.

»Un supplément eben et très généreux«, meine der Willem und da ließe sich im Bodensee auch paddeln und ein Teil des Strandes wäre sein eigen und sie freue sich schon dermaßen.

In einem Schweizer Bankhaus wären die von Amtzig-Werdenhovens seit Generationen im Aufsichtsrat und ce serait une bonne chose und vor allem beaucoup d‹argent, beaucoup d‹argent. Und darauf käme es in der heutigen Zeit an, weil man nie wüsste, kracht's oder kracht's nicht und sie hätte das ihre ja hinter sich.

Es lag dem Brief, beiges Kuvert, etwas größer, eine Einladung zur Vermählung auf ebenso beigen Büttenpapier bei und dass es eine Ehre wäre, den Herrn Franz Friedrich Přemysl-Trenk und Frau Anke Přemysl-Trenk unter den bevorzugten Gästen begrüßen zu dürfen.

Charly-Hope wäre nicht zu beneiden, sagte die Anke Přemysl-Trenk. Und sie würde den Willem kennen und er wäre von jeher ein Schweinehund. Aber er würde schon von Weitem nach Geld stinken, wäre keinem Abenteuer abgeneigt, wäre ein kultivierter Säufer und ließe eben nichts anbrennen.

Sie werde der Charly-Hope anraten, einen anständigen Ehevertrag abzuschießen.

Přemysl-Trenk hatte derweilen ganz andere Prioritäten zu bedenken. Sollte es ein American Pitbull Terrier sein, ein León, der Höhepunkt aller Gefühle, die ihn durchzogen? Genügte nicht doch ein Labrador, ein Schweizer Sennenhund, irischer Windhund, ein einfacher, nichtssagender deutscher Schäferhund? Er hatte viel zu bedenken.

39

»Es gilt die Perspektiven zu wechseln, Schwestern und Brüder im Herrn, sich zu bewegen, unterscheiden zu lernen, Differenzen und auch das Schicksal als solches anzunehmen und auszuhalten«, predigte der junge Priester. »Tüchtiger junger Mensch«, überlegte Přemysl-Trenk, »braucht nur noch die Ochsentour für sich selber, Ochsenziemer, Frauengeschichten, neue Zähne, Nebenjobs.«

Přemysl-Trenk war müde und meinte auf der gepolsterten Kapellenbank einzuschlafen. Lange Autofahrt, Stopp hier vor Ort, Wiener Würstchen, Kartoffelsalat, jetzt mal kleiner Besuch in dieser Autobahnkapelle, grade zur rechten Zeit.

»Es gibt so viel Unrecht und Misshandelte und niemand

nimmt das Elend wahr.« Solche wertvollen Gedanken sprinteten auf die Schnelle durch den Schädel. Migräne vielleicht, bei derartigen Gedanken unumgänglich. Kinopaläste, Immobilien hin und Přemyslidenherrschaft her. Es gelte, sich seinen ureigenen Wurzeln zu nähern, alte, tausend Jahre alte Verbindungen aufzufrischen, auch ans Limit zu gehen, konzeptionell nachgerade, allmählich verdichtende Verpflichtungen, aufgetragene Treuepflichten anzunehmen. »Rückgrat zeigen, kontrollierte Innenlenkung, Seelenleben austarieren«, rief der junge Guru, und alles am und im Menschen und das läge an seinem endlichen und verletzlichen Wesen. »Unser Wert an sich liegt in uns, sucht ihn.« Das alles wäre doch zumeist reparaturbedürftig, das Innenleben. Des Gurus Psalm.

Der Guru übertölpelte die Zuhörer mit seine Platituden und deswegen also die Krise in der Kirche, dachte Přemysl-Trenk. »Nur Prime-Programm und Customer und Christian Followers und Aktion und Event und alles marginal.« Přemysl-Trenk war außer sich, entsetzt, so ein Gerede.

»Kündigt sich da ein Schlaganfall an, Zusammenbruch, glatte Überforderung seelisch, geistig und körperlich?« Er faltete schnell die Hände, spürte die Feuchtigkeit der Hautmaterie.

Da klopfte ihm jemand auf die Schulter, fragte ungeniert, ob er, der Gast, denn eingeschlafen wäre. »Das Prozedere ist längst vorbei, wieder mal in die Binsen gegangen, acht junge Mütterchen, ein bärtiges Väterchen und diese netten Kuriere, Missionare der Herzen alle, sind schon lange wieder unterwegs. Autobahn lockt, Kindergeschrei, ich erschlag dich, halt dein Maul, keiner hilft mir weiter, armes Schwein, ich. Du auch.«

Da war er wieder, dieser Gänsehautmoment, der ihn durchzuckte, sobald irgendein spiritueller Touch ihn streifte: Prag, das wird es wohl sein. Keine Flucht mehr möglich. Die kleine Kapelle war warm beheizt, einige Inverstoren dürften da schönes Geld in die Fußbodenheizung geworfen haben, gute Menschen, großherzig, Edelmut und Selbstlosigkeit und ob er sich für das Bläserkonzert interessieren würde, Dienstagabend 20.00 Uhr hier direkt in der Kapelle? Der Küster meinte es gut, lachte, neues Gebiss. Musikalische und dann auch spirituelle Inklusion wäre das Motto. Blechbläser, Posaunenchor, Motto: ›Aus der Finsternis ins Helle treten«, ein Haufen Johann Sebastian Bach und Wolfgang Amadeus Mozart. Er, Přemysl-Trenk, sang und spielte Volksliedgut, harmonisch, zu Herzen gehend. Begleitete eben mal gittarisch, auch wertvoll. Möglicherweise.

Jeder solle akzeptiert werden in seinem Sosein, auch im Anderssein und er wäre der Kapellenküster, vierzig Jahre Dienst, Zeit zum Rentierdasein, Fahrt nach Korsika, hätte dort eine Freundin. Der Senior strotzte vor Kraft und Willensstärke, er würde noch viel zu erleben haben im Rentnerdasein. Mali, Burundi, mal Birma, Australien, Kuba. Dreißig, vierzig Jahre hätte er vor sich. »Sie kriegen doch heute jedes Herz und Lungen massig, Lebern, Knie und das ganze Kleinzeug.«

Přemysl-Trenk beglückwünschte den Küster, Jesse nannte er sich, er wäre der Müller Jesse. Er, Přemysl-Trenk erzählte auch schnell noch von seinen kleinen, eigentlich zu vernachlässigenden Reisen nach Venezuela, nach Brünn und Prag, dass er Bänkelsänger und allgemein anerkannter Barde wäre und auf dem Weg, den Herrscherstuhl in Prag und er wäre Nachfolger des Ersten Přemysl, einzunehmen gedenke. Der Küster legte ihm die Hand auf die Schulter. Er solle mal auf sich aufpassen.

Draußen vor der Kapellentüre wartete der junge Priester und er ging auf den Přemysl-Trenk zu, schüttelte ihm die Hand und dankte, dass er einfach dabei gewesen wäre und er hätte eine Schwester in Brasilien und die lege Wert auf Sammlung und Erbauung, eben auf bonitatem und diligitis, muito amor, was portugiesisch wäre und auf ardenti corde. Und ob ihn das aufbaue, mache er doch einen niedergeschmetterten Eindruck.

So haben wir alle, lieber Bruder, unseren Weg zu gehen, denn der Mensch ist ein homo viator. »Mein Vater war ein wandernder Aramäer steht in der heiligen Schrift des Alten Bundes, einer der immer unterwegs ist, ohne Aufenthalt, nicht weiß, wo er morgen schläft, was und ob er morgen ist.«

Der Přemysl-Trenk nahm ihn, den Gotthard Jan dann im Auto mit in die Stadt und schenkte ihm einige Eintrittskarten für die ›Přemysl-Trenksche-Kinowelt‹ in der Stadt.

»Nichts über einen guten Edgar Wallace«, freute sich der junge Guru und er müsste heute wieder beim Italiener essen, weil ihm seine Hausfrau davongelaufen wäre und er hätte es mit den Wirbeln, zwei Gleitwirbel und viele Schmerzen und eine halbe Apotheke daheim und die Nebenwirkungen vor allem.

Winston, der Gefährte, lag unter dem Tisch, auf arabischem Teppichimitat. Leblos oder auch nur in Gedanken.

»Ein Hund müsste man sein«. Voller Liebe im Herzen blickte Anke, nach langem Arbeitstag voll ausgepumpt, zu ihrem Liebling und warf ihm einen Handkuss zu.

»Jetzt nicht«. Winston brauchte seine Ruhe.

»Die Silla von nebenan wird wohl eine Nonne werden. Geht ins Kloster. Schick was?«

Der Přemysl fragte, was die denn dort mit ihren ungezügelten Emotionen mache.

Anke hing über einem Urlaubsprospekt: »Jedem Tier sein Pläsier.«

Přemysl freute sich über die Entscheidung dieses hübschen Mädchens, aber seines Erachtens wären das eine Sinnestäuschung und ein typischer Jungmädchenselbstbetrug.

Anke war entsetzt: »Wahnsinn, deine Worte. Ich wollte auch nach Afrika. Jede spinnt zu diesen Zeiten auf ihre Weise. Wegen Lepra wollte ich zu den schwarzen Menschen.«

»Nur der Albert Schweitzer hatte die Lepra durchgehalten und heut ist er auch schon tot.«

»Du lümmelst auf deiner Couch und redest, palaverst drauf los und in Afrika kämpfen sie im gleichen Moment um einen Topf Hirsebrei.«

Přemysl-Trenk war ja auch bestürzt ob der afrikanischen Zustände. »Aber wegen Hirse nach Afrika? Das ist ja wie Weihnachten und Ostern zusammen. Wer schafft das schon?«

Anke fuhr ihm eine drüber, dass er vom Donner gerührt

seine Chips auf den neuen Teppichboden fallen ließ.

»Eine Kreatur wie du sicher nicht. Was interessieren dich afrikanische Notlagen. Hast nur Kinopaläste im Kopf und den Hankers und den Kirky Douglazier und dieses blöde Venezuela. Du bist krank.«

Přemysl war mit Gedanken noch immer bei den afrikanischen Hirsetöpfen. »Das Leben geht weiter. Da kannst du Mist bauen, so viel du willst. Es rauscht über dich hinweg. Die Tierwelt kommt und geht, aber die Viecher regeln das Zusammenleben nicht durch die Verteilung von Hirsebrei oder Bananen. Jeder nimmt, dass er kriegt. Reine Hackordnung. Bist oben, dann überlebst. Bist unten, dann verreckst du. Der Starke ist immer vorne dran, das Alphatier.« Anke murmelte etwas Ungeheuerliches.

Přemysl: »Mut ist gefragt. Früher bei den Königen und Kaisern schlug man sich auch die Köpfe ein und ab und der noch stehen konnte, bekam die Weibchen und die Burgen.«

»Das ist doch urig«. Anke war schier konsterniert.

»Klare Ränge durch Hierarchie, genetisch bedingt. Rang durch power. Oft außer Kontrolle das Ganze. Sicher, das war und ist kein Volksfest, das ist Auslese, der Bessere oder auch die Bessere setzt sich durch. Schau dir den Winston an, Quality eben, britisch. Zähigkeit und Bedächtigkeit sind nötig.«

»Und wer kümmert sich um die Schwachen, Müden, und das global?«

»Der Urmensch fragte dergleichen nicht. Er lebte oder lebte nicht. Manche überlebten aus sich heraus. Zuflucht? Brauchte der nicht. Wer nicht krepierte kämpfte sich durch. Harte Männer, entsagungsvolle Frauen.«

41

»Deine Vita, Franz Friedrich. Woher kommst du, Mann ohne Hintergrund, aus dem Nichts entsprungen?«

Es sprach sich herum, dass nicht Herr Přemysl-Trenk, sondern die Gattin und Leiterin des Kinoimperiums Dr. Anke Seling-Florentiner, verheiratete Přemysl-Trenk die Sachverständige par excellence für das allgemeine Hundegenre, wie auch für deren Historie wäre und einer ihrer Wege führte in das Restaurant ›The Wolf‹ in der Hirschhaidner Straße Nr. 12.

Als Besitzer, der nach kanadischem Holzfällerstyle erbauten Hütte, offerierte sich ein gewisse Jeff Meyer, oft in den Staaten, Kanada, vornehmlich Alberta, Seenlandschaft, großartig. »Einer, der auszog, das Fürchten zu lernen«, lachte er und schüttelte ihr die Hand. Tagelang schmerzte die rechte Schulter und sie wunderte sich nachträglich, dass sie diese ungeheuren Männerfäuste, in denen sich ihre rechte kleine Hand eingekeilt fühlte, bei lebendigem Leib überstanden hatte.

Meyer: »Die heutige tierische Agenda ist in Ordnung, lässt prinzipiell nichts zu wünschen übrig. Kein Dialog, dafür Liebe, reine Zuneigung. Der Hund lebt aus eigener Kompetenz, setzt und prägt die eigenen Normen. Richtschnur ist das Fressen, das Saufen und die Liebe des Frauchens, des Herrchens.« Gotthold Donnerkeil, Bäckermeister, ehedem Lehrer für Geschichte und Religion an einem Gymnasium, war ein Hundenarr, hatte vier davon im Hause, würde davon noch reden, heute Abend, jedoch freue man sich nun auf das Referat von und auf Frau Dr. Anke Seling-Florentiner, verheiratete Přemysl-Trenk, die Spezialistin.

»Standards?«, fragte sie in die Runde, »Standards? Fehlanzeige. Er geriert sich zunächst als Hof- und Haushund, Schmuser der Oberklasse, weit über dem Manne stehend.« Gelächter, nahezu subversiv. Öffentliches Ja, genau, vom Feinsten, gut beobachtet. Gewisses Rundumschauen. Die Frau versteht ihr Geschäft.

»Domestiziert, weit über dem Wolf in seiner Anpassungsfähigkeit. Fürst der Straßen der Metropolen, weltweit. Souverän auch im australischen Outback, dem Waste Land. Der eine gleicht Bonaparte, welcher sich nie und nimmer in die Reihe seniler, debiler Menschensorten in die heutigen Seniorenkohorten und Liegebatterien einreihte. Der andere? Ein Virtuose auf der kriechenden Geige, ein Winsler, Penner, Herumtreiber, eine der die Bratsche bevorzugt, ein hündischer Musikant, Fiedler, Benefiziat.«

Herrischer Beifall. Ohne Zurückhaltung.

»Nun: Der Pitbull. Nehmen wir den Pitbull, eventuell ›Houston‹, den Altruisten vom mexikanischen Golf: Würde der vor sich hinvegetieren, sich durchschlagen bis zum Verenden, einem öden Dahinsiechen das Wort reden, die Regie überlassen, ehrloses Eingehen? Er würde, gleich dem großen Franzosen, in meinen Augen übrigens ein elender Keiler, auf dem Feld der Ehre sterben wollen, in harter Auseinandersetzung, im Gefecht mit Seinesgleichen eventuell oder im Kugelhagel, niedergemäht von hunderten von wilden, schäumenden und vergleichsweise ungewaschenen Desperados, irgendwo an der kanadischen oder bayerischen Grenze. Oder auch als bezahlter Killer unterwegs, gar als Undercover-Agent des FBI. Und er liebt Hühnchenfleisch, roh, nicht serviert, nein aus sich selbst zerrissen. Zerfetzt durch eigne Hand.« Großer Beifall, Kopfnicken, Zug um Zug an der weißen Zigarette, der brasilianischen Zigarre, einem scharfen Sturmgewehr gegen Lungenfäulnis. Whisky, Gin, eiskaltes Pils. Weiteres Lachen, Freudengeheul, Feixen, Aufregung Heiterkeit, Schenkelklopfen. »Diese Frau, Spitzenmodell, einfach Klasse.«

»Wir leben auch in den diffizilen Domänen der Hundezucht und im gestalterischen Miteinander von Mensch und Hund in Zeiten des Umbruchs, sind sozusagen Zeitzeugen einer qualifizierten Askese im Miteinander und andererseits einer kultivierten Vehemenz der Zuwendung zum je anderen.« Wieder Beifall mit rauen Holzfällerhänden geschmettert. Schreie, Gebrüll, Stöhnen, Glückstränen. Fäuste knallten auf den Tisch. Hüte, Sombreros, Stetsons, von den Schädeln gerissen und diese Frau wäre das Größte am heimischen Tisch oder in den weiten und oft genug unendlichen Gefilden von Prärie und Rockys.

Oreg von Wels, ein Bulle von einem Mann, seinerzeit heilfroh, dem von Welsschen Familienbetrieb entflohen zu sein, verdiente vier lange und oft genug ungestüme Jahrzehnte sein Geld in den Wäldern von Manitoba bis Nebraska und für ihn war Hund nicht gleich Hund. So hätte er einen Wolfshund sein eigen genannt, welcher bevorzugt den wilden Fasan, das wilder Karnickel und Gleichrassige erlegte. Letztere würgte er souverän, zerlegte sie alsdann auch noch öffentlich, kaum dass er sie zu ihren Ahnen geschickt hatte.«

Verletzungen im Kampfe erlitten, schreckten seinen Baldur nicht. Er war der Namhafteste unter Oreg von Wels

Wegbegleitern aus der Spezies Hund. Einer, der andere grundsätzlich alles verlieren lässt: Gesundheit, Kraft, Blut, Leben. Verlust, Ruin und Vitalbankrott der Gegnerschaft hießen seine Domänen. Sein Bruder Wotan, ihm gleich an Härte und Brutalität, könnte als Dämon bezeichnet werden, als Ausgeburt von Abgründen und höllischen Schlünden und hässlichen und teuflischen Dimensionen. »Eben ein Bonaparte europäischen Zuschnitts aus der Phase des Übergangs, wie man das 19. Jahrhundert in unseren Reihen bezeichnet.« Beifall, stringentes Einverständnis, ohne Schüchternheit. Biergläser wurden gehoben, geleert.

Donnerkeil selber stellte dann noch einen seiner vier Hunde vor: »Rex, der Dobermann. Muskelpaket, kaltblütig, ein herrliches Schwarzbraun in die Couleur eingebaut, unerschrocken, greift Wolf und Bär und Silberlöwe an, jagt sie vor sich her, meilenweit, jedoch liebenswert und anhänglich. Bei Gefahr für sein Herrchen wird er zur Bestie, unerschrocken, im Polizeieinsatz nur zu empfehlen, sogenannter stahlharter Hund.« Kopfnicken, wie bei Gentlemen üblich. Schweigen. Geballte Fäuste. Wieder Tränen. »Ein Elend.«

Anke hatte eine Stellung errungen, welche sie in späteren Zeiten würde gebrauchen können: Klarheit, Herrscherin, Deutlichkeit, Überblick.

Přemysl-Trenk fragte wie es war und sie machte aus der Wahrheit kein Hehl. Es ginge ihres Erachtens ja doch unzweideutig um schicksalhaft-relevante Gegenwartsfragen, mit klarem Kopf zu bedenken und auch voller Leidenschaft und appellativ das Ganze gewichtet, insgesamt als logisch zwingende Bereicherung unter die Leute gestreut.

42

Přemysl-Trenk, Volksliedbarde und Gitarrist bekundete immer wieder aufs Neue, dass der Hund Ankes Genre, die Musik seine Liebe wäre. Und dass vor allem neue Zeiträume ins Haus stünden, sich das Blatt wendete und neue Strategien nötig wären. Allenthalben und weltweit. Und das hätte sie doch soeben entschieden faktiziert und als noch nicht abgeschlossenen ontologischen Entwicklungsgang verifiziert. »In vino veritas«, beschied er Anke und dann trafen sie sich noch zwei Stunden mitsamt Winston dem Gefährten bei einem gepflegten Plausch. Wieso er immer und immer wieder die alten Griechen zitiere, fragte sie und so könnte man das gegenwärtige Recht auch nicht hin- und her beugen. Und wäre es nach ihrem Vater gegangen, hätte sie Jura studiert. Aber das Bardentum hätte ihr nie gelegen. Und die Kelten wären doch auch sang- und klanglos verschwunden, vielleicht eingegangen wie die Dinosaurier vor ihnen.

Es wunderte ihn also nicht, dass die Prager Tageszeitung ›Mladá fronta Dnes‹ titelte: »Volkslied vor dem Durchbruch.«

Ärger bereite ihm die verspätete Zusendung dieser Ausgabe vom Prager Primátor Milos Tomáš Jan Křepek-Husak und vor allem auch, dass die Kulturedakteurin Adreana Maria Čapekova knüppelharte Schläge in Richtung Volkslied austeilte. Ihr Duktus: ›Rückblick auf antikreative Dummheiten, Ausdruck verbohrter musikalischer Äußerungen, konsequente Desavouierung von Kadenz und allgemeiner Taktmetrik‹ und so weiter und so fort.

Přemysl-Trenk hatte nicht im Geringsten die Absicht,

darauf einzugehen. Mühelos hätte er die metrisch-rhythmische Ausbildungen und die Zusammenhänge mit eben der notwendigen und kausalen Kadenzlehre analysiert und der Dame ihre nordböhmische Inkompetenz unter die freche Nase gerieben. »Aber was soll das«, fragte er sich.

Mit dem grotesken Defätismus persönlich parlieren, debattieren, kommunizieren? Es würde sich ein Höllenloch an Ignoranz auftun. Und die dümmlichen Antworten dieser Adreana Maria Čapekova und sie saß am längeren Hebel, zunächst zu meditieren, dann aus dem historischen Geschachtel heraus zu lösen, das nun, bitte, wäre ja nicht seine Aufgabe.

Wozu säßen denn der weit und breit anerkannte Benesch und Vaclav Strosny am Steuer? Deren nun angezeigtes Arrangement wäre doch augenblicklich in allererster Linie gefragt. Jedoch staunte er: Diese Adreana Maria Čapekova brachte nun unbeabsichtigt das Volkslied wieder in die Medien, machte es plötzlich politisch aktuell. Und er meinte, die Tschechen dächten nur an Gold und Geld.

Er konnte sich's nicht verkneifen und mailte der Adreana Maria Čapekova seinen Dank dafür, dass sie das Volkslied, deutsch oder tschechisch, wieder einem breiten Publikum und das gewissermaßen coram publico bekannt machte und ›meine Ehrerbietung an die Redaktionsgemeinschaft‹, schrieb er.

»Diese journalistischen Sandsäcke«, dachte er, »schneiden sich ins eigene Fleisch.« Man wird sich's merken.

Dann wurde ihm noch aus dem Böhmischen zugetragen, dass die drei Primátoren ihn auf den Arm genommen hätten und diese ganze Torheit, derer sich die Herren schuldig machte, einzig und allein dem tschechischen Wahlkampf geschuldet war.

Und Franz Friedrich fragte sich, warum und aus welchen Gründen diesen ehrlosen Primátoren der menschliche, gesetzliche und musikalische Rahmen fehlt. Denn ohne Gesetz und einen gewissen Ehrencodex liefe doch nichts. »Ich selber tanze gerne, ich lebe gerne, ich liebe gerne. Und meine Musik hilft mir, das alles zu bewerkstelligen.«

Er blickte durchs das Fenster. Das Wetter würde zuschlagen. Anke war in einen Pullover verstrickt und sagte, sie bräuchte einen Plan, den die Witigonen wie auch seine, Franz Friedrichs Vorfahren, die Přemysliden nutzen könnten. Dazu wäre Einigkeit über die Grenzen hinweg, also Zugeständnis von allen Seiten nötig. Denn sie selber müsse sich doch auch für oder auch gegen diese zukunftsträchtigen Entwicklungen im Böhmischen, die auch Auswirkungen auf das übrige Europa hätten, wappnen. Eine unzweifelhafte Ratlosigkeit verspüre sie, das könnte eine mit dem Geschick hadernde Krisis anzeigen, die ihr Pendant wiederum, zumindest ihrer Meinung nach, in der europäischen Zerfaserung aufzeige. Ihre Psyche korreliere zuzeiten wenig bis fadenscheinig mit ihrer physischen constitutionis. Sie merke das am Darmgeschehen und dort vor allem. Aber sie versuche, den ihr nunmehr zugewiesenen Platz in der gegenwärtigen Genese gerecht auszufüllen. Und er, der Franz Friedrich, wiederum wäre gut beraten, den Opponenten von der gegnerischen Tschechenseite dermaßen eine aufs Maul zu hauen und seine Beziehungen walten zu lassen. Wer anders als er verfüge über dermaßen eximia relationes.

Der Přemyslide freute sich über Ankes Mitwirkung und erklärte nochmals deutlich, dass die da drüben uns hier herüber hätten auflaufen lassen und das Ganze wäre ein naives Kasperltheater und das zu unseren hiesigen Lasten, significant onus.

Die Anke, Přemysl-Trenksche wiederum entgegnete ihrem geliebten Přemysliden, sie hätte Ideen und wer anderes wollte, als sie, der müsste aufstehen, früh aufstehen. Aufstehen für nachhaltige, für kulturelle Entwicklung, für echten und ursprünglichen Positivismus und gegen Unfrieden, gegen Pessimismus und gegen die Feinde der freiheitlich-demokratischen Grundordnung im so großartigen tschechischen Lande und dort vor allem. Und die Tschechen wären gute Menschen.

Der Přemyslide überdachte ihre scharfe und logische Argumentation, denn ihr profunder Geist und die unschätzbare Logik per se wären ja doch adäquat und jedes hätte seinen ihm zustehenden Anteil am Gesamten. Auf die Verknüpfung menschlicher Bezüge, obwohl man das gar nicht glauben könne, müsste er noch verweisen.

Anke hingegen behielt das Wort und erklärte das so: »Du, der Přemyslide, aber auch der zigeunerisch gebildete Benesch und der saxophonisch übertalentierte Vaclav Strosny sind in Bälde eben jene Stars zum Anfassen, die in der tschechisch-böhmischen Politiklandschaft fehlen. Leute zum Anfassen von hier bis Caracas und zurück bis nach

Prag und die E50 hinunter bis Brünn und weiter hinein ins Slowakische nach Bratislava und ins Ungarische bis Buda und bis Pest.«

Er wiederum gewährte ihren trefflichen Aussagen sein Einvernehmen, und vorausgesetzt, die politisch-gesellschaftliche Großwetterlage stimmte, dass er als Mensch nicht nur bei Menschen gleicher Haltung ankomme, auch für den Zuspruch aus der musikalischen Welt, von Topstars wäre er dankbar. »Wir sind eben doch eine heimatlose Generation«, erwiderte Franz Friedrich, der Přemyslide.

»Und die Musik ist und bleibt meine Liebe«, ergänzte er. Er frage weniger nach Ruhm und Anerkennung, schon gar nicht nach Reichtum und möchte nie als Krösus vor den Zuhörerinnen und Zuhörern sitzen. Denn wenn neue Zeiten ins Land kämen und sich das Blatt tatsächlich wenden würde, dann nur mit Strategie und die wäre nötig.

»Bewahre dir diese Sicht der Dinge«, lachte Anke, »dies ist deine ainsi que ma vision des choses.

44

Sie diskutierten noch lange darüber, dass eben alles zerrinnt und verschwindet ins Uferlose und wie Sand am Meeresstrand. Aber es bedeute ihnen viel, mit der Natur in Einklang zu leben, mit Luft und Wasser und der Kultur.

»Man darf die Natur sich nicht unterwerfen.« Ankes Worte. Und, dass uns eben das geistliche Leben fehlte, fügte sie an und auch die entsprechenden Gurus wären nirgends zu finden, einschließlich der verflossenen und in Gebot und sonntäglicher Bekanntmachung unerschütterlichen und

Orientierung gebenden Priesterschaft.

Aber niemand höre eben auf diese Gurus und unsere Kultur, besonders das Tradierte in der Musik und auch der Literatur würden in hundert Jahren verschwunden sein. »Dann besingen die Maschinen Freud und Leid, Liebe und Bosheit, Laster und Wahrheit und setzen das alles in automatisch vorgefertigte digitalisierte Verslandschaften. Furchtbar, diese meine Visionen und ganz obszön.«

Der Přemyslid war der Meinung und es ging schon auf elf Uhr zu und die Augen wurden schwer, dass, rückblickend, diese ganze Abhandlung mit den Primátoren doch Legende wären und das schon bald.

»Diesen Leuten«, so der Přemyslide, »verdankt das tschechische Volk schlussendlich diesen typisch tschechischen und darauf folgenden und notwendigerweise bildhaften Provinzialismus, welcher ihnen ja von Grund auf eigen ist und die empfinden dies auch noch als Ehrenerweis. Welch ein Fehler.«

»Ich bewundere an den Böhmen die Freude an der gegenständlichen Malerei, am Bild und jene hoch dekorierten Leistungen böhmischer Fotografen, denn daraus wird doch auch Identität geboren.« Anke hing schon seit zwei Stunden wieder mit diesem Pullover zusammen, den sie dem Přemysliden zum Weihnachtsfest überreichen wollte.

»Überforderung ist da vorprogrammiert«, entgegnete der Přemyslide.

Beide stellten auch fest, dass zum Beispiel die tschechische Philosophie nicht überall recht behielte und man könnte sich irren, denn gerade der Tscheche wäre eingekesselt und von Bergrücken und Gipfeln umzingelt und wer sollte da auf die Idee des Gedankenaustausches mit den Kulturvölkern kommen. »Überschreite deine Grenzen, hießen uns schon die alten Griechen die Peripherie des grauen Alltags überwinden.«

»Ja, und du bringst auch wiederum die alten Griechen ins Spiel. Anke. Lass das.« Der Přemyslide war jetzt obenauf.

Selten, dass beide so viel Gemeinsames und Verbindendes redeten und sich einander öffneten und der Přemyslide überlegte, ob das so bleiben würde. »Die Frau und der Slawe sind unberechenbar.« Angesichts dieses geflügelten Wortes, das ihm irgendwie leicht von der Zunge ging, zeigte die Welt sich urplötzlich hell und mit Zuversicht gefüllt.

45

Dann debattierten sie die historisch gesicherten Anfänge der Böhmen und ihr Verhältnis zu Raum und Zeit, die Geschichte jener Bauern, die regelrecht das Feld und den Acker bestellten und der Přemyslide erwähnte ebendarum, dass sein Vorfahre Přemysl aus diesen agrarisch-anarchischen Verhältnissen stammte. »Aber Teile der Tschechen sind geschichtsvergessen.« Er jedoch traute sich zu, sollten ungeahnte Positionierungen seiner harren, Unmögliches zu ermöglichen und dass sie beide Zukünftiges gemeinsam tätigen würden und der Přemyslide verwies allenthalben und wiederum auf griechische Erkenntnis: »»Halte mich, dass ich dich halte, auf dass wir den Berg erklimmen.«

»Gemeinsam sind wir stark, habe ich doch schon immer gesagt, jedoch in meiner vertrauten Sprache.«

Anke, noch immer mit dem Wein und dem Pullover

befasst, rot und gelb geädert, kritisierte erneut das von ihr seit jeher genannte Nichts, das Garnichts in diesen tschechischen Räumen. »Von Prag bis Komotau und von Olmütz bis Marienbad nur Nichtse, Garnichtse, Taugenichtse, eben Tschechen.«

Das wären unentschuldbare Vorurteile und er, der Přemyslide, könnte ja da gar nichts dafür, stünde nicht in der Schuld, wie sie daherschnattere und der Přemyslide bot Historisches dar, erzählte von böhmischen Viereckhöfen im südlichen Böhmerwald und Kämpfer wären jene Vorfahren, in Kaisers Tribut, gewesen und Getier aller Art wäre vogelfrei herumgelaufen und der Feldfrucht in ihrer Unterschiedlichkeit wurde Genüge getan.

»Und sie brauen ja kein schlechtes Bier, die Slawen«, fügte Anke der Vollständigkeit halber hinzu. »Das böhmische Pils hat was besonders Kredenzhaftes.« Der Přemyslide lachte relativ herzhaft und führte sich gerade dergleichen Gerstensaft zu Gemüte. Anke meinte, dass Bier und Wein nicht zusammenpassten, wie die Faust aufs Auge. Und er müsste das alles wieder ausbaden.

»Der Tscheche verspricht dir einen saftigen Schweinebraten mit Kruste und einem böhmischen Knödel und dann tischt er dir noch einen zweiten Kartoffelknödel plus einen Haufen angemachtes Sauerkraut vom Feinsten auf, mit Speckstückchen und angeröstetem Zwiebel.« Das würde sie als Übertreibung betrachten. Und ob er sich erinnere an die Fahrt von Pilsen heim, was sie durchgemacht hätte? Anke schüttelte ihr Haupt und verfluchte die elendige Strickerei und sie würde den Plunder umgehend in den Abfalleimer werfen.

Und der Přemyslide ergänzte besonnen, dass der Blick in die böhmische Aktualität diese kulinarische Auftischerei ja nur bestätigte. Und dass man sich da doch einbringen könnte mit beiden Füssen, politisch, gesellschaftlich, nötigenfalls eben auch gitarrisch und phonetisch, denn es wären Wege zu gehen, Wege voller Lust und gefüllt mit prallem Leben.

»Brünn ist Provinz, Pilsen ist Provinz und man findet dort keine Kultur.« Anke quasselte jetzt schon dermaßen vor sich hin und der Wein tat ein Übriges.

Jedoch der Přemyslide schloss die spätabendliche Unterredung doch noch mit dem Hinweis, dass gerade in jenen Gebieten der Provinzialismus es wäre, der Fortschritt, der die spezifischen Ebenen in horizontaler Verfasstheit wie auch im Vertikalen an sich gebäre. »Wieso soll ich da nicht mein Volksliedgut vorstellen zusammen mit Vaclav Strosny und dem edel-zigeunerischen Benesch?«

Das wäre es dann für heute auch schon, blinzelte die nun doch recht ermattete Gattin und vergaß nicht, die beiden Kerzendochte auszudrücken. »Nicht dass irgendjemand sagt, sie hätte das schöne Flat über Nacht abgefackelt.«

Anke schritt eindrucksvoll auf der schönen, braunen und eichenen Treppe vor ihm in das Obergeschoss und das Sichfortbewegen der künftigen böhmischen Führungsriege müsse ihrer Meinung nach passen, ließen sich doch aus dem Bewegungsablauf eines Menschen Schlüsse ziehen. Sie hätte gestern beinahe Fürchterliches erlebt: Rutschige Straßen nach Blitzregen, Geschrei, scharfe Töne, kleines Rinnsal und die Frau Ketterlich lag in der Pfütze und hätte wie eine Sau ausgeschaut.

Und der Vaclav Strosny hätte, tat der Přemyslide noch

kund, die Landschaft zwischen Brünn und Pilsen und bis hinauf nach Prag als konservativ beschrieben. Weidende Schafe, zirkulierende Insekten im Übermaß und die Herren und Damen Ornithologen, welche das Leben der kleiner wie auch größerer fliegender Nestakrobaten, diese unscheinbaren Königinnen und Fürsten der Lüfte bis ins Kleinste erforschten, agierten vor Ort. Und sie würden fotografieren und analysieren, digitalisieren und aufbewahren im PC und dann jedes Jahr stets zur rechten Jahreszeit wieder aktualisieren. »Da sind die Slawen Weltbeste«, verkündete Přemyslide Franz–Friedrich Přemysl-Trenk.

»Und Adler? Adler haben die keine«, lachte die Anke laut auf, »typisch Tschechen, jeden Dreck, aber keine Adler.«

46

Franz Friedrichs Grundthese, der Mensch wäre von vornherein gut, ging bei Anke links rein und rechts raus.

Sie enthielt sich trotzdem gewisser, ihr eigene zuspitzende Polemik und zieh ihn nur der Gesinnungsideologie und sie tat dies auf die auch nur ihr, Anke eigene amüsant-süffisante Weise. Er würde die Tschechen beurteilen wie Kunstwerke, eine Malerei von Degas, ein mozartisches Konzert, mehr Klarinette in diesem böhmischen Fall.

Ihre Abneigung gegen alles Schweizerische, alles Österreichische und alles Ungarische inkludierte sie noch und da bezog sie gerne auch den Slowaken und den Tschechen als solchen ein. »Du stellst diese östlich und geistig wendigen, jedoch wenig transzendenten Menschen als Opfertiere dar, dabei sind sie politische Weicheier, gegen alle Neuerung voreingenommen und einfach přemyslidisch zu wenig detailliert im Alltag wie im öffentlichen Leben.«

Anke lebe instinktiv, fuhr der Franz Friedrich ihr scharf in die Parade und wenn Thron, dann auch wirklich Thron, nicht Misthaufen. Und von wegen, der Mensch wäre nicht gut. Würde er, Franz Friedrich Přemysl-Trenk Derartiges mutmaßen, zu Recht hielte man ihn vom heiligen Přemyslidenthron fern. Der Boden wäre bereitet und er wäre bereit. »Ad sum«, stellte er klar. Und ein Image hätte er auch zu verlieren.

Er hätte ihr oft genug erzählt, aus welch desolaten Zuständen er sich herausgewunden hätte und wie hätte sein Innerstes dagegen rebelliert. Im Haushalt der Mutter gab es Magerkost und die Moneten wären knapp gewesen und ökonomisch lief alles doch auf das Minimum hinaus. Aber ein Rebell wäre er noch immer, würde er sich denn ansonsten gegen die tschechische Demokratie in der Jetztform und ihn schaudere, auflehnen und den Přemyslthron besteigen?

»Besteigen wollen«, klärte Anke auf. »Besteigen wollen. Und auf böhmischen Luxus kann ich auch verzichten, davon habe ich jetzt im Kinopalais mehr, als mir die Tschechen bieten können. Die sind doch dermaßen bedürftig, dass sie mich, würde ich nicht wie ein Höllenhund aufpassen, in einen Kartoffelsack steckten. Und wie diese Menschen bisher in haarsträubend ökonomischer Kompetenz überlebten, kann man als Normalmensch kaum nachvollziehen. Immer nur Kartoffel und Sauerkraut.«

Franz Friedrich mochte ihre albernen Fantasien nicht. Er spürte im Verborgensten seiner Seelenlandschaft, sie wollte sein künftiges Volk gedemütigt wissen.

Die müssten dankbar sein für ihrer beider Bereitschaft, setzte sie ihren Aussagen wieder einmal eine Krone auf, sich auf diese slawische Welt mit Verfallsdatum einzulassen. »Aber die Tschechin will doch um jeden Preis beachtet werden, wie die Vogelmännchen in den heißen Dschungelgebieten.«

Harter Tobak, fand Franz Friedrich und er nahm sich eine gewisse Abstinenz vor, wollte sie abgestraft wissen. Immer diese Stereotypen, diese westliche Arroganz, fehlende Ästhetik, mangelnde Leidensbereitschaft, denn ohne Leid keine Erlösung.

47

Přemysl bedachte nach diesem ehelichen Gespräch seine Situation, verfiel in Selbstgespräche, diskutierte an sich, Franz Friedrich Přemysl-Trenk vorbei, gab sich ab und an recht, machte auf gedankliche und strukturelle Fehler aufmerksam. Er bedachte sein künftiges Volk, eine Gemeinschaft unterschiedlichster Menschen, die Tschechen: Solche und solche, Mitmenschen und gewisse Zeitgenossen, Staatsanwälte und Krethi und Plethi aus der Slowakei, Leute auch und vieles andere mehr, was einfach zur Geschöpflichkeit passt, dazu gehört.

»Přemysl«, würden sie sagen, die tschechischen Menschen, »legt sich nicht ins gemachte Bett. Vielmehr legt er das notwendige Zeugnis ab, von Wahrheit und Recht und Gerechtigkeit. Und er steht auf der richtigen Seite. Wer, wenn nicht er?«

So sah er, Přemysl, die Zukunft und die Güte dieses großen und zivilisierten Volkes würden ihn tragen. »Mein Amt definiert sich zum einen und ersten aus eben jener Macht, die der erste Přemysl, unser hoch geschätzter Pflüger, arrangierte, damals, würde es schlichtweg in den höherrangigen Ständen, den Gebildeten, heißen. Zum zweiten lebt und agiert er aus der konkreten Wirklichkeit, den unwiderlegbaren Tatsachen, vor allem der tschechisch-königlichen Unfehlbarkeit. Speisen, die er zu sich nimmt, Alkoholika, die er trinkt, Literatur, die er liest, Musik, die er sich zu Gehör bringt und majestätisch, wie er regiert, all das definiert ihn aus dem Přemyslidischen kommend als herzensgut. Vor allem stellt er sich als Garant von Glaubwürdigkeit vor sein Volk, muss dennoch nicht fehlerlos sein. Wozu denn?« Dieses würden sie alle sagen und der eine oder andere möchte auf die Knie fallen, ihm die Hand küssen, mit ihm das Leben teilen.

Franz Friedrich schritt nun ins Badezimmer, wo Anke sich säuberte. »Ich trete ein für die Existenz des Lebens, liebe Tschechinnen und liebe Tschechen und ich werde Korruption und Parteilichkeit enttarnen und zwischen den Platanen opfern, zerreiben.« Sie unterbrach und fragte, ob er sich solche harten Worte wirklich zutraue, noch dazu anfangs seiner Regentschaft. »Ich werde die Habgierigen in die Schranken weisen und jene ohne Würde und Ehre hintanstellen.«

Anke gurgelte das erfrischende Mundwasser und spie es in das Waschbecken.

Das würde er in seiner ersten, vielleicht auch in seiner zweiten Rede sagen, einer Rede, die über den Staatsfunk wie die Privaten Sender, die Landkanäle, wie in der Wochenschau im Kino den Leuten vorgestellt wird.

Anke forderte ihn auf, sich ebenfalls vom Tagesschmutz zu befreien.

Franz Friedrich war nunmehr in löblicher und hochgemuter Stimmung: »Die Sicherheiten der Schrecklichen gilt es landesweit und mit vereinten Kräften zu erschüttern und wer nicht will, der steht morgen schon vor Gericht. Ich weise hiermit das Volk zur Nachdenklichkeit an, zu stetem Bemühen, sich um die Aneignung immer neuer Bildungsgüter zu sorgen, auch wenn das Volk seit Jahrhunderten auf wogender Erde steht, damit vertraut ist, wie keine zweite europäische Nation.«

Anke nickte fest und engagiert und war stolz auf ihren Přemysliden, der die Feigen und Furchtsamen und alle Schweine zwischen den Platanen zerreiben und zertreten würde. Im Land gäbe es ja zuhauf Gauner und Ganoven und Falschmünzer und Lügner und Tugendbolde und Götzenverehrer, die sich der Verantwortung entziehen.

Franz Friedrich wandte sich nach Beifall heischend an seine Anke, womöglich bald Herrin oder dergleichen, die ihm zuhörte und ihn nun mahnte, den Menschen auch Mut und Vertrauen, Nächstenliebe und optimistische Lebenshaltung anzuraten. »Die haben das doch bitter nötig, Franz Friedrich. Halte dich da nur nicht zurück.«

48

Die Tage und Wochen plätscherten nun wieder recht lebendig dahin und der Arbeitsprozess in den Kino-Centern und auf den Ämtern und den Reisen wurde zusehends dramatischer und Kontrollverluste schlichen sich ein. Es galt zu überleben und sie beide waren der Meinung, dass alles anders werden müsste, sonst ginge man vor die Hunde, so mir nichts dir nichts. Da war nun doch das lange ersehnte Stichwort und es ging ans Eingemachte. Ein Hund sollte ins Haus und sein, des Přemysliden Statement, wurde da erwartet. Anke wollte ihren Franz Friedrich glücklich machen und ständig allein zu Hause, da käme er doch nur auf dumme Gedanken.

Er wäre und das für alle sichtbar, ausgepumpt und erschöpft, bräuchte Freisein und Selbstbestimmung. Dies fände er mit einem Hund an seiner Seite, der ihm tagsüber, da wäre sie nicht greifbar, Zuflucht gebe, Liebe spende, Entspannung vermittle. Sie würde gerne von morgens früh bis abends spät in der Tretmühle wie ein Hamster agieren und repräsentieren. Wichtig wäre sein Wohl.

Normale Gespräche fielen diese Wochen somit unter den Tisch. Jede Aussprache drehte sich um das gewichtige Problem, das große Thema: Hund oder nicht Hund. Das ist hier die Frage.

Anke neigte zu einem Kleinen. Terrier, Dachshund, Dackel?

Der Přemyslide wiederum blätterte in Katalogen, führte Gespräche mit fremden Herrchen, die auf der Straße mit ihrem Hund zum Einkaufen walzten oder Kot aufsammelten. Er war auf der Suche nach dem Hund an sich. Groß müsste er sein, nicht zu groß. Keinesfalls Pinscher oder Schnauzer. Das Portrait des Golden Retriever hatte er studiert, einsilbig und der Anke viel zu langatmig, aber ihr wäre das alles egal.

»Der Beagle ist in Wesen und Charakter eher der alte Kamerad von früher, einer mit Gemeinschaftserfahrung, sozialer Rudeltyp.« Der Přemyslide schien informiert.

»Wann gehst du schon in ein Rudel, damit der sich verwirklichen kann?« Ankes Zynismus hielt sich noch in Grenzen.

»Oder doch der Labrador Retriever in braun oder in hübschem beige«, überlegte der Přemyslide. Voraussetzungen, die ihm wichtig erschienen, waren eine selbstverständliche Familienfreundlichkeit, er sollte seinem Wesen nach Gefährte sein, intelligent und geduldig, freundlich zu jedermann, gleich ob männlich oder weiblich im geschlechtlichen Zuschnitt und Ambiente.

»Im Fernsehen«, sagte er zur Anke, »liegt immer einer rum, zwei Stunden lang und den bringt nichts aus der Ruhe.«

»Fernsehen, Fernsehen, da sind sie alle auf Werbung aus und nichts stimmt, alles Larifari und glatte Lüge. Den haben sie vollgepumpt mit Beruhigungsmitteln, gespritzt und im Futter Tranquilizer zugesetzt.«

»Schöner Kopf, Klasse Rute, kurzes und dichtes, also pflegeleichtes Fell«, las er aus dem Katalog in Richtung Anke. Und er würde sein Herrchen nicht umwerfen, falls er mal so richtig liebebedürftig wäre. Wiegt bis dreißig Kilo und das würde Franz Friedrich verkraften. Es hieß, der Labrador zeichne sich durch Gescheitheit aus, hätte ein helles Köpfchen. »Der Gelehrte unter den etwas größeren Hunden«, sagte Přemyslide.

»Und warum kein Dackel, kein Terrier?« Anke schleuderte diese nette Bemerkung nur so über den Tisch, freundlich. Aber er, der Přemyslide, dürfe selbst entscheiden. Sonst hieße es wieder, sie würde alles an sich ziehen oder sie hätte wenig Interesse an seinem Leben.

Da könnte man bis zum Weltuntergang debattieren, resignierte der Přemyslide. »Und ich neige zum Labrador. Der kann mich dann überall begleiten durch die Straßen der Stadt, wenn ich nachts heimkomme oder in der U-Bahn oder in der Eisenbahn. Kann mich auch abholen, wenn er mal die Route intus hat.«

Anke fragte, ob das nun ein Blindenhund sein sollte oder was oder wie. Ankes Stunde war gekommen. »Hast du dich schon mal gekümmert, was denn so ein monumentales Vieh frisst? Wo kriegst du den Haufen Proteine und das gute Fett, kräftige Knochen her? Das alles braucht der Kleine. Sonst geht er dir in den ersten sechs Monaten schon ein. Was so ein Labrador an Kohlehydraten wegbrettert, passt auf keinen Misthaufen und die Nahrung kostet, besonders mit den unendlichen Vitaminzusätzen und dann das ganze Mineralstoffgesocks. Verdammt, da tust du dir was an, so ein Riesentier in unserer Wohnung.«

Er wiederum hatte gelesen, dass gerade das Kleinvieh auch Mist macht und er lachte sie böse an. »Die stehen auf Übergewicht, deine kleinen Etappenhengste, sind üble Routinefresser mit schwachem Immunsystem, verrecken wie die Fliegen, wenn sie sich nur mal bloß ganz leicht erkälten, schwache Blase, pissen dir die ganze Wohnung voll.«

»Seinen Lebensstil hast du in eigenen Händen. Wenn du den Burschen rassegemäß aufziehst, frisst er dir aus der Hand. Und ein Terrier ist doch ein leckeres Tierchen.«

49

Die Tage verliefen. Aus dem Böhmischen wie aus Caracas keine Nachricht, selbst die Brünner Elena gab Ruhe und Franz Friedrich hatte für das erste Vierteljahr im neuen Jahr erst sieben bardische Abendverpflichtungen zugesagt.

Dann haute die Charly-Hope eines Abends gegen den hölzernen Treppenlauf, welcher auf das dem häuslichen Entree vorgelagerte Terrain führte, zwei gute Wochen vor ihrem Hochzeitstermin und stand mit einem Labrador vor der Tür. Und der machte die Anke an und sie sagte schließlich, um das vorweg zu nehmen, »So was nehmen wir.«

»So ändern sich die Zeiten, die Umstände, die Schicksale«, dachte der Přemyslide. »Du planst und dein Geschick ist längst vorherbestimmt.«

»Was ist die tendenziös fachgemäße Tagesration?« Um diese Frage ging es an diesem wunderschönen Abend, als die Charly-Hope lärmend und Einlass begehrend, vor der Tür stand. Und um die Qualität des Futters und ob kleinere Viecher mehr oder weniger reinhauen würden, als ihre größeren Artgenossen und was eben optimal wäre.

Und ihr Labrador, ein gewisser Nicolas, besitze das Gewicht, das er brauche. Er bekäme eben auch gut verdauliche Portionen serviert und die Erfahrung würde sie beide, Nicolas und sie, also, Charly-Hope, demnach lehren, welche Nahrungsquellen den Stoffwechsel eines dermaßen auf den Menschen ausgerichteten Tieres das Maß aller Dinge wären.

Es ginge eben nicht nur um das Wachstum allein, sondern um Gesundheit und Wohlbefinden. Und ob sie sich schon mit den Purinen befasst hätte, welche ja bekanntermaßen zu organischen Verbindungen zählten. Das war des Přemysliden profunde Frage.

Charly-Hope selber hielt sich nicht für adäquat kompetent, um hier die überzeugende Antwort in den Raum zustellen. Trotzdem sollten gewisse Standards von vornherein in die Wege geleitet werden. »Denn ob Hund oder Kind, wir wollen doch derer beider Wohl.«

Und man dürfte mit Fug und Recht behaupten, dass das Alter eines Hundes insofern mit dem des Menschen korreliere, als das Alter des Hundes multipliziert mit der Zahl Sieben das Alter des Home Sapiens angebe und das wäre natürlich hoch interessant. So die Wissenschaft und obwohl noch nie wissenschaftshörig, dennoch sie überzeugende Argumente.

Sie hätte nun eine dermaßen Empirie gewonnen, dass sie prinzipiell unterscheide zwischen angefressenem Übergewicht und einem dem Hund gerade eben angemessenen Normalgewicht und das zu berücksichtigen würde mithin den Fütterungsprozess leicht aufspüren und früher in alten Zeiten, hätte sich kein Mensch um das sogenannte Übergewicht von Hunden irgendeinen Gedanken gemacht. Entweder er hat sich in Notzeiten was zum Fressen besorgt oder er ist eben umgekommen, praktisch vor die Hunde gegangen.

Futter-, wie Fettbedarf und dergleichen hatte der Přemyslide noch nicht bedacht und gerade deswegen lauschten sie der Charly-Hope, die ja nun bald an den Bodensee ausreisen und Baronin würde.

»Ein Hund ist ein Wunder«, reüssierte Charly-Hope und ihr Willem gäbe einer ganzen Anzahl dieser herrlichen Wesen Brot und Arbeit und sie lachte, ob ihrer sympathischen

Parodie und sie liebe eben Hunde. Auch Katzen. Jedoch stünde sie dem Hund rein menschlich näher.

Anke fragte, ob und wo sie, die Charly-Hope, in der Hundeerziehung Schwerpunkte setze. Das müsste man divers sehen, sagte die künftige Baronin und je nach Bedarf, gerade weil ja in der Ästhetik an sich dermaßen unterschiedliche Prozesse abliefen, dass man sich fragen müsste. Trotzdem rate sie eine Hundeausbildung an. Und Hans von Stresov leite eine Ausbildungsstätte draußen vor den Toren der Stadt, Richtung Süden zu. Grundsätzlich wären Erziehungsstil wie Erziehungduktus zeitgebunden, sagte Hans von Stresov und praktisch virulente Glaubensfragen. »Der eine meint so, die andere so und wo ist da das Ultra? Eher doch wohl in der Mitte.« Charly-Hopes Ansicht fand Zuhörer, gar Verständnis.«

Sie hätte sich eingelesen, klärte Charly-Hope, welche nicht übertrieb oder sich effekthascherisch in das Zentrum stellte, als guetteur oder savoir-it-all. Als künftige Anrainerin am Bodensee, geriere sie definitiv sich auch und immer häufiger mit einigen Französischkenntnissen. »Sans risque et certainement bien sûr«, erklärte Charly-Hope und der Přemyslide fand das alles sehr gut.

Und man mache global die Erfahrung, so Charly-Hope, et très pratique, dass die Entstehung und nachfolgende Existenz von Hunde-Subkulturen einzig und allein in der Verantwortung der Halterin und des Halters stünden. Das anzubringen, sei ihr doch erlaubt und sie wünsche der Anke und dem Přemysliden einfach viel Erfolg und sie freue sich schon unendlich, wenn sie, Anke und Franz Friedrich als ihre liebsten Gäste, hätte sie beiden doch viel zu verdanken, an ihrer Hochzeit teilnehmen würden.

Der Přemyslide war nun auch glücklich und zufrieden und man kam überein, einen Labrador anzuschaffen und hätte man Fragen, dürfte man auf Charly-Hope zurückkommen. Der Luigi von der uralten Pizzeria läutete dann an der Haustüre und lud eine prächtige Pizza ›Quadro Mortiale‹ ab und es wurde gelacht und geschäkert.

50

Anke hatte ihren Namenstag zu feiern, was ja in den letzten Jahren immer virulenter zu werden schien. Sie saßen im ›La belle vie‹. Anke kannte diese Lokalität noch aus Studienzeiten und war begeistert.

Fred-Alphonse Jardinier, den sie seinerzeit den Edlen nannten, lebte seit seiner Pensionierung zu Hause, wie er kundgetan hatte, in Okzitanien, genauer in Lavelanet einer herrlichen, recht überschaubaren Kommune im Département Ariège.

An der Wand hing sein Portrait, das ein ebenfalls französischer Freund und Portraitmaler, ein gewisser Jacques Raphaël de Hamon, zustande gebracht hatte. »Wie aus dem Gesicht geschnitten«, freute sich Anke. Dann schellte das Telefon und sie wurde sozusagen aus dem Nichts vom Tisch abberufen.

Sie müsste in den ›Centralpalast‹ hinüberhetzen oder ein Taxi kapern, erklärte sie lachend und sie müsste sich eigentlich grün und blau ärgern. Irgendein Streifen hätte sich total verheddert und ihre zarten Hände allein könnten das Unglück wieder in die geordnete Bahn bringen.

Welch ein Glückstag. Der Přemyslide allein in feiner Umgebung, ungestört. Franz Friedrich Přemysl-Trenk gönnte sich nun in aller Ruhe eine Flasche französischen Roten, einen herrlichen Tropfen. Keine Frage, ein heiterer und entspannter Abend bei einigen wundervollen Schlucken dieses Genres könnte erstaunlich frei machen.

Biere? Nun, zwei, drei flotte und exquisite, würzige Ch'ti Blonde würden ähnliche Wirkung erzielen, auch die Sinne erfreuen. Die unangenehmen Folgen aus einem leichten Zuviel an französischem Bier kannte er aus jungen Jahren. Das war oft schwerste Kost gewesen, ehedem, lange her, vertrug er doch den vermaledeiten Gerstensaft nicht so recht. Das höllische Ch'ti Blonde oder das Pelforth Blonde oder auch das Triple Secret Des Moines läuft dir durch die Kehle runter wie Öl und wirft dann manch harten Mann in die Konsolen. Was dem einen erfrischend-herb erscheint, schlägt dem anderen auf den Magen oder bringt extremes Schädelbrummen hervor bis zum schnellen Tod.

Das Ch'ti Blonde hatte er wegen jenen extremer Karamellmalzaromen im Gedächtnis und schon dieser merkwürdige Geschmack alleine würde ihn abhalten, sich nochmals mit diesem zugegeben edlen Hopfengebräu auseinander zu setzen. Eine sehr gepflegte und ästhetische-schöne Schaumkrone, erinnerte er sich. Er war mit einer Bande Gleichgesinnter seinerzeit für zwei wilde Wochen in Rochefort, Atlantikküste, tolles Revier, eingetroffen. Bei einem Abstecher in Saint-Jean-d'Angély, kleines staubiges Nest, traf ihn da doch der unvermutete bierige Blitz und er erinnerte sich, dass er tags drauf, es war gegen acht Uhr am Abend, auf einer ledernen Holzpritsche liegend, erwachte. In übelster

Verfassung, ohne jegliche Contenance.

Sie machten dann auch noch Châtelaillon-Plage unsicher und zogen in den Norden weiter nach La Tranche-sur-Mer, nach Saint-Jean-de-Monts. Gut, alles kleine Dörfer, hübsche Frauen, gutes bäuerliches Mittagsmahl und vor allem diese atlantische Luft, die Lungen wurden weit und weiter. Vorbei, jedoch nicht vergessen, diese Tour, ungewöhnliche Sause damals. Mit Juliette-Sophie Cotiullard tauschte er drei Jahre heiße Briefe und französische Literatur über Adelige im 18. Jahrhundert und Juliette-Sophies Kommentare blieben in seiner Erinnerung haften wie Fliegen auf dem Honigbrot. Juliette-Sophie beendete ihre Liebesbriefe immer mit dem Hinweis, dass alles doch sowieso irrelevant wäre und zwar völlig und dessen würde sie immer sicherer. Er, Franz Friedrich Přemysl-Trenk, wiederum erahnte dergleichen Kontexte seinerzeit in Vorstufen und ob etwas weniger relevant oder gar ohne Relevanz dahin tröpfle, wie Juliette-Sophie Cotiullard schrieb, entzog sich seiner vormaligen Lebenserfahrung.

Ein 1936er Palacios Priorat L'Ermita jedoch, absolute Auslese, in den Händen des bon gentleman en drap noir, eines monsieur cultivé, tat seine Wirkung. Hervorragendes Spitzenprodukt aus den grau-braun rötlichen Sandsteinfelsen der Hügel an der Nuestra Señora de la Consolación, trocken, von der tatsächlich herben Art, eine frische, zugleich milde Brise des Winds, der aus dem Meere herüberstreicht, im Genick. Eine Luftströmung, die von der Biskaya, über Bilbao oder auch über den schmalen portugiesischen Streifen hereinweht, aus dem nahen Atlantik und Franz Friedrich kannte Lissabon und Porto nur zu gut.

Der elegante Supérieur, George Mazarin du Plessis, ein wahrhaftiger Grand Maître du plaisir, meinte, dass selbst anlässlich jener Hochzeit zu Kanaan seinerzeit kein besserer Roter aufgefahren worden wäre. Franz Friedrich Přemysl-Trenk zahlte gerne einen doch dann recht erklecklichen Betrag.

Sodann stand urplötzlich ein Kavalier an seinem Tisch und stellte sich als der Präsident aller Franzosen vor und der George Mazarin du Plessis gestikulierte an der Theke und bohrte einen seiner zwei Zeigefinger radikal mal in die linke, dann wieder in die rechte Schläfe, was wohl eine Aufforderung zur Vorsicht sein sollte.

Der Herr stellte sich vor und er wäre einer der Nachkommen des Comte Charles-Ferdinand d'Artois, des Cousin des jüngsten Sohnes des Comte d'Artois, des späteren Königs Karl X. »Mit dem Herzen sieht man besser, Monsieur!«, sagte er, verbeugte sich kurz, zog den dritten Stuhl an sich heran.

Er hatte zwei andere Stühle, einen Lehnstuhl und einen rissigen Schaukelstuhl bereits gründlich begutachtet, das Leder, das Gewebe abgegriffen und nahm Platz. »Man muss darüber sprechen«, fuhr er fort, denn jeder Mensch besäße besondere Gaben und Reichtum nütze wenig, wenn denn die Sinnfrage nicht gestellt würde. Immer von neuem würde er hier in diesem wunderbaren Lokal mit Menschen ins Gespräch eintreten. »Immer wieder auch geht es um das auskömmliche Miteinander und der eine gibt und der andere nimmt.«

Was nütze denn das Palaver um Versöhnung, um gute Beziehungen zueinander und miteinander, gegebenenfalls sogar untereinander, wenn ein Mensch den anderen kränke, ihn des üblen Lebenswandels zeihe, ihn runterbuttere, eigene Schuldhaftigkeit hintan stelle und selber doch symbolhaft für Kränkung, Demütigung und Verlust stünde.

Was blieb dem Přemysliden Franz Friedrich Přemysl-Trenk übrig, als sein Haupt in den verspannten Schultern zu wiegen, hatte er doch in dieser Hinsicht genug Schlachten geschlagen. Andererseits konnte er sich nicht halten: Da saß ein Mann, den er nicht kannte, vor ihm, an seinem Tisch, schenkte aus seiner Flasche ein Glas Roten zu seinen Gunsten ein, faselte kuriose Dinge, schlug Breitseiten gegen Politik, Wirtschaft, Finanzen, Handel, Verkehr, Bildung, Kultur und Religion und ließ ihn Franz Friedrich Přemysl-Trenk nicht zu Worte kommen. »Comte Charles-Ferdinand d'Artois«, rief der gewandte Grandseigneur, George Mazarin du Plessis, ein wahrhaftiger Grand Maître du plaisir, »ihre Kutsche ist justament vorgefahren. Ihr Diener, Paul Vincent Gustave bittet Sie, einzusteigen.«

Comte Charles-Ferdinand d'Artois trank den letzten Rest aus seinem Glas, lobte den guten Tropfen, verwies noch einmal auf die allseitige Verpflichtung, der Sünde Adieu zu sagen, auch darauf, dass Abschied zum Leben allgemein gehöre, dass es ihm um markante Texte in seinen Memoiren ginge und er dafür jeden Sonntag eine Kerze in Sankt Sebastien abbrenne.

»Comte Charles-Ferdinand d'Artois besucht uns regelmäßig und wir wollen ihn nicht in den tiefsten Abgrund stürzen. Wir dürfen den Herrn einladen« und er verbeugte sich in devoter Manier vor dem Přemysliden, »und der Rote geht selbstverständlich auf Kosten des Hauses.« Dies wiederum lehnte Franz Friedrich Přemysl-Trenk selbstredend ab und er wäre Katholik, wüsste unter anderem auch um die Bedeutung abgebrannter Kerzen in den Seitenschiffen vieler Kirchen, kenne die Motive vieler Betender, würde bereits kommenden Sonntag in Sankt Sebastian den Kerzengrundstock auffüllen.

Und solches wäre doch selbstverständlich und man müsste solchen Menschen mit Geduld begegnen und die Welt wurde ja auch nicht in drei oder vier Tagen geschaffen. Er vermisse das Volkslied ungemein und sollte man seiner hier in diesem herrlichen Etablissement bedürfen, nur zu. Es bedürfte eben einer Art Kulturwandel, äußerte Franz Friedrich Přemysl-Trenk und er kenne die diesbezüglichen Vorstellungen der Venezolaner wie der Tschechen. Frömmeln liege ihm wiederum nicht und den Umgang mit den Großen der genannten Länder wäre ihm angepasst. Aber wo immer er etwas zu sagen hätte, würde er den Langsamgang verordnen, den Gang zu mehr Bedacht und fürsorglicher Gelassenheit, denn nur so gewänne das Volk, das erniedrigte, Freiheit und Selbstbestimmung, Gesundheit und die Freude am vernachlässigten Spirituellen wie dem Vertikalen, dem Außergewöhnlichen.

51

Franz Friedrich Přemysl-Trenk kam nicht umhin, zum einen die Relevanz dieses soeben beendeten Gesprächs im ›La belle vie‹ zu bedenken. Musste er doch feststellen, dass eine Häufung ähnlicher Vorfälle zu konstatieren war. Das schien schlichtweg sehr bemerkenswert und er würde darüber mit

Anke zu reden haben, deren realistische Sicht auf Unvorhergesehenes oder auch Unerwartetes, gar Mystisches, wie es ihm oft schien, schon das eine oder andere Mal zur Klärung von Sachverhalten beigetragen hatte.

»Realismus ist überlebenswichtig«, klärte sie ihn dann auf, »sonst würden wir noch immer irgendwo in einer Höhle rumgammeln und Daumen drehen.«

Und zu Hause angelangt, nahm Anke auf dem ledernen Sofa Platz. Er bat sie um ihre Aufmerksamkeit.

»Wieder was Unangenehmes«, fragte sie den Přemysliden, »was Volksliedhaftes?«

»Ich brauche keine Begründung, warum und zu welchem Zeitpunkt ich mich irgendwo dem Volkslied widme.« Der Přemyslide wurde unwirsch. Dann erzählte er von diesem Kavalier, der sich als Nachkomme des Comte Charles-Ferdinand d'Artois, des Cousin des jüngsten Sohnes des Comte d'Artois, gar mit dem späteren Königs Karl X. verwandt, vorgestellt hatte und das wäre eine lächerliche Anmache gewesen und so was von idiotisch und kein Mensch könnte dergleichen nachvollziehen.

»Glaubst du an Gott?«, fragte sie ihn.

Was das denn nun wieder soll. Franz Friedrich Přemysl-Trenk war absolut nicht in der Gemütsverfassung, jetzt über derartige Fragen zu debattieren und er begehrte mehr Ernsthaftigkeit.

»Wenn es so etwas wie einen Gott gibt und er allmächtig ist und Böses von dir abhalten will, dann erlebtest du, Franz Friedrich Přemysl-Trenk, in dieser Stunde eine Heimsuchung, Boten des Glückes, Überbringer des Übels. Jeder Mensch, der dir über den Weg läuft, ist ein Geschenk von oben und gut nur, dass du den ehrenwerten Comte Charles-Ferdinand d'Artois, der sich eben als Präsident aller Franzosen fühlt, freundlich gegenüber aufgetreten bist.«

Dann leierte sie wieder ihr Übersinnliches und das höchst absolute Sein und vermaledeit Ewiges runter und darauf sollte er, Franz Friedrich Přemysl-Trenk, mehr achten. Denn darum ginge es und nicht um Kinopaläste, nicht um Volksliedgut, spanischen oder deutschen oder tschechischen und dergleichen fürchterlichen Schmarren. Und hätte er, Přemysl-Trenk, dergleichen höhere Gedanken schon eher aufgegriffen, hätte der Herr einen in Houston, Texas geborenen American Pitbull Terrier nicht auf unschuldige Hündchen gejagt, würde doch alles ganz anders gelaufen sein. »Viel logischer.«

Da dachte er wieder mit aller Wehmut an den ermordeten León. Und er bezweifelte, ob der anvisierte und bestellte Labrador würdig genug für die Nachfolge von León wäre. Allerdings wollte er eine dermaßen harte Angelegenheit, wie die seinerzeit zwischen León, dem Texaner und den drei Hündchen respektive den Besitzerinnen, der Charly-Hope, der Marita-Lou und der Ann-Sofie, die er ja doch sehr gut entlohnt hatte für Schmerz und Schmach, nicht erneut erleben. Und dann schon lieber den schönen Labrador.

»Man muss eben alles bei Licht betrachten«, fauchte sie, als er ihr den Rücken zuwandte.

52

Dann wurde er geliefert. Sie nannten ihn Winston of Kent-Windsor und der freundliche Knabe beschnüffelte sein

Terrain und sein Frauchen und natürlich Franz Friedrich
Přemysl-Trenk, der ihm ja Recht und Ordnung beizubrin-
gen hatte.

Die drei verstanden sich auf Anhieb und Anke freute
sich und meinte, der Winston Viscount of Windsor brauche aber schon ab und an so irgendeine Fete mit hündischen
Kolleginnen und Kollegen, einen Event, dass sich was rührt.
Sie erinnerte sich an ihre Kindergeburtstage.

Franz Friedrich Přemysl-Trenk war der Meinung, dass es
zunächst ums Kennenlernen ginge.

Da gab es dann eine Unmenge von Leuten, die ihm auf
der Straße Ratschläge glaubten geben zu müssen. Franz
Friedrich Přemysl-Trenk lächelte, dankte und dachte sich
das Seine. Es ging doch nicht um Banalitäten. So ein Hund
will zunächst erkunden, sich einbringen, Positionen markieren und da ist der Hund nicht anders als der Mensch.

Anke sagte, dass der Winston, der Gefährte, sicher allmählich eine Art Gerechtigkeitssinn entwickle und er hätte
auch eine spezifische Ehre am Leib und die würde er vielleicht auch verteidigen. Sicher weniger der Art eines texanischen American Pitbull Terrier, Marke León, nach, aber
doch relevant.

Winston Viscount of Kent hätte nicht nur Rechte, sondern auch Pflichten, schärfte Anke ihrem Franz Friedrich
ein, andernfalls wäre wenig artgerechtes Verhalten die Folge
und der Kollege Hund nähme sich raus, was er als bisher
wenig Gebildeter so wolle, je nach Gutdünken.

Eines jener grundlegenden Rechte wäre, so schärfte
Anke dem Gatten nochmals deutlich ein, der namentliche
Rückbezug auf die genetische Häuslichkeit beziehungswei-

se Hausgemeinschaft mit weiteren britischen Adelsfamilien. Viele aus dem Beginn der königlichen Zeit, manche aus jenen Jahren und Tagen, als das British Empire zur Blüte gelangte und man sollte ihm, Winston, ab und an das Gefühl dieser historischen Beziehungen namentlich ins spezifisch Genetische hinein etikettieren und zu Gehör bringen.

Lang und breit referierte sie dann schwer über den Unterschied zwischen Mensch und Tier im Allgemeinen und Přemysl-Trenk, verzog das Gesicht. Dergleichen hirnrissige Ansichten konnten auch nur von seiner Anke kommen. Schlussendlich wollte sie aber darauf hinaus, dass der Mensch gegenüber jedem Tier, dem Winston of Kent and Sussex gegenüber jedoch auf spezifische Art, seine humane Verantwortung auf sich nehme.

Und der Hund wäre auch im Grundgesetz verankert. Anke zitierte dann Art. 20a des Grundgesetzes: »Der Staat schützt auch in Verantwortung für die künftigen Generationen die natürlichen Lebensgrundlagen und die Tiere im Rahmen der verfassungsmäßigen Ordnung durch die Gesetzgebung und nach Maßgabe von Gesetz und Recht durch die vollziehende Gewalt und die Rechtsprechung.«

Franz Friedrich Přemysl-Trenk musste gewaltig lachen und Winston of Kent wedelte ergötzt mit seinem Schwanz, dass es eine Freude war. Hatte sie sich tatsächlich im GG kundig gemacht, extra wegen der Integration des Labradors Winston of Bedfordshire, wie er zudem geheißen ward? Er traute seiner Anke alles zu, sie hatte ja studiert.

Winston of Kent war ein waschechter Brite und Franz Friedrich Přemysl-Trenk hoffte inständig, dass dieser schöne Hund nicht etwa mit britischen Allüren durch die Flat wedelte und Extraansprüche stellte. In einer Welt, in der Essen und Trinken nicht selbstverständlich waren, musste auch ein Hund Konsequenzen ziehen. Da durfte es dann doch schon mal Reste geben, einiges vom Sonntagsmahl und nicht nur teures Premiumfutter oder Spezialwässerchen aus der Drogerie. Aber darüber hatten sie sich ja schon ausgiebig und oft auch different in ihren Ansichten und Widersprüchen ernst genommen.

Auch über die Erziehung von Winston dem Gefährten, wie von Charly-Hope bereits deutlich dargeboten, ließ sich trefflich reden, oft zu abstrakt und theoretisch eben, denn die Praxis schaute ganz anders aus. León, der vormalige Jäger, der American Pitbull Terrier, Gentleman, Radikalinski von altem sowjetischen Schlag, hatte da doch einiges abgeliefert. »Man wird sehen«, überlegte der Přemyslide.

Anke freute sich nun auf »den neuen Schwung, den der Winston Viscount of Montgomery, beiläufig weiterer Name aus altem Blut, in unser beider Beziehung bringt.« Und sie frage, ob er, Franz Friedrich Přemysl-Trenk den Winston Duke of Hertfordshire and Windsor, weiterer alter Stammname, eine neue Erkundung von Anke, per Sondergeschäftsbedingung erstanden hätte, würde da doch auch beim Hundekauf immer wieder einträgliche Konditionen eingeräumt.

Franz Friedrich antwortete, in Rage gekommen, souverän: »Mir ging es beim Kauf vom Winston of Kent-Windsor doch nicht um fiskalische Vorteile. So eine Anschaffung ist, würde man es tiefschürfender betrachten, doch vor allem auch eine intellektuelle Herausforderung und schlussendlich peile ich jedenfalls eine gewisse professionelle Substanz im Miteinander an, zwischen mir, Franz Friedrich Přemysl-

Trenk und unserem Labrador, Winston Duke of Kent and of Albany an. Um das endlich klar zu stellen.«

Er solle sich doch nicht so fuchsen und sie würde doch ihre kompetente Meinung äußern dürfen.

53

Anke sagte, sie wollte keinesfalls seine Überlegungen infrage stellen, denn man stünde im Leben vor stets neuen Konstellationen und was heute Gültigkeit besäße, wäre morgen schon Shit. Und alles wäre Shit und zwar großer, umfassender Bullshit. Und man könnte den Shit noch so vielschichtig und umfassend darstellen, Shit bliebe Shit.

Man bräuchte nur weltweit die Augen öffnen, ob in Skandinavien oder irgendwo in einer alten afrikanischen Kolonie, es wäre niederschmetternd, diese alten Situationen expressis verbis abzuräumen.

Franz Friedrich Přemysl-Trenk unterstützte ihre Sichtweise wie immer wiederum uneingeschränkt, weil Hunderassen wie zum Beispiel ein Labrador, kongenial und global geachtet wären und das von China bis nach Südafrika oder bis Australien.

Ihres Erachtens hinge alles, die Fakten und die relevanten Umstände, menschliches Wollen und Versagen, einfach die Totalität ungeschmälert paritätisch zusammen. Und würde man eventuell einmal das Glück haben und in Australien mit einheimischen Aborigines an einem Feuer sitzen, nichts wäre leichter, als die Kongenialität zu erahnen. Und die wäre völkerübergreifend und völkerverbindend. Denn niemand, keiner, wäre mehr als der andere und das sollte doch aller

Menschen Losung sein.

Franz Friedrich Přemysl-Trenk wusste, dass in der Praxis alles weniger gleichrangig ist, eher doch asymmetrisch angerichtet und permanent in der Gesamthistorie mit Füßen getreten wird.

Winston of Kent lauschte dem Disput und fühlte sich sichtlich wohl und Winston of Kents liebes und in Ankes Augen sehr gesellschafts- und gesetzeskonformes Verhalten nötigte ihr Respekt ab.

Der Přemysl würde morgen gleich am frühen Vormittag mit dem Training beginnen, praktisch den Hans von Stresov besuchen. Solches Vorgehen eröffnete Franz Friedrich Přemysl-Trenk seiner Anke, bevor sie in ihren Alfa Romeo einstieg und in die Kino-Center-Verwaltung brauste, um geschäftlich zu wirken. Sollte Winston of Kent doch Land und Leute möglichst schnell erschnüffeln dürfen, denn die Hunde verfügten über einen ungewöhnlichen Geruchsinn und das wäre ihnen tief eingeschrieben. »Die haben den gleichen Genpool wie wir«, sagte er.

54

Seelisch war Franz Friedrich auf den Ausflug in das Ausbildungscenter des Hans von Stresov eingerichtet. Franz Friedrich Přemysl-Trenk traute seine Augen nicht. Schon am frühen Morgen, Anke lag noch im Bett, müde und gerädert von der Arbeit vom Vortag, stiegen aus einem Auto zwei bekannte Figuren aus. Der Vaclav und Benesch öffneten ihren Verschlag und sie wollten gar nicht stören, müssten nur mal austreten. ›Austreten‹, wollten sie, der Vaclav Strosny und zigeunerisch-joviale Jiří Benesch. Es wäre recht früh heute und das ausnahmsweise und sie würden in Straßburg in Frankreich auftreten.

Franz Friedrich Přemysl-Trenk versuchte, die Anke aus dem Bett zu scheuchen und sie sagte, dass sie diese Blödmänner nur von hinten sehen möchte. Und sie würde alle ihre ehelichen Freiheiten nützen, brutal wie eine Afrikanerin oder eine Asiatin, und im Bett liegen bleiben. »Ich bin schwer krank, ansteckend, sag ihnen das.«

Franz Friedrich Přemysl-Trenk wusste mit der Freiheit der Afrikanerinnen oder der Asiatinnen recht wenig anzufangen und er fütterte die zwei Herren knapp und schnell durch und sagte, die Gattin hätte schwerstes Fieber im Leib und wenn sie solches Fieber einfingen, dann gute Nacht.

Er war ein Meister unreflektierter Reden, liebte die Deutlichkeit und als Vaclav Strosny und Jiří Benesch sich verzogen hatten, warf er ihr lügnerisches Verhalten an den Kopf und sie drohte dann mit Liebesentzug und anderem mehr. Winston Duke of Hertfordshire and Windsor selber schlief mittlerweile, träumte vielleicht oder döste einfach ins Blaue hinein.

Franz Friedrich Přemysl-Trenk hatte nun Konzeptionen und spezielles methodisches Vorgehen und gewisse Hypothesen zu bedenken, denn in der Erziehung eines britischen Hundes wären sicher Schwierigkeiten zu erwarten und er wollte von Winston dem Gefährten und von sich selber, von Anke und dem gesamten Umfeld Schaden abgewendet wissen.

Winston Viscount of Montgomery brachte seine erste wässrige Notdurft vor die Anrichte und Anke verzichtete auf

Geheul: »Da ist ja der Hammer schon gefallen. Dem gefällt es in deinem Haus.«

Franz Friedrich Přemysl-Trenk fiel auf, dass hier die notwendige und eindeutige Identifikation zwischen Anke, Franz Friedrich Přemysl-Trenk und dem Winston of Marquess of Essex noch fehlte.

Und sie schob nach: »Da wirst du noch dein blaues Wunder erleben. Hauptsache du machst sauber.«

Franz Friedrich Přemysl-Trenk erwiderte, er hätte schon in ganz andere Abgründe geschaut.

Und es wurde auch hinsichtlich dieser persönlichen Vorfälle, derer sich Winston Viscount of Montgomery schuldig machte, alles gut und Winston of Kent-Aubigny lernte und lernte. Und der Herr Hans von Stresov bestätigte dem Winston, dass er ein ungewöhnliches Kerlchen wäre und der Hans von Stresov selber duftete nach einer Giftmischung, die Winston sicher analysierte und das in Einzelheiten, während der Přemysl nur eine Mischung aus Moschus, Knoblauch, Eau de Cologne, Flieder, eventuell Weihrauch ausmachte. Jedoch reichte ihm diese tödliche Komposition und er redete mit einigen Damen, die ebenso ihr Tier erziehen ließen. Die erzählten von den Erfolgen und Misserfolgen und dass der Hans von Stresov schon ein Showman und ein Verführer wäre, ködere er doch die Hündchen mit gutem Dosenhundefleisch und scheinbar lebe er selber auch davon. Und er hätte Duftmarken, die er auch setzte.

Zu Hause erstattete der Přemyslide einen umfassenden Bericht über den ersten Tag und Winston hätte viel gelernt. Obwohl Anke meinte, dass es einen Unterschied gäbe zwischen Lernen und Lernen. »Das, was du unter Lernen verstehst«, sagte sie, »gemahnt mich doch wohl eher an ein perfides Paradoxon, absurd eben, denn als global ausgerichtete Tendenz, den Bildungsnotstand bei Hunden und ihren Herrchen in ein Äquivalent zu kippen.«

Franz Friedrich Přemysl-Trenk überlegte Ankes Redeschwülste und dachte sofort an León. Der hätte sich ein dermaßen holpriges Akademikerdeutsch nicht bieten lassen und hätte kurzen Prozess gemacht. Eine Leiche mehr oder weniger hätte ihm weder Kopfzerbrechen gemacht, noch seinen Bildungsnotstand infrage gestellt.

Was León nie gelungen wäre, wurde dem Winston of Kent-Bedfordshire in die Wiege gelegt. Er wurde ein origineller Lernender, ein Solitär im Gemisch von Hunden und Aberhunden, ein Wesentliches Aufnehmender, kapierte, analysierte, taxierte. Er wurde ein Vermittler und Friedensstifter, streng genommen, ein Fürsprecher für die Verdorbenen, auch ein Anwalt der Freiläufer, der Unwirschen und Unwirtlichen. Die Gemeinen wie die Schwachen wertschätzte er, wurde einer, der Kamikazes abfing, war der konkret Hündische unter seinesgleichen. »Ein Brückenbauer und Entscheider«, wie Hans von Stresov dem Přemysliden bestätigte.

Přemyslide selber erkannte in dem Briten einen virtuosen Debattierter, der jedoch dem Stillschweigen und der Ruhe alles abgewinnen konnte, ein Richter, der zurecht rückte, was verloren schien und verquer sich zu entwickeln anschickte. Schließlich einer, der auf weiteste Entfernung die Damen seines Herzens erschnupperte, Umstände und Zeiten ausforschte und respektierte, Gentleman vom Scheitel bis zur Sohle.

Manche Nachrichten sind dermaßen von Obsoleszenz zerfressen, dass man die Damen und Herren Produzenten nicht mehr gerne zur gängigen Bürgerschaft zählen möchte. So gingen schöne sechs Monate ins Land. Winston Duke of Albany steckte in einer umgreifenden Ausbildung, glitt mit Fug und Recht in einen mächtigen Kompetenzzuwachs hinein und es wurde höchste Zeit, ihn mit mehr Entscheidungsbefugnis auszustatten.

Meldungen jener das Leben Zerfressenden und die Ruhe und die Fakten Demoralisierenden, die allgemeine Moral Zerrüttenden, dass nämlich Franz Friedrich Přemysl-Trenk auf den Hund gekommen wäre, machte die Runde. Und jene arglistige journalistische Gewitterziege von der ›Weekendpress‹, die sich damals etwas drauf zugutehielt, ihn in seiner putativen Herkunft von einem Pandurenoffizier entlarvt zu haben, setzte jene paar Wörtchen als Headline auf die erste Seite ihrer Organs.

Da ging viel Lachen, aber auch gewaltiges Mitleid durch die tschechische Republik. Denn jedermann wusste, dass eben dieser deutsche Mann mit dem Hund der Přemyslide war, landesweit verkündet als rechtmäßiger Abkömmling des Stammvaters des politischen, historischen, kulturellen und sozialen Denkens aller Tschechen, des großen Přemysl I.

Und sogar seriöse Publikationen hielten fest, dass Franz
Friedrich Přemysl-Trenk nicht irgendwer, sondern eben des
seinerzeitigen ersten Přemysl legitimer Nachfolger wäre und
wenn Änderungen auf dem Stuhl des tschechischen Staaten-
lenkers angebracht und erforderlich wären, dann doch er,
Přemysl. In seiner Person spiegle sich problemgeladen die
gesamte mitteleuropäische geschichtliche Entstehung wider.
Da gelte es nichts zu begründen und schließlich medial, also
jeglicher Wahrheit abhold zu beleuchten.

Gerade der benachbarte Russe wisse um die abendländi-
sche Historie und die großen tschechischen Verdienste um
dieselbe. Und jeder Russe wisse doch ganz genau, dass es
gerade der Přemysl war, der hier seinesgleichen suchte. Ähn-
liches fand sich in den Medien, wie auf den Gängen des
Universitätskrankenhauses oder in den zerrütteten Stollen
der südchinesischen Bergwerke.

Die öffentliche Resonanz zwang diese Dame von der gel-
ben ›Weekendpress‹ Flagge zu zeigen und den Přemysl mit
seinem Winston, dem Gefährten, ins Bild zu setzen. Der
Tscheche an sich ist ein gütiger und sentimentaler Mensch
und seine Ansichten gleiten gerne und allzu oft in das Irrati-
onalere, also Gefühlsbetontere hinab. Das Foto von Přemysl
und seinem Labrador ging durch die Häuser und Gassen
und Straßen der gesamten tschechischen Republik. »Das hat
sie nun davon, die Weekendlady«, dachte er. Und es bewahr-
heitet sich immer wieder das Wissen der Alten: »Bedenke,
wenn du fertigmachst. Es schlägt auf dich zurück.«

Ein einzigartiger Schwall von Briefen, Botschaften,

Drucksachen, Werbeprospekten, Mails, Paketen ergoss sich nun über die tschechisch-deutsche Grenze hinweg und beide Herren, Hund Winston wie Přemysl, wurden hoch gelobt und gewürdigt und ihrer beider Intelligenz und Gelehrtheit des Geistes setzte wissenschafts-, erkenntnistheoretische Maßstäbe.

Diese nun redundierende Unschicklichkeit der tschechischen Nation darf man ruhigen Gewissen als überdimensioniert bezeichnen. »Diese Slawen, dieses mongolisch angehauchte Steppenvolk ist grundsätzlich irre geleitet«, sagte Anke und wie recht sie hatte. Und Franz Friedrich Přemysl-Trenk erklärte, dass die Demokratie durch diese stultus vulgus keinen Schaden erleiden würde und Demokratie und Frieden und Freiheit wären heutzutage einzigartig verankert und gerade die Postmoderne könnte ein Lied davon singen. »Aber der Tscheche will sich ja immer wieder einmal im Laufe der Geschichte beweisen und im Mittelpunkt sehen.«

Dass vierzehn Tage später eine Nachricht aus Caracas eintraf, vom Herrn ›El Lider‹ persönlich unterzeichnet, mit kongenialen Glückwünschen für das Duo Přemysl & Winston of Kent, konnte wiederum weniger erwartet werden, schlug trotzdem den Fässern in den Kellern in Stadt und Land den Boden aus. Winston of Kent-Aubigny selber schien überrascht ob dieser grandiosen Marche an zu vielen tschechischen und venezolanischen und italienischen und französischen Leckerli, die eingeflogen wurden.

Anke entsorgte das Zeugs, wie sie sagte und es wäre auch für blöde Hunde ungenießbar. Sie postulierte dem Nachbarvolk und allen anderen in- und außereuropäischen schwachsinnigen Stümpern und Abortisten schichtweg emotionale und charakterliche und vernunftmäßige Qualitätsüberschreitung.

Wieder ein paar Tage später meldete sich der deutsche Herr Bundespräsident mit einer Einladung an den Přemysliden, bat ihn samt Hund und Frau zu einem Dinner nach Berlin und er würde ihm ein ziemlich opulentes Bundesverdienstkreuz anheften und er wäre dankbar und das namens des deutschen Volkes.

Dankbar für den pyramidalen ›Přemyslidischen Einsatz für Frieden, Freiheit, Demokratie und Völkerverständigung‹. Und dass es gut wäre, solche Menschen wie ihn, den Přemysliden, unter sich wohnen und arbeiten zu sehen.

Winston of Kent-Thynne hörte alle Gespräche mit, die der Přemyslide und seine Anke führten und schaute, als wollte er sagen: »Leute, das Ganze zu bedenken, ist doch gar nicht der Rede wert. Warum aufregen, gibt es doch so viele wirkliche Probleme auf der Welt.«

*

MITTELBERICHT – REPORT OF THE MIDDLE

Subversive, d.h. übliche Kritik an Franz Friedrich Přemysl-Trenk, kurzum ›der Přemyslide‹ genannt, angebracht respektive deklamiert und mit offiziellem Anstrich vorgetragen von einem MENSCH in Europa:

»Der Přemyslide ist ein Charakter horizontaler Wesenheit, ein Individuum auf ungemein reine Selbstdarstellung verpflichtet, einer ohne sogenannten springenden Punkt, eben der Fluktuation verhaftet.«

Ein MENSCH in einer oberen gesellschaftlichen Etage in Nordafrika glaubte seinen ganz urpersönlichen Zwischenschrei rezitieren zu müssen. »Nieder mit planlosen, wunschlosen, irrelevanten, unmöglichen Abendländern, deren einer dieser sogenannte Přemyslide zu sein scheint. Ein feiger Bleiber im Unrecht. Seine Initialen sind zu vergessen und dies auf immer und ewig und Allah wird ihn strafen. Man muss ihn vernachlässigen und danach schlage ich ein Ei in die gußeiserne Pfanne oder drei davon, von eigenem marokkanischem und biologischen Hühneranbau.«

Eine Dame, MENSCH, aus Transsylvanien war maßlos ob der přemyslidischen Kraftlosigkeit und Schwäche, seiner kondensierenden Niedrigkeit, von seiner bedenkenlosen, dem entgleisenden und laxen Irrtum ergebenen Missgriffigkeit enttäuscht. »Vor uns steht ein Repräsentant dummer, undiskutabler, personifizierter Verwüstung. Dieser Přemyslide, Tscheche von niedrigem Stand, europäisch modifiziert, noch dazu ein unausgereifter Germane von schlechtester Masse, ein kreativer geistloser Lapsus.«

Und schließlich der bekannte Teppichweber Dschalal Mustafa Schakays von Soran, MENSCH aus dem lieblichen Kurdistan. Dieser Niemand wurde ursprünglich geboren in Szigetvár im herrlichen Ungarn als christlicher und ungarischer Sohn einer dämonischen Restaurantbesitzerin, einer gewissen Lívia Morvai.

Sie verkaufte den reinen Knaben in jungen Jahren an einen Karawanenführer aus dem iranischen Zarand, der ihn schließlich nach langer und ausbeuterischer Expedition durch brütend heiße Wüsten und über steile, oft genug schneebedeckte Gebirge, vorbei an schauderhaften Karawansereien und ausgetrockneten Dattelhainen, in Erbil in einer dreckigen Gasse an den Mann brachte. Seither galt Dschalal Mustafa Schakays als der ›Zugezogene aus der Fremde‹, angesehen auch als der ›unübertreffliche Teppichweber‹, als ›Herr der Ornamente, Farben und Fäden‹.

Zudem las er Bücher, Heftchen, die über das Leben von abenteuerlichen Gefährten berichteten und hatte eine Zwistel als Eigentum, womit er Menschen belästigte und Vögel tötete.

Er besaß Ansehen als ein Autonomer trotz kärglichem Ein- und Auskommen. Er las zudem in regelmäßigen Abständen die große und heilige Zeitung von Erbil, galt als geharnischter Influencer unter Seinesgleichen, deutete großzügig die politische Lage und war vertraut mit den Gentlemen aus dem ›Gentlemen's Club‹ der herrlichen Stadt Erbil. Er trug einen passablen kultivierten Vollbart und einen geheimnisvollen Ring am rechten Mittelfinger.

Der religiöse und aufgeklärte Teppichweber Dschalal Mustafa Schakays nun, von Soran aus dem lieblichen Kurdistan, sprach, auf einem Korbstuhl sitzend, Tee mit amerikanischem Whisky versetzt in der Rechten, schlürfend, zu sich nehmend: »Ich selbst bin nichtssagend, dekadent, unnötig wie der winzigste Rest an Stroh in der Kamelscheiße. Ich lebe als ein Mensch ohne Biss, innwendig längst krebsig, depressiv, endzeitlich ausgerichtet, bald vor Allahs Richterstuhl kniend, fehl orientiert ein langes Leben und irrwitzig von Angesicht und Innereien. Aber er, der Přemyslide, übertrifft alle meine Fehler um das Tausendfache und er, der Geharnischte, will auf die Burg am hohen und hehren und erhabenen Hradschin? Ich frage mich. Und das im schönen und goldenen Prag. Dieser elende Kadaver, dieser schmierige Rest an Absonderung, dieser minderwertige und charakterlose Gitarrist und lausige Bänkelsänger. Wer ist er denn? Ich verdamme ihn. Er ist das personifizierte Vakuum. Und Allah wird ihn peitschen, sich mit ihm anlegen und das vor all den Jungfrauen, die meiner harren.«

57

Natürlich wussten der venezolanische ›El Lider‹, Excelencia Don Raphaele Carlos Pablo de Martino y Sorolla, il único Señor presidente de la República Bolivariana de Venezuela und seine Carmen Enriqueta, die allseits verehrte Gattin des Hohen Herrn und Super-Excelencia und auch eine Menge anderer Venezolaner von Rang und Geblüt über die Vorgänge um die beiden Caballeros ausgiebig Bescheid. So lobte er die Vorgänge im fernen Alemania.

»Ganz klar«, sagte sich der Přemyslide Don Franz Friedrich Přemysl-Trenk, República Federal de Alemania »und der Hund entwickelt sich.«

›El Lider‹ bat um ein Foto, welches Franz Friedrich Přemysl-Trenk, seine ehrenwerte Gattin, Dr. Anke Přemysl-Trenk Seling-Florentiner, sein Zwetschgerl. »Superzwetschgerl« nannte ›El Lider‹ sie damals in Caracas und der besagte Hund Winston of Kent-Aubigny, der ja der Stein des Anstoßes wäre, möge bitte ins Foto treten. Und dann noch der Don Franz Friedrich Přemysl-Trenk mit la guitarra negra im Arm. Konkret. Müsste ein absolutes Abbild werden und das mit zeitgeschichtlichem Hintergrund und digitalisiert, mit Ewigkeitswert. Phänomenal.

Und sie würden hier in Caracas mit der modernsten Bearbeitungs-Software dieses Foto unter dem Aspekt der consideration sichten und zurechtschneiden und rezensieren. Sodass ›El Lider‹, Excelencia Don Raphaele Carlos Pablo de Martino y Sorolla, il único Señor presidente de la República Bolivariana de Venezuela und seine Gattin Carmen Enriqueta gemeinsam mit den verehrten Herrschaften aus der großen República Federal de Alemania in der Staatspresse zu sehen wären. »Hej, Spitze«, lachte der Franz Friedrich Přemysl-Trenk, »und das in der Weltpresse.«

»Eine fulminante Sache, das Ganze, eine sauberer Sachverhalt, una gran cosa«, mailte er sodann zurück und die Franz Friedrich und Anke Přemysl-Trenkschen jagten Foto um Foto um den halben Erdball und die Fotos kamen alle rechtzeitig an.

»El semanario poliótico venezolano«, die Haus- und Magenzeitung vom ›El Lider‹, beförderte dann noch das brillante und universale Engagement des Franz Friedrich Přemysl-Trenk, als rechtmäßiger Nachkomme des ehemaligen Pflügers von Prag, dieses Urahnherrn Přemysl, welcher seinerzeit dem tschechischen Volk seinen Bestand gesichert, Rang und Namen verliehen und Gewaltiges in der damaligen beginnenden Blüte des christlichen Abendlandes an exquisitem Ansehen verliehen hätte, zu Tage.

58

Winston, der Gefährte, entwickelte sich von Tag zu Tag mehr zum Sinngeber der nachdrücklichen Art. Er liebte Franz Friedrich und Anke und er liebte sie bedingungslos und aufmerksam. Er machte aus einer vormaligen Zweierliaison erst Familie an sich. Es gab keine Gründe, ihn nicht zu lieben, keine Begründung, ihn aus dem Boot zu stoßen. Er beteiligte sich wenig an ihren Gesprächen, stets jedoch war er mit Anke und Franz Friedrich eine konkrete Einheit, una entidad concreta, und das gefiel ihm.

Ob Schnee oder Regenbö, Sonnenschein oder Frost – Winston Duke of Hertfordshire and Windsor liebte jede Wetterlage und er tauchte bei jedem der Spaziergänge mitten hinein in die Schöpfung. Jedes Geschöpf, das ihm begegnete, das er auf Meilen hin roch, rief ihn ihm eine ungewöhnliche Resonanz hervor. Er litt natürlich wie die Menschen auch unter den sich ständig wandelnden Witterungs- und Wetterbedingungen und sein hündisches Denken wird die eine oder andere Lösung parat haben, dachte Franz Friedrich. Aber auf sich zurückgeworfen, ohne Stimme, ohne Sprache, eben keine Meinung zu äußern, war typisch Winston Duke of Hertfordshire and Windsor und reden hatte er nicht nötig und er teilte sich mit.

Beide waren sich einig, dass Hunde sich mit Dingen einzulassen hätten, von denen Menschen nicht mal zu träumen wagten, dass sie Impressionen verarbeiten müssten, weit außerhalb menschlicher Grunderfahrungswerte.

»Und seine Kontakte«, schrieb Franz Friedrich an Charly-Hope, »eine Menge Straßenbekanntschaften, vorübergehende Berührungen, Begegnungen und inwieweit intimer oder intensiver, wage ich anzuzweifeln.«

Franz Friedrich sah sich auch für Winston of Kent-Thynnes Sicherheit zuständig, gäbe es doch Demagogen, »die nicht nur verbal, sondern attackemäßig auf Hunde losgehen und dann eindreschen. Und Leute laufen durch die Straßen und Parkanlagen ohne jedes Verantwortungsgefühl und postulieren die persönliche Inanspruchnahme weiter Formen geophysikalischer Camps.« Solche Worte gab er von sich vor versammelten Straßenbande, vor etlichen Nachbarschaften in Verehrung vor Windsor vor dem Gartenzaun versammelt, in den Cafés von ihm redend, nach den Kirchen- und Stadionbesuchen mit Freude und Dankbarkeit seiner gedenkend.

Anke meinte, dass da ganz eindeutig Ideologen am Ruder wären und die könnte man nicht ohne Weiteres erkennen.

Sie passierte tags zuvor eine Gruppe Hyänen, wollte den Weg zur Firma abkürzen, an der Grundschule vorbei. Diese australischen Beutelteufel keiften und schrien und rauchten und tobten, diese elenden und erziehungsunfähigen Hyänenweiber. »Lieber einen Hund als ein Kind. Heutzutage.« Weitläufigere Kommentare auf der Zunge, verzichtete Anke zu debattieren.

Und einer der teuflischen Söhne hatte sich mit einem lautem ›Zehfix-Halleluja‹ verabschiedet und die Hyänenmutter hatte nur in den Pulk dieser Morgensäuferinnen und Kifferinnen hineingeschrien, dass er ganz nach dem Däd kommt, der Alexi. Grässliches und absolut ordinäres Gelächter folgte.

Franz Friedrich konnte ihrer am späten Abend geäußerten Ansicht, ohne Kinder durch das Leben zu gehen, wenig abgewinnen und ob das auch in einem Aufwasch ginge, so Hund und Kind? Und zudem wäre sie noch jung und strotze vor Leben und Gesundheit und Kraft und wohin denn eigentlich damit.

Sie nannte ihn einen degenerierten Blödmann ohne Lebenserfahrung und er wäre da sowieso außen vor und wer zeuge, wäre längst noch nicht familienfähig und er schon lange nicht. Der Herr, ständig mit seiner primitiven Zupflaute in den Landen unterwegs und sie niedergeschlagen, glaube, sie würde gleich jetzt zum Spinnen anfangen.

»Unser geliebter Windsor von Kent, britischer Bürger, Labrador, ergeben, devot, jedoch von Jahr zu Jahr mit mehr Härte und Intellekt ausgestattet als der normal sterbliche Mensch. Männlichen Geschlechts«, strahlte Anke, »wird Freude machen.«

59

Ob der Winston Duke of Albany nun allmählich nervös wurde, ob des heftiger werdenden Disputs von Herrin und Herr, ließ sich weder an Mimik noch Gestik ablesen. Er lag auf allen vieren und sein Kopf rastete scheinbar zwischen den beiden Vorderpfoten. Bewegung, innerlich, kontemplativ im Lot, las der Kundige an den Augenbewegungen ab.

Man durfte annehmen, dass sich in diesem bedächtigen Verhalten eine gewisse subtile Intuition gemischt mit intensivem, ungewöhnlich methodischem Überlegen traf.

Langsam, geradezu zögerlich erhob er sich, der Gute, um irgendwo seinen Urin hinzustellen und Herr und Herrin Přemysl-Trenk hofften, dass er dieses am gewohnten Platz vollziehen würde, vor dem Kellerabgang auf einer mit saugfähigen Windeln gepolsterten Blechpfanne, flach.

Dergleichen Unterfangen gestaltete Winston Marquess

of Essex gemächlich und sukzessiv. Und die Herrschaften Přemysl-Trenk erfassten, anlässlich dieser Lernphasen dichotomische Akzente zu setzen. »Sinn- und zwecklos diesem Hund Neuartiges, immigrierendes Verhalten nahe zubringen. Eine Brite, ich bitte dich.« Denn Hund wäre eben Hund. Und Anke lief zum Kühlschrank, holte ein böhmisches Pils und trank und das böhmische Pils strömte durch ihren trockenen Rachen in den leeren Magen.«

In den Straßen mancher deutscher Städte rebellierten verblödete Horden von Studierenden und auch denen ging es einzig und alleine um die Frage, Labrador oder Dackel, Sennhund oder Spitz und die Äußerungen dieser wenig ausgelasteten Volksgeldempfänger waren schon vom Phonetischen her kostbarste Blüten und säuische Perlen. Letztere sollte man auch in die Koben eben dieser Tiere werfen, wie Franz Friedrich sinnierte. Zu seiner Zeit hatte man zu arbeiten und diese Schleimbeutel wussten nicht, wie sie ihre Tage nutzlos durchbringen sollten. Bei denen wäre alles für die Katz, dachte er. Jung, dynamisch und erfolglos, aber später Rechtsanwalt. Franz Friedrich ärgerte sich maßlos und er überlegte, ob er den Winston, den Gefährten, auf diese Leute scharf dressieren sollte, wie seinerzeit den León, ein prächtiges Kerlchen, wie er sich erinnerte.

60

Winston Viscount of Montgomerys frühmorgendliche Perspektiven erweiterten sich zunehmend und er ließ den Hyänenmüttern, diesen keifenden und geifernden Tieren vor jener ominösen Türe, hinter der so viel Kleinhyänenzeug verschwand, vermehrt Aufmerksamkeit zukommen.

Diese Hyänen lachten ihm, Winston of Kent, zu und er wedelte mit seinem wunderschönen Schwänzchen und wurde urplötzlich kongeniales Zentrum von Schmeicheleien und fürsorglichster Umsicht und die Hyänen liebkosten ihn und dem Adelsmann wurde ganz anders um Herz.

Přemysl-Trenk bemerkte an Winston Earl of Cornwall and Kent Facetten im Umgang mit diesen Wesen vor der Schulhaustüre, die er beileibe von León dem Großen, dem texanischen American Pitbull Terrier hätte nicht erwarten dürfen. León hätte nie nach der Liebe solcher Bedeutungsloser gestrebt, sie doch wohl eher mit Biss und Verwundung, Quetschungen und unterschiedlichsten Verstümmelungen in ihre Schranken verwiesen.

León musste sich damals nicht lange zurechtfinden, er war von vornherein absolut präsent, setzte sich mit der harten Umwelt knackig auseinander. Einer, der aus der Großstadt anrückte, gestählt und zur Vernichtung Andersdenkender oder Andersgearteter bereit war. »Ready for going. Ready for fighting as well.«

Winston of Kent-Aubigny hingegen darf als jener Bemerkenswerte mit Bedacht bezeichnet werden. Auch als einer mit gewisser ruhiger Balance, aus dem britischen Umweltzynismus entsprungen und in die hiesige Mischlandschaft versetzt. Einer Landschaft, in welcher Zielvorgaben nicht mehr messbar, konkret, positiv, überschaubar und ohne innere, doch so notwendige Vibration gesetzt werden. Alles wird in diesem Gebiet sofort interpretiert, ohne die intellektuelle Handschrift, soweit denn vorhanden, einzusetzen, ohne Kenntnis planvoller Exegese, denn Siege entstehen im Kopf.

León wusste damals, dass ein dominantes Hundeleben eines der markantesten Beispiele der Kunst des Überlebens ist. Hundeleben war für ihn akzeptiertes Chaos für andere. War Drama, Leidenschaft, hartes Überfallen, kurzen Prozess machen, Niederringen mit Akribie und System, war ruinöse Auftragskillerei, bereit auch zum Verzicht.

»Sich selber Gutes tun?« Nicht Leóns Vorstellung von Vernichtungs-, und Zerstörungsbereitschaft entsprechend. León stand für Ausmerzung, Blutbad und Asche. Die Kraft des Humors fehlte ihm, war unwesentlich, stand seiner Form persönlicher Verwirklichung entgegen.

Winston of Kent-Aubigny hingegen schätzte das Schnüffeln, begutachtete die ihm entgegenkommenden Damen und Herren, auch Geschlechtsgenossinnen und Geschlechtsgenossen, nahm sich Zeit für artiges Streunen. Er schätzte allmählich aufblühende Freundschaften, wäre über den Verlust von Gefährten nur schlecht hinweggekommen.

Einer, der niemals um seine hündische Identität hätte fürchten müssen. Es war erstaunlich, wie er sich innerhalb dieses ersten halben Jahres veränderte, vom verspielten Kind zum routinierten Chevalier. »Wenn es mir gut geht, geht es auch anderen gut.« Das entsprach Winstons Charakter, völlig dem Leónschen zuwiderlaufend. Nun, León war hinüber. Was braucht er jetzt noch Humor?

»Das mag in den labradorischen Genen liegen, hat er doch weitere Talente genug.« So hieß es, wenn Přemysl-Trenk mit Menschen auf der Straße, beim Flanieren zu tun bekam und in ungeregelten Disput eintrat, Winstons Niveau, seine Charakterstärke lobte.

»Wäre Winston Duke of Hertfordshire and Windsor ein

Mann, würde er eine Firma leiten, in der Politik agieren an vordersten Stelle, umsichtig und akkurat, einer, der abgeklärt seine Kreise zieht.« Diesen Schluss nun zog Anke. Da hatte sie jedoch schon die zweite Flasche Burgunder intus und dass sie sich ihn auch am Lagerfeuer in den kanadischen Weiten vorstellen könnte, wäre er doch einer, welcher Verknüpfungen herstelle, ein Kostenloser, um Vernetzung bemüht.

Charly-Hope lebte mittlerweile am Bodensee, führte ihrem Gatten das teilweise brüchige fiskalische Business und dergleichen mehr und bewahrte diesen menschlichen Irrtum, wie der Baron in seiner Heimat genannt wurde, vor dem Ruin. Sie fragte am Telefon immer wieder aufs Neue, wie es denn so gehe und laufe oder ob der Winston Duke of Hertfordshire and Windsor schon eine Freundin hätte und welche Social Bots er gerade so abzöge in den allgemeinen Netzwerken seiner Umgebung.

Charly-Hope war ja als Kind in grässlichen sozialen Verhältnissen aufgewachsen und wusste um die Macht der inkriminierenden und subversiven Special Social Bots.

61

Winston Duke of Hertfordshire hinterließ demnach gewaltigen Eindruck. »Da könnte man vor Neid nahezu zerplatzen«, lachte der Herr Přemysl-Trenk und eine der lästigen Hyänen koste und herzte den Winston of Kent-Aubigny und er wäre stimmig und beschäftige ihr Denken seit Wochen und reiße ihr die Verzweiflung aus dem Herzen.

Der Schulleiter, ein Herr Gronewelt, wartete eines Tages

vor der stählernen Türe zum Schulhaus und fragte an, ob der Winston of Kent nicht mal einen Besuch in den unterschiedlichsten Klassen absolvieren könnte. Da sitzen nur schwer erziehbare Bangerten von unerzogenen Müttern und hirnlosen Vätern auf den Stühlen und vielleicht könnte der Hund …?«

Dem stimmte Přemysl-Trenk zu und er würde mal eben dann später vorbeischauen und wann es denn passe, weil er ja doch persönlich mit Volksliedterminen zu tun hätte.

Eine der Hyänen erinnerte sich sogar an den León. »Sind Sie es nicht, der diesen Pitbull seinerzeit auf die Hündchen gehetzt hat?«, fragte sie. Přemysl-Trenk leugnete und sagte, dass der texanische American Pitbull Terrier, der seinerzeit die drei Hündchen erlegt hatte, im Eigentum eines Freundes war und mit diesem Herrn läge er noch heute in einem Versicherungsstreit, der sich gewaschen hätte. Die Junghyäne lud den Přemysl-Trenk mit Winston Duke of Albany zum Kaffee, welcher schon warte.

»So ein texanischer American Pitbull Terrier«, sagte sie, »ist schon eine rechte Kampfmaschine und agiert wie ein Kapitalist.« Und ihr Mann wäre Gewerkschafter und würde das jederzeit unter Eid bestätigen. Aber die Welt strotze vor raffinierter Gleichgültigkeit und vor absolutester Hinterlist und einer Menge Schweinereien und das wäre effektivste Strategie des Großkapitals. »Wenn heute einer als Widerstandskämpfer innerhalb einer Gewerkschaft auf die Straßen geht, wird er gleich als Verteidiger von globalen Menschenrechten vorverurteilt.«

Přemysl-Trenk empfand diese Leidenschaft beeindruckend und ihre offene und gradlinie Art, die Dinge beim

Namen zu nennen, rang ihm gehörigen Respekt ab.

»Oder, glauben Sie, lieber Herr Přemysl-Trenk, dass man heute mit Anstand über die Runden kommt, in solchen schwierigen Zeiten? Und die Angriffe auf den kleinen Mann sind doch legendär.« Die Kleinhyäne ereiferte sich und ihr Mann wäre eigentlich im Hightech voll ausgebildet, aber im Film und im Fernsehen schaue das alles so einfach aus. »Was dahintersteckt, ist definitiv schon schwer beeindruckend.«

Er begleitete sie nach Hause und der Winston of Kent schmeichelte sich bei der Hyäne ein und sie redeten dann weiter über die soziale Ungleichheit und dass der Dialog zwischen den Gewerkschaftlern und den Kapitalisten auf ein neues Fundament zu stellen wäre. Wer glaube, dass die Gewerkschaftler nur noch tolerant wären, der würde einem Irrtum nachlaufen und jeder müsste sich heute identifizieren.

Sie hätte einen Großvater im Krieg verloren und die Großmutter hätte sich bei der kleinen Rente keinen Hund leisten können und die Oma wäre einer großen Verantwortung ausgesetzt gewesen. Und was jene Frauen auf die Beine gestellt hätten, könnte man in dieser verteufelten Wohlstand- und Wegwerfgesellschaft gar nicht nachvollziehen. Da ginge es nur um diese verfluchten Gewichtsdebatten und um verschlackte Schminke und unreine Deos und das hänge ihr zum Hals raus.

Přemysl-Trenk konnte das alles nur unterstreichen. Er selber käme mit seinem Gewicht gut zurecht und man dürfte da selbstbewusst auftreten und sollte eigene Wünsche im Interesse der globalen Gemeinschaft zurückstellen. »Mir selber geht es prinzipiell um ein friedliches Zusammenleben der Menschen aller Hautfarben und Rassen und welcher Religion sie angehören, das ist mir einfach und schlechterdings egal.«

62

Dann tranken sie noch einen starken Kaffee und die Hyäne liebkoste auch noch den Winston Marquess of Essex and of Kent und er sollte wiederkommen und wieder und sein Herrchen doch mitbringen.

Přemysl-Trenk war der Ansicht, dass solche Gespräche zwischen ihnen beiden erfreulicherweise über das Wesentliche hinausgingen. Und Globalkontroversen sollten dort ausgetragen werden, wo die verblödeten Debattierter und Provokateure dafür bezahlt würden. Er selber und das sagte er der Hyäne noch unter Tür und Angel, zählte sich zu den Verfechtern der Freiheit und des besonnenen Einsatzes von Körper und Geist. Ethik und Moral wären heute schon abhanden gekommen und schlichtweg futsch.

»Ohne Wertmaßstab geht alles vor die Hunde«, sagte die Hyäne und Winston of Bedfordshire and of Kent wedelte mit seinem sich immer besser entwickelnden buschigen und teils beigen Schwanz und drückte Zustimmung und persönliche Freude aus.

Nicht despektierlich, jedoch zunehmend kritisch-konstruktiv darf so einiges noch hinterfragt werden, muss man sich die Bälle zuspielen, mit der Desillusionierung müsse aufgeräumt, Situationen nicht dem Zufall preisgegeben werden. Die Hyäne zeigte ein ungeahntes Maß an nachgerade hitzigem Enthusiasmus.

»Lieber Herr Přemysl-Trenk, wer investiert heute schon in Staatsanleihen, wer riskiert eine steile Performance, wo lösen opulente Analysen verlorenes Vertrauen ein?« Die Dame wäre eigentlich studierte Betriebswirtschaftlerin und unter anderem in Frankfurt am Main und in Berlin inskribiert gewesen und ihr Name wäre Annette Baerwonn-Haide.

Der Přemyslide erkannte da wieder erneut seine Unbedarftheit. Alle warfen ihren Studienabschluss in den Ring und er hatte sein dürftiges Können zu verschweigen. Aber die Zeiten würden sich ändern und das sollten sie sich gesagt sein lassen.

Winston of Marquess of Essex wunderte sich über diese ausführlichen Erörterungen und rettete sich auf das Sofa der Annette, obwohl sie bereits zwischen Tür und Angel lagerten. Würde er, der Winston of Kent jetzt gleich mal richtig auspacken, seine Straßenabenteuer analysieren, seine prächtige Performance richtig erläutern, wäre er doch wohl der King of the Street, dachte er.

63

Die Zeit verging. Wie sollte es auch anders sein. Und Winston of Kent-Windsor stand im Begriff seinen Geburtstag zu feiern.

Anke meinte, dass man da eine Fete machen müsste, er wäre ja kein heimatloser Citoyen, habe außerdem mit den gegenwärtigen Brüchen in Politik, Wirtschaft und Kirche nichts zu tun. Und der Anstand gebiete das auch und er stammte doch aus britischem Adel.

Kein Mensch, schon gar nicht der Labrador Winston

Viscount of Montgomery, erwartete, dass zu seinem Jubeltag Glückwünsche auflaufen werden. Aber bereits drei Tage vorher schrieben der Herr Primátor von Prag Milos Tomáš Jan Křepek-Husa, der Herr Primátor von Brünn, Karl Butzecky, der Herr Primátor Josef Jelinek aus Pilsen und die Herren und Musiker Vaclav Strosny und Benesch.

Gut sollte er sich's gehen lassen, der Lässige, der Imperator der Gefühle und nicht über die Stränge schlagen. Das war allgemeiner Tenor und jede dieser Persönlichkeiten legte einen Knochen, keines der üblichen Kunststoffduplikat, diese beiläufigen tschechischen Desiderate für Schlawiner bei.

Elena Butzeckova, Brünnerin, Tochter des Karl Butzecky aus der heiligen mährischen Kleinmetropole übersandte Winston, diesem großartigen und edlen Gefährten ein schickes Hundebilderbuch mit Illustrationen eines tschechischen Künstlers.

Dessen kunstvolle und zeitgenössische Bilder bedeuteten ein Kompliment an die einzigartige hündische Natur. Und in Spanien oder in Italien liefe kein ähnlich schönes Tier durch die Straßen und Gassen oder über Wiesen und Fluren und sie wisse, wovon sie rede, hätte sie doch in Florenz und in Valencia especialmente, zejména, studiert.

Dann lag eine kleine Plastikherrenhundetoilette bei mit dem Schriftzug ›Casanova‹. Dass Winston Duke of Hertfordshire and Windsor diesen Tierabort freiwillig benutzen würde, bezweifelte Přemysl-Trenk und Anke nahm das Ding und versteckte es im Keller.

Philosophisch ließ sich dieses Mini-Pissoir nicht deuten. Aber es zeugte von der Ordnungsliebe der Tschechen, von der man ja vor dem Krieg und nach dem Krieg nicht viel hielt.

Mittags fand er eine neue Sorte von Schweinsknöchelchen in Spinatsoße auf dem Teller und anstandshalber fraß er das Zeug weg, verdrückte sich jedoch bald in Richtung Schlafplatz und meditierte den ganzen Nachmittag.

›El Lider‹, Excelencia Don Raphaele Carlos Pablo de Martino y Sorolla, il único Señor presidente de la República Bolivariana de Venezuela und seine Gattin Carmen Enriqueta hatten in der Staatspresse einen netten Artikel untergebracht mit Foto.

Winston Duke of Albany beeindruckte da in souveräner Pose und auch Anke und Franz Friedrich Přemysl-Trenk lachten. Dazu fand sich ein netter Artikel, den vermutlich irgendein junges venezolanisches Spatzenhirn als Übungsartikel eingebracht hatte. Jedoch lieb und nett und süß.

Der Abend klang mit einem gemeinsamen Spaziergang der Přemysl-Trenkschen aus, natürlich unter Anleitung und Führung des lieben Geburtstagskindes.

Alle seine Lieben um ihn herum bestanden auf der Ansicht: Dieser junge Gefährte, Winston Earl of Cornwall and Kent, wird sich im Orbis der Erwachsenenwelt erst noch zurechtfinden müssen.

64

Eine uralte Erfahrung der Menschheitsgeschichte besagt, dass das Meiste anders kommt, als der gewöhnliche Erdenbewohner es erwartet oder sich gar wünscht.

In den Straßen der Stadt nahm man Winston Duke of

Albany nicht nur wahr, wie jeden anderen Hund. Man befleißigte sich, seine Bekanntschaft zu machen, Liebeshändel seinethalben auszutragen und viele Kirchenbesucher ließen sich vom Gang ins Gotteshaus abhalten, wenn Winston of Kent-Aubigny ihren Weg kreuzte.

Selbiges galt auch für Einkauffreudige, die irgendein Center aufsuchen mussten. Auch der Notarzt hielt an, redete mit Winston of Kent-Aubigny, streichelte ihn hier und da und man gab zu, freudig erregt zu sein, wenn man ihn traf.

Er wäre der Hund des Volksliedersängers Přemysl-Trenk und dessen Frau, die man wieder das Zwetschgerl nannte, hieß es, wenn er so manchen kleinen Gang allein durch die Gefilde wagte, sozusagen ausschlitzte.

Dass Windsors Foto gar in Venezuela präsent wäre, erwähnte man allenthalben. Auch die Tschechen drüben im großen europäischen Kessel, hätten ihn zum Hund des Jahres gekürt. Zumindest bei einem Teil dieser Gesellschaft ging es schlichtweg darum, sein Herrchen, den berühmten Přemysl-Trenkschen zumindest zu hofieren, ihn sich warm zu halten. Wusste man doch nicht, was nach der Klimakatastrophe oder anderen Kalamitäten noch auf den Tschechen zukäme. Eventuell geriere er sich zum tschechischen Retter.

All diese und auch andere Nachrichten fand der geneigte Leser in der germanischen Schwachsinnspresse und machte sich seine Gedanken.

Ein Studierter schrieb einen Leserbrief und bedauerte, den Winston Duke of Albany nicht persönlich zu kennen. Allein aus dem Foto ließe sich jedoch die gefestigte innere Struktur dieses edlen Präsentators der Rasse der Labradore feststellen und seine vier Füße wären bereits heute schon jene eines Globetrotters. Sein feines Gesicht strahle edles Selbstbewusstsein und sehr spezifisches Selbstverständnis aus.

Seine Haltung wäre die des Imperators und man dürfte gespannt sein, was aus ihm noch würde. Im Gegensatz zu den afghanischen Windhunden, denen man Bildung absprechen, jedoch Einbildung und rohe Überheblichkeit zugestehen müsste und auch gegenüber den doch zu großen, modernen Windhunden westlicher Prägung, welche ihre langen, hageren Häupter stolz erhoben trügen, strahle der Labrador eben Würde aus, Gelassenheit, Reputation. Weder die übliche Eitelkeit noch jene unangenehme und dünkelhafte Gefallsucht oder bombastische Effekthascherei würden ihm anhaften, so wie Honig an den Fingern nach dem Bestreichen des Butterbrötchens am morgendlichen Frühstückstisch.

Die Přemysl-Trenkschen waren ob dieses öffentlichen und kritisch-aufbauenden und höchst realistischen Lobes dermaßen angetan, dass sie diesen Herrn Briefschreiber, einen Professor Dr. Dr. Heinrich von-der-Hatzen zu einem delikaten Schoko-Soufflé einluden. Und ob er Kaffee oder Tee favorisiere, gerne auch Pfefferminze oder Kamille oder anderes vorziehe, zu sich nehmen möchte.

Diese Frage stellte Přemysl-Trenkschen persönlich und der verehrte Herr Professor Dr. Dr. Heinrich von-der-Hatzen entschied sich für Kaffee, leide er doch unter zu niederem Blutdruck und gerade in dieser nachmittäglichen Niedrigphase würde ihn ein Kaffee aufbauen, manchmal gar aufpulvern. Ob die Přemysl-Trenkschen gar Fair-Trade-Kaffee im Hause hätten, ihn eventuell sogar aufbrühten? Auch das ließe sich machen, sagte der Přemyslide.

Professor Dr. Dr. Heinrich von-der-Hatzen erzählte von seinen bisher schon verstorbenen Hunden, alles Hunde aus dem Tierheim, oft seelisch ruiniert, die er praktisch psychologisch-psychotherapeutisch behandelte. Also er, Professor Dr. Dr. Heinrich von-der-Hatzen, verfüge über einen Erfahrungsschatz. Der Přemyslide nun brachte das Gespräch auf León.

65

Er berichtete von den Eskapaden des alten Freundes León, dem er, wollte man es genau betrachten, alles zu verdanken hätte: Die Liebe seiner Anke, seine doch deutliche Bekanntheit als Volksliedbarde hier in Germanien, wie in Venezuela, Caracas vor allem, oder auch bei den Nachbarvölkern, insbesondere den Tschechen. Auch dem beruflichen Genre, der Cineastik, wäre der Bekanntheitsgrad förderlich.

Das wären, so Professor Dr. Dr. Heinrich von-der-Hatzen, natürlich und gewissermaßen horrende Vorfälle zum einen. Zum anderen erwüchse aus Unangenehmem oft dermaßen positive Vielfalt, die einen das Staunen lehre. Aber, soweit er sehe, könne der Přemyslide doch nicht klagen.

Er, Professor Dr. Dr. Heinrich von-der-Hatzen, erinnerte sich an ein Gespräch mit seinem Schwager, Polizeihauptkommissar Feuerländer, Ulrich, im Dezernat zuständig für Drogen und andere Dinge mehr. Der wiederum kannte einen Cousin seiner Frau näher, der wiederum als Angestellter beim Zoll des Flughafens eingesetzt war und das schon seit zwanzig langen Jahren im Innendienst wie im Außendienst.

»Der machte was mit, sag ich Ihnen, damals. Es war gegen sechzehn Uhr nachmittags, ein Montag noch dazu, Showdown längst vorbei, und dass er noch lebt ist reiner Zufall. Zollleute sind Mangelware, sollte man wissen. Es gibt doch nicht viele Exemplare. Das darf ich hier im Vertrauen offen kundtun.«

Dieser Cousin hätte seinerzeit eine Attacke durch einen American Pitbull Terrier überlebt, eben und gerade weil ein Polizeieinsatz vorschriftsmäßig abgelaufen wäre. »Acht Schuss und das Untier war hinüber.« Sichere Schüsse, zügiger Ablauf der Aktion und auch der Gentleman vom Zoll, also der Cousin, wäre fix behandelt und im Krankenhaus zügig und relativ erfolgreich operiert worden. Dieser American Pitbull Terrier gehörte auch zum Kreise, um im Bild zu bleiben, also im übertragenen Sinn, berühmter amerikanischer Banditen. Und der wäre sicher noch ein Geächteter geworden, Outlaw, hätte Banken ausgeraubt, Eisenbahnen überfallen und Tresore in Eisenbahnzügen geknackt. Einer, der riesige Rinderherden entweder rasant beschützt, oder das Vieh systematisch zerfleischt. Er gebe hier nur die Ansicht seines Schwagers, des Hauptkommissars wieder, welcher wiederum bewandert wäre.

Der Přemysl schwitzte leicht unter den Achseln, hatte er doch den von Polizeikräften ebenfalls abgeknallten León, im Kopfe.

Professor Dr. Dr. Heinrich von-der-Hatzen beäugte noch einmal den manifesten Körperbau, vor allem dieser herrliche Schnauze, diese ebenmäßige Wünschelrute, das seidige Fell von Winston Duke of Hertfordshire and Windsor.

»Man dürfte seinen Einsatz in Dilemmata im Auge

behalten«, sagte er.

Der Přemysl stimmte überein: »Man muss das tatsächlich im Auge behalten.« Und Anke nickte und würde ein Augenmerk darauf haben, ihn wohl auch inspizieren, im Verhalten, der Art und Weise des Sicheinlassens aufs Besondere.

Winston Duke of Albany bedachte diese Worte und war zufrieden. »Schauen Sie, lieber Herr Přemysl-Trenk«, lachte Professor Dr. Dr. Heinrich von-der-Hatzen, »der Winston, der Gefährte, wedelt mit seinem Schwanz. Ach, doch zu süß.«

66

Anke konnte nur den Kopf schütteln. »Es verbietet sich doch von selbst, dem Hund, auch wenn Winston, der Gefährte, ein britischer Labrador ist, menschliche Attribute anzuheften. Oder ihn auch nur irgendwie mit Menschen zu vergleichen. Ein Hund ist weder ein König noch ein Kaiser oder ein Usurpator oder Bandit oder ein Heerführer. Professor Dr. Dr. Heinrich von-der-Hatzen und deine Wenigkeit seid nur noch verrückt und dergleichen habe ich geheiratet.«

Přemysl-Trenk hatte eigentlich nur die Debatten mit Professor Dr. Dr. Heinrich von-der-Hatzen vertieft und den feurigen León, welcher sich seinerzeit als Angriffsmaschine vorstellte mit dem friedlichen Winston of Kent-Aubigny verglichen.

Sicher mit einer Wortwahl, die Anke ja nicht gefallen musste, aber dem Winston of Kent-Thynne wie dem León doch wohl nahekam. Verbal in geordneter Besonnenheit zu agieren, wäre immer vom Teufel, gestand er ihr zu. »Das ist die Liebe zu diesen Geschöpfen und so etwas geht dir ab, ganz und gar. Ist dir als studierte Kauffrau und Vielsprachige fremd.«

Und schon blühte der schönste Krach im Hause der Přemysl-Trenkschen und Anke heulte noch, als sich der Professor Dr. Dr. Heinrich von-der-Hatzen nochmals und das zur schönsten Vormitternachtsstunde, am Telefon vernehmen ließ und über die Schwächen des Hundes seines Nachbarn erzählte.

Da lebe ein robuster Zwergpinscher, schönes Tier, nett und lieblich-frech in einem. Jedoch völlig unfolgsam, ständig auf Brautschau und würde jeden Gartenzaun markieren. Und die alte Leinweberin besäße einen Zwergschnauzer und der würde auch nur den ganzen Tag rumlaufen und von wegen Bewegungsmangel. Er hätte da einige Initiativen zu ergreifen, sagte der Professor Dr. Dr. Heinrich von-der-Hatzen und es wäre Viertel vor Schlag Mitternacht, denn die Schwächen dieser Hunde hätte nur er, Heinrich von-der-Hatzen und nicht deren Herrchen oder Frauchen auszubaden. Diese elenden Beißer würden Feuer in die Welt tragen. Verteufelte Brunnenvergifter wären das und Anke deutete unmissverständlich an ihre Stirn, was so viel bedeutete, als dass der Professor Dr. Dr. Heinrich von-der-Hatzen ihr Vertrauen verspielt hatte.

«Solche Charaktere ohne Geist lehren an der Universität. Ja, da brennt doch meine Kartoffelsuppe an. Ich glaub, es stinkt schon.« Sie rannte in die Küche und fluchte wie ein besoffener Matrose auf Heimaturlaub. »Was soll Kartoffelsuppe um Mitternacht?«, fragte der Franz Friedrich.

Nun tönten die Schläge aller Kirchenglocken durchs

Land: High noon, zwölf Uhr, jedoch zur Mitternacht.

Anke und Přemysl-Trenk, ihr Gemahl, waren ein innig verliebtes Paar und Kommunikationsstörungen inbegriffen, würden sie ein langes Leben einander treu ergeben sein. Vorausgesetzt, der Přemysl-Trenk würde die Entscheidungen seiner Partnerin nicht ständig infrage stellen, wie sie monierte, auch heute wieder und das schon, seit sie wie immer total übermüdet von der vielen Arbeit die Tür ins Schloss gezogen hätte. »Der neue Tag hat begonnen.«

Přemysl-Trenk war eindeutig platt und konsterniert. Sagte sie doch nach dem Hinweis auf die vorgerückte Stunde, dass dieser Professor Dr. Dr. Heinrich von-der-Hatzen ihr nicht mehr ins Haus käme. Und er, Přemysl-Trenk, erwiderte kernig, dass hier dann wohl ein Vertrauensverlust von ihrer Seite nicht nur in den Professor Dr. Dr. Heinrich von-der-Hatzen vorliege. Nein, auch er, Přemysl-Trenk, bekäme da sein Fett weg und zumindest erhärte sich dieser Eindruck bei ihm.

Sie schnarrte und plauderte wie ein fränkischer Kesselflicker, dass wir eben in dieser Welt, in der alles einem Wandel unterworfen wäre, zu leben hätten. Und darüber sollten sie debattieren und nicht über Hunde. Aber mit Theologischen oder Philosophischem hätte er ja nichts am Hut.

67

So glitten sie wieder in die Auseinandersetzung über die großen Fragen der gegenwärtigen Menschheitsgeschichte ab. Mit der unerfreulichen Quintessenz, dass eben alles schlecht wäre, hinten und vorn. »Wenn niemand zu Kompromissen neigt, wie sollen da aus menschlich-individueller Perspektive relevante Kontroversen ausgetragen werden.« Solchen Sachen stellten sie sich.

Und Anke reagierte immer empfindlich, wenn er, der Herr, wie sie ihn dann nannte, allmählich matt und bequem in den Sessel hinein rutschte oder gar drinnen herum lungerte. Das wäre keine Moral, bemängelte sie dieses Verhalten wieder. »Wenn du mit diesem verkalkten Professor Dr. Dr. Heinrich von-der-Hatzen redest, wirst du nicht müde. Aber ich, bei mir und so und das ärgert mich eben.«

Přemysl-Trenk und der Winston of Kent-Thynne verstanden sich blind. Sie tauschten bei diesen weiblichen Abirrungen einige freundliche und verständnisvolle Blicke aus und wussten, wo es lang geht. »Hund und Mensch sind ein Gespann«, erklärte Anke dann unvermittelt, »und das seit Jahrhunderttausenden.«

Man müsste nur zur allgemeinen friedlichen und gemeinschaftlichen Kontingentierung das erledigen, was möglich wäre. »Jeder das seine«, stellte sie fest, »auch der Herr Labrador ist gemeint.« Der so angesprochene Winston Duke of Kent and Albany schlief da schon oder deutete den Schlummer an.

»Schau, er ruht wie Eurydike in Morpheus Armen.« Franz Friedrich staunte über Winstons ruhigen Schlaf.

»Die gute Eurydike schlief sicher in Orpheus Armen, vermutlich und das ist doch ein gewaltiger Unterschied. Wenn Historie dann auch richtig.«

Der Přemysl meinte, sie solle doch nicht so pingelig sein, ein Buchstabe hin oder her. »Päpstlicher als der Papst. Die Frau Anke.«

Ihre längerfristige Vision brachte sie noch im passenden Moment ins Gespräch, zementierte sie, indem sie ruckartig aus ihrem Sessel empor schnellte. »Das ist ja nur ein Angebot, meint Mühe, bedeutet Schulung, besagt Anleitung, legt Erziehung nahe, logisch. Notwendige Disziplin. Vor allem Disziplin. Der Hund muss wissen, wo er frisst, wo er schläft, wo er sein Häufchen machen darf und wo nicht und das ist deine Verantwortung, mein Lieber. Ich arbeite ja den ganzen Tag.«

Franz Friedrich versagte sich eine Erwiderung, bezüglich von wegen Arbeit. Als würde er faulenzen, alle viere geradesein lassen, sich mit Flaneuren und unseriösen Kreaturen vergnügen. Und Gestalterisches, Arbeitsmäßiges, zumindest, gehöre doch zum Commonsense dazu und es existierten seit Menschengedenken eben Grundprinzipien, nach denen sich alle zu richten hätte. Oder ab damit, Schuss aus der Hüfte.

Franz Friedrich beugte sich dieser Logik, ging nach oben und strebte in sein Büro. »Dr. Kimble auf der Flucht«, wollte er zitieren, beäugte seine Anke, versagte sich diese Allegorie, wohlwissend, dass er den Kürzeren ziehen würde. Und: »Der Gescheitere gibt nach.«

Auch Winston of Kent-Windsor tat so, als stünde nichts, aber auch gar nichts auf seiner täglichen Agenda. Es ging alles gut. Er liebte seine Mitinwohner in diesem schönen und so großen und so weiträumigen Appartement. Er dachte an die Zena, die nette Beagle-Dame von nebenan. Ihr Duft hatte sich in ihn hineingefressen und er brachte dieses Frisch-Herbe nicht mehr raus aus Leib und Gemüt und das war gut so. Er bemühte sich, die Dinge von allen Seiten zu sehen und die Zena führte sich erfreulicherweise nicht als Moralapostolin auf, ließ ihn leben, in seinem Sosein. Er teilte mit ihr die Düfte, die Geräusche. Alles hat eben seine Konsequenzen. Kernige Sprüche waren nicht das Seine, das zeigte sich, je älter er wurde, immer deutlicher. Das liebte die Zena an ihm.

Den Ruf, ein besonnener, ein bedächtig agierender und beherrschter Kamerad und Citoyen zu sein, eilte ihm voraus. Er agierte mehr im Hintergrund, ließ Zena und der originell-verspielten Desa, diese lustig-lästige Pekinesin, die beim Herrn Pfarrer Haus und Hof belagerte, das Ihre. Sollten sie doch. Er blieb ihnen auch in ihren Dummheiten verbunden, konnte er ihnen doch ein gewisses integres und oft genug verschämt-zurückhaltendes Verhalten nicht wegdividieren. Wieso auch, musste er doch der Wahrheit die Ehre geben und Respekt, dachte er, Respekt.

68

So genoss er, Winston the Marquess of Essex, britischer Labrador und Imperator, sein Leben und auch das Ansehen in und außerhalb seines Heimes, bei Freunden und den Bewohnern der Straßen und Gassen, der verspielten Winkel und der Nischen und Gräben und Rinnen und Spalten in der gesamten Nachbarschaft, bis hinein in die Vorstadt, in Wald und Flur.

Přemysl-Trenk litt unter Schmerzen. Im Rücken wären sie angesiedelt, mal hier, mal da, frequentierten einfach. Kämen, verschwänden, so mir nichts, dir nichts. Jedoch teuflisch und integral bis ins Letzte.

»Und?«, fragte die Anke, die die ganze Nacht kein Auge zugemacht hatte.

»Was und. Ich habe Schmerzen.«

»Meine Güte. Wegen so etwas ziehst du ein Lamento ab. Ich dachte, du wärst ein Kommandeur, Kapitän, als Přemyslide. Dein alter Vorfahre war ein Pflüger, ein Mann der Scholle. Eben ein echter Přemyslide. Rechtschaffen rackerte der sich von früh bis zum späten Abend auf dem Feld ab, in den Holzpflug eingespannt, ein Rindvieh vorne. Kein Deo, keine Seife, urig eben, dieser Mann. Schäm' dich. Von wegen Rückenschmerzen. Konnte der sich nicht leisten und schon gar kein Gejammer.«

»Ich bitte dich, Anke. Dass sind doch einfach dumme Vergleiche. Das waren andere Zeiten. Heute fährt jeder Bauer mit einem Supertraktor aufs Feld oder besitzt einen oder mehrere funktionierende Balkenmäher. Und auch deren Bandscheiben sind spröde bis desolat. Meinem Cousin, dem Albert, gehören zudem ein roter Allrad-Frontlader, ein Deutz 6206 und ein Fendt Industrielader. Der Přemyslide damaliger Zeit besaß und das voller Stolz, zwei, drei Pflüge, bestes Material und ebenso viele Rinder, Ochsen, Schweine, Pferde. Mein Vorfahre, Přemysl, hatte zudem eine Bildung. Hätte er sonst die politische Maschinerie angeworfen? Grafen, Fürsten, Könige gezeugt und das in einem Eiltempo sondergleichen?«

Anke war wieder einmal müde, von der Anstrengung. Im Betrieb. »Die Demi Moore hat abgesagt und der alte Dschingis Khan, der Clint Eastwood kneift dito. Würde das Fliegen nicht mehr vertragen. Der Bruce Willis besucht seine Oma in Deutschland und schaut mal vorbei. Derzeitiger

Stand der Dinge. Der Bruce, der einzige mit Charakter. Ein Deutscher eben.«

»Was ist mit Tom Hankers und Matt Damony und mit der Scarlett Johansson? Drücken sich vermutlich auch, aber ihre Filme soll ich zeigen. Ruf den Tom an und sage ihm, dass ich fest mit ihm rechne. ›Der Soldat James Ryan‹ und ›Der Da Vinci Code‹ laufen jetzt schon in allen meinen Häusern ein halbes Jahr und da macht der schlapp, der Mann, elendes Aas, feiger Bulle. Jetzt spüre ich nichts mehr im Rücken. Toll. Du bist doch die Beste.«

Anke drehte sich noch einmal im Bett auf die andere Seite und sagte, dass das bei ihm alles psychisch, genauer psychosomatisch wäre.

69

Er, Winston of Kent, empfinde sich – und das sagte er bei einem Spaziergang vertraulich seinen beiden Verehrerinnen – als eher orthodox, fromm und er denke über den täglichen Knochen und somit Tellerrand hinaus. Und er fühle eine immer intensivere Beharrlichkeit besonders in guten Dingen in sich aufsteigen und wachsen. Nur diese Allianz zwischen seinem bewunderten Herrn, dem Přemysl, mit diesem seltsamen Professor da, der immer von Hundekameraden respektlos, aber besserwisserisch erzählt, belasten ihn, liebe er doch auch Anke.

Und die Anke würden sie auch mögen und lieben, bestätigten die beiden netten Hundefreundinnen. Und sie hätte jederzeit eine kleine nette Delikatesse parat. Und darauf käme es an und dass sie süß ist, die Anke und weil der Nero schon sagte, das Fressen und die Liebe wären einfach das Maß aller Dinge. Da würde man sich dann auch ganz anders einsetzen und ihr Herrchen, strahlte die Zena, hätte einen fetten Knochen einfach beschlagnahmt, drüben bei der Anya nämlich und sie mit dem Rippchen überrascht und das fände sie einfach super.

Und der alte Přemysl wäre ein Charaktermensch, also so ein Siegertyp, was es selten gäbe und sie hätte ihre Erfahrungen und dann senkte sie die Augen und erinnerte sich ihrer Verpflichtungen. Dass sie zum Beispiel auch Kurse machen könnte, wie man pariert und mit der Szene besser zurechtkommt. Aber man hätte eben seine Neider und der irre Gerch, der ihr als unfeiner und ungepflegter Schäferhund, als mieser Stinker in Erinnerung wäre und den sie mit dem Auto ins Hundeheim transportiert hätten, weil er ständig ausfällig wurde, den Gerch würde sie nur einen dreckigen Hund nennen, auch heute noch. »Aber weil der Gerch im Hundelager nicht funktionierte, haben sie ihn erschossen. Außerdem hat der Gerch mächtig Wasser abgelassen. Richtiges Wasser war für ihn trotzdem ein Fremdwort, weil er es nur zum Saufen nutzte. Von wegen Wäsche, wöchentliche Reinigung.« Die Zena war da außer sich. Und sie hechelte so dahin und das Klimatische, das in der Luft rumhing, inspirierte sie alle drei animalisch und fast unheimlich.

Der Winston erzählte dann wieder und wieder von den netten Konversationen daheim und dass er selber auch das eine oder andere Mal seinen Auftritt hätte. Aber manchmal würden die Aussprachen dermaßen chaotisch und formaljuristisch wären sie daheim nicht auf dem Laufen, die Anke und der Franz Friedrich. Und sie, die Anke, würde ihn immer nur so richtig abfällig den Přemysliden nennen. Aber die Anke und er, Winston of Kent, freuten sich schon auf den Winter und dass sie ihn überstünde, weil es immer so frisch und zugig in ihrem Haus zugeht, weil der Přemyslide die Wärme nicht verträgt.

Und sie würde krepieren, sagt sie immer und weint. Und sie solle eben eine wollene Decke drüber liegen über die ganze Körperlichkeit, wenn sie denn unbedingt mitten im Winter auf der Korbchaise sitzen müsste. Sagt der Přemyslide.

Und der Bennerl von nebenan wäre gestern einfach an Herzversagen umgefallen. »Aber das mit achtzehn Jahren«, sagte sie, »das ist doch ein hohes Alter. Findest du nicht auch?« Und der Winston of Kent bestätigte sie und ihm war sein Alter völlig egal und wenn es nach ihm ginge, würden sie alle reanimiert, wenn sie umkippen. Aber die Kollegen um ihn herum wären ja alle medizinische Stümper und Laien.

70

Winston merkte an, dass heute die Luft recht trocken wäre und der Přemyslide würde immer bei frostig klar-trockener Luft am liebsten mit ihm ausziehen aus der Hütte, lockte doch die herrlich Schöpfung und auch Feld und Wald. »Und die Natur ist ein Wintermärchen«, sagt der Přemyslide immer. »Und die Anke empfindet dieses Wintermärchen als Lust und Last zugleich, aber beides gehört zusammen und jetzt steht sie wieder vor der Terrasse und schaufelt den Schnee von der Treppe und der Přemyslide hat es im Kreuz.«

Sie freuten sie sich alle drei wieder und wieder an der

winterlichen Landschaft und an den gegenseitigen und sehr individuellen Ausdünstungen und auch am Wohlgeruch, welcher in tausenderlei Formationen durch die Luft strich und alles war gut.

Der Gerch würde nicht zu ihnen passen, weil er eine Stinkbombe wäre, sagte die Zena und sie lud den Winston für den späten Nachmittag zu ihr in ihre neue Holzhütte ein, nur wegen dem Knochen von dem blöden Schaf, das sie gestern auf der Straße umgefahren hätten und der Chef hätte es dann in den Kofferraum gelegt. Schon gar nicht wegen irgendwelcher anderer Vorstellungen, die da in ihr brennen und derer sie nicht Herrin werde, solle er sich auf den Weg machen. Winston verstand voll und er würde sich's überlegen und Bescheid geben.

Přemysl-Trenk und Windsor of Kent erkundeten weiterhin ihre individuelle Ausdauer und von Stunde zu Stunde mit gesteigerter Übersicht auch noch massig Feld und Flur, Wald und Straßen, Häuserzeilen und Fußballfelder. Der gemeinsame Ausgang der beiden Gentlemen wurde zu Tour d‹Horizon und man erkundete: Fehlt es einem an Dynamik und Ausdauer, ist der Tag an sich ein konditionsmäßiges Verlustgeschäft, gar schon gelaufen? Hat er, Windsor einen neuen Schwarm? Welchen Utopien hängt der Přemysl noch nach? Welche Aspekte hat er bereits beerdigt? Wo könnte die Zukunft des Přemysliden liegen? Fragen über Fragen.

Sie hatten über die Frauen zu sprechen, mit denen sie auf Du und Du standen, über Zena, die Holde, über Anke, die Geschäftige und die Desa, die unlängst beinahe an einem Knochen erstickt wäre.

»Alles nur Einbildung, Mädchen«, hatte Winston sie daraufhin angebellt und Desa kotzte und spuckte und zuckte gerade noch und da war er wieder draußen, der Knochen, der Bösewicht. »Na, siehste«, sagte der Windsor. »Nie mehr was vom Rind«, schnaufte Desa. »Was das soll, Kind«, führte Winston das Gespräch weiter. »Schau, ich bin Demokrat und, was sag ich, ich würde dafür sterben.« Desa verstand und Winston fügte noch einmal seinen Gedanken weiter, nicht um zu imponieren, eher um der Wirklichkeit willen, ergänze er beiläufig. Er wäre, obwohl Brite aus dem United Kingdom, schon immer ein Republikaner gewesen. Da könnte man auf ihn in jeder Lage zählen und Sachverstand wäre nicht sein Problem und wegen dem doch prinzipiell unwichtigen Doktor Adolex, diesem Schwein, mache er auch als Demokrat keine Dings, also keine Flausen. »Hin ist eben hin und legal war es auch.«

71

Natürlich könne man die Temperaturen in Archangelsk und jene im fernen Kinshasa oder gar jene am Tschuktschensee oder gänzlich extrem entgegengesetzt, kongolesische wie auch südsudanesische Hitzerekorde nicht brechen wollen. »Wenngleich: Laufen ist Laufen und extrem? Was heißt extrem. Das ist eine Sache der genetischen Dispositionen. Da sind wir alle aus einem gleichen Raster geschnitzt, Hund und Mensch Schweine, wie der minderwertige Gerch, der Adolex Superior infernale ebenso und auch eine billige Shanghaier Henne, Marke Eigenbau.« Und Windsor alberte herum und lachte, dass die Erde bebte.

Anke erwachte auf dem geblümten Zweitsofa neben dem

Kaktus aus Mexiko und auch der Přemyslide warf sich von der linken auf die rechte Seite und es wäre Samstag und »halte endlich deine Schnauze, Winston«, geiferte er.

Winston hörte einfach darüber hinweg, denn er wusste, derzeit ist draußen was los und es summt und brummt in allen Straßen und Gassen und zugeht's wie in einem Bienenstock und er hatte diese kleine, neue Beaglelady im Kopf und sie drehte ihn rund herum.

Gut, Samstag ist Samstag und seine geliebte Anke wie auch der Chef Franz Friedrich hatten diese abgelaufene Woche einiges hinter sich. Manches, wovon er nichts wusste, aber, den Durchhängern der beiden nach zu urteilen, so richtig heiße und scharfe Sachen. So registrierte er mit Nachsicht die Schnarchgeräusche seiner beiden Schreckensherrscher und wartete. Seine Stärke.

Winston legte Wert auf leidenschaftliche Träumereien, besonders in den ruhigeren Nachmittagsstunden. Da hatte er zu Mittag eben mal gut gefressen und der Magen arbeitete vorzüglich auf Hochtouren, der Darm freute sich auf baldigen Nachschub und dem Hirn fehlte die rege Blutzirkulation. Alles auf Dämmer geschaltet..

Er schaute jedoch, wohl wissend, dass nicht alles sofort durchzusetzen war, vertrauensvoll zunächst einmal in die nahe Zukunft. Er hatte nun schon genug Erfahrung, um dichte Chance und vernichtende Abfuhr nicht überhand nehmen zu lassen. »Beides, sagte die Oma immer, ist vom Teufel.« Deswegen wollte er einfach abwarten, ob sie vor der Türe stünde, diese Beagleschönheit. »Wie ein Rehlein«, dachte er.

72

Dann stand nicht die Schönheit, sondern wieder dieser Professor vor der Türe, wollte ins Haus wie seinerzeit dieser scheußliche Hunne, der Attila. Dem würde er Zunder geben und er preschte zur Tür und ließ die Sau raus. »Hau ab, Mann. Verschwinde aus meinem Dunstkreis.« Und der Franz Friedrich und die Anke versuchten Winston zu bändigen und er würde den elenden Tunichtgut zerreißen, bellte Winston of Kent. Und er betitelte den Akademiker unfein, retournierte und legte sich dann auf seinen angestammten Platz. Machte gute Miene zum absolut bösen Spiel. »Diese Kanaille«, raunzte er.

Dann trat der Herr Professor Dr. Dr. Heinrich von-der-Hatzen ins Entrée, dieser Gebildete mit Windsors Vertrauensverlust und der goldenen, ekelhaften Haardolde. »Das Ärgste, das einem Mann widerfahren könnte«, überlegte Winston und schaute diesem Profi direkt ins blaue, jedoch durchgehend verblödete Auge. Danach strafte er ihn durch Nichtbeachtung, ließ einen scharfen Wind ab, grunzte, furzte und der Professor Dr. Dr. Heinrich von-der-Hatzen lobte ihn. »Feines Hundchen, du, feines Hundchen. Leckerchen?«

Professor Dr. Dr. Heinrich von-der-Hatzen referierte dann in solistischer Allmacht und darob erstaunte Winston, denn der Mann wusste Diverses. Respekt und verdammt nochmal, so kann man sich täuschen.

Heinrich von-der-Hatzen redete von großen polyphonen Chören, ansässig in Brünn und Karlsbad, welches er gut kenne und Teplitz, jene alte Beethoven-Stadt. Und der Böhme an sich wäre nicht klangresistent, eher klangerregt,

Meister der Kantaten, auch kammermusikalisch auf oberster Etage brillierend, schuf Oratorien und das Brünner Konzertleben gleiche der Blaupause der New Yorker Opera, der Metropolitan oder wie er das Ding nannte. Ihm liege schmucklose Einfachheit und das gelte auch für die böhmische Unterhaltungslektüre, zivilisiert, holzschnittartig, mit Timbre und man müsste schon ein lektoraler Parvenü sein, darüber hinweg zu gehen.

»Und nicht nur Kafka oder der gute Viktorin Kornel ze Všehrd, Universitätsgelehrter, einer, der sich schlussendlich nur der Pest geschlagen gab, seinerzeit, noch lange vor dem Großen Dreißigjährigen Krieg. Oder gar ein später Stifter in etwa, nicht nur der an sich und naturgemäß hervorragende Kundera. Nein, gebe man ihnen doch die Ehre, den edlen Dramaturgen und ich nenne bewusst Vítězslav Hálek und einen Mann wie Petr Bezruč darf man doch heutzutage nicht mehr übergehen. Wer kennt nicht seine ›Wahrheit klirrender Ketten‹, seine ›Lieder eines Rebellen‹, welche er in den Schlesischen Liedern kundtat. Oder seine herrlichen Geschichten aus dem Leben ›Povídky ze života‹ und seine literarisch gestalterische Definition. Hören Sie: ›Často vidím smutnou řeku v moři a pláčou v noci‹. Bedeutend, sehr bedeutend. Und vieles mehr zudem und dergleichen. Ertragreiches, Gestaltetes, Neues.«

»Hejjjjj, der Mann schätzt Literatur. Halleluja! Und das herrliche Prag ebenso. War sogar in der Charge eines Fuxmajors aktiv, degenmäßig wohl sehr effektiv bis tödlich. Wohl ein Mann, der Zutrauen genoss, sich auf Respekt, geistig-philosophisch-pädagogisches Geschick verlassen konnte.«

Winston erhob sich und drückte Professor Dr. Dr. Heinrich von-der-Hatzen seinen Dank aus, wischte um die Beine des lieben Gastes und verzehrte mit Achtung dieses fleischige Pressknöllchen. Gastgeschenk an ihn, Winston of Kent. »Nicht schlecht, der Mann hat Geschmack, Schliff in der Diktion, literarisches Fingerspitzengefühl.«

73

So entwickelte sich im Hause der Přemysl-Trenkschen ein feiner, ein kultivierter Abend und Winston erfuhr desgleichen von dieser reichen Bauerntochter, die da ein sogenanntes Techtelmechtel mit einem Jahrmarktsmusikanten anfängt und logischerweise ist der Herr Papa wie der Herr Pfarrer gegen diese Liaison. »Aber mit gutem Geld ließ sich auch dieses Gerumpel überlisten.« So der Herr Professor. Herrlich, der Mann.

Und ein gewisser Lipp, Johannes, wäre der Urvater dieser Commedia dell'Arte. »Immer ging es eben um die Liebe, oftmals gar die reine Liebe an sich und ums Geld, ums liebe Geld«, lachte Professor Dr. Dr. Heinrich von-der-Hatzen. »Um gute Vorsätze natürlich, aber wer kann die schon so durchhalten.«

Stücke mit Sehnsucht hätten es ihm, Heinrich von-der-Hatzen, angetan. Und er säße derzeit über einem Roman über Hexenverbrennung und Inquisition, über Teufel und Despoten. Er hätte sich das ausgehende Mittelalter, jene doch arg in der dämonischen, furchtbar verzerrten Aufbruchszeit vorgenommen, analytisch alles, komprehensiv und »wenn Sie wissen, was ich meine.« Er hätte gerne seinerzeit gelebt, obwohl ihm sicher Kunst und Technik oder ganz simple Konstellationen wie die morgendliche Straßenbahn vor dem Bungalow und er wäre ein totaler Computerfreak, gefehlt hätten.

Professor Dr. Dr. Heinrich von-der-Hatzen ließ einige Reminiszenzen an Ostrau und Komotau anklingen, verbuchte Aufmerksamkeit für die Leute, Böhmen zumal, in den Kriegsteilabschnitten 14/18, befasste sich welt- und weitläufig mit der nachgefassten, positiven, universitären Kritik für seinen auch ins Tschechische übersetzen Aufsatz über ›Das Identifikationsproblem der Menschen deutschen Geblüts, deutscher Haltung in den Nachkriegsjahren des Ersten Weltkrieges‹.

Schließlich verwies er und das abschließend, auf den Prolog im Johannesevangelium: ›Im Anfang war das Wort‹. In der Tschechischen Sprache ›Na počátku bylo slovo‹. Das Wort wäre es schlussendlich, das den Menschen totaliter aliter ausmache, was man geisteshistorisch nie und nimmer vernachlässigen, gar vergessen dürfte. ›Wie gewonnen, so zerronnen‹. Selbiges dürfe nie mehr Geltung gewinnen. Vieles verfalle jedoch als unerhört, gerate auf die heilloseste Art in Verwirrung. Heutzutage.

Hellhörig wurde Winston of Kent, als der geschätzt Professor Dr. Dr. Heinrich von-der-Hatzen plötzlich von einer Knallerei anfing zu schwätzen. Winston meinte, diese Reden missverstanden zu haben und eventuell meinte Dr. Dr. Heinrich von-der-Hatzen so was wie Ballerei, was ihm entgegen käme, denn vom Schießen, einem heftigen Schusswechsel hielt er viel. Zumal der verdammte Gerch im Kampf durch Polizeikugeln gefallen war. Vermutlich war das Dr. Dr. Heinrich von-der-Hatzensche Gerede auch schon irgendwie mit Verfallsdatum behaftet, weil der Dr. Dr. Heinrich von-der-Hatzen einen sogenannten Urknall definierte, dem man früher unablässig ausgesetzt war.

So spitzte Winston weiter beide Ohren, weil Dr. Dr. Heinrich von-der-Hatzen auch noch den Sternenstaub ins Gespräch brachte, welcher aller Geschöpfe Sein oder Nichtsein und das als ganzer Haufen, zugrunde gelegt hatte und auch schon lange vor unserer Zeitrechnung.

Winston tangierte das ganze Gerede allerdings nur peripher, hatte er doch Herz und Seele, Gefühl und Körperlichkeit auf die Beaglelady konzentriert und das kostete ihn schon eine Menge an Rückgrat.

Anke und der Přemyslide wie auch Winston hatten den Ausführungen des Professor Dr. Dr. Heinrich von-der-Hatzen fasziniert gelauscht und dann tranken sie alle vier zunächst Tee, aßen Plätzchen, danach verzehrten sie gemeinsam die gerösteten Brathühnchenkeulen und Scheibchen vom Lammkotelett mit Kartoffeln und Rosenkohl und Winston erhielt seinen Teil von allem.

74

Windsor verstand von den Frauen so wenig wie der Přemysl und beide gemeinsam so wenig vom anderen Geschlecht wie von Ackerbau und Viehzucht. Obwohl … obwohl der Přemysl doch so besondere Gedanken im Kopf balancierte. Landwirtschaft dürfte ihm in den Genen liegen und die müssten nur noch explodieren und dann würde er zulangen und über allen Gipfeln wäre dann Ruh' und er würde auf Bio machen und die Giftfabriken einstampfen. Er, Přemysl, hatte zudem mehr für die Theorie der Geschäftswelt und ihr austarierten Raffinessen übrig. Anke legte ihren Schwerpunkt auf mehr so Konkret-Wesentliches, wie sie sagte, Arbeit vor Ort, Termine, Gespräche mit Weltstars, Hektik, Flüge in alle Kontinente.

Ihr gemeinsames Kapital, des Přemysls und Ankes einträchtig erwirtschaftetes Einkommen beruhte zum einen auf eminentem Fleiß. Andererseits liefen die Leute ins Kino, als würde es dort alles umsonst geben.

Aber Přemysl verstand, so schätzte Windsor die Situation richtig ein, die Jungen mit Federkielen im Genick, wie die Grauhaarigen so richtig auszunehmen und zu unterhalten und seine Kino-Infrastruktur war im weiteren Aufbau begriffen, Kauf und Verkauf und Wandel florierten. Die Mieten und die Preise, die spekulativen Komplexe, rentable Börsenwerte, Immobilen aller Art explodierten geradezu. Aber es laufe auf Güterabwägung hinaus. Ankes Worte. Windsor von Kent kannte dergleichen Feldvergleiche aus seiner britischen Vorfahren Zeit.

In Punkte Güterabwägung waren sie sich, Franz Friedrich wie Anke anscheinend einig, wenngleich keiner von der Kompetenz des anderen recht viel hielt. Ethische Fragen wälzten sie durch das Jahr und das Prinzip der nonmaleficence, der beneficence wie der autonomy waren ihnen geläufig, kurz, sie würden, um zu Besitz und Gold und Geld zu kommen, sicher nicht über Leichen gehen und man hätte doch noch eine Moral in der Hinterhand.

Přemysls Wertvorstellungen korrespondierten lebhaft mit seinen doch relativ gefestigten Charakterhaltungen, wie auch mit all dem, was er unter Toleranz und Güte und Zuwendung zu den Ärmsten und den Schwächsten und den Heruntergekommensten, soweit sein Einfluss reichte, verstand. Es verging kein Tag, an dem er nicht die abendländischen, wie die asiatischen oder afrikanischen ethischen Normen überprüfte, verglich und deren Finessen ausbaldowerte, bedachte und abwog. Sonst könnte er nicht ruhig schlafen, sagte er. Zuletzt sogar vor versammelter Kinomannschaft. Und da saßen schon gut an die zweihundert Leute. Das, nur um der Wahrheit die Ehre zu geben. Aber ihre eheliche Liebe litt darunter nicht. Und darauf käme es an. Zudem war das Přemysl-Trenksche Dreierverhältnis ein freundschaftliches und weniger eine dürftige ›Dienstherr/Dienstfrau-hier-Beziehung und Hund-da-Verbindung‹. Winston und Franz Friedrich plauderten auf ihre doch recht spezifizierte Weise kurz noch ein weiteres Mal über diesen Schakal, der ihnen nicht aus dem Kopf gehen wollte. Über diese Bestie ohne Selbstbeherrschung, redeten demnach von jenem hündischen Ganoven Gerch. ›Gerch‹, sein Kosename übrigens. Sein von Staats wegen nötiger Name war Adolex von Rijd und sie nannten in straßauf und straßab nur den Doktor, weil an seinen Füßen Blut klebte.

Sie bedachten die Abstammung dieser Vornamen. Man kam an kein Ende. Der nun endgültig verendete Gerch liebte deutsche Gummibärchen und Schokolade. Diese Köstlichkeiten sind gleichfalls in Großbritannien beliebt. Winston wiederum bevorzugte Zugeständnisse aus Vanillecreme mit Sahnehäubchen. Daraus nun Schlüsse zu ziehen, müsste man weitereruieren. Aber das wäre dann ein Generationenirrtum und sie ließen das Sinnieren sein. Der Vorname Adolex könnte, um auf diese heraldischen Spitzfindigkeiten einzugehen, von einer Schuhcrememarke abgeleitet sein oder eine ordinäre Beziehung aufweisen oder gar, zumindest bezogen auf die erste Namenshälfte, auf diesen Großen Schimpansen der Germanen deuten. Und die Zena wusste zu erzählen, dass sie in der Verwandtschaft auch einen Anführer gehabt hätten, ein guten jedoch, den dann irgendein anderer Anführer zu Tode gebissen hätte. Aber so wäre nun mal das Leben. ›Friss oder stirb‹, heiße es da.

Der Vorname Winston war unzweideutig britisch, von Adel. Auch Zena hatte eine Abstammung und Desa ebenso. Man brauchte sich von der Spitze des Stammbaumes aus betrachtet, nicht schämen.

75

»Gerch«, sagte die Zena, »tat sich gütlich am Rufmord, zerlegte ohne Mühe täglich ein Stück Schweinefleisch, einen Packen Knochen der großen und kleinen Art, legte Wert auf Lende und wenn er die Schulkinder am Hause vorbeilaufen sah, lief ihm das Wasser im ekligen Maul zusammen. Er wäre der Satan persönlich hieß es, nur in Hundegestalt, zynisch und abgehärtet, bissig und verwegen und falsch wie ein nachgemachter Hunderteuroschein. Zynismus, Rechthaberei, Ignoranz der Wahrheit und des Guten und natürlich Mobbing waren seine Stärken. »Ein Ausbeuter war er«, hob Zena hervor, »er lachte dir schön ins Gesicht und schon zog er dich multinational durch den Dreck und da kommst du nicht mehr zum Schnaufen.«

Winston erinnerte sich: ER sah seinerzeit einen konkret ungestümen Machtkampf auf sich zukommen. Přemysl forderte ja jeden Tag, praktisch jede Stunde mehr Härte von ihm. »Schlag zu, Junge, beiß dich durch, reiß ihm die Kehle auf. Du hast es in dir.« Gut, gegen dergleichen Ermutigungen und Komplimente war auch Windsor weder gefeit noch gar immun.

Er, der viehische Gerch, soll, war Winston zu Ohren gekommen, einer Ordensfrau den Habit runter gefetzt haben, dass sie bloß da stand wie eine Dame von Welt und die Gaffer hatten keine Ahnung, dass unter so viel Material noch so ein bemerkenswerter Mensch stecken könnte. »Interessant«, hieß es da unisono.

Den Herrn Abteilungsdirektor Falk von Gesell biss der Bandit Gerch ins Gesäß und akzeptierte keine Gegenwehr. Der Abteilungsdirektor, ein edler Zeitgenosse, verklagte Gerchs Herrchen, ein windelweicher Advokat dieser Gerchsche Jurist. Der winkte nur ab und bei ihm wäre nichts mehr zu holen.

Und dann dieser Bericht von der Zena. Rabiater Polizeieinsatz. Dieser Adolex von Rijd musste so enden. ›Schweine enden immer beim Metzger‹, alter Spruch aus dem Hinduismus. Dergleichen hatte Winston schon öfter gehört und die Hinduisten und die Buddhisten waren geistreiche Leute. »Der Krug geht so lange zum Brunnen, bis er bricht«. Zitat vom Přemysl und sie kehrten mit Freuden nach Hause zurück und gaben sich den Wonnen des lauschigen Abends hin.

Erfreulicherweise war also von ihm, Winston weder Einsatz noch Kampfverweigerung gefordert. Die Zeit war vorbei, für den Gauner Gerch abgelaufen. Jeder hat seine Zeit. Muss sich irgendwo verantworten. Nicht zu vergessen.

Der Přemysl kündigte dann auch noch, betreffs Auslauf, schlechtes Wetter an und Winston war damit nicht zu schrecken. Er war ja tatsächlich ein harter Hund geworden, stand Typen wie Gerch in nichts nach und er war kalte Bedingungen gewohnt. Und diese angekündigten Temperaturen würden ihm nicht zu schaffen machen. Ob heiß oder arktisch, er käme mit extremen Verhältnissen jederzeit zurecht, auch mit Schnee. »Briten sind nun mal so«, zwinkerte er dem Přemysl zu.

76

Winston Duke of Hertfordshire and Windsor, seines Zeichens nicht mehr schlafender britischer Imperator, Despot, Schreckensherrscher, kratzte an der Tür und der Přemyslide öffnete. Er müsste sich ausreden. Er hatte schlecht geträumt. Großes schien im Anmarsch, das Universum hielt Neues für sie bereit. Er ahnte, konnte jedoch nichts Genaueres sagen. Seine Ahnung trog nie. Zeitenwende stand ins Haus der Přemysl-Trnkschen, einschließlich seiner Wenigkeit. Winston stöhnte, knurrte, man verstand ihn nicht. Typisch.

Der Přemyslide jedoch war der Ansicht, dass Winston, der Gefährte, irgendwie nicht längerfristig auf Auslauf disponiert war und der Přemyslide fand ihn bewundernswert in dieser, seiner abwartenden Haltung. Trotzdem bemerkte er auch die innere Unruhe seines Kameraden und Freundes und, vorausschauend, erhob er sich von seinem Bette, sprang in Hose und Jacke und die beiden Herren gingen durch die Straßen der Stadt. Der Přemyslide ahnte nicht, dass der Winston heute noch zur Zena wollte, nur wegen so einem Knochen, aber immerhin.

Anke war ein Herz und eine Seele mit Winston Earl of Cornwall and Kent, wobei der Přemyslide ja doch nicht zu kurz kam. Anke meinte, alles zu seiner Zeit und jeder auf seine Art.

Gewisse Probleme mit dem Winston Earl of Cornwall and Kent, dem britischen Beherrscher der Herzen, konnte man nicht so ohne Weiteres ins Reine bringen, auch nicht klein reden, waren doch die Zusammenhänge meist komplexer und beschwerlicher aus der Welt zu schaffen, als man so gemeinhin annimmt. Und die Frommen unter den Hunden, so Anke, wären die ersten, die davon liefen und sie erinnerte an den Petrus, der ja schon seinerzeit ein Fahnenflüchtiger war.

Anke war in Gedanken. Winston, der Gefährte, wie Franz Friedrich, der Přemyslide, könnten dem vermaledeiten Eindruck anhängen, wieder eine typisch männliche Fehleinschätzung, dass sie selber klug wären, nötigen Überblick besäßen. Zusätzlich zu bedenken war nämlich diese hündische Dominanz, eine Form der Emanzipation, wie sie, zugegeben, nur dem Sieger zu eigen war. Wäre er Führungspersönlichkeit, ›El Lider‹ unter menschlichen schicksalsbestimmten Genien, dürften Gesellschaften, ganze Völker um ihre blankes Vorhandensein fürchten. Vorausgesetzt, dieser Imperator vergisst seine edle Bestimmung und gleitet ins Negative ab, ins Erschrecken, in die historische Infamie.

Anke selber stand seit Wochen in einem freundschaftlichen Briefwechsel mit der Gattin des ›El Lider‹, Excelencia Don Raphaele Carlos Pablo de Martino y Sorolla, il único Señor presidente de la República Bolivariana de Venezuela, esposa Carmen Enriqueta. Die Carmen würde La República Federal de Alemania besuchen und brachte ihre Vorfreude, Anke und den verehrten und geliebten Přemysliden zu treffen, souverän und elegant auf dem venezolanischen Briefpapier zum Ausdruck.

Sie verwies dabei auf die Unabhängigkeit des venezolanischen Volkes wie auf ihre eigene weibliche Mündigkeit. Und dass die hiesige Opposition immer noch glaube, im Besitz der Wahrheit zu sein. Aber deren Überzeugungskraft münde schlechterdings irgendwo in den Rio Orinoco und natürlich in das große Meer. Dort lande ja eine Menge von originärem venezolanischem Abfall.

Da sollte man kein Drama daraus machen, das wäre der Lauf der Dinge, solange man hier in Venezuela, dem großen und gottgefälligen Land, lebe und denke. »Wer sich unserer großen, venezolanischen Nation nicht zugehörig fühlt, solle es bleiben lassen.« Ihre deutliche Diktion ließ nichts zu wünschen übrig. La bella esposa e la mujer hermosa Carmen Enriqueta würde sie also im Konsulat erwarten und empfangen und zum Mahle laden.

Aber Winston, der Gefährte, wollte partout nicht mitlaufen. Wo käme man da hin und im Übrigen würden die Zena und die Desa mit in die Pampas hinausjagen wollen und da bestünde zwischen ihnen dreien der Konsens und sie ließen sich nicht von einer la mujer hermosa herzen und abküssen und kulturell breitschlagen.

Anke nahm den Labrador-Protest gelassen hin. Der Přemyslide jedoch appellierte an die Männlichkeit des Freundes und Kumpanen und ›ein Mann ein Wort‹ und dergleichen Initiativen griff er auf. Aber der Winston Viscount of Montgomery wollte sich nicht auf venezolanische Verhältnisse einlassen und dann schon lieber Krieg und Zerstörung.

Winston of Kent-Thynnes Sicht der Dinge darf als ein Kontrapunkt zur Polyphonie von Frauchen und Herrchen und etlicher Anverwandter und Freunde und Besucher angesehen werden. Er hatte genug würdevolle Reputation und aus diesem Bewusstsein flossen zum einen die Genauigkeit abschätzender Betrachtung, also stilvolle und autarke Validität, wie zum anderen das Feststehen im als richtig Erkannten und gerade damit taten sich seine Freundinnen Desa und Zena verdammt schwer, mussten geschoben, dirigiert, geleitet werden.

Winston machte sich dann noch auch Luft mit dem Hinweis, er wäre praktisch vielseitig oder nahezu global unterwegs. Deswegen könnte er genauso umfassende häusliche Inklusion erwarten wie die Zena und die Desa zu Hause oder auch der Roderich, der blöde Dunkelmann von der Madam Gigi.

Müsse man denn seine Niedergeschlagenheit und seinen Überdruss an jeglicher Missachtung seiner, Winstons, Gefühle ausnutzen? Und hätte er nicht Ruhe verdient, nach langen Ausläufen? Er wäre schließlich unterwegs, ein Pilger, ein Wanderer in der Schöpfung. Zudem hätte er die Ränkespiele zwischen dem Franz Friedrich und der Anke einfach satt. »Kümmert euch um mich«, schien er anzudeuten, als er der Anke um die Beine schlich.

Dergleichen Kabalen besaßen wohl ihren Stellenwert, trotzdem strapazierten sie auch den wohlmeinendsten Intriganten und der war er nun mal, unser Winston, über die

Maßen, über die Gebühr also und zugegeben unter Hintergehung der betroffenen häuslichen Herrschaften.

»Zena hier und Desa da«, hieß es bei Nachbars. Der Přemysl rief: »Hej Winston, raus aus der Hütte« und die Anke rief, »ab durch die Mitte alter Kamerad.«

Die Dreierallianz von Winston, Desa und Zena war als Erfolgsgeschichte zu bezeichnen, führte sie doch tagaus, tagein in das Wunderland der herrlichen Natur und sie fühlten sich eingebunden, zugehörig zur herrlichen Welt, in ihrer ungebundenen und doch so spezifischen Kreatürlichkeit und beweglichen Influenz. Dieses Dreierbündnis stand für all jene Tapferen, die sich identifizierten mit Konkretem, nicht mit billigem Schnickschnack oder sinnlosem Wortstreit gerade über Demokratie und Freiheit und Respekt und Toleranz. Und Winston Duke oft Albany hatte da besonders die Anke im Blick. Liebenswert, die Frau, aber ständig demokratiekritisch aufgebaut, würde die bestehenden Ordnungen und allgemeinen rechtsstaatlichen Verhältnisse demontieren, wo immer möglich. Sie, Winston von Kents geliebte Anke, hatte ein Faible für Monarchen und anderes Gesindel.

77

Der Přemyslide gehörte nicht zu den Gespenstischen, nicht zur Gilde jener, die stur geradeaus rennen, die nicht als Vorbild taugen, anderen Fallstricke legen, voll triefender Hinterfotzigkeit, die hypothetische Ereignisse lügenhaft zum Besten geben.

La bella esposa e la mujer hermosa Carmen Enriqueta empfing ihn im venezolanischen Konsulat mit einem Lächeln der Überzeitlichen, symbolhaft für jenes noch zu Erwartende, Außersphärische, für Zusammengehörigkeit um jeden Preis, Stolz und feine Denkart ahnen lassend und der Přemyslide glänzte wiederum mit typisch chevaleresker Gesinnung. Er nahm die dargebotene Hand und gab so ein Zeichen milder Zugehörigkeit zur Menschheit insgesamt, zum venezolanischen Teil insbesondere.

Was er denn für symptomatisch halte im Verhältnis der Völker zueinander, der Menschen unterschiedlicher Farbigkeit el uno al otro, der Rassezugehörigkeit insbesondere oder auch der Geschlechter en particular? Er, so der Přemyslide, vertraue allen Menschen und das ohne Hinterlist, sin engaño. Denn alle Menschen gehörten zusammen, de manera integral.

»Yo amo venezuela«, lachte er und umarmte das Geschöpf.

»Yo amo a los venezolanos«, ergänzte er »sobre todo, amo a las venezolanas.«

La bella esposa e la mujer hermosa Carmen Enriqueta war zutiefst beglückt und sie bat die beiden Herrschaften aus La República Federal de Alemania zu Tisch und wo denn das süße Hündchen sei, el perrito lindo, el dulce perrito.

Nun, lachte Anke und auch der Přemyslide lachte und sie verwiesen auf Winston Duke of Albanys Amouren mit einer gewissen Desa und einer gewissen Zena. Dann wurde es noch schön und man lachte weiterhin.

Und La bella esposa e la mujer hermosa Carmen Enriqueta erzählte von ihrem Volk und dem großen Reichtum ihres Landes, der in der Erde schlummere. Sie erzählte von ihrem Gatten, des im venezolanischen Volk berühmten und hochgeehrten ›El Lider‹, Excelencia Don Raphaele Carlos Pablo de Martino y Sorolla, il único Señor presidente de la República Bolivariana de Venezuela, dessen esposa Carmen Enriqueta sie wäre und den sie heute die Ehre hätte zu vertreten. Ein Mann spielte leichte Klaviermusik. Im Hintergrund. Doch eher seitlich der leicht geöffneten Türe zur ansehnlichen Terrasse gegenüber.

Der Herr Konsul stellte seine Frau vor, eine Verwandte der verehrten Carmen Enriqueta, eine Cousine dritten Grades wäre sie, wohnhaft eigentlich in Ciudad Bolívar und el gran Bolivar wäre das Aushängeschild für alle Venezolaner. Und der mächtige und prächtige Freiheitskämpfer Simón Bolívar, ein Vorfahre der innigst geliebten Carmen Enriqueta, lebt in den Herzen aller Venezolaner und Venezolanerinnen, siempre y para siempre.

78

Franz Friedrich Přemysl-Trenk war zum Botschafter der guten Laune, als Vokalist bedeutender Volkslieder deutscher wie tschechischer musikalischer Kultur, geworden.

Aber auch seine grundsätzlich vertrauenserweckenden und sehr individuellen und hoch kognitiven Kontaktprozesse zwischen der menschlichen Spezies einerseits wie dem Hund und dies außer Zweifel gestellt andererseits, erregten gewaltige Aufmerksamkeit.

Bis ins kleinste Dörfchen trug man ihm Respekt entgegen, Freundschaft und Zuneigung und kaum ein Bürgermeister versäumte es, darauf zu verweisen, dass er Franz

Friedrich Přemysl-Trenk, doch schon seit Jahren auf die komplette Austilgung der individuellen Essenz des Individuums hingewiesen hätte.

Debatten darüber hätte er, Franz Friedrich Přemysl-Trenk, unaufhörlich und immer wieder neu und taufrisch angestoßen. Repräsentanten aus Politik, Wirtschaft, Finanzwelt, Kultur und Religionsführer verschliefen jedoch seine durchdachten und gescheiten Impulse, wie den darauf doch allfälligen Diskurs ein um das andere Mal. Und nicht er, Franz Friedrich Přemysl-Trenk, sondern die Politik und die Medien wären doch auf den Hund gekommen, war allgemeiner Tenor, im Guten wie im Schlechten und das, wohin man trat. Er hätte die Fakten ja rechtzeitig aufs Tablett gelegt, sichtbar und für jeden nachvollziehbar.

Die unvertretbaren Interessenschiebereien und das ungute Gekungel wären von den Universitäten frühzeitig erkannt und benannt worden. »Zudem widersprechen diese unvertretbaren finanziellen und wirtschaftlichen Gaunereien redlicher Philosophie wie der Ansichten der Mehrheit des Volkes.« Professor Dr. Ignaz Dekeral-Sügüz drückte sich drastisch aus und erntete dafür Lob und Anerkennung. »Bei uns, in diesem Land, muss erst der Dachstuhl brennen, bis Bequemlichkeit und rudimentäre Verfassungswirklichkeit zusammenbrechen.«

Von diesen Debatten nun ließen sich weder Franz Friedrich Přemysl-Trenk noch der Labrador beirren, gar aus dem schweren Hocker reißen. Sie hatten beide ein Dach über dem Kopf und was wollte man mehr in dieser Verschwendungs- und Wegwerfägide, in der jede und jede nicht nur symbolisch, sondern konkret und real dem Dämon

›FrissUndStirb‹ huldigte. Diesem Fakt wiederum galt die Botschaft des Präsidenten der Republik anlässlich der Jahreswende. Reaktionen darauf wie in einer Bananenrepublik: »Make him ready.«

So konnte es nicht ausbleiben, dass Winston Viscount of Montgomery und der Přemyslide bei einem Live-Auftritt in Pilsen und das war das Beunruhigende, auf offener Bühne auf die Akzeptanz in dunstigem Milieu angesprochen wurden. Franz Friedrich Přemysl-Trenk seinerseits klärte seine unabsehbaren und sehr persönlichen Entwicklungen ebenso wie jene des Labradors, verdeutlichte jedoch obendrein seine Visionen, vorausschauend und unter schwierigsten Bedingungen.

Wieder und wieder erwies sich, dass der Tscheche zu jedem Opfer bereit ist. Und das mit der ihm eigenen Leidenschaft und slawischen Dominanz im Geblüt und: Wenn es zu einer Entscheidung kommt, dann steht der Tscheche geschlossen dahinter, unterbreitet von sich aus gefällige Resultate.

Der Herr Primátor Josef Jelinek aus Pilsen wie der Herrn Primátor von Brünn, Karl Butzecky taten dies auf plastische Weise anlässlich eines ›Frühjahrs-Empfangs‹ für Franz Friedrich Přemysl-Trenk und den Labrador kund. »Was die beiden Botschafter tun, das tun sie ganz, das tun sie aus reiner Freude.«

An diesem bewegenden und ereignisreichen Tag war es vormittags nasskalt in Brünn und am späten Abend war auch Pilzen segensreich angefeuchtet. Da musste es blühen. Leichter Regen tropfte auf die staubigen Straßen und jedermann freute sich über den Schub milder Atlantikluft, die leichten Brise, welche über die Sumava herüber strich, hinein in den tschechischen Kessel.

Die frostfreien Tage und Nächte wiederum luden Winston Viscount of Montgomery auch im tschechischen Ausland ein, zu saufen, zu fressen und zu schnüffeln, wie eben ein Hund das zu tun in der Lage ist. Und ein Lob der tschechischen Küche – sein Standpunkt. Ein Labrador seiner Genese jedoch beweist auch in solchen Ausnahmefällen Gesittung und vor allem individuelle Quintessenz. Dergleichen Wetterlagen konnte der Labrador kaum abwarten, denn sein Weltverständnis richtete sich weder nach den bornierten Allüren der tschechischen Hundedamen noch nach den peinlichen Bedürfnissen irgendwelcher monopolistischer Programme für schwache Studenten oder kraftlose Leiharbeiter aus der Ukraine oder aus Arabien.

79

Frühjahrszeit, Maienzeit, Zeit der Gefühle. Winston Earl of Cornwall and Kent stand am Fenster und tobte. Der Přemyslide traute weder Aug' noch Ohr, so kannte er den Freund nicht. Jeder Beruhigungsversuch lief ins Leere. Er wusste, da half nur der alte Horaz. »Ira furor brevis est. Der Zorn ist eine kurze Raserei.« Doch Winston of Kent-Aubigny tobte weiter wie ein Berserker und riss den Vorhang in zwei Stücke und er erinnerte an León, den American Pitbull Terrier, den Reißer und Killer. León, in den Straßen und Gassen des Umlandes gefürchtet wie kein Zweiter, niedergestreckt, niedergemäht durch etliche Kugeln aus den Schießeisen des schrecklichen Feindes. Lange schon her.

»Alles braucht seine Ordnung, Winston, mein Gefährte«, sagte der Přemyslide, »es geht nicht an, dass du Ankes Vorhänge zerfetzt und die Tapeten herunter reißt, nur weil da draußen eine Gesetzlose herumtigert, um dich systematisch fertig zu machen, lass, das, mein Junge. Die Joan kommt noch öfter vorbei. ›Die Notwendigkeit hat kein Gesetz‹, mein Lieber. Willst auch du in die Anarchie abgleiten, als Chaot und Anführer der Gesetzlosen durch die Straßen der Stadt ziehen, frage ich dich. Merk dir diesen weisen Sermon eines anderen Großen der Geschichte, auch ein Brite übrigens wie du. Ein herrlich lebenssatter Spruch. Stammt nicht umsonst von Oliver Cromwell, dem vormaligen und edlen Gründer eurer englischen Republik. Lebte mal kurz von 1599–1658. ›Necessity has no law‹. Seine Worte, unvergessen, Jacky.«

Da lungerte sie nämlich auf der gegenüberliegenden Straßenseite, tändelte keck um diese mächtige Kastanie, Joan, eine Labradorin aus der Hüttenstraße, von Bau und Charakter auf ihn, Winston Viscount of Montgomery, den großen Briten, den Großmeister zugeschnitten, Duft vom Besten, eventuell und das in Bälde Mutter seiner Söhne und Töchter. ›Du sollst ein großes Volk werden‹, bekannter Denkspruch aus urigen Zeiten.

Dann entließ der Přemyslide den Liebhaber aus dem Hause. Bedauerte jedoch bereits wenige Minuten später seine voreilige Bereitschaft, hatte er doch kaum überlegt, ob er ihm nicht ein kleines Fresspaket hätte umhängen sollen. Anke würde toben.

Dann nahm das Schicksal seinen Lauf. Der Telefonanruf gegen elf Uhr vormittags holte ihn aus seine Träumereien. Eine Frau Silbereisen-Soubeyrand meldete sich und schrie, ob denn die Joan im Haus hier wäre oder gar mit dem blöden Winston of Kent-Thynne, einem elenden Verführer, schon ins Unglück gelaufen wäre. Und sie müsste den Wurf aufziehen und diese verdammte Welt ließe alles zu, so ein Unglück.

Das zweite Elend meldete sich am späten Abend, es war schon sehr finster und die Straßenlaternen flackerten.

Vor der Tür stand bebend, als hätte er den Scheiterhaufen noch vor sich, Don Domingo Román Carlos Arturo Juárez José de Gorriti. Der Caballero, un buen hombre que se comporta con cortesía, nobleza y distinción, war dem Přemysliden nicht unbekannt. Don Domingo Román Carlos Arturo Juárez José de Gorriti bat inständig, nicht als Unbekannter wieder nach Hause geschickt zu werden.

Sein Herr und Meister, der große und bemerkenswerte ›El Lider‹, Excelencia Don Raphaele Carlos Pablo de Martino y Sorolla, il único Señor presidente de la República Bolivariana de Venezuela hätte einen seiner Killer hier in der República Federal de Alemania auf ihn angesetzt und er wäre demzufolge wohl in absolute Ungnade gefallen.

»Ich kann mir das nicht erklären«, weinte der Señor Dirigente lauthals und fiel Anke um den Hals, benetzte ihre neue Bluse und brach anschließend auf dem Sofa in sich zusammen. Die Nerven lagen blank.

Er wäre Anführer, el prócer, für die Unterdrückten und

dazu sogar noch Comandante für Landwirtschaft und nahezu alle Forsten nördlich, westlich und südlich des ›Parque Nacional Aguaro-Guariquito‹, herrliche Landschaft und man müsste schon sehr gut auf dem Pferd zu sitzen verstehen, um solche Passagen in unwirtlichstem Land unfallfrei zurückzulegen. Und seine geliebte Carmen Enriqueta wäre völlig aus dem Häuschen und logischerweise verzweifelt, muy desesperado und vor allem muy infeliz y completamente destruida.

Ob sie sich das vorstellen könnten, fragte er und wischte seine Tränen mit einem bestickten venezolanischen Tüchlein aus dem Gesicht. Und er berichtete, dass das Leben es mit ihm noch nie gut gemeint hätte. »La vida es mala y cruel.« Und er vermisse den grande Señor y doctor del alma Labradore, Don Winston of Kent-Thynne. Ob er denn im Hause wäre oder unterwegs bei seinen muchas damas.

Und er fing sich wieder und lachte über seinen Scherz und wenn es gestattet wäre, würde er um ein kleines Abendmahl bitten, käme er doch eben aus der La Pampa, mit Carmen Enriqueta und das Automobil, ein Daimler alter Güte, stünde wohl einige Straßenzüge weiter irgendwo.

Und vielleicht könnte la mujer Anke einen kleinen Happen für die im Auto hungernde und frierende Carmen Enriqueta zusammenpacken.

Er fraß die Anke mit den Augen und der Přemyslide versorgte ihn mit Brot und Wurst und Käse und verfrachtete den el estafador Don Domingo Román Carlos Arturo Juárez José de Gorriti in seinen alten Ford C-Max.

»Mein Urahn, der große Přemysl, hätte ihn umgebracht«, sagte Franz Friedrich. »Und ich bin doch kein Übermensch.«

81

Die nette Joan teilte die Wertvorstellungen, wie sie in des Přemysliden Haus als Gepflogenheit praktiziert wurden, nicht. Weder brachte sie annähernd Kultur noch übliches Benehmen mit, noch war sie bereit, sich auf die Vorstellungen, die Winston Duke of Albany Tag für Tag in seiner edlen Heimstätte vorfand, einzulassen.

Sie stellte ihr Wasser bei jedem Besuch vor der Haustür an einem Blumenkübel ab. Vielleicht bedeutete das, dass sie hier auf Dauer zu leben beabsichtigte oder dass sie sich auf die spezifischen Přemyslidischen Verhältnisse einlassen würde. Wer weiß. Das Ganze war ein Widerspruch in sich und würde jenen Leuten recht geben, die die Briten als nicht integrationsfähig hielten. Der immer brünstige Dalmatiner, das grauenhafte Deutsch Kurzhaar oder das Ekel an sich, der English Cocker Spaniel, um nur einige zu nennen, waren en vogue. Da der Mensch von Natur aus anormal ist, ist alles, was glatt, also trendig, gepusht ist, eben im Schwange.

Was soll's. Diese Hunde haben keinen Schwächen. Sie sind die Schwäche im Prinzip in persona. Niemand muss diese Hunde diskriminieren, sie sind die obligate, mündige, personifizierte Diskriminierung. Niemand muss diese Bälger abwerten, sie widerspiegeln die Abwertung, die Wertminderung per se und en detail. Leute wie León, würden unter ihnen aufräumen, gnadenlos.

Ein echter American Pitbull Terrier lässt nicht mit sich spielen. Der Přemyslide wusste mittlerweile, dass der gute León, dem er so viel zu verdanken hatte, aus einem nahe Houston gelegenen Weiler stammte. Urvorfahren, hieß es, hätten dort den Wölfen, den Klapperschlangen und reihenweise Banditen den Garaus gemacht.

»Nach diesen Feiertagen«, so der Přemyslide, »bin ich dick und fett geworden. Schau mich an.«

Anke blickte in etwa in seine Richtung. Sie saß am Fernseher und betrachtete gerade verzückt die Zubereitung eines modernen Nudel-Eier-Quark-Soufflés. Etwas mit der Schneebesenarbeit, die der Přemyslide selber hasste.

»Das ist die Quittung«, sagte sie. »Du solltest nicht dermaßen gewaltig zulangen, dass es dich zerreißt.«

Der Přemyslide sagte nur: »Ich bitte dich, Anke, ich bitte dich.«

Anke kramte ihr humanistisches Wissen aus den schon leicht arthrotisch verseuchten Biegungen und Windungen ihres Gehirns: »Der Zyniker Diogenes von Sinope meinte, dass aus einer Kreatur, die sich dem Gerstenbrot verschrieben hätte, noch nie ein Tyrann geworden sei, wohl aber aus einem, der frisst und säuft wie du.«

»Der redete sich leicht.«

»Einfach zu viele Gäste eingeladen, zu viele reiche Mähler, zu viel Alkohol, zu gute Stimmung. Alles im Übermaß, in deiner Verantwortlichkeit. Du hast eingeladen.«

Anke erinnerte daran, dass jeder Mensch einmal sterben müsste.

Der Přemyslide verdeutlichte ihr freundlich, jedoch unzweideutig, dass er diese Sprüche kenne. »Das liegt nicht in den Genen, meine Liebe. Richtung Tod zu gehen, ist menschliches, besser allgemein kreatürliches Verhalten, runenhaft markiert. Vorgegeben. Lein lebensfähiger Organismus bleibt ewig auf Erden. Wo kämen wir da hin. Plötzlich

Herz oder Niere oder Kreislaufzusammenbruch und schon bist du über dem Jordan. Keine Reflexe mehr. Alle sind wir dran. Anke, auch du.«

»Manche meinen, ewig zu leben. Lassen sich übertherapieren. Asche zu Asche, Staub zu Staub. Nicht der Tod, das Leben ist das Ärgernis.« Anke zündete eine geistig-spirituelle Rakete um die andere.

»Essen und Geist gehören zusammen. Immanuel Kant sei dir in Erinnerung gerufen: ›Gut Essen und Trinken ist die wahre Metaphysik des Lebens‹.« Worte dieses unermesslichen Geistes.

Der Přemyslide verabscheute diesen Kant, niemand war ihm mehr verhasst, als dieser ekelhafte Menschenfeind. »Ich möchte Kohlgemüse auf den Tisch und Kartoffeln und Sauerkraut, mit Schwein gedünstet, wie bei meiner Mutter, früher. Die Leute konnten noch kochen.«

Anke hörte stillschweigend zu, immer noch in die Verrichtungen in dieser TV-Küche vertieft. »Der Koch, der Hagemann, hat auch zugenommen.«

»Übrigens, dein Kant galt als maßloser Schwelger, hatte immer ein halbes Dutzend ebensolche verfressene Bacchanten geladen und dann saßen und fraßen und soffen sie sich zu Tode.«

»Der Kant«, warf sie ein, »wurde trotz seiner Gelage und Völlereien über achtzig Jahre alt, eben ein Phänomen. Solche Männer gibt es heute nicht mehr. Ihr habt keine Bewegung. Schau dir deinen Hund an, der frisst dreimal am Tag und läuft sich die Haken ab. Immer hinter irgendeinem Fräulein her.«

Der Přemyslide ignorierte ihre Einwürfe. »Die Früheren

labten sich nämlich eher von Gemüse und ihre Flatulenzen hielten sich in Grenzen. Wir müssten auch umstellen, eher auf vegetarisches Zeug, nicht den Billigramsch vom Großmarkt.«

»Bin ich wieder schuld an deinem Bauch? Der französische Denker und Philosoph René Descartes bekannte: ›Je pense, donc je suis‹ – ›Ich denke, also bin ich‹. Du solltest eher deinen Geist schulen, soweit überhaupt möglich, mindestens zweimal täglich. Bei dir würde man jedoch lesen, wärest du denn ein Schriftsteller: ›Ich fresse, also bin ich‹. Und du hättest Anhänger, Gleichgesinnte wie Nadeln im Misthaufen.«

Der Přemyslide bediente sich aus der Plätzchenschale und Anke erklärte ihm die Nähe von Feuerbachs Weisheitslehre über das Essen in Relation zu Epikurs Hedonismus des göttlichen Bauches und bei ihm, dem Přemysliden wäre diese Nähe kaum zu übersehen.

»Bist du fertig mit deinen Weisheiten?«

»Ich habe sie studiert, diese Weisheiten. Ich kann ja still sein, wenn dir das ein Zuviel wird, wenn du geistig gesättigt bist. Ich bin dann ganz ruhig. Du zehrst doch von meinem philosophischen Wissen. Schon bei Epikur heißt es bekanntlich: ›Anfang und Wurzel alles Guten ist die Freude des Magens. Sie selbst ist Weisheit und alles, was noch über sie hinausgeht, steht in Beziehung zu Freude des Magens‹. Dieser von mir Genannte steht jedoch noch weit über dir, mein Lieber.«

82

Wieder einer dieser von beiden Partnern geschätzten Abende, an denen der vergehende Tag gefeiert wurde, das Tagwerk ward vollbracht und sie zu sich fanden, sich einfach der ehelichen und gesellschaftlichen Freiheit öffneten und verpflichtet fühlten. »Ad multos annos«, sagte er und küsste sie. »Ad multos annos«, erwiderte sie.

Anke und der Přemyslide lachten und scherzten, tauschten noch die eine oder andere lateinische Spruchweisheit und im Radio wehte ein Wortfetzen herüber, von einem, der entkommen wäre und man nennt ihn ›Bonaparte‹.

Sie lachten weiter und erinnerten sich vor allem der herrlichen Witze, die der Tom Hankers lachend äußerte und der ebenso stilsicheren Flatulenzen, welche der uralte Kirky Douglazier entließ und über die herrlichen Worteskapaden der Merylin Streeper. Der Winston Earl of Cornwall and Kent wedelte erfreut mit dem stets sich buschiger entwickelnden Schwanz und er schob seinen eleganten Labradorkörper zu seinen Geliebten. »Schau, der Winston of Kent-Thynne begeifert wieder das Sofa rundherum. So richtig glitschig, das Interieur.«

Weitere Fröhlichkeit offenbarte ihre Freude, ihre Gelassenheit auch, mit der sie diesen Tag wollten ausklingen lassen.

Anke und der Přemyslide tauschten ihre Standpunkte, ab und an unterbrochen durch aufgeräumtes Gejauchze, auch der einen oder anderen kränkenden Schmähung, die sie über diesen oder jenen unverständigen Mitmenschen ausbreiteten.

Man durfte der Meinung nachgehen, dass auch Winston of Kent and Marquess of Essex ihrer beiden Positionen verstand und nachvollzog, zumindest gab es von seiner Seite keinen Einspruch. Er lag und wartete. Dann erhob er sich jählings und sprang behände zum Fenster, das den Blick auf die sich verfinsternde Straße freigab und er tobte wie ein Irrer und versetzte sein Umfeld in helle Aufregung. Und was denn das nun wieder solle, fragen die beiden im Chor und pfui und setz dich und let's go und auch stop, eben britisch.

Winston, der Gefährte, wütete mit Leidenschaft und war höchst exaltiert und es hätte nicht viel gefehlt, und er hätte die Fensterscheiben zertrümmert und das Mobiliar zerlegt, voller Ingrimm, und delinquenter Raserei und hitziger Wut.

Die Přemysl-Trenkschen erhoben sich beide und da stand ›the American Pitbull Terrier‹ draußen vor dem Gartentor, gleich jenem der seinerzeit die Schlächterei veranstaltete, León, seligen Angedenkens, den der Přemyslide, den Henker nannte.

»So steht man, wenn man auch das Schafott nicht fürchtet«, dachte der Přemyslide.

Sie waren vorgewarnt. Sollte es der im Radio erst vor einer halben Stunde Erwähnte sein? Dieser ›Bonaparte‹, entsprungen, entlaufen, entkommen und das ohne jegliche Vorwarnung, Waffen im Anschlag?

Die Lichtverhältnisse entsprachen nicht gerade positiven Ergebnissen und selbst Napoleon Bonaparte, erzählte Anke, hatte ja bei jeder Schlacht immer wieder mit dem Augenlicht zu kämpfen. Natürlich konnte man mit Napoleon Bonaparte über Politik reden, aber auch er entsprach nicht dem Zeitgenossen, der Barmherzigkeit verschenkte oder Mitleid in Anspruch nahm.

»Pacta sunt servanda, galt ihm nichts. Zusagen hielt der nicht ein«, sagte Anke, »und der Bonaparte da draußen vor dem Eingangstor dürfte in der gleichen Kategorie zu verorten sein. Der schaut aus, als würde er im nächsten Moment die Tür aus der Angel reißen.«

Der Přemyslide meinte, dieser Outsider wäre einer zum Fürchten und er wäre froh, im Moment nicht auf der Straße zu stehen. »Das ist kein Dilettant und wenn es um definitives Zerbrechen geht, dann scheint der ein Einflussreicher, ein Künstler zu sein. Sicher international respektiert und nicht umsonst gelang dem die Flucht.«

Winston, der Gefährte wütete derweilen noch immer wie eine Bestie und das war man nicht gewohnt. »Der Winston of Kent-Windsor führt sich ja wie eine Sau auf«, rief der Přemyslide. Und der Přemyslide meinte dann noch, dass man diesen Bonaparte draußen im hellen Mondlicht vielleicht sogar geheim und also legitim als Undercover-Man freiließ. Er wäre gar ein Special-Agent, mit der Pflicht zum Töten.«

Solchen Kriminellen fiele jeder Auftrag praktisch leicht, zumindest nicht schwer und die könne man in Pakistan oder Afghanistan genauso effektiv einsetzen.

Anke wurde von der Angst aufgefressen und sie krümmte sich und schlüpfte in den Přemysliden hinein wie ein kleines Kind. Ob der vielleicht von einem anderen Planeten eingeflogen wäre, um die Irdischen zu vernichten, einen nach dem anderen? Aber sie hätte so einen Typ schon mal und das ist gar nicht so lange her, vorne in ›Billys Bar‹ an der Ecke, gesehen. »Ist ihm wie aus dem Gesicht geschnitten.«

Der Přemyslide entgegnete, dass zu Zeiten seines Vorfahren Přemysl vor über tausend langen Jahren derartige Hunde noch nicht ihr Unwesen getrieben hätten und der Vorvater Přemysl hätte diese Banditen ausgerottet. »Aber das ist typisch amerikanisch und aus dem Texas kommt nicht Gescheites.«

Sie verständigten sich drauf, dass der Platz vor dem Gartentor auf Dauer für diesen Töter nicht der geeignete Lebensraum wäre und wenn der über Leichen ginge, könnte er nicht zum Freund des Hauses gehören. Dann wäre er ohne Frage und zu hundert Prozent ein Gegner. Man könnte die Polizei rufen, war allgemeines Dafürhalten.

83

Mittlerweile hatte Winston Earl of Cornwall and Kent einige Angelegenheiten bereinigt und machte sich daran, die Türe zu zerlegen, um raus zu kommen, und dem Bonaparte das Fell zu gerben.

»Vielleicht ist es Brauch, in den Gefängnissen zu dieser Zeit einen frei zu lassen?«, fragte der Přemyslide mit einer gewissen Verve.

Sie, Anke, würde das nicht glauben. »Die haben den Bonaparte rausgelassen, dass er aufräumt. Schau dir doch an, was da an Drogenleuten rumschwirrt, an Ganoven und leichten Damen. Und vermutlich ist er eben einer mit Reputation, global vielleicht und solche Typen stoßen an kein Limit, sind jeder Belastung gewachsen.«

Der Přemyslide selber würde jeden Freigang außerhalb rechtlicher Absicherung ablehnen und in jedem der Dramen, in denen zum Beispiel der Kirk Douglazier, der alte und große Mime mitspielte, ging es immer um bewaffnete Auseinandersetzungen, sogar am Arbeitsplatz, mitten im Büro.

Und man dürfte sich nicht wundern, wenn gleich morgen früh gewaltsame Proteste ausgerufen würden, weil eben wegen dem Bonaparte, der da auf freiem Fuß Angst und Schrecken verbreiten würde. »Kein Mensch wundert sich heute noch, wenn solche Vorkommnisse politische Gräben aufreißen, wenn nachts die Ghettos brennen und die Jugend auf die Barrikaden steigt.« Anke war zornig und sie sagte, dass der da draußen vermutlich über Ressourcen verfügte und über Intelligenz und Kraft. »Wenn der zuschlägt, bleibt kein Stein auf dem anderen, bleibt kein Auge trocken.«

»Der ist wie sein Vorgänger, der Kaiser Napoleon Bonaparte. Auch in dessen Vokabular fehlten Begriffe wie Anstand und Respekt und Frieden und die Franzosen ehren ihn heute noch dafür. Aber die Deutschen, die schauen in die Röhre.«

Aber sie mussten dem draußen lauernden Bonaparte zugestehen, dass er bisher noch nicht ausfällig geworden war und trotzdem blieb der Přemyslide bei seiner Meinung, dass es sich hier um eine Tötungsmaschine handle, ein Killerprojekt, das den guten León noch überträfe. »Er ist eiskalt, mitleidlos, einer ohne Herz, mit einer Psyche aus Stahl, eben wie sein Vorfahre, dieser europäische Korse und Obergauner Napoleon Bonaparte.«

Winston winselte, als hätte man ihm eine Bratwurst vorenthalten. Dann stand diese alte Dame mit dem riesigen Hut auf dem weißen Haupthaar vor der Gartentüre und hob ihren Pit-Bull empor, riss ihn in die Arme und küsste ihn. Sie rief, dass sie wieder glücklich wäre und weinen könnte und dass die Seraphe nur scharf auf den Winston wäre und die zwei würden sich doch noch von der Akademie für Hunde noch kennen.

Die beiden Přemysl-Trenkschen ließen nun Winston of Kent-Windsor freien Lauf und der Přemyslide sagte, dass er es gewusst hätte und da ginge nicht alles mit rechten Dingen zu und hoffentlich hänge der Winston of Kent-Windsor der Seraphe ein Welpen oder sechs an. Und für alles gäbe es einen Hintergrund und warum auch nicht.

»Wer kann, der kann«, warf die Anke ihm vor und der Winston Earl of Cornwall and Kent wäre eben nicht so dominant wie er, der Přemyslide und er, Franz Friedrich, brauchte sich nichts auf seinen verdammten Urvater einbilden, denn was der auf dem Kerbholz hätte, stünde in keiner Slawenchronik und das wäre schon bemerkenswert. Und die Tschechen würden sich um jedes kleine Bauwerk kümmern, um eine wirtschaftliche Stütze von der EU zu erhalten, aber wenn es um Historie geht, dann machen sie sich in die Hosen. »Die nutzen auch nur ihren Vorteil.«

84

Der Přemyslide überlegte, welche Rolle er künftighin spielen wollte und spielen würde: Seine geschätzten Präludien im Bereich der inländisch doch vielerorts vakanten Volksmusikqualität ansteuern oder respektable und äquivalente Auslandseinsätze unterzeichnen oder die Arbeit am Hund.

Es lagen zuhauf Angebote aus Seniorenheimen vor. Einladungen in diverse tschechische, slowakische, polnische und letzterdings gar ukrainische Städte, Dörfer und er, der Přemyslide, wäre da doch gewissermaßen ausgebucht bis zum Jüngsten Tag.

Anke mahnte ihn, Kompromisse zu schließen, denn Konzessionen bewiesen Charakterstärke und sie wisse um das Interesse, das man ihm entgegenbringe. Er sollte trotzdem vorsichtig sein, denn zu schnell hätte er eine Konventionalstrafe am Hals.

Dann lagen da auch noch Gegeneinladungen von der Merylin Streeper, dem guten Tom Hankers und dem alten, jedoch charakterfesten Kirk Douglazier vor. Nur der Clint fuhr noch mit eigenem Wagen eigenhändig, sure und daheim warfen sie ihm Alterssturheit vor und er wäre eben nicht mehr der harte Hund von früher und die Přemysl-Trenbschen waren recht irritiert. Solange er hinkt, hielt er seinen verweichlichten Familienangehörigen entgegen, lebt er und er würde sie enterben.

Dergleichen bekam der Přemyslide aus dem amerikanischen Ausland postalisch auf den Tisch geknallt. Beim Přemysliden gingen da eminent die Wellen hoch und er flog zunächst zum Clint, um ihn aufzubauen und er wäre Brückenbauer und das nicht nur als Symbolist und sollte er gebraucht werden: Anruf genügt.

Clint erzählte dem Přemysliden, er hätte nun nach der Karriere als Schauspieler eine Menge übrige Zeit und möchte ein Philosophiestudium anhängen, wäre daran lange schon interessiert, aber eben die Zeit, die Zeit.

Sie hatten sich auf Clints Ranch im kalifornischen Süden getroffen und Clint erzählte ihm tagelang von der ungemein interessanten Historie Kaliforniens. Dass er bedaure, dass

Bruce Lee nicht mehr unter den Lebenden weile, dass er schließlich nur eine University hochschätze und das wäre eben Berkeley und mit Nachtleben wäre es lange schon aus und vorbei und vor allem mächtig Bullshit. Und der Přemyslide fragte ihn, ob er denn nichts mehr halte von lifelong suffering und dergleichen Dingen mehr.

Clint entgegnete, er würde gerne wollen, jedoch und eben weil er kaum hören könnte, müsste er solche Motive zurückstellen. Das ganze Leben hänge ihm irgendwann sicher zum Hals raus. Ob er römisch-katholisch sänge oder sich ein presbyterianisches Begräbnis genehmige, würde den lieben Gott wohl kaum interessieren und er kaufe sich jetzt einen Houston oder Oklahoma Pitbull. Einen, der zubeißt und Hackfleisch aus den Gegnern macht und er hätte eine Menge Todfeinde auf dem Schlachtfeld zurückgelassen. Alle diese Kreaturen wären doch jämmerliche und gottverdammte Leute ohne Charakter und Niveau und aus dem untersten Milieu vom Typ Russe oder Pole oder Mongole oder solcher Larifari. Leute, die die republikanische Demokratie mit Füßen treten und wo immer sie dich auf der Straße ansprechen und lästig fallen, gegen Frieden, Freiheit und Rechtsstaatlichkeit opponierten. Einige würde er wohl noch mitnehmen. Am liebsten reite er noch immer mit dem roten Mann über die Prärie und gehe auf Hasenjagd, altes Laster von ihm, schnelle Schüsse, Reaktionsvermögen gefordert, fest im Sattel, Lagerfeuer, fester Schlaf. Und, würde er Aby Lincoln gewesen sein, hätte er damals schon für Ruhe und Ordnung gesorgt und diese Nieten in den Mississippi geworfen. Hätte er nur gewollt, er Clint, wäre er heute The President of the United States und er hätte Russland aufge-

kauft und Mexiko dazu. Und die Chinesen ins Meer gejagt.
»Das ist gut«, fand der Přemyslide, »sehr gut sogar.«

85

Nach einem festen Händedruck flog der Přemysliden rüber
zum Kirky. Man wusste nie, ob er die Löffel weg schmeißt
oder noch weiter vor sich hindümpelt.

Kirky saß wie beim letzten Besuch des Přemysliden aus
der alten Welt in einem warmen, gepolsterten Fauteuil, mit
einer rein wollenen Decke eingemummt, rot-grün-blau-
orange gestreift, Westernart, von der einfachen Art. »Kamel-
haar lehne ich ab, bevorzuge hiesiges Lamm. Alte Männer
frieren leicht, gaben ihr Leben lang Wärme ab.«

Kirky liebt Korbstühle. »Da hört man jede Bewegung
und man spürt, man ist noch am Leben und ich lebe gerne, auch unter diesen erbärmlichen Bedrängnissen«, lachte
er, dieser total verfallene, wie eine Zitrone ausgequetschte,
runzelige und vertrocknete Bastard, jedoch charakterlich so
beispielgebende und gute Mann. Vorbild für die Welt.

Ein langes Gespräch und wieder und wieder seine Dankbarkeit an den Přemysliden, ob dessen Aufmerksamkeit,
dessen wiederkehrende Besuche ihn aufmunterten, so manches neues Jahr schenkten. »Dein Vorfahr, dieser sogenannte Pflüger, mein lieber Franz Friedrich, eine Weichling, der
Mann. Pflügen, ich bitte dich.« Nun, dem Přemysliden sollte das recht sein. Jeder darf hier in den States of America
seine Meinung kundtun und der edle Vorfahre Přemysl liegt
ja nun schon eintausend Jahre feierlich unter der Erde. Ihn
kann nichts mehr erschüttern.

Kirky, der alte, matte und so hinfällige, jedoch ungewöhnlich gepflegte Haudegen, der Grandseigneur jener, die man unter dem Motto ›Weltgewandtheit‹ oder auch ›Manierlichkeit‹ in Hollywood und darüber hinaus subsumiert, hätte es dem Clint Eastwood seinerzeit gegönnt, lachte er despektierlich. »Konnte sich allerdings aus dem Strick befreien, der Gauner.« Der Franz Friedrich erstaunte, ob des unglaublichen Erinnerungsvermögens des Freundes.

»Ein Desperado, eine Kanaille, allseits geächteter Halunke, der Clint. Machte damals jedes noch so dreckige Nest hier im Westen unsicher. Kein Raucher, der Mann, Respekt, kein Säufer, eher vom Typus her eine Schurke. Andere hängen an der Flasche, der Clint wird hundert. Verdammt anerkannte Leistung, genehmigt. Zieht sich der Bursche den Strick vom Hals oder so ähnlich. Nun, er überlebte und lebt, so glaube ich erfahren zu haben, noch heute in einer Höhle in New Mexico. Der Mann ist auch heute noch stets schussbereit, da drunten in seiner dreckigen Furche, selbst gegraben, sagen die Indsmen. Muss höllisch aufpassen.«

Kirky meinte, einer müsste immer dran glauben und wäre er in Rom seinerzeit aus seiner Kutsche ausgestiegen, wäre es doch zu einer total schmierigen Abrechnung gekommen. »Wer hat denn seinerzeit in Rom bei diesem unmöglich organsierten Sklavenaufstand den Dreck aus dem Feuer geholt? Ich. Ich habe mir doch die Finger schmutzig gemacht. Ohne meine Kraft, ohne meinen Saft kein gutes Ende und die römischen Oberganoven würden diese armen Menschen noch heute bluten lassen. Und überhaupt die Römer, das sind doch diese verdammten Itaker von heute. Wer sind die denn, was haben die denn, was tun die denn?«

Kirky ereiferte sich, wusste er doch sein Erbe in schlechten Händen, alles dem Niedergang preisgegeben, verelendet vom Scheitel bis zur Sohle.

»Marcello Mastroianni, ich bitte dich, Franz Friedrich, ein Wichtigtuer, Frauenheld, Warmduscher. Wer ist Marcello Mastroianni? Und der Alfredo James, genannt Al Pacino, macht doch auch nur auf Charakterstärke und Zynismus. Nicht meine Kragenweite. Die spielten nie mein Spiel. Dreckskerle. Er muss sich von seinen Mitarbeitern an die Hand nehmen lassen, der Herr Pacino. Ich könnte lachen, laut lachen, dass es durch meine geliebten Berge von Kalifornien hallt.

Diese Leute protegieren eine Verrohung aller ethischen Normierungen, die wir aufbauten. Diese Menschen, ach, was sag ich, diese einfachen Krüppel des Filmgeschäfts, brauchen Zuneigung. Zuneigung brauchen sie. Dass ich nicht lache. Sie wollen angefasst, berührt und liebkost werden. Männer? Totalausfall, großer Jammer, das alles ist doch perfektionierter Schwachsinn. Keine Helden, doch nur Memmen, Jammergestalten sind das. Ach, die Herren brauchen Ovationen? Wo sind wir denn? Was sie sind, was sie können, was sie wissen – das alles offenbaren sie und das ist wenig, ein Trauerspiel in der Nebenrolle. Die muss man restlos niedermachen. Da bin ich für einen radikalen Schnitt und nicht zu knapp.«

Der Přemyslide glättete die wollene Decke, schenkte roten Saft nach, den Kirky aus einem Nippgefäß schlürfte.

»Wer hat denn für freies Weideland plädiert und vor allem, wer hat gekämpft? Ich alleine auf weiter Flur. Wer bekämpfte Unrecht und Terror? Ich alleine ging meinen Weg.

Ich habe in jedem, auch dem letzten Viehdorf irgendeinen erschossen.«

Dann schlief er urplötzlich weg, der Kirk, der große Mime, Agitator einer ganzen Epoche Filmschaffender. Einer der ganz Großen.

Der Přemyslide verließ das Anwesen der Douglazierdynastie. Kirky, ein Treuer, ein Edler, ein Ritter, ein Glorreicher. Er befürchtete im Stillen, beim nächsten Besuch den Kirky nicht mehr persönlich anzutreffen. »Nur noch Haut und Knochen, der Gute.«

Die Unterredungen mit Sandra Annette Bullock und Barbra Streisand fielen ins Wasser. Beide waren unabkömmlich. Aber was nicht ist, kann noch werden, ließen sie ihm mitteilen.

86

Der Tom, guter Freund, rief ihn an, noch bevor er an den Strand ritt, sich auf sein Hobby einzulassen, sich dort ausgiebig zu verlustieren. Hatte ihm doch der Pensionsbesitzer Jesse Killroad, ein feiner Mann, kultig, zeitgemäß, à jour, einen recht einfühlsamen Hengst zur Verfügung gestellt.

Der Přemyslide freute sich über den angenehmen Ton, den der Freund anschlug und der Tom, fortschrittlich, fragte, ob sie sich hinten in Malibu treffen könnten und ob denn das Einreiseverbot, das der Präsident gegen ihn verhängte, schon wieder aufgehoben wäre. Davon wiederum wusste der Přemyslide so viel wie nichts. Er würde die Begründung nicht kennen.

Man könnte den langen Vormittag surfen und ein paar

Drinks nehmen und zu Mittag würde man sich die Ehre geben. »Weil ohne was im Magen, ist der Mensch ein Vieh«, lachte er und das wäre ein geflügeltes Wort innerhalb der Familie, denn sein Urgroßvater wäre ja ein Mann aus Deutschland gewesen.

Tom war sehr aufgeräumt, sein Blutdruck wäre wieder in Ordnung und über Kleinigkeiten müsse man sich freuen, nicht nur in den großen Seiten des Lebensbuches blättern.

Er rauchte wieder wie ein Schlot und roch schon um zehn Uhr vormittags nach Schnaps und der Přemyslide deutet ihm, dass der Blutdruck ja gerade wegen seiner ekligen Alkoholzugewandtheit seine Zicken mache. Das sei derzeit noch nicht lebenswichtig, so der gute Tom, aber sollte ihn ein Schlag streifen, nützten ihm sämtliche Demokratiezitate moderner Art, die sein Präsident aus der Knarre trommle, nichts und dann wäre er schneller im Hades, als er jetzt zu glauben bereit wäre. Und das wäre eben die raffinierte Kernfrage, also die Frage aller Fragen und nicht nur der Mormone oder der Schamane oder der Atheist würden fragen: »Wer bin ich, wer sollte ich sein.«

Der Přemyslide erzählte von der inneren Harmonie und Souveränität seiner Anke, die jede noch so fundamentale Katastrophe wegstecke wie ein gebrauchtes Feuerzeug. »So etwas an Beispiel gibt es kein zweites Mal, Tom. Und wir Männer stehen hier vor der großen Frage an sich.«

Tom schob seinen weißen Stetson in den braun gebrannten Nacken. Der Přemyslide daraufhin: »Ankes Grundtenor: Man muss sich zunächst mit sich selbst versöhnen, mit dem Ur-Innersten ins Reine kommen, Harmonie zum Klingen bringen, konkret-innere Ganzheitlichkeit herstellen, dann kann man seine Ansichten ändern.« Auch Tom vollzog dergleichen Gedankengänge, ließ sie in sein Innerstes sich verbreiten.

»Aber gegen die Wahrheit, Tom, gegen die Wahrheit kannst du dich nicht stemmen. Sie wird dich über kurz oder lang einholen und dann setzt es Schlag auf Schlag.«

Und er berichtete von jener großen Auseinandersetzung, die sein guter León, dieser grandiose, noch in Texas geborene American Pitbull Terrier, ein Houston-Man, Auswanderer, Grenzgänger zwischen den Kontinenten, vom Zaun gebrochen hatte und die ihn, den Přemysliden, schlussendlich dahin brachte, wo er nun steht. »Mir reicht das, was ich mir erarbeitet habe, stelle keine Ansprüche.«

Hankers brachte da diese kurze Episode, damals am O.K.Corall ein, bei dem in der Fremont Street Ecke 3rd Street im alten Tombstone eine ganze Kompanie abgeknallt wurde.

»Verdammte Zeit«, stöhnte der Přemyslide, »wie gut wir's doch heute haben.«

87

Hankers berichtete auch vom großen Erdbeben in San Franzisco 1906. »Drei Wochen nach dieser Aprilgeschichte, wie die Einheimischen das Chaos später betitelten, erreichte mein Urgroßvater den Stadtrand und packte mit an, räumte die Trümmer beiseite. Eine Katastrophe besonderer Dimension, die Bedrängnis seinerzeit.«

Und die ganze Küste wäre im Eimer gewesen und was sonst noch kaputt ging, passte in einen einzigen Mülleimer.

Was heute als Katastrophe durchgehe, wäre seinerzeit für die Leute eine Nachfrühstückaffäre gewesen, hätte man mit links erledigt. »Die Leute heute sind verwöhnt«, erklärte Tom den Verfall von Einsatz und Nächstenliebe und der Fähigkeit, mal so richtig hinzulangen. »Schau dir doch unsere Kinder und Enkelkinder an, Franz Friedrich. Schlafen morgens bis elf oder zwölf, dann ein heftiger Brunch, sodann Strand, dritter Flirt und um zwei Uhr am frühen Morgen immer noch Halligalli. Eine eherne Gesetzmäßigkeit jener, die auf unsere Kosten lebe. Die Welt geht unter und wer zahlt die Zeche? Wir zahlen sie und die Nachkömmlinge werden für die Vielfalt an Umbrüchen zur Verantwortung gezogen werden, von der Wahrheit und der Wirklichkeit.«

Der Přemyslide war der Meinung, dass das alles Zeitverschwendung wäre, denn die Merkmale des Untergangs stünden bereits am Himmel und wo bliebe denn da der menschliche Wille und die Voraussicht oder ein gewisser Spürsinns oder endlich die Fähigkeit, Unbilden rechtzeitig zu erfassen?

Seine, Přemysls Vorahnungen, würden ihn nie in Stich lassen und er hätte sich schon immer auch im Umgang mit den Mitmenschen der educating intention, einer wohlwollenden Absicht also, verschrieben. »Die Tschechen sind uns Kultivierten da meilenweitweit voraus. Da ist alles bereits jetzt am Zusammenbruch, eine Nation in beginnender Dekadenz, mitten in der zeitlichen Bredouille, von riesiger Dimension das Ganze. Diese Menschen benötigen Aufbruch, Umstimmung, Konkretisierung.«

»Wobei man euch Deutschen zugestehen muss: Ihr seid ein Haufen Schlacke, der absolute Rest und hoffnungslos auf die Straße des Lebens geschmiert. Ein Volk garniert mit

Schlechtigkeit und Schäbigkeit. Nur auf sich bezogen, irrelevant für das Wesentliche.«

Er lachte und schlug sich mehrere Male auf die beiden Schenkel.

»America is great«, rief er. Der Přemyslide zeigte seine Kehle, in der Hoffnung, Tom würde ihn nicht zerreißen.

88

Das Mittagessen im Sonnenschein vor dem Strandhotel hätte Anke mit dem unmissverständlichen Hinweis verweigert, dass die Amis nicht kochen konnten. »Eier, Bohnen, Schinken und das ist alles.«

Aber der Kellner brachte einen zarten Rehrücken, knusprig gebraten mit Rotweinsoße. Man roch förmlich den Lorbeer. Etwas Pigment und Koriander spitzten unter dem Fleisch hervor. Weißer, feiner, dezent angeräucherter Speck dazu gelegt, Wacholderbeeren und toll gebratene Zwiebeln in kleinstem Format und dazu edlen roten Trockenen, einen superben Panamera Covere Nappa Valley 2010.

Aus Versehen übergoss der Ober den Tom nicht nur mit dem Inhalt der Wasserkaraffe, er stupste auch dezent an das gefüllte Weinglas und einige Tropfen flossen über Toms rechten Oberschenkel, sodass die schöne Sonntagshose total versaut war. So etwas musste nicht sein, ließe sich bei mehr Gelassenheit wohl doch vermeiden. Trotzdem: Tom fluchte nicht und er sagte nur, dass dies ein Ausweis dessen wäre, was die alten Griechen früher mit dem berühmten Wort ›panta rhei‹ bezeichnet hätten. Und Griechisch wäre im Prinzip seine Sprache, ließe sich doch damit der gesamte

Bildungskanon alter Zeiten wieder aus dem Aktenschrank holen und dran kranke es doch global. Jeder wollte doch nur seinen Vorteil, keiner schaute auf Bildung und Erziehung und das wäre schlichtweg kannibalisch.

»Und den anderen ruinieren, ihn oder auch sie zugrunde richten und den eigenen Gewinn vermehren und schau dir doch nur die Börsenspekulanten an.« Auch der Přemyslide wusste Bescheid und verstand die finanziellen Gräben zuzuschütten. Aber Finanzen und Wirtschaft wie auch gesellschaftliche Gegebenheiten verlangten eben nach konkreter Maßgabe des Vorgehens und des Behandelns der strittigen Fakten.

Tom hob die Hand und schlug irgendwie nach einer Fliege. »De lege artis«, sage er. »Also nach den Regeln der Kunst, beziehungsweise jeder, wie er es vermag«.

Přemysl war Fachmann: »Aber die Finanzhaie und die Börsenbanditen leben verbohrt und zu oft außerhalb des Gesetzes nach dem Grundsatz »Ubi non accusator, ibi non iudex.«

Und wer denn dann vor Gericht lande? »Doch kein Schwein«, sagte Tom Hankers.

»Ja, wie richtig gesagt«, meinte der Přemyslide, »wo kein Kläger, da kein Richter«.

Tom wiederum ließ die Ungewissheit nicht zur Ruhe kommen: »Leben wir nicht alle danach, Diffusion hier und gewalttätigster Merkantilismus da und laissez-faire, laissez-aller dann wieder du jour und nach mir die Sintflut?« Dieser Frage gingen sie schon auch noch gemeinsam endlos nach, stand doch genug Zeit zur Verfügung und Konsequenzen hatten sie nicht zu befürchten und wo und wann wird schon länger als zwei, drei Minuten über die Menschenwürde und das Glück, ein freier Mann zu sein, gründlich reflektiert.

Der Přemyslide bemerkte, dass Anke hier eine Riesenladung an lateinischen und griechischen Spruchweisheiten auf Lager hätte und nachdem seine Gattin vielsprachig durchs Leben ginge, auch noch in Englisch und Französisch. »Tatsächlich ist es so, alles fließt, hier oder im Leben insgesamt, denn das Leben strömt dahin, oft genug in Fülle, andererseits viel zu oft armselig und schmählich und niemand vermag es zu stoppen, wie Lava ist das Leben.« Und das wäre die Gemeinheit und Niedertracht per se.

Tom saß noch immer tapfer in seiner durchnässten Hose in diesem spröde-splitterigen und knisternden Korbstuhl am heißen Strand von Malibu. »Bullshit ist das, verdammt nochmal. Ein Riesenbullshit, die neue Hose, das Schwein kann nicht aufpassen. Früher hätte man solche Ganoven glatt abgeknallt und in ihre Abscheulichkeit einfach liegen und verrotten lassen. Den knöpf ich mir vor, das melde ich der Versicherung oder ich knalle ihn einfach persönlich ab. Elender Halunke, Bandit, Schuft das.«

Mit Tom Hankers ließ sich vernünftig reden. Hankers war ein Mann, kein Gegner, weder Konkurrent noch Todfeind, eher doch ein versöhnlicher Intimus und ausgeglichenes Original. Dachte er hingegen an die Gespräche mit Anke, kroch kaltes Grausen in ihm hoch.

Beider, Ankes wie Franz Friedrichs extreme Positionierungen ließen diverse und offenkundig in den meisten Sachlagen völlig konträre und unausgegorene Meinungen aufeinanderprallen. Es folgten zwei Stunden heißer Streitgespräche, die sich kaum in der Rubrik Meinungsaustausch, gar Dialog deponieren ließen, jedoch mit anschließend mühselig und höchst mühevoll herbeigeführten, recht vier vernünftigen Ergebnissen.

Sie palaverten ausnahmslos sehr wortradikal und wirr durcheinander und aneinander vorbei, von wahnwitzigem und hitzigem Streit bis zerreibenden und heftigen wie unversöhnlichen Polemiken schärfster Art. Gegenpositionen wurden nicht als solche deklariert, sondern als systematische Inkompetenz und aufreibender Zank und radikale Blödheit und unfähigster Affigkeit dargestellt.

Er wischte diese ihm etwas zusetzenden Erinnerungen einfach beiseite und freute sich dieses himmlischen, wolkenlosen Tages am sandigen pazifischen Strand in Amerikas wildem Westen. Trotzdem und darüber freute er sich, krochen auch Gefühle in ihm hoch, die seine Anke nicht nur als gleichwertige und arbeitsame Lebensgenossin, vielmehr als ersehnenswerte Frau aufzeigten.

89

Tom Hankers flog den Přemysliden mit seiner kleinen Cessna Skyhawk gemächlich von Malibu in sein Hotel in Santa Barbara zurück. Da konnte man meditieren oder auch, wenn man wollte, noch das eine oder andere bereden.

Und es war schließlich Tom selber, der auf den Labrador Winston of Marquess of Essex zu sprechen kam, hatten sie doch eingangs ihres Treffens gerade den Labrador als solchen wie auch Winston im Besonderen in den Mittelpunkt ihrer Reden gestellt. Tom war glücklich in diesem Zusammenhang auf den Labrador des Freundes seines Schwagers,

Immobilienmakler, zu sprechen zu kommen.

Dieses edle Tier wäre in einem Maße gutmütig und leistungsorientiert, dass man da nur glücklich werden könnte. Das ideale Gegenteil von einem unerträglichen Egomanen oder ärgerlichen Egozentriker wie eben der angesprochene Houstoner Pitbull, wie also León, welchem der Přemyslide viel zu verdanken hätte. Pitbulls, sagte Tom, wären von Natur aus einfach intolerant, ließen andere nicht gelten, wären unheilvolle und oft genug entsetzliche Zeitgenossen.

»Das sind Hunde, die polemisieren, jedoch keinen Rückzieher machen, sondern auf scharfen Angriff schalten.« Der Freund des Schwagers, der Hispano, Pedro Gonzales, hätte von einem Nachbarhund berichtet, der mehrere Klapperschlangen übel zugerichtet hätte, deren Bisse er dann auch noch nach drei Tagen im Koma überstanden hätte. Seltsamerweise stellte sich heraus, dass sich dieser Pitbull zum besten Freund des Hispano-Labrador des lieben Schwagers, des Immobilienmaklers, mauserte.

Dieser Pitbull, den sie Rocky nannten, wäre nun ein ungemein lernfähiges Exemplar, einer der in der Gegenwart lebte, Zukunft hintan stellte, praktisch ein Gegenwartstiger, voll da im Hier und Jetzt. Und um der Wahrheit die Ehre zu geben, hätte man zu differenzieren, könne man auch Pitbulls nicht über einen Kamm scheren: Hier der grausame und schreckliche Töter, dort wiederum der Schmeichler, der Ritter, der Einfühlsame.

Der Přemyslide erinnerte an León, der sicher eine besondere innere Kraft besessen hatte, ähnlich wie Winston, sein geliebter Labrador, der, wie Anke am Telefon sagte, sich die Augen ausweinte und ohne ihn, den Přemyslide, kaum zurechtkäme.

Tom war untröstlich, ob des Seelenzustandes dieses Briten, er bedauerte jedoch, den León nicht persönlich kennen gelernt zu haben. »Er muss tatsächlich eine Ausnahmeerscheinung mit vielfältigen Talenten gewesen sein. Eine Naturbegabung.«

Dieser genannte und von ihm so geschätzte Hispano-Labrador seines Immobilienschwagers hingegen wäre heute schon gezeichnet durch inneres Selbstverständnis, keine Zeichen des Verfalls, gewandt im Auftreten, fast wie ein Brite. Während der Pitbull zumeist aus einfachen Verhältnissen käme, sich oft genug seine Gelehrigkeit zunutze mache, um ein Großer zu werden. »Solche Naturbegabungen eignen sich nicht zum Balletttänzer, ganz klar.«

Der Přemyslide schrieb der Pitbull-Rasse eher eine gewisse koedukative Haltung, gegenüber anderen Hunden jedoch eindeutige Brutalität zu. »Ein Leben aus dem Überfluss an Veranlagungen, Lebenstauglichkeit, und das fordert meinen Respekt.«

90

»Ich lebe in einer selbst verschuldeten Verteidigungs- und Widerstandshaltung par excellence und a impetum et ego semper ipsum fessi.« Tom Hankers sprengte die schläfrige Müdigkeit an Bord der Cessna mit diesem emotionalen Geständnis, er wäre Highschoolabsolvent und er sähe sich in diesen gegenwärtigen Tagen in seiner Meinungs- und vor allem Pressefreiheit total eingeschränkt. Wo immer er auch auftrete, die Medientypen wären schon präsent und das erachte er als besonders gefährlich. Irgendwann würde der Gaul mit ihm durchgehen und dann könnte er für nichts garantieren.

Franz Friedrich Přemysl-Trenk teilte diese Sicht der Dinge und berichtete von einer Handgreiflichkeit zwischen ihm und einem tschechischen Schreiberling, den er dann kurzerhand in die Moldau geworfen hatte. »Aber diese Leute verfügen über ein sehr eingeschränktes Menschenbild, abnorm und ungesittet dazu.«

Zunächst halte er fest, dass er nie und nimmer seine urmenschlichen Träumereien, seine Wünsche ins Reale hinein projizieren möchte. Wenn, dann nur in durchwegs reflektierter und nachhaltiger Form. Schon deswegen würde er keine Tschechin heiraten, weil deren Kinder würde er nicht freiwillig großziehen. »Diese Leute besitzen ein eingeschränktes, relativ ungefestigtes und zivilisatorisch fragwürdiges akzeptables Menschenbild. Ihr exponentielles Verständnis von Zunahme oder Abnahme eines Zeitwertes ist begrenzt und das zahlt sich nicht aus. Ob nämlich Zeit als solche sich beschleunigt oder verlangsamt, kann auch einem Tschechen nicht gleichgültig sein. »Aber der Tscheche besaß noch nie ein zeitadäquates technisches Verständnis und er denkt und arbeitet auch heutzutage noch immer systematisch-monologisch, ist häuslich trotz allem auf Vielfalt, weniger auf Monologe eingestellt und er kann nur Maschinen aus dem neunzehnten Jahrhundert, vor allem antiquierte Dampfmaschinen und alte Schreibmaschinen am Laufen halten und einigermaßen bedienen.«

Tom staunte, hätte er doch anderes gehört und fragte, ob dieser Tscheche denn nicht lernfähig wäre oder ob er denn insgesamt so störungsanfällig wäre, dass man ihn auch nicht ohne Weiteres abschalten könnte. Der Přemyslide konnte auch nicht weiterhelfen, nahm jedoch an, dass nach dem Abdanken der Přemyslidendynastien ein evolutionärer Einbruch in die Wege geleitet wurde und das gesamte Volk noch nicht wieder Fuß gefasst hätte. »Trotzdem lässt sich mit ihnen schiedlich, friedlich zusammen wohnen, falls ein Modus Vivendi, beiderseits, akzeptiert wird.«

Tom befragte den Přemysliden, ob diese Leute Hunde halten würden, Labradore zum Beispiel.

Der Přemyslide bejahte diese Frage, wohl wissend, dass in den Grenzen dieses Landes Multikulturalität akzeptiert würde und das dürfte sich seines Erachtens auch mit dem Zusammengehen von Hund und Menschen bewähren.

Die Landung funktionierte einwandfrei und in Santa Barbara hauten sie noch einen drauf und der Přemyslide rief seine Anke an. Er würde noch ein oder zwei Wochen dranhängen und sie sollte um Gottes Willen ja keinen dieser abgestandenen und blöden Film-Franzosen einladen, gar diesen Wuchtbrummer, diesen Gérard Depardieu, den Schrecken aller Frauen. Zudem wäre der ein versoffener Charakterschuft, den man den Männern vorenthalten müsste und die Frauen würden ihm nur ihre besten Kleidungsstücke um die Ohren werfen und kreischen und schreien wie die Urtiere und dann hieße es in der Presse, der Franz Friedrich Přemysl-Trenk unterstütze einen Saufbruder und Ochsen und aufsässig wäre der Gérard Depardieu auch noch.

91

Wieder und wieder kam die Rede auf León und Tom sagte
er könnte dessen Karriere eindeutig nachvollziehen, käme er
selber doch aus ähnlichen desolaten Verhältnissen wie León,
ein Heimatloser aus dem Texanischen, in Old Europa gelandet, in Germany. »Ein Desaster das und wer sollte es ihm
verdenken, seligen Angedenkens.«

Und Tom kam auf die Zeiten zu sprechen, »vor uns liegend, nicht einsehbar, kaum vergnüglich.«

Der Přemyslide meinte, man sollte die Feste feiern, wie
sie fallen und schlug zwar in die gleiche Kerbe, hielt aber
dagegen. Der Mensch trachte nämlich zeitlebens vorwärts,
zumindest so lange er auf den Beinen steht. Und er meinte,
darauf könnte man einen trinken.

»Wenn ich hinunterschaue ins Mexikanische«, sagte
Tom, »da graut es mir und ich könnte bitterböse werden.«

Er schilderte die Zustände, die sich in Mexiko eingebür-
gert hatten, von der Absolutverschuldung, über Korruption
schon bei den Armen bis hin zu übermäßigem Drogenkon-
sum. »Und Desaster ist zu tief gegriffen, hier gelten andere
Maßstäbe.«

Der Přemyslide wiederum hatte davon gehört und er bemängelte die Eigenwilligkeit der Staatsorgane, mangelnde
Bescheidenheit im alltäglichen Verbrauch und dann soll es
abends noch anständig zugehen. Das wäre eine Farce und er
wäre praktisch unter der Treppe groß geworden, ohne rituel-
les Essen, immer auf Biss ausgerichtet und was wäre aus ihm
geworden? Und das ohne Rosinen im Kopf und ohne den
alltäglichen Suff und Bilderbuchrausch.

Ein Schmelztiegel daheim, erinnerte sich der Přemyslide, damals und ohne jegliche Romantik. Aber er wäre schlagfertig geworden, lernte über den Dingen zu stehen und sein erster Kinopalast, reiner Zufall und mystisches Geschenk, unverdient.

Tom wiederum erzählte von einer Nachbarin, einer geborenen Dänin, Vater und Mutter natürlich jung verstorben, die seit ihrem zwölften Lebensjahr auf sich allein gestellt durch die Straßen und Lande zog und überlebte. Wissentlich hätte sie einen Hotelier geheiratet. »Heute ist sie Bürgermeisterin und huldigt diesem und jenem Potentaten, alles in Ehren, besitzt mehrere Pferde, ein großes Boot, engagiert sich für Hilfsprojekte in Asien und Afrika und ihre überflüssigen Einnahmen spendet die große Frau den Säufern der Stadt und den Frauen ohne Zuhause.«

Der Přemyslide empfand da großen Respekt vor dieser ungewöhnlichen weiblichen Persönlichkeit hier aus dem Kalifornischen und verwies darauf, dass er seine Einnahmen aus den Volksliedkonzerten immer auch irgendwelchen Menschen in Not zukommen ließ. »Was nützt mir ein drittes oder viertes Pferd im Stall, eine fünfte Gitarre, ein Quattroport von Maserati, oder ein motorgetriebenes Ultraleichtflugzeug. Schon allein die Fixierung auf maximal 472,5 kg Abflugmasse würde mir nicht ins Konzept passen. Aber das sind eben unsere typisch deutschen Regelungen für dergleichen Luftsportgeräte. Ich kann nur sagen, einfach typisch deutsch. Alles regeln, und schlussendlich ist man der Gelackmeierte und das von oben bis unten.«

Tom las sehr viel, vor allem Solschenizyn und den frühen Tolstoi. Alles spezifische Leute, besondere Leute, eben stimmig für ihre Zeit und ausgestattet mit einer Feder, da könnte man heute lange suchen und würde er an den subversiven und voll unterirdischen kalifornischen Journalismus denken, nur Orte der Vergangenheit und Asche drüber und er hoffe beim nächsten Erdbeben auf mehr Radikalität.

Ein Herr am Nebentisch, Honoré John McHarvest, früher US Navy SEALs, später Master Chief Petty Officer of the Navy in Pakistan, Somalia, Liberia, mischte sich da ungefragt in das Gespräch der Herren und berichtete von seinen weltweiten Einsätzen bei den US Navy SEALs, wo er praktisch nie wusste, ob er jemals wieder Heimaterde küssen dürfte. »Und, wie Sie sagen, Asche drüber und kein Mensch interessiert sich für drei Durchschüsse, vier Knochenbrüche, einen individuellen Schädelbasisbruch und das alles im kambodschanischen Hinterland, fernab der heimischen Front und den Tod billigenden in Kauf genommen.«

92

»Sondereinsatz, meine Herren, am laufenden Band, große Harmonie. Knappe Minute später härteste Klänge aus allen Sphären, Identifikation mit Willen, Mut und Härte.«

»Abschreckung.« Dazu stand der Přemyslide. »Welche ein harter Mann, wie ein Pitbull oder noch raffinierter, diese Leute, hart im Vorgehen, definitiv in der Lösung von Problemen aller Art.« Er kannte eine Reihe von Blockbustern, die er in seinem Cinema-Bereich hatte laufen lassen und er würde nachlegen. »Ehre, wem Ehre gebührt«, überlegte er und Tom Hankers deutete an, ihn den Master Chief Petty Officer of The Navy, mit filmischen Sondereinsätzen ins

Spiel zu bringen. »Als Mann aus dem Hintergrund, verurteilt, seit Jahren im Bureau die Tage fristen, altes Mobiliar, schmutzige Schränke, altes Telefon, aber Dienst am Großen und im Geheimen.«

Der Přemyslide fragte den Veteranen, woher denn dieser Name komme, resultiere. Honoré, praktisch von Adel? Er selber stamme vom Gründer der tschechischen Nation, dem Přemysl ab. Und der Master Chief Petty Officer of the Navy, früher US Navy SEALs, rühmte sich seiner Abstammung, vermutlich Gemisch aus schottischen Kolonialherren und Zuwanderern aus Holland, Old Germany and so on.

Tom Hankers erzählte von seinen Großvätern, die auch zur Elite der Einwanderer schon im achtzehnten Jahrhundert gehörten, alles erfahrene Helden der damaligen Realität, hart im Nehmen, oft genug früh verstorben, Hitze, Abstürze, Schlangenbisse, Auseinandersetzung mit Wolf und Bär und dem roten Mann. Sein Vater wäre im Bett gestorben, alt, kantig, noch voller Lebensmut, aber schlussendlich war der Tod stärker, muss man annehmen, Realität ist Realität und gegen den Tod kommt selbst der Stärkste nicht an.

Der Freund seines Bruders wäre übrigens in der Autobranche, hätte einen Quattroport von Maserati gehabt, früher. »Ein Tiger, meine Herren, liebe Freunde, ein Tiger, gebündelte Energie. Gute 415 PS, Kraftstoffverbrauch und CO2-Emissionen, individuelles Fahrzeug, massig Optionen und un inventario de tiempo, er diente ehedem in Panama, rennerprobte Performance, faszinierendes italienisches Design, uralte und edle Firmenhistorie, ikonostatisch im Interieur, neo-expressive Aspekte, paradoxe Differenzen, versteckt skulpturale Charaktere und inszenierte Verkörperung an sich. Hervorragende Konversion vom Besten und Edelsten, ein Panther, verschwägert von der Ideenkonstellation mit dem Gepard, der Dynastie des Leopard. Bin verliebt.«

Der Přemyslide zeigte reihum das Foto von León und Winston, Brite und auch von seiner Anke, die Anklang fand, ob ihrer Schönheit und Anmut. Und die Fotos aus Caracas gingen von Hand zu Hand er und sprach dann über seine Kontakte zu denen in Caracas. Er berichtete von seinen Reisen dorthin und auch im Rest der Venezuelanische Republik kenne er neben anderen Herrschaften die wohlhabenden Damen Maria Carmen Mercedes Rovira y Robles, geborene Sanchez und ihre Schwester Donna Anna Dolores Ibárruri Gómez-Fersucella, geborene Sanchez nur unter dem Pseudonym ›SancheChitas‹, die Gepardinnen aus dem Stall der Sanchez-Familia. Das wäre allenfalls und nicht von ungefähr ein hochinteressantes und sehr virulent agierendes Herrschergeschlecht.

93

Großen Eindruck machten die Fotos und des Přemysliden umfassende Erzählung von ›El Lider‹, Excelencia Don Raphaele Carlos Pablo de Martino y Sorolla, il único Señor presidente de la República Bolivariana de Venezuela und dessen ziemlich überdurchschnittlicher Gattin Carmen Enriqueta.

Freund Honoré, Master Chief Petty Officer of the Navy, nannte den ›El Lider‹ einen elenden Ausbeuter, dem man die Kehle durchschneiden sollte und ihr, der Navy Auftrag dazu, wäre eben seinerzeit von eigenen Regierungsleuten verpfiffen worden.

Und heute? Er wäre Platzanweiser hier im High-Cineplex von Santa Barbara. Dort treffe er sich insgeheim mit seinen ehemaligen Leuten und sie würden da noch einiges auf die Beine zu stellen haben, was den ›El Lider‹, Excelencia Don Raphaele Carlos Pablo de Martino y Sorolla, il único Señor presidente de la República Bolivariana de Venezuela und seine Gattin Carmen Enriqueta beträfe. Und sie würden die Herrschaften entweder in die Luft jagen oder anderweitig verschwinden lassen.

Er kenne den Landsitz, die Pferdekoppel und das gesamte überteuert gekaufte Inventar des Don Raphaele Carlos Pablo de Martino y Sorolla auf seiner Hacienda ›la hermosa leona de santamaria‹. Er wäre dort ein- und ausgegangen, jedoch bei Nacht und geheim.

Honoré müsste nun von der kleinen Rente leben, die die große amerikanische Nation ihren Veteranen hinwerfe.

Der Přemyslide lud ihn ein, das Abendessen und die Getränke zu übernehmen, und die Sperrstunde verlangte den Abschied und der Kellner sagte, dass der Honoré ein stadtbekannter Schnorrer wäre, der seine Betteleien mit tollen Geschichten würze und die Leute, besonders die verblödeten Ausländer, ausnehme wie eine Weihnachtsgans. »Nichts Dümmeres auf Erden als ein Europäer oder gar eine Europäerin.«

Kirky, den der Přemyslide zum Ende seiner Schauspielertournee noch ein weiteres Mal besuchte, sagte, weil er noch immer im Lehnstuhl kauerte, dass es nur darum ginge, zu überleben. Und nicht nur in einer Steinzeithöhle, nicht nur im Kanalsystem von Portland, nein, hier in der obersten

Etage und logisch. Und das meine er ernst.

Er hätte gute Filme gedreht und miserable Streifen, solche zum Kotzen. Aber er hatte dringend das Geld nötig, um zu überleben. Und darauf wollte er hinaus, damit identifiziere er sich und zwar maßlos und hochgradig sensibel.

Grundsätzlich, sagte Kirk, hatte er ergattert, was die Regisseure ihm anboten, Schwachsinn und Drama, Musikfilm und Doku. Man hätte ihn den Unergründlichen genannt, den, dessen Mimik Gladiatoren zum Verzweifeln, Kaiser zur unpünktlichen Notdurft und schwachsinnige Frauen zum überstürzten Schlangenbiss brachten. Er hätte mit unreifen Gangstern und korrupten Polizisten debattiert, mit elenden Politkern über die Drangsal des armseligen und notleidenden Volkes räsoniert und mit falschzüngigen Ranchern über den Viehtrieb gesprochen, sie jedoch anschließend alle abgeknallt.

94

Und Old Europe? Ann-Sofie, ehedem dem Feld der Kranken in den Hospitälern des Landes zugetan, war bereits zum vierten Male Mutter eines Kindes geworden und bereits in den Kreis der Schulhausfurien aufgenommen worden. Zwei ihrer kleinen Hunde waren auf freier Strecke vernichtet worden. Einer durch einen jugendlichen Mopedfahrer, der zweite durch einen scharfen Terrier, glattwegs zerrissen.

In mancher Leute Leben regiert die Undurchschaubarkeit, andere wiederum schreiben Sachbücher. Dritte kommen bei der Besteigung eines Sandhügels, dem stillen und windigen Wattenmeer vorgelagert ums Leben. Freund Gropius, Archäologe wurde vor der Cheops-Pyramide leblos aufgefunden. Ziel seiner Träume und Sehnsüchte. Bei des Přemysliden Nachbarin, Frau Dr. Henny Dolder wurde des Nachts eingebrochen und mündige Verbrecher ließen alles mitgehen, was nicht niet- und nagelfest war. Sie war sehr schwerhörig. Charly-Hopes Gatte, der Herr Bodenseebaron, war zum Mitglied des Europafeldzugs einer diffusen Partei ernannt worden und versprach hoch und heilig, die Werte wieder einmal richtig herauszustreichen und gelobte, sich für Freundschaft und Ungebundenheit und tolerante Mitgestaltung des Lebens im Lande, wie für die Aufrechterhaltung globaler und uneingeschränkter Menschenrechte stark zu machen. Das wollte er konkret in die Tat umsetzen, ohne abschreckend zu wirken, wie er immer wieder versicherte.

Bei den Tschechen gingen alle die vorbestimmten Wege. Der Herr Primátor von Prag Milos Tomáš Jan Křepek-Husa, der Herr Primátor von Brünn, Karl Butzecky und der Herr Primátor Josef Jelinek aus Pilsen lebten und regierten und die Herren und Musiker Vaclav Strosny und Jiří Benesch positionierten sich in fernen Ländern, auch außerhalb des Abendlandes und verdienten ihr Geld. So lebten sie mehrere Monate in der Türkei bei den Osmanen und machten dort Furore, anschießend stritten sie sich in Aserbaidschan mit dem Staatspräsidenten, dem sie im Rausch das vertraute DU angeboten hatten. Der Strom der Zeit, stellten sie fest, laufe gegen sie. Aber die beiden Musiker gehörten zu den Ausgepufften und zu den Rädelsführern und sie wussten sich zu benehmen.

Vaclav Strosny schrieb seine Memoiren und der Jiří Benesch sträubte sich vor Gericht zum wievielten Male, irgendwelche Alimente, gewissermaßen evidente Forderungen von Frauen auf der ganzen Welt zu bezahlen. Er wäre ein Nichts und demzufolge besäße er nichts und niemand könnte das Gegenteil beweisen.

Der Streit der Parteigänger der Přemysliden, wie der Witigonen und der Poděbradischen, deren letzter Nachfolger Petrus von Poděbrad Ansprüche für die Regierungsübernahme anmeldete, ging in die nächste Runde. Die Nation wurde wieder seltsam im Gebaren und vielen wurde beseligendes, gar unbedachtes Verhalten nachgesagt. Andere wuschen sich ganz raffiniert und dufteten manierlich. Wieder andere wurden unleidlich. Der Großteil der Bevölkerung blieb nichtswürdig, auch achtbar und sittsam und sprang und hüpfte wie ehedem von den Moldaubrücken ins seichte Gewässer.

Der ausländische Přemyslide Franz Friedrich Přemysl-Trenk hatte das alles so satt. Es übermannte ihn.

95

Dem Petrus von Poděbrad sagte man nach, er hätte von Zeit zu Zeit Visionen und das wäre hierzulande die Voraussetzung für die Inanspruchnahme des böhmischen Königsthrones wie der Inbesitznahme der Reichskleinodien. Niemand jedoch wusste, woher dieser sogenannte Poděbrader kam, wovon er lebte und er redet in ganzen Sätzen von den abscheulichen Bruderkriegen der Böhmen, welche er nun endgültig zu Grabe zu tragen gedenke. Und auch er hätte sich einen britischen Labrador angeschafft, Ausdruck seiner königlichen Abstammung und Würde.

Die Krone des hl. Wenzel und darauf bestünde er, müsste es jedenfalls schon sein und eventuell auch Zepter und Reichsapfel, wenn nötig. Auf den Rest würde er verzichten. Niemand sollte ihm Gier vorwerfen oder dergleichen Animositäten mehr und er würde am kommenden Neujahrstag das Seine zu sagen haben.

Der von Poděbrad stand unvermittelt vor der Tür des Přemysliden und der Hausherrin Anke Přemysl-Trenk, wie es die Tschechen so handhaben und er möchte mit der Tür ins Haus fallen und er schlage dem Přemysl-Trenk einen Kompromiss vor. Dann gab er das Zeugnis großer Verwirrung von sich, aber er hätte einen Führerschein, hätte die Grenze passiert und er ist zu dankbar, dass der große Přemyslide ihn angehört und verstanden hätte. Davon konnte keine Rede sein. Anke sagte dem Poděbrader, er möge wieder heimfahren in sein Reich und sollte er den Přemysliden nötig haben, zwecks Thronbesteigung, sollte er einfach anrufen.

Der Přemyslide sagte, dass er schon viel Verworrenes gehört und gesehen hätte, aber der Poděbrader schlage ja den Putz von den Wänden.

»Ist das nun ein Komödiant oder ein Monster oder ausgepufft bis zum Amen in der Kirche?«

Anke sagte, sie würde künftig weder einen uralten Kirk noch einen amerikanischen Tom noch sonst einen verhunzten Vogel einladen. Die wären aus dem gleichen Holz geschnitzt wie der grandiose Herr von Poděbrad oder diese Herren Bürgermeister aus dem tschechischen Irrenhaus. Und nach Südamerika brächten sie keine zehn Pferde mehr und außerdem wolle sie einfach Ruhe, Ruhe, Ruhe.

»Und hast du gesehen, welch superlange Finger der an den Händen hat? Das sind ja Klauen und der stammt aus Transsylvanien.«

Přemysl-Trenk schenkte ihr dann ein neues Tablet und das wäre einfach vom Feinsten und die Amerikaner und die Chinesen und die Koreaner wären uns da weit voraus. Anke realisierte das Geschenk zunächst nicht, weil die Charly-Hope von ihrer Mutterschaft geschrieben hatte und dass sie einen Adeligen gebären würde, hätte man ihr an der Wiege nicht gesungen, käme sie doch aus verteufelt einfachen Verhältnissen.

Aber seit der Gatte nun Europaparlamentarier wäre und für den Frieden kämpfe und das allgemeine Wohlergehen, seien sie auf ihr gemeinsames Potenzial in gewisser Weise schon auch recht stolz und wenn das Zwetschgerl bei der Geburt des Kindes und dann danach und an den so schwierig zu bewerkstelligenden schweren Tagen dabei sein könnte, welch ein Segen.

Anke telefonierte die Sache gleich aus und teilte der Charly-Hope mit, dass sie der Einladung gerne nachkomme und die Strecke zum Bodensee würde sie in vier Stunden runterziehen.

96

Es war vorauszusehen. Es kam, wie es kommen musste. Dem Petrus von Poděbrad blieb nur das Exil. Aber Petrus von Poděbrad ließ sich nicht aufhalten. Er zog das Seine durch und brachte von jenseits der Grenzbastionen einen Wirbel in die tschechische Nation. Selbst der Přemyslide erhielt einen Brief vom Poděbrader.

Da erläuterte der Poděbrad seine Beziehung zu einer Cousine dritten Grades, einer Ana von Poděbrad, welche in Südamerika lebte und zu einer Cousine vierten Grades, einer Ema Poděbrad-Levante de Calory.

Sodann lud er in diesem Rundbrief Leute zu einer Romanlesung nach Prag und im Mittelpunkt stünde die letzte offiziell in Annalen genannte Poděbraderin, eine gewisse Katharina von Poděbrad, die jedoch wegen der Liebe ins Ungarische rübergezogen wäre und sich unter die Fuchtel des ungarischen König Matthias Corvinus stellte, was heutzutage ja abgelehnt würde. Ein Ungar, schrieb der Poděbrad, na ich bitte recht schön. Aber dieser Dame war ja nicht zu helfen.

Im Buch würde nachgezeichnet werden die Reise der Katharina von Poděbrad von Olmütz über Bratislava, dann nach Wien und schließlich nach Budapest. Weil sie genug Schwung hatte, soll sie auch in Jászberény und in Gyöngyös und auch noch in Kiskunfélegyháza unter den Kiptschaken aufgeräumt haben und dort den türkischen Sklaventreibern nicht nur die Meinung eins um das andere Mal gesagt haben. Und handfest. Poděbradisch vornehmlich und mit Nachdruck.

So wäre eben die Katharina von Poděbrad sein spezielles Vorbild und dieser herrliche Bildband, im hiesigen Verlag ›Volk&Heimat‹ erschienen, ihr gewidmet.

Er ließ aber auch einige beleidigende Bemerkungen über die Habsburger fallen, hätte sich inspirieren lassen. Seine wichtigsten Gedanken kreisen um die böhmische Literatur, jene Perle der Tschechen, erfahrenes Volk und von Karl Karel

Čapek, von Jaroslav Vrchlický und von Julius Zeyer, Künstler, polyglott, kosmopolitisch, die Herren, hielte er viel. Na, und das schöne Brünn wäre eben dezidiert naturalistisch angehaucht. Tradiert im konkreten und echten Sinne.

Ginge es nach ihm, dem Petrus von Poděbrad, müssten alle Grenzen geschliffen werden, auch alle Siedlungen, Schlösser, Herbergen für Ausländer, Parkanlagen und dann würde alles funktionieren wie zu Zeiten seiner Vorfahrin, der ehrengeachteten Katharina von Poděbrad. Eigene Nationalität erachte er als zu würdigen, Großmut und Ehre wären zu verteidigen, Adel bedeute edel sein und gut und es müsste doch nicht jeder Tscheche oder gar jede Tschechin studieren.

Er wäre nun stolzer Besitzer eines britischen Labrador, eine der maßgebenden und stolzen Grundlagen für eine schüttere Kontaktaufnahme mit den Insulanern jenseits des ›Heiligen Europäischen Kontinents‹. Dementsprechend würde er die britischen Männer in den hiesigen Werksdienst stecken und die Frauen ab in die Küche. Künstler, zu denen Poděbrad auch Schreiberlinge, Pinselleute und auch Theologen und Philosophen zählte, würde er zwingen, das Arbeiten mit Schaufel, Pickel, Hammer und Sichel zu erlernen und so frei zu werden von jeglichen hegemonialen Bestrebungen der Russen und der Polen und Zugriff auf das Land stünde nur dem künftigen Herrscher zu. »Kann der Böhme sich nicht selber ernähren?«

Die Lesung würde musikalisch umrahmt von einem der tschechischen Volksmusikbarden, seinem hoch geehrten Freund und künftigen politischen Berater, Karel Brotzky-Wasliček Universitätsdozent für tschechische Literatur des fünfzehnten und sechzehnten Jahrhunderts christlicher Zeitrechnung.

Es wäre ihm bewusst, dass nicht Zorn und Eifersucht das tschechische Volk und dessen nationales Streben und seinen Hang nach Unabhängigkeit leiten dürften. Nur im deutsch-tschechischen gemeinsamen Bauwerk mitteleuropäischer Zukunftsauslesen und den anerkannten Aspekten der Völkerverständigung, was eine schwierige Diskussion voraussetze, könnten die zerfetzten Netze neu gespannt werden. Nur so könnten finanzstarke Wissenschaftler und andere Haie und potentielle Frauen und Männer mit integrem Hang zu engagierten Habitus, auch Medienmenschen oder Politiker, ein Leben in Würde leben.

»Und eines noch, Leute«, schrieb er, »die genannte Würde und zuvörderst die Ehre der Tschechen gehen verloren. Wir müssen sie neu kreieren und planen und präsentieren.«

97

Der Přemyslide las und las und auch seine geliebte Anke vertiefte sich deutlich. Dann atmete er durch, traute seinen Augen nicht und sagte, er möchte etwas Sinnvolles in seinem Leben bewegen und deswegen würde er jetzt den Winston Viscount of Montgomery ausführen. »Und sollte irgendein Přemyslide oder ein Witigone oder gar ein Poděbrader am Telefon irgendeine Andeutung machen oder etwas faseln von Thron und Majestät, dann sagst du: Der Přemyslide macht das nie und nimmer. Eher schon Urlaub in Caracas.«

Winston of Kent war der Meinung, man sollte nie nie sagen. Aber der Brite wusste noch nicht, wie man mit dem

Schicksal umgeht.

Der Přemyslide nahm ihn, den Winston Viscount of Montgomery an die Leine und sie machten sich auf den Weg zum Altwasserkanal. Dort tummelten sich wohl einige Hundefräulein und er fand Dankbarkeit in des Labradors Augen.

»Komm also, du mein Gefährte«, sagte der Přemyslide, »wir bleiben hier im Land und ernähren uns redlich und bauen unser Kinoimperium weiter auf zum Wohl des Vaterlandes für Frieden und Gerechtigkeit und betätigen uns als Brückenbauer zwischen den Völkern und Nationen. Die Tschechen sollen schauen, wo sie bleiben. Jedoch, unter Männer: Es ist noch nicht aller Tage Abend, meine Blutwerte stimmen, die Kondition ist hervorragend austariert. Warten wir ab, was kommt.«

Und Anke stand am Fenster, erwartete die beiden Herren, dachte an die Baronin Charly-Hope, ehedem zuständig für die kaufmännischen Finessen im Kino-Center-Imperium des Přemysl-Trenk wie ihrer, Ankes Wenigkeit. Nur vom Hörensagen wusste sie, dass die Räumlichkeiten auf der Prager Burg schwer zu heizen waren. Doch man würde Abhilfe zu schaffen wissen. »Es ist nicht aller Tage Abend und das Schicksal bestimmt unseren Lauf. Warten wir ab, was kommt. Dann ziehe ich Wände ein.«

98

Er, der Přemysl, betrat am späten Abend, begleitet von seinem Labrador Winston of Kent-Windsor das Heim.

Der Přemyslide: »Mens sana in corpore sano.«

Sie, lachend. »In vino veritas und Gott zum Gruß.«

Er: »Amor vincit omnia.«

Anke Přemysl-Trenk. »Ambages narras.«

Der Přemysl. »Non tibi videatur.«

»Wird das nun was mit Prag?« Die Anke wurde ärgerlich, sprach er doch in Rätseln.

Der Přemysl. »Kennst du Horaz? Non cuivis homini contingit adire Corinthum.«

Anke: »Shit und ich habe mich schon so gefreut.«

Der Přemyslide trat heute nicht zu kurz. »Ich überlege gerade«, sagte er zu seiner Anke und zu Winston dem edlen Gefährten, »ob ich nicht meine Zeit für die Niederschrift von Populärwissenschaftlichem einbringen könnte. So zum Beispiel von einer Reise durchs Venezolanische, Forschungssachen liegen da doch wohl dort parat. Schon vom Essen her, den einzunehmenden Mahlzeiten, also bezogen auf landesweit übliche Speisen und Getränke, wäre das gesellschaftlich Relevante zu erörtern. Oder auch Reste von Kolumbus und den nachfolgenden großen Entdeckern und bahnbrechenden Landsknechten.«

Er solle nur machen, bestärkte ihn die Anke und was er von den Ureinwohnern halte. Karibisch und dergleichen mehr. »Die Spanier hinterließen ja ein Chaos und das andere, und Revolutionen und Bürgerkriege, komplette Schlachten.«

»Die Zeit werde ich mir nehmen. Und die Indigenen, alles Leute von gestern.«

Anke umarmte ihren Fürsten: »Von Apokalypse halte ich natürlich nichts und Randale und häusliche Übergriffe gehen schon gar nicht.«

Der Přemyslide umarmte recht heftig zurück: »Konsequente Selbstbestimmung, trotz aller Aktualität, hat bei mir Vorrang. Insofern sollte der emanzipatorischen Autonomie Recht eingeräumt werden und das mithilfe der witigonischen Aspirantinnen und Aspiranten, auch Slowakische und der Poděbrader Schleim dazu, einschließlich meiner Gruppierung, der fundamentalen Přemysliden.«

Anke daraufhin: »Experten werden benötigt, Hobbys, Ernährung, regulatorisch alles und mit Effizienz.«

Der Přemyslide meinte, dass ohne Effizienz dieses allseits teuflische Elend nur mit dem Beelzebub ausgetrieben würde und wer würde zur Komplexität herangezogen? Doch nur er, der Přemyslide. »Und Gene alleine sind doch weder das A noch das O noch gar das Salz in der Suppe.«

Der Přemyslide echauffierte sich dermaßen, dass gar Winston Viscount of Montgomery den Schwanz einzog und die Kurve kratzte.

Und der Přemyslide ergänzte das Gespräch mit dem Hinweis, dass er jene Kräfte im herrlichen tschechischen Volk stärken würde, die avantgardistisch und futuristisch agierten und das wäre wissenschaftlichen seit geraumer Zeit recht eindeutig erwiesen. Die Anke ließ ihm da schon ein konkretes Beifallsklatschen zukommen. Der wilde und hauseigene Labrador, der Winston, sprang ans vierzehn Quadratmeter große Fenster und meldete Gefahr von draußen.

Draußen stand Charly-Hope, die eben ihren Wagen zu absolut spätest möglicher Stunde verlassen hatte und sich vor der prächtigen Eingangstür die Lippen nachzog. Sie führte tatsächlich einen jungen und noch ungemein unbefangenen American Pitbull Terrier an der ledernen Leine und der Winston, der Labrador würde ihn in den nächsten Minuten niederschlagen.

Für den American Pitbull Terrier, dem Bodensee-Man, ging es nur noch darum, sich von seinem Frauchen zu verabschieden. Frauchen wie Hund waren, wie sie kundtaten, ungemein übermüdet, hörten den beiden Přemysliden etwas zu zu, naschten vom Backwerk, den Fleischdrops, den Salzstangen und tranken, was ihnen beliebte.

Es wurde wieder einmal ein langer Abend. Die Abenddebatte wogte hin und her, sie schlenderten vom Hundertsten bis hinein ins vielfältigste Tausendste.

»Immer mehr Böhmen fühlen sich von den Regierenden in der Tschechei vom Altvater hinten oben bis hinein in die Pilsener Senke und bis runter zum Plöckensee schlichtweg betrogen. Diese Frustration zieht auch in das kleinste Dorf im Hinterland ein. Dagegen möchte ich natürlich vorgehen. Nicht zu geringzuschätzen und das Ganze erachte ich als überlegenswert. So ein großes Volk und so lahme politische Kräfte. Kein Rückgrat.«

Und es ginge ja doch wohl auch um eine angemessene Residenz, überlegte der Přemyslide, mit entsprechender Lage, Teiche, Hecken, Brunnen alten Zuschnitts. Puten vom Erlesensten, Staatsräson eben.

99

Am anmutigen Hradčany, der herrlichen Burgstadt, v blízkosti vznešené kopule St. Veit und unweit des heute verlassenen und total glanzlosen Goldenen Gässchens, nahe dem erhabenen Kostel sv. Mikuláše, in dem der Heilige Nikolaus die Umstände der Prager Welt seufzend miterlebte, stand die seit Ur- und Unzeiten bekannte Herberge ›Die Gerüchteküche‹ – ›špatnou pověst‹. Grau in Grau, mit abgerissenem Schindeldach, zersplitterten Glasfenstern, bröckelndem Mauerputz und Dreck in allen Ritzen an der Wand, und auf dem braunen, rauen, verschmutzten, granitenem Plattenboden reckte sich die Unzeit, zerschlissen vom Bösen, das sie barg.

Dort trafen an lauschigen Abenden, auch bei stürmischer Großwetterlage, wenn der Ostwind aus dem russischen Reich herüberdrang oder bei echtem eisigem Prager Winterwetter ›IhrerDrei‹ aufeinander: Der ›Verleumder‹, die ›Unwahrheit‹ und das ›Gerücht‹, alte Bundesgenossen, Streuner, gleiche Konsorte, gemeine Spießgesellen, keinem Unflat, keiner Niedertracht, keiner Schweinerei abhold.

Bekannt in Stadt und Land, verarbeiteten sie Vergangenheit und zermürbten die Gegenwart, gingen bereits vorab auf Exkursion in die nahe wie ferne Zukunft, immer bereit, einen Blick auf die Affären, auf wahre und falsche Verrichtungen, die menschlichen Dilemmata zu werfen und ohne Umschweife zuzugreifen, mit ihren Klauen, die Fänge bereit die Hebel ansetzen. Vornehmlich ausgerichtete auf die Unschuld, den Anstand, die gute Sitte, derer sie versuchten, habhaft zu werden.

›IhrerDrei‹, bekannt auch als die ›DreiÜbelwoller‹, auch als ›LugundTrug‹ berüchtigt und gefürchtet, täglich neu bestätigt, stellten sich bei jeder sich bietenden Gelegenheit zur Schau, wo und wann immer auch, prostituierten sich, erörterten in lügnerischer Kooperation ihre niederen Absichten, schlugen kaltblütig ihre harte Pflöcke in den morschen Boden.

›Das Gerücht‹ imponierte mit dem Erzählen von erlogenen Geschichten. ›Der Verleumder‹, der keiner Gemeinheit, die ihn ansprach, eine Absage erteilte, und ›die Unwahrheit‹, welche sich gerne hier beim Wirt, den sie liebevoll, voller Abscheu und Respekt den ›TeufeldenVaterderLüge‹ nannten, ausruhte und Lüge um Lüge ersannen, trugen dick auf. Sie hatten den Buckelborb gefüllt mit der Lüge vor allem, auch der Schwachheit, dem Laster, der Täuschung, der Ehrabschneidung, der Sünde allgemein.

Unter den hölzernen Biertischen liegend, an den hirschenen Geweihhaken hängend, auf den verschmutzten Tischen grölend, trafen sie aufeinander, begrüßten sich euphorisch, fielen einander in die Arme, verbreiteten ihre tückische Litanei, ihren verlogenen Sermon, ihre Falschmünzerei, lachend, grölend, leidenschaftlich, risikofreudig, himmelschreiend, je nachdem. Der Wirt selber, personifizierter Luzifer, den die Verderber weltweit als den ›TeufeldenVaterderLüge‹ besangen, voller böswilliger und ekeliger Zuneigung zu seinen vor Hass und Grauen gefüllten Augen, servierte heute wie jeden Tag einen Krug voll scharfe Geringschätzung, widerwärtigem Degout aller Art und obendrauf eine Vielfalt üblen Geschmacks.

Mit einem widerlichen »Pfui Teufel« stießen sie die Bierkrüge aneinander, Scheusal eins wie das andere, geiferten, tanzten auf ihrem Bocksfuß, erfreuten sich ihrer Falschheit und bodenlosen Gemeinheit und der grimmigen Renitenz, die nur lauerte, um die Gewissenlosen wie die bereits unschuldig Niedergerungenen irgendwann dem Erdboden gleichzumachen.

Die Prager erzählten sich, sie, ›IhrerDrei‹, wären unterwegs, gesichtet beim Wirt am hochheiligen Hradčany, auch im wunderschönen Přírodní park Šárka-Lysolaje, drüben in den Stuben und Kellern und Bars am Václavské náměstí, auch hoch oben im schönen und stillen Satalice, auch in Štěrboholy und anderswo. Gar im heiligen Brünn, im heiligen Pilsen, im ehrenwerten Karlsbad, auf den Brücken der Flüsse, an den Ufern der Seen, derer wenige im Land lagen, auf den Gipfel des Altvater und des Erzgebirges und in den Wipfel der Tannen und Fichten des Riesengebirges und in der Sumava, der Raunenden, die nichts vergisst.

Man sagte: Sie, ›IhrerDrei‹, gehen um. Nehmt euch in Acht, zieht euch zurück, meidet den Kontakt, solltet euch der Sünde fürchten, schweigen ist besser als reden.

›Das Gerücht‹ bot mehrere neueste Nachrichten dar. So wäre, wie sie erfahren hätte, im Bayerischen ein gewisser Adolex auferstanden, ziehe derzeit seine grauenvollen Bahnen, mache sich auf den Weg nach Prag und das mit Brachialgewalt und Schrecken verbreitend.

Auch ›die Unwahrheit‹ meldete sich, stellte diese Darstellung jedoch sofort infrage. Solche Gemeinheiten könnte nur sie, ›das Gerücht‹, verbreiten und sie müssten erst eruiert werden. Dazu hätte sie sicher die eine oder andere Ergänzung zur Vervollständigung anzubringen und die Bande lachte, wieherte und schlug kreischend um sich.

Sie selber wisse, und das Volk lachte, dass ein gewisser Winston of Kent sich auf die Beine gemacht hätte, um hier einzugreifen, ordnend und den Adolex zur Strecke zu bringen. Und wenn sein Zugriff mitten auf der Großen Prager Brücke geschehen müsste.

›Der Verleumder‹ prahlte mit seinem Cousin, dem ›Rufmord‹, den er am späten Nachmittag vom Prager Hauptbahnhof abholen wollte und der wisse schließlich das Wesentliche vom Unwesentlichen zu trennen. Und der ›Rufmord‹ würde bei ihm Logis nehmen.

Aus China käme die Nachricht so die ›Unwahrheit‹, eine Schwester der ›KonkreteLüge‹, ein Chinese prahle dort mit einer neuen und global einmaligen Erfindung. Habe er doch das Wasser, als Baustein des Lebens neu erfunden, wäre nötig gewesen.

Der ›Verleumder‹ seinerseits krauste die Stirn und er traute dem chinesischen Volk nichts, jedoch nur Böses zu und das hätten sie lange schon alle im Sinn.

Von einem Donnerkeil wär die Rede, schrie ›der Verleumder‹, von einem, der sich auf seine Tradition besonnen hätte, der die dunklen Kapitel der Nation aufarbeiten würde, dem Volk Zukunft verspreche und dieser Donnerkeil würde sie alle, die Tschechen, überraschen.

Und sie alle in der ehrlosen Herberge ›die Gerüchteküche‹, lachten und schrien ob jener Lüge und gar Despektierlichkeit, die im Volke grassiere.

Und er, ›der Verleumder‹, verspreche sich viel von dieser Unwahrheit, solle es doch der alte Přemysl geschafft haben, aus seinem Grabe zu steigen, nach tausend Jahren, zöge in die Burg und regiere das tschechische Volk, auf dass es zur Besinnung käme und der Welt ein Vorbild sei. Und sie, ›LugundTrug‹, wieherte wie ein krankes Pferd, kicherte, bog sich vor Lachen, kotzte und dann droschen alle diese Unheilvollen weiter aufeinander ein. Sie erwarteten dann noch den Meister, ›den Rufmord‹, vom dem es hieß, er wäre der Größte, keiner käme ihm gleich.

100

Er habe eindeutig mächtige Turbulenzen hinter sich gebracht, teilte der Přemyslide seiner geliebten Anke mit. Der britische Labrador konnte das nicht nachvollziehen und blickte entsetzt in des Přemysliden Augen. »Aufschneider, Lügner, Defätist, Angeber«, las der Auserwählte aus der in sich ruhenden Gelassenheit des Gelbbraunen.

»Enzyklopädisch gesehen, von unüberbietbarer Buntheit, meine ich«, fügte er nun hinzu, den Blick seines Labradors als Gewissenswurm recht deutend.

»Du hast dich entäußert, gib es zu«. Sie schätzte ihren Přemysliden, der ja gegen eigene Mängel wie die Schwachheiten fremder Existenzen und deren totale Verelendung gewaltige Kämpfe ausfocht, geistig wie materiell. Der die oberen Zehntausend, global und komplex, verachtete und auch die unteren Millionen verabscheute. Vor allem deren vorgefasste Meinung, ihre abstruse Nichtbildung, ihr Festnageln des Unanständigen und Primitiven, ihre Verweigerung jeglicher Transzendenz, ihre grauenhaften Gelage in den schmutzigen Höhlen und auf den grünen Auen und sie wären Plünderer und ein mieses Gewimmel Unterwürfiger et insgesamt einfach populum pauperem und vor allem summa pauperes spiritu.

»Und eine Uniform würde ich mir anschaffen, so in blau, königsblau. Wobei es mir weniger um primitive und billige und persönlichen Selbstdarstellung geht, also mehr Schein

263

als Sein. Eher doch wie k.u.k. seinerzeit, Donaumonarchie, Feldmarschallblau eben.«

Anke erklärte ihm, dass das Zeug teuer wäre und drüben im Staatsschauspieltheater im Kostümverleih sollte er nachfragen oder nachfragen lassen.

Und der Přemyslide bat seine Frau um ein wenig mehr Ernsthaftigkeit, weil er doch auch durch die Uniform den Respekt der Leute geradezu herausfordere. »So ist es und so war es. Die Leute brauchen das, spielt zunehmend wieder eine Rolle, so etwas.«

Und für bestimmte Anlässe, also Herausforderungen im Amt, gäbe eine Uniform einfach was her und er hätte es beim Militär immerhin bis zum Unteroffizier gebracht. Sie solle zu den Briten hinüberschauen und Winston Viscount of Montgomery würde das bestätigen: »Die Prinzen tragen alle eine Uniform und mit Leidenschaft stünden sie ein für Frieden, Freiheit und Gerechtigkeit im Königreich.« Und das wäre doch nur fair und gäbe es keine Königtümer, müsste man sie stiften und da würde er den Tschechen v podstatě nur unterstützen, weil das tschechische Volk ja nicht auf der Brennsuppe dahergeschwommen wäre, sondern sich auf seinen Ururahn, den großen Přemysliden berufe. Einr große, eine anständige Nation.

»Das ist Aufwertung, nicht überkommene und über Bord zu werfende Tradition.« Und er erachte dergleichen als Reform und es könnte den Deutschen nicht schaden, seine Überlegungen ins Kalkül zu ziehen. Der Zusammenhalt unter der Krone wäre ein anderer als in einer Forellendemokratie, wo jeder hinschwimmt, wo es ihm passt und nur dort landen wolle, wo die besten Fress-und Laichplätze zu finden wären. Und der Tscheche hätte was Besonderes an sich in seinem Gleichmut und seiner intellektuellen Priorität. Es gäbe zwar Gegenpositionen bei den tschechischen Populisten, die immer noch dem Kommunismus huldigten. »Aber die würde ich ausmerzen, zumindest vorerst von der Ideologie her.« Und er, der Přemyslide, würde keine Maximalforderungen stellen, weil das wiederum nachgerade auffordere, maximal Gegenvorstellungen in die Wege zu leiten, was immer an den Anforderungen realer Politik vorbeilaufe, ihnen also zuwiderlaufe. »To neodpovídá skutečné politice.«

Anke hielt da nicht hinter dem Berg: »Hoc consilium non correspondent ad ipsam«, erwiderte sie mit großer sprachlicher Lässigkeit.

Der Labrador sah das alles aus seinem britisch-hündischem Blickwinkel und rekapitulierte: »I only want good bites«, bellte er unter der Sitzbank hervor. »Quid de illa?«

Er solle keinen Aufstand machen, als Brite, sinnierte der Přemyslide in Winston Duke of Hertfordshires und Windsors Richtung und dafür würde gesorgt. »Every day a bone, a good and fat bone.«

»It`s allright.« Und der Labrador träumte von einer goldenen und knochigen Zukunft.

»Wohin des Wegs, meine Junge.« Winstons Vater erschien dem Sohne im Traume und er solle auf der Hut sein.

101

Lange Rede, kurzer Sinn. Sie kamen eines Nachts in drei schweren und schwarzen Wägen, zerrten ihn mit Anke und Winston aus dem Bette, steckten ihn, den Přemysl, getrennt von Gattin und Gefährte, in das mittlere der drei Fahrzeuge, fuhren nach Prag, hinauf auf den Burgberg.

Aber die Reise musste erst durchgestanden werden und er versprach den drei Entführern, dass er, wenn er denn ausgeschlafen wäre, einiges erzählen könnte.

Franz Friedrich Přemysl-Trenk, zu mitternächtlicher Stunde also so richtig eingepfercht zwischen zwei Prager Herrschaften, führte wie versprochen, mit beiden wie auch dem Chauffeur sein erstes Kulturgespräch auf böhmischem Boden oder auch ein Gespräch über die Kunstszene, Malerei, Fotografie, vor allem konkret Filmwirtschaftliches, als solches, in der Stadt und der ländlichen Peripherie. Kurz nach Horšovský Týn war es so weit.

Der Přemyslide hob seinen Einsatz in der filmischen Szenerie hervor, berufsmäßig. Mit Schwerpunkt auf manieriertem Film, käme der Zuschauer doch erst durch derartige Herausforderungen nahe an das kritische Denken heran.

Er verzichte auf die unentwegten Remakes, habe das mit Tom Hankers und dem guten Kirky schon ausgiebig beredet. Und gerade die Heimatfilme und er kam auch auf seine Volksliedabende, Bariton plus Gitarre, zu sprechen, wären doch die Furche für die Pflüger auf der Leinwand im Gegensatz zum Fernsehen und dort angesiedelten und nachgerade peinlicher und hinterhältiger Obskuritäten.

Letzteres vergleiche er nur zu gerne mit einem schmierigen Barbetrieb, wenig authentisch, kaum Ausstrahlung, schlechte Arrangements und er, Přemysl, hätte viel zu sagen, lasse es jedoch bleiben. Dann schlief er kurz nach Horšovský Týn nahe der böhmisch-bayerischen Grenze und Pilsen eine gute Stunde später. Nach Pilsen, nahe Rokycany lebte er wieder hellwach in den Tag hiunein, mit Vorfreude auf das, was ihm bevorstünde. Bei Beroun legte er wieder ein Schläfchen ein, bat zugleich, ihn wieder ins Leben zurückzubringen, wenn sie in Prag einfahren würden. Man könne nie wissen, ob Leute an den Straßenrändern jubeln oder gar anderes tun würden. Der Chauffeur meinte auch, man könnte nichts wissen, läge die Zukunft doch in Gottes untrüglicher Hand.

Ihm schwebe, referierte der künftige Herrscher weiter, und da hätte er einen tollen modernen Regisseur an der Hand, die Verfilmung balladesker Literaturgestaltung vor. Prag, Prager Landscape, auch Erzgebirge, Elbe, Moldau gefielen ihm. Alte Kontakte, Erfahrungen, damals auch neben Bariton und Gitarre, Saxophon, Posaune, Akkordeon, Erlebnisse der besonderen Art, gingen zu Herzen, echt böhmisch. »Man muss mit der Zeit gehen oder sie überrollt den Menschen und wir sind nicht Sklaven der Äonen, eher ihre Gestalter.«

Er denke da zum einen an jenen Tapferen, der seinerzeit den Bodensee bei Nacht bezwungen, einer der den sogenannten Schlund durchzogen hätte, per Pferd, vermutlich ein schwarzer Hengst. Schlussendlich musste er jedoch auch sterben, das Los aller Kreatur und das alles sehr dramatisch inszeniert.

»Solches kann nur ein Schwabe schreiben, ein gewisser Gustav Schwab, ein Pfarrer evangelisch zudem, also gebildet.« Seinen Mitreisenden war der genannte Schwabe unbekannt und der Chauffeur sagte, dass er da einen Taxifahrer in Prag kenne und der hätte eine Tochter, die drüben im Schwäbischen in ein Schuhgeschäft eingeheiratet hätte. Und ob die sich vielleicht kennen würden?

Der Přemyslide geriet immer mehr unter literarischen Dampf. »Oder jener Vater, der das Kind im Arm, ächzend, den alten Hof erreicht, aber schon war das Kind, vermutlich sein erstes oder auch ein anderes aus der Geschwisterreihe, tot. ›Wer reitet so spät durch Nacht und Wind? Es ist der Vater mit seinem Kind. Er hat den Knaben wohl in dem Arm. Er fasst ihn sicher, er hält ihn warm‹.«

Oder auch an den Erlkönig, übriges absolut superb, von J.W.v.Goethe, sehr bekannt im literarischen Gewebe eingesponnen, zu Herzen gehend, Orientierung anmahnend, denke er. »Wohin, des Weges? Dies ist doch gerade in bewegten freien und selbstherrlichen Ägiden die Zeiten- und Lebensfrage.«

Inszenierungen auf der Prager Burg hätten immer auch das Drama an sich in sich. Er bat um ein Wurstbrötchen und ob sie an Cola gedacht hätten?

»Zunächst und da bitte ich um Verständnis, habe ich mich meinem kommenden Prager Alltag zu widmen, der Realität beim Regieren zu frönen. Ich kann doch heute noch nicht wissen, was die oberen Zehntausend in Prag in ihrer energischen Art einen Přemysliden zu fragen hätten. Auch bin ich bereit, meine Erfahrungen zu machen, von Montag bis Freitagabend.«

So manches bliebe ihm wohl nun künftighin verwehrt, mancher Plan würde über den Haufen geworfen werden müssen und so Diverses ende eher als man es allenthalben abzuschätzen imstand wäre. Und man würde ihn kennen lernen. Aber er hätte den Vorteil, gesund und lebensfroh jegliche Herausforderung anzunehmen und wie es denn bei ihnen und er schaute seine drei Mitfahrer genau an, so wäre. »Gesund, frisch, munter, Familie, alles klar?« Man nickte, war aber wenig gesprächsfähig.

Er wollte, noch bevor sie zum Burgberg hinauf fuhren, das Prager Krematorium besichtigen. »Kerberos první pražské pet krematorium«, sagte diese geheime, vermutlich schon mittelalterliche Dame, die ihm schon seit einer Stunde die linke Hand hielt, »tolle Sache und sterben kommt eben nicht ab.« Es war dann auch was los vor dem Krematorium und der Přemysl winkte den Leuten zu, wollte ihnen in ihrer Trauer nahe sein, der Regent in spe und da war er ein wenig stolz.

Aber normal wäre so was nicht, war die Meinung des Mannes, der des Přemysliden rechte Hand umfasst hielt und seine Großmutter hätte gesagt, dass das nicht recht wäre, so verbrennen und wo man denn da hinkäme und auch die Muselmanen würden sich dazu nicht hergeben. »Aber in Indien, na ja, Indien, was ist denn Indien schon?«

Im Speisesaal oben auf der Burg gab es dann für alle kurz nach der Ankunft eine Charge Lendchen mit sechs Scheiben böhmischen Knödel und Krautsalat und ein Pils dazu auf silberner Platte und wenn er eine Nachspeise möchte, sollte er sich rühren. Aber er war gesättigt und meinte, dass man zumindest nicht verhungern müsste, hier in Prag. Anke wollte einfach nur eine halbe Stunde ausruhen und der Gefährte die Burg umrunden.

Und dass er nicht vergesse: Sie, die ihn begleitenden Herrscvhaften in der grauschwarzen Kleidung, wären alle gerne eingeladen anlässlich seiner Inthronisation. Großer Platz hier oben auf dem Burgberg. Und er wollte Hoffnung wecken. Denn wär gäbe schon Beispiel, lebe vorbildlich, kämpfe um Leib und Leben und um Werte und die tschechische Nation bräuchte eine Chance und er als der künftige König könnte sich's doch am allerwenigstens leisten, darüber hinweg zu sehen. Dann wollte er mit Anke und dem Gefährten Winston of Kent aufs Zimmer gehen.

102

Es war alles vorbereitet. Drei Wochen nach der Ankunft auf der Prager Burg setzten sie ihn, den Přemysliden, auf den Thron des Königs des Neuen Tschechien. Ein feierlicher Einzug, Přemysl I. im vollen Ornat. Der königliche Mantel in feschem rubinrot, dazu das neu geschmiedete Reichsschwert, auch der Reichsapfel neu und, der Kenner staunt, der Fachmann wundert sich, eine Reichskrone. Die führenden Designer setzen sich zusammen und der Erste Kronenmusketier fertigt die Krone innerhalb von sechs Tagen. Dazu die bestrickende Bestückung des Mantels mit Steinchen und Perlen, mancher daumennagelgroß, etwas, das die Welt bis dato noch nicht gesehen hatte.

Gekrönte und ungekrönte Häupter aus aller Herren Länder, die Weisen aus dem Morgenland, rote, braune, weiße und schwarze Menschen und Monarchen, Frauen von edler Gestalt und schicker Anmut. Geschenke und viel Materielles, Naturalien in Form zwei kleinerer Elefanten aus Schwarzafrika, eine kleiner, burschikos fauchender indischer Königstiger, züngelnde Kobras, anmutige Äffchen, ein Gorillamännchen im Käfig, mit einer Ladung gelber Bananen befasst.

Drei Tage Feierlichkeit folgten, täglich Gottesdienste, große Sequenzen, Orgelspiel, konzertantes Auftreten mächtiger Chöre, Solisten in Tenor, Sopran, Bass und Bariton, darunter die üblichen vier Italiener. Natürlich viele Festtafeln, sehr opulent aufgetragen, um den fürstlichen Ansprüchen gerecht zu werden, stupide, wie auch glänzende Reden von Laudatoren aller Geistesbeschaffenheit, praktisch nach Gutdünken und Jubel der nunmehr goldenen Zukunft seiner, der přemyslidischen Landeskinder. Mentalität, Individualität und System der hohen und allerhöchsten Staatsgäste lägen ihm Přemysl I. am Herzen.

Und dann die Tage danach. Großes Erwachen. Franz Friedrich Přemysl-Trenk, König Přemys I., König der Tschechen und seine Gesellen sagten, er wollte das mal erst verdauen und die Freude käme erst später durch das Burgtor und dann durch die Türen des Schlosses und er wäre vom Schicksal auserkoren und das wär's.

Anke hatte bereits nach dem ersten festlichen Mahl einen schlechten Magen, ›špatný žaludek‹, hieß es. Viel Kamille oder gar nichts, ›Hodně heřmánek a pelyněk, čaj samozřejmě‹. Sie wäre, zumindest nach ihrer minderen Meinung, fast gestorben und nie mehr so eine Fresserei, typisch tschechisch. »Die fressen alle.«

Der König stellte jedoch klar, dass den Tschechen nichts fehlte, keine kranken Mägen, keine bekleckerten Toiletten. Nur sie läge hier und würde auf krank machen. Die Tschechen wären das Volk an sich, die Nation vor allen anderen.

Anke wurde wieder gesund, eher als geplant, machte dem Chefkoch Vorwürfe, alles zu fett und zu viel Schweinernes ständig bei Tisch und überhaupt viel zu wenig Leidenschaft hier in der Küche, am Herd.

Als König Premysl I. wäre er der Souverän des Neuen Tschechien und Monarchen geziemte es von jeher, den Pluralis Majestatis in die königliche Waagschale zu werfen. Das wollten sie, die Schranzen am königlichen Hof, Seiner Majestät beibringen. Sie glaubten einen geschichtsfernen Botschafter der Infantilität vor sich zu sehen, vertraten sich die Füße, buckelten und schoben ihm Gesundheitshäppchen in den Mund. Sie, die Neunmalklugen, Leute mit flotten Sprüchen, mit geiferndem Ehrgeiz, der ihnen aus Augen und Mund hing.

Und der König bat sie um Erläuterung und um Erörterung. »Die britische Königin Elisabeth liest ihre Regierungserklärung ebenda in der delikaten Wir-Form den Leuten vor, nimmt sie als Monarchin ins Gebet. Stellt ab auf ihr Menschsein, wenngleich peripher, weil die Tschechen im globalen Vergleich doch eher noch Ermunterung bräuchten. Demokratien wären heutzutage höchst obsolet. Würde man es genauer betrachten, einfach hinter der Zeit, außen vor, out of order. Menschen sehnten sich nach der Mystik. Das brächte sie dann auch auf den Weg der Moral und des gesitteten Handlungsweise. Anke hielt den Daumen der Rechtenunter dem Tischtuch nach unten. Aus, rein in den Schmelztiegel mit dieser personifizierten Lasterhaftigkeit.

»Um Inhalt geht es«, warf er den Knierutschern hin. Und sie sollten ihre Phrasendrescherei bei sich behalten, könnten damit seine Wertschätzung verspielen.

Er drohte mit Fenstersturz und dann verließen sie ihn, spielten ihre Rolle bei Hofe, bemühten sich wenig um rechtes Verhalten, das ihnen angeborene und doch wohl dauerhaft Kaputte, defekte Bankrotteure, die ihm, dem König aus der Hand fraßen, sich schamlos an den staatlichen Finanzen bereicherten.

»Geh er mir aus den Augen«, bespie er seinen Hofmarschall, einen altgedienten Slowaken. Und er, der König, tat, was er wollte. Und sie lernten, ihn zu achten und zu fürchten.

Und der König regierte und die Zeit verging und er machte keinen Fehler und die Welt staunte und die Tschechen wurden ein glückliches Fußvolk, die Schulen vervielfachten sich, die Universitäten ebenso und Land und Leute gingen gelegentlich zur Arbeit und das Ansehen und die Finanzen erstrahlten in Gelb und Anke feuerte einen um den anderen Finanzminister. Viele Städte erstrahlten im fetten Wohlstand, andere verbrannten Hab und Gut der Bürger, die Flüsse traten übers Ufer und vernichteten die Ernte.

Zwei der tschechischen Wissenschaftler erhielten den Nobelpreis, für Literatur und Chemie und beinahe den für Frieden und Freiheit und Gerechtigkeit. Und vieles andere mehr wäre zu erwähnen. Aber was würde das bringen?

Der königliche Alltag gestaltete sich und die entnervten Menschen um ihn herum beugten den Rücken und hofften auf das lange Leben dieses besonderen Přemysliden.

103

Der Chefkoch war ramponiert, wegen Ankes frivoler und unbedachter Äußerungen.

Deswegen warf Majestät bei einer Debatte ein mächtiges Kompliment in die Manege und er wäre ein leidenschaftlicher Chefkoch und über die Maßen besessen. Majestät hatte die Damen und Herren des Parlaments zu sich geladen. Vítěz Holub, der Spitzenkoch seiner Majestät, welcher nun also das Dinner zelebrierte, bekam einen roten Kopf und versprach im Innersten, dass er der Majestät treu bliebe, sollten die Tschechen ihn einmal stürzen und in die Moldau zum Ersäufen hängen.

Přemysl I: »Jedes tschechische Haus und jedes tschechische Lokal ist geprägt vom tiefen Wissen und ursprünglicher Vorliebe für gutes böhmisches Essen. Die französischen Haute Cuisine könnte von der böhmischen Küche lernen.« Beifall. Klatschen. Pfiffe. Erstes Schenkelklopfen.

Und die Gesundheitsministerin, eine studierte Frau, Ökologie und Medizin und Pharmazie, aus Olmütz, erwiderte: »Selbst tschechische Rayonkost, ich bitte Sie, darf sich des kulinarischen Größenwahns charakterisieren lassen.«

Der Ministerpräsident zögerte nicht vom Mahle hoch zu schauen und sich das Fett mit der roten Serviette vom Munde zu wischen: »Solche Spitzenköche im Haus besitzen, heißt Qualität in die Welt tragen.«

Der Staatssekretär für Umweltschutz, ein für seine Renitenz und Aufsässigkeit bekannter unsittlicher dimwit rief und er hatte den Schnaps bereits vor dem Dinner anvisiert: »Hier herrscht das Elitäre und knallt der kulinarischen amerikanischen und deutschen und russischen Küchendekadenz den Suppenlöffel über das schüttere Haupthaar.«

Der Herr Majestät sagte abschließend, er wollte den Koch nur loben und keine Grundsatzdebatte führen und sie sollten alle den Teller leer essen: »Da werde ich Sterne vergeben und die Burghotelerie wird sich zum Gourmetlokal mit vier sogenannten ›Přemysl-Sternen‹ entwickeln. Tschechische Kochkunst mit den klassischen Wurzelstöcken aus Zwiebeln, Sellerie, Eiern, Knollen aller Art, Knoblauch und skutečné a nejlepší české brambory wird die Welt erobern. Böhmen ist nicht das Armenhaus europäischer Sättigung. Es nimmt den Spitzenplatz ein und lässt Paris und Madrid und Bukarest weit hinter sich.«

Da waren sie alle des Lebens froh und es begann dann noch vor der Sitzung des Kabinetts im königlichen Fürstensaal allgemeine Erheiterung Platz zu greifen und köstliches Lachen und delikates Schunkeln und das obligatorische böhmische Schenkelklopfen nahmen sukzessive überhand.

104

Die Zeit verlief, als würde sie nicht existieren und er glaubte so manches Mal zu träumen oder spiritistisch zu konvulvieren. Als sie ihn seinerzeit aus dem Domizil, aus dem Haus gerissen, seiner Zweihundertquadratmeterflat entzogen und in dieses schwarze Auto auf einen eiskalten Kunstledersitz gepresst hatten, wusste er, dass es hier um Machtpoker geht, nicht um Karrieredenken. Vermutlich, so eruierte er seinerzeit in dieser eklatanten Notsituation, wäre ihm sein exzellenter Ruf als anerkannter Schachspieler hier in der städtischen Umgebung und auch außerhalb der City vorausgeeilt.

Wiederum stehen ja gerade brillante Schachspieler weltweit parat, bringen die besten Voraussetzungen mit, um Führungspositionen einzunehmen und sie auch auszufüllen, auch ein Land wie Tschechien zu regieren, evidente Vorschläge zu unterbreiten und dafür geradezustehen. Er wäre ihnen stets drei, vier Züge voraus.

Es ging ihm, dem König, dem einzigen und würdigen Nachfolger des Ersten Přemysl darum, Bilanz zu ziehen. Aus den unterschiedlichsten Perspektiven. Aus Musik, Literatur, Volksliedgut, aus Kultur, vor allem aus lyrischer Dichtung und Religion in Vielfalt. Nachhaltige Verwandlungen, skizzierte Historie, Modifikationen von Land und Leuten und die allgemeine Flutung der Umgebung wären vonnöten, perspektivisch und in medias res. »Wo heute noch Renommee zählt, sind es morgen die Künftigen, die ihre Anliegen verdeutlichen und in die Tat umsetzen.«

Anke warf ein, dass auch die Chemie und die Biologie und die Weltraumphysik hier in Böhmen ihresgleichen suchten.

Er wollte sein Herkommen nicht verschweigen, könnten sich Majestät und Frau Gemahlin gerade am einfachen, wenig strukturierten Dasein der böhmischen Leute aufraffen. Er würde Impulse setzen: Sie sollten, die Böhmen, neuen Mut fassen in ihrem dreckigen unbeträchtlichen Leben, sich überwinden, von neuem beginnen. In seiner Verwandtschaft hätte ein jeder gewusst, wo der Hase im Pfeffer oder der Hund persönlich oder gar augenfällig begraben liegt.

Franz Friedrich stammte aus einem verträumten Dorf an der Grenze. Da traf man jahraus, jahrein die gleichen Leute, zur gleichen Zeit, am gleichen Fleck und so suchten die einen den Hund im Dorffriedhof, andere wiederum wussten es genauer. Sein Vater, der zwölfjährige Franz Friedrich war gerade frisch gefirmt und sein Onkel schenkte ihm für das Durchstehen der Zeremonie eine alte Armbanduhr, die der Bub in Ehren hielt, sagte, er wisse Bescheid, ihm könne keiner was vormachen und er hätte die Tendenz intus und sicher wäre er, absolut sicher, dass der Bub einmal ein Großer, einer mit einer eminenten Bedeutung, würde. Diese Gedanken schwirrten in des Königs Kopf und er fragte, warum das denn heute?

Ja, Kultur lag ihm, dem Přemysliden, am Herzen. Davon würde die zivilisierte Welt profitieren und noch Näheres vernehmen. Talente und Erkenntnisgewinnung würden bevollmächtigt, delegiert und instrumental entsandt für Zukunftsgewinn, anstelle von theatralischer Schlichtheit.

Eine Renaissance von Wert und Gefühl, von Intellekt und Merchandise würde überleiten in die Kraft der Auseinandersetzung und schwerpunktmäßiger, respektivischer, zeitgenössischer Brillanz. Das individuelle, sich am Wesentlichen entwickelnde Porträt würde zählen, nicht die primitive Skizzierung von undurchschaubaren Zusammenhängen. Farbe vor Stil, Körper und Gestalt vor seelenloser Figuralität.

Ein Leben, sein Leben, seine Existenz, stellte er resignativ und rückblickend fest, wäre eingespannt zwischen Drama und Triumpf, angeschirrt für seine individuelle Vollendung. Sein Bestehen, voll der Einwirkungen und Auswirkungen, gefüllt mit einem Sättigungsgrad größter Provenienz, přemyslidisch in Coda und ohne Doppelsinn.

105

Winston gestand sich in letzter Zeit das eine oder andere spezielle Leckerchen extra zu, inkonsequent das, aber das Leben hier in Prag ließ ja nichts zu wünschen übrig. Er hatte nachts mit schrecklichen Träumen dafür zu büßen. Alleine die dunkle, scheußliche und rüde verflossene abgelaufene Nacht kostete ihn beinahe das Leben. Speiübel erging es ihm momentan, v tuto chvíli, besonders im Morgengrauen.

»Nieder mit diesem Feigling, diesem Verführer, diesem elenden britischen Hund«, schrien diese übel riechenden Teufel, diese ungewaschenen, ranzig verpesteten Ungeheuer mit ihrem schlechthin verachtenswerten Verhalten. Diese Erzfeinde des Přemysl, seines gütigen Herrn, Freundes und Gefährten, des Königs Franz Friedrich Přemysl-Trenk I., neuer Tschechischer Zeitrechnung. Hier in der Metropole gingen die Uhren anders und Windsor glaubte sich in einer blitzschnellen genetischen Replik in die Ära des Aufstandes in Prag anno 1618/19 versetzt.

Diese Widersacher des Guten, die ihn, Winston Viscount of Montgomery, britischer Labrador und so unter dem Schutze ihrer Majestät, des edlen Königs Georg stehend, im Traume gar massakrieren wollten.

Sie hielten ihn, Winston of Kent, in einem mit rostigem, eisernem Gestänge eingefassten Käfig gefangen. Der fichtene Boden war weder bedeckt mit ausreichend Stroh noch eventuell lagerndem, trockenem, angenehm duftendem Heu auf diesen trockenen Brettern, die doch die Welt für ihn nicht bedeuteten. Ihn, Winston, den sie hier in Prag, dieser alten kaiserlichen Weltstadt, gar als den großen Edlen unter den Hunden, als den velký šlechtic bezeichneten.

Obwohl er einen Schutzbrief seines Herrn, des Mächtigen Přemysliden im Tornister trug und hier oben in den Quadratmeilen rund um die Burg bis hinunter zum herrlichen Park Obora Hvězda im Süden, wie hinauf zum Přírodní Park Šárka–Lysolaje freies Feld hatte. »Dein Terrain, mein Gutester, mein treuer Gefährte«, verhieß der Ruf des Herrn. Damals. Vor Jahren, anlässlich des Amtsantritts des Herrn hier auf der Burg am hohen Hradschin.

Natürlich lockten ihn und die Damen, keine übrigens ein Unschuldslamm, auch das schöne Horoměřice oder gar drüben

Velké Přílepy mit dem wunderbaren, schon aus endlosen Kilometern zu riechenden Gestüt der Trakehner vom Kamýker Hof. Dergleichen Herrlichkeiten luden ein und da passiert eben, was passieren muss, eben das eine oder andere. Prächtige Tiere, diese Trakehner, sehr freigiebig im Odeur, für jedes nette Gespräch offen, gut gehalten übrigens von Aleš Veselý und seiner Freundin Milena Kalinova, ehedem in der Musikhochschule und im Städtischen Nationalorchester tätig.

»Dass ich nicht lache«, schrie der verbrecherische Anführer, von anderen Kerras genannt, schmutziges und graues Zottelhaar um das Haupt, als Winston ihn um Gnade bat. »Er winselt, schaut ihn an, der charakterlose Hund winselt, der Herr Brite.« Alle grölten sie, diese Gauner und Schurken und natürlich viele Ganoven unter ihnen.

Und so unmittelbar hätte der dem Tode Geweihte dem absenten Futurum noch nicht ins glasklare Auge geschaut und das Vorgehen der Abtrünnigen wolle er nicht bewerten, aber es würde ihn zum einen sehr bedrücken und irritieren und ihm doch wohl dann auch das Leben kosten. Das nun hatte er, schweißgebadet, zu bedenken.

Der Befehlshaber rief unter dem Beifall, unter dem Gelächter der Gaffer und Neugierigen und des geifernden Büttels, der den Stabkäfig trug: »Diese Materie ist heute definitiv und mit dem erbettelten Gnadenbrot, so kurz vor dem Ersäufen, ist nichts drin.«

Großes allgemeines Lachen, dröhnend, markerschütternd, von gemeinster Art.

»Das kannst du vergessen, schmink dir's ab und objektiv betrachtet, hast du elender Kläffer, mehrere Tode verdient. Für jede Dame, die du geschwängert hast, in ihrer vielfältigen Kindesnot sitzen ließest, gebührt der der Tod.«

Er wollte protestieren. Aber er erwachte und war heilfroh, auch wenn es ihm gar nicht gut ging. Aber er lebte. Winston of Kent-Windsor lebte.

106

Die herrlichen Prager Frühlingstage hatten es in sich. Musik und Artistik aller Art und in der Letna wie anderwärts blühten wunderschöne Pflanzen und das gesamte Volk staunte über die züchterischen Finessen der Majestät, ihres Königs Přemysl I.

Denn die königliche ›Přemysl-Hortensie‹ erregte unablässig Staunen. Prag wie auch die andere Städte und Gemeinden standen übervoll geschmückt mit Ziersträuchern und vor allem aus der Großfamilie der Hydrangeaceae gab es erstklassige Züchtungen. Keine jedoch konnte der ›Přemysl-Hortensie‹ auch nur annährend das Wasser reichen.

Seine mittlerweile zu ihren Ahnen heimgekehrte Gattin und liebholde Herrscherin ihrer tschechischen Landeskinder, die selige Anke I., brachte ihn seinerzeit auf den Gedanken und diese ungewöhnliche Imagination verfolgt er unablässig: »Widme dich der Hortensienzucht, Liebster. Oder spiele auf deinen Instrumenten. Oder singe doch wieder, gib dich bardisch, Sänger deiner Nation. Das macht Eindruck. Aber beschäftigte dich.«

Ja, die Herrscherin, auf deren Ableben noch deutlich und gewissermaßen akribisch in den königlichen Tagebüchern einzugehen sein wird, ging ihm nicht aus dem Kopf.

Aber Přemysl I. wusste noch aus dem Geschichtsunterricht, dass auch Nero seinerzeit gesungen und auf der Leier spielte. Was war aus dem geworden? Na, das möchte er doch wohl nicht durchmachen. So ein Exit, nicht sein Geschmack. So verlegte der König sich eben auf die Hortensie. Majestät eignete Erfolg in hohen Maßen.

Und die ausnehmend großartige und fertile Blütenpracht, das fiederspaltige Blattrund, jedoch auch die rein biologische Sphäre dieser Gattung hatten es ihm seither angetan. Vor allem die optisch höchst attraktive Zyme entfachte seine Freude, in deren Inneren attraktiv fertile Blüten sich strahlend dem Betrachter neigen, während am Rand, jedoch nicht vernachlässigt, sterile Schaubblüten ihr Dasein fristen. Hoch anzurechnen und für die Entwicklung des Schöpfungsgeschehens folgenschwer, wie wohl denn gar epochemachend, betrachtet Majestät in seinen züchterischen Ambitionen diese je gegeben Unterschiede zwischen der Sterilität, auch gottgegeben und eben der je notwendigen und arterhaltenden Fertilität.

Mit dem ebenso geistreichen wie scharfsinnigen Professor für biologische Typologie Dr. Wassili Kirolenkajowitsch, eingewanderter Russe, höchst veritabel, unterhielt er sich lange und ausgiebig über Systematik und Typifikation.

Die Herren debattierten über hierarchische Klassifikation, über die Polyhierarchie wie die analytische Einordnung, welche ja doch vornehmlich wieder eher doch auf Präkoordination ausgerichtet wäre. Da kam es im Laufe der Monate zu einer Freundschaft und zu einem echten fachspezifischen Gedankenaustausch zwischen dem Professor und Seiner Majestät.

»Die Begriffsklassifizierung«, so der Professor, »zeichnet sich durch konkrete Verbalisierung, ebenso durch Zahlen, Sonderprägungen und Notationen aller Art aus, auch modernste Formen inbegriffen und das alles im Kontext, digital und komplex und wie in der Sozialforschung klar empirisch.«

Majestät lernte dazu, wie S. M. anerkannte und fasste zusammen, dass wohl dann ohne Residualkategorie kein Klassifikationsschema auskäme. Ein Plan, die Einordnung, die systematische Gliederung wären seines Erachtens wichtig und gerade deswegen würde er sich der Großfamilie der Hydrangeaceae widmen. Der Professor wiederum zeigte sich als exorbitanter Kenner, besonders auch der Familie der Hydrangeaceae und war zutiefst begeistert über die einmalige ›Přemysl -Hortensie‹, welche ein vegetabilisches Kleinod wäre.

Die Bezeichnung ›Přemysl-Hortensie‹ als solche, fasse er auf als Benennung von Grandezza und Kostbarkeit, von bejahtem Renommee, von unverfälschtem Adel, wie seinerzeit die Alexander von Humboldt'sche Namensgebung für neu entdeckte Tiere und Pflanzen und Pilze vornehmlich im südamerikanischen Raum, Regenwald, Dschungel und desgleichen, aber auch in höchst Bergigem, in den urigen Seen wie schlammigen Flusslandschaften und sumpfigen Auen.

Majestät verwies auch auf seine Abstammung, wäre doch der erste Přemysl schon ein guter Pflüger und landwirtschaftlicher Fürst gewesen, Ökologie und Ökonomie in einem und das schon damals. Er deutete schließlich bei einer der gründlichen, wiederholten Besichtigungen der ›Přemysl-Hortensie‹ auf die Pracht der Blüte allgemein hin.

Der biologische Typologe Dr. Wassili Kirolenkajowitsch verwies schlussendlich allgemein auf jene subterminalen Seitenachsen hin, hätte doch seine Majestät dieses Kardinalproblem vor geraumer Zeit schon angerissen und darüber könnte man bei Gelegenheit ins Gespräch kommen »Bedeutungsvoll dies alles, dem Schöpfer gelungene Meisterwerke.«

Die ›Přemysl-Hortensie‹ erhielt dann auch bei der Landesgartenschau, die in Reichenberg über die Bühne ging, einen sogenannten ›Absoluten Sonderpreis‹.

»Anke wäre stolz auf mich«, bedachte Přemysl I.

107

Anke hatte ihn jedoch überdies zu ihrer Zeit in Verbindung mit seinen, wie es aus ihr herausfuhr, an den Haaren herbei gezogenen Vergleichen europäischer, afrikanischer wie asiatischer oder südamerikanischer Menschen und deren Lebensverhältnissen und vor allem mit seinem Fingerzeig auf die böhmische ›Přemysl-Pflüger-Historie‹, also die Geschlechter übergreifend und einer relevant wie přemyslidisch konkreten Positionierung, vor den Kopf gestoßen.

Anke verwies mit ihrem in den verflossenen Jahren reichlich gediehenen Zynismus auf dieses bizarre Etwas von Absurdität, das ihn in Persistenz präge und vor allem auf die ungelegten Eier seiner bisherigen Amtszeit. In ihren Augen wäre seine Aussage, der böhmische Mensch wäre in seinem Denken wählerisch, wählerischer gar als Afrikaner oder Chinesen jedoch eine eindeutige Diskriminierung und sehr apodiktisch dazu artikuliert.

»Wenn jeder seine Liebhabereien ausleben würde, wo blieben denn da globaler Zusammenhalt und unverrückbare Wertorientierung«, hämmerte sie knallhart auf den Tisch. Und dass der einfache Mensch auf der Straße diese seine ungefilterten Offenbarungen als Vertrauensverlust und Wertminderung betrachte, käme ihm, S. M. nicht in den Sinn? Und seine historischen Reflexionen und das dürftige und verlogene Schwätzen über die permanenten Zusammenhänge wären doch nur bestimmt von einer jegliche Geltung abweisenden und einer das Gesamt zerfressenden und exzeptionell raffinierten Taktik. Und Goethe hätte seine ›Wahlverwandtschaften‹ doch auch für den real befindlichen Alltag geschrieben, weit weg von Automatismus und jeglicher Konvention. Ob er sich dessen bewusst wäre? Der Přemysl lauschte damals in sich hinein und wurde sich seiner Schwachheit auch bewusst.

Das parlamentarische Gerangel zwischen ihm, S. M. und dem Innenmister artete in dilemmatischen Konkurrenzkampf aus, destabilisiere die gegebene Rangordnung und positioniere S. M. des Königs Ziele im Irgendwo. Und dafür hätte man ihn, den Nachfolger der Přemysliden, doch nicht aus dem Bett geholt.

Es stünde ihr bis hier oben oder hänge ihr auch schon mal zum Hals heraus und gerade er mit seinem Gerede von institutioneller Arroganz und Ambivalenz tue doch alles, um die Unterscheide einzuebnen. Er solle eben den Tschechen Tscheche sein lassen, in all seinem Gehabe und nichts heraufbeschwören, das in den Abgrund zu stoßen, auch ihm dem Premysl, schwer fallen dürfte. Weil allem sein voraussetzungsloser Sinn eigne und die weltweit geforderte postulierte Wertigkeit innewohne und der Mensch müsste wisse, wohin er gehörte. Aber er, der Přemysl, gehörte doch seit Anbeginn zur Gilde der Verlorenen und er würde dergleichen auch noch als Tugend verkaufen. An Präsenz, schmetterte sie ihm noch von der rechten Seite kommend, ins Gesicht, an Präsenz müsste er noch zulegen.

Seine Majestät antwortete, dass er dem etwas abgewinnen konnte.

108

Müde war S. M. und fiel in schwere Träumereien dieser und jener Art. Er sah El Lider vor sich. »Entre las cosaque hacen agradable la existecia, el vino ocupa un lugar destacado, y no solo en los paises que producen bueno caldos«, sagte El Lider. Und Anke, die Vielsprachige übertrug das alles ins Deutsche: »Unter den Dingen, die das Leben angenehm machen, nimmt der Wein eine herausragende Stellung ein, nicht nur in Ländern, die gute Weine produzieren«.

»Ves ese barco que esta ahi frente? Pues si alguien se empenara en afirmar que tiene tre chimeneas, fabria que pensar que esta borracho.« Franz Friedrich Premysl-Trenk war klar: »Siehst du das Dampfboot, das da vorne ist? Wenn jemand darauf bestehen würde, dass es drei Schornsteine hat, würde er denken, dass er betrunken war.«

Franz Friedrich Přemysl-Trenk lachte maliziös, denn er war überzeugt, dass El Lider ihm eine Falle stellen wollte: »Y si dice que tiene dos, estara solo achispado, no?«

Und El Lider schob seine buschigen Augenbrauchen hoch: »Und wenn er sagt, dass er zwei hat, ward er nur betrunken, oder? Das wolltest du doch sagen, du elender Gauner«, lachte er.

Franz Friedrich bemerkte die Sprachkenntnisse des El Lider. Konnte der doch auch einiges in seiner germanischen Heimsprache ausdrücken. Perfekt, der Mann.

So pendelten sie seinerzeit hin und her und El Lider lud Anke zu einem Spaziergang ein, während der Franz Friedrich sich mit diesen herrlichen Papageien befasst, die frei herumschwirrten und so viel Lebenszugewandtheit ausstrahlten. Der Přemyslide im Träumen sich wälzend, weinte in Erinnerung an gemeinsame Zeiten mit Anke, ließ Vieles, gewaltiges und beträchtliches Durcheinander vor seinem geistigen Auge Revue passieren.

Dergleichen lässige Ansprache mit El Lider, dem Großen, fand er seinerzeit nicht nur witzig, eher doch phänomenal.

Der Kirky, der ihm fast zur gleichen Sekunde durch die Hirnwindungen fegte, runzelte bei seinem letzten Besuch die faltige Stirne nur noch variabler, die linke Hand leicht angehoben, was die Krankenschwester als Aufforderung, die Windeln zu wechseln, auffasste. So prasselten die illusionären Gedanken auf ihn nieder und drückten ihn auf den Tisch in der grandiosen Villa von El Lider.

»Dios mio! Pero si ya te lo he dicho mil veces, hija mia!«, sagte El Lider, als Franz Friedrich ihn fragte, wer denn dieses schöne Kind wäre, belästige diese Kleine ihn doch unentwegt mit tausend Fragen.

Und El Lider erzählte in knappster Form von einem jungen Hombre, der sich für diese, seine Tochter interessierte.

»Ese tipo no esta contento hasta que logra salir con la suya.« Was so viel bedeutete, als dieser Typ ist nicht glücklich, bis er damit durchkommt. Pedro nannte die Kleine den Hombre. »Un individuo, no esposo. Maldito.«

S. M. erwachte kurz, wischte sich den Tränenkalk aus dem Gesicht und schlürfte ins Bad. Auf dem Rückweg von der Toilette zum weichen königlichen Bett stellte er sich wiederum die Frage, warum er denn gerade zu so früher Morgenstunde dergleichen fragmentarische Gedankenspiele wälzte. »Aber alles zu seiner Zeit«, überlegte er, dann entschlief er vollends.

Insgesamt hatte er nun, wenngleich auch träumerisch, die Erfahrung gemacht, dass man nicht auf dem linken Auge blind sein darf, wenn jemand daneben seine Sitzordnung eingenommen hat und er wollte sich vornehmen, als Přemysl I. das wohlweislich zu beachten.

109

Am sechsten Jahrestag seiner Thronbesteigung wartete das gesamte Volk vor dem Fernsehen versammelt, Bier und Kekse und Kartoffelchips in Greifweite, die ganze Nation also, auf die Wegweisung des Königs, seine Ansprache, stand er doch über den Parteien, dem üblen Parteiengezänk, dem kranken Wirrwarr, den politischen Auseinandersetzungen.

Und im gleichen Moment erinnerte er sich dieses gestrigen träumerischen Nachtgedankens, denn unter den Herrschaften, die zu seiner Ehre aufmarschierten, bemerkte er so eine Kleine, die der Tochter des El Lider frappierend ähnlich sah. Er hätte das heute noch zu ermitteln. »Vieles«, ging ihm durch den Kopf, »und sogar velká hrůza belastet die Menschheit, warum soll man nicht auch den Schönheiten des Lebens zugeneigt sein?«

Er liebte die einfachen Leute, trotzdem sinnierte er auch mit einem Auge auf die Tochter des El Lider, die anwesend schien: »Y basta, porque sin el no valen para nada los demas titulos.« Oder: »Und das ist genug, denn ohne ihn sind andere Titel nichts wert.« Und das war die Lösung und er traf wieder einmal des Pudels Kern genau auf den Kopf.

Er hatte selber einen Fanfarenzug aufmarschieren lassen, etwas Bedřich Smetana, mit ›Tajemství‹ plus. Danach ›Das Geheimnis‹ und Antonín Leopold Dvořák mit seinem herrlichen Festmarsch op. 54, klar und dezidiert auf Fanfare umgeschrieben und aus der modernen kompositorischen Riege Exemplarisches mit Samba, Salsa und Blues, hoch spannend gesetzt.

Der König selber führte knapp aber lange genug ein in die zeitgenössischen Kompositionsmöglichkeiten. Separatistisch, dann auch wieder kontrastierend, wären jene seinerzeitigen Komponisten an diese musikalisch delikaten Sachen ran gegangen. So etwas oder dergleichen müsste erst einmal in Angriff genommen werden. Wenn überhaupt. Mit Impulsivität aber auch musikalischem Sinn und auditivem Langmut. Viel Homogenität und Klangraffinesse und ein super kompositorisches Klanggeflecht dränge sich auf, schlicht, jedoch überzeugend. Eben einsame Meisterklasse impulsiv wie dezent-filigran und alles feinste kommunikative Interaktion.

Dann gab es noch zwei Gedichte von einer Rezitatorin, Anna Fialova, Dozentin für Stimme und Gesang am Konsistorium hier in Prag, vorgetragen. Zunächst Schiller, ein deutscher Dichter mit ›Die Bürgschaft‹ und der König persönlich behielt sich vor, die erste der vielen Strophen selbstständig vorzutragen:

›Bürgschaft‹ – Text der Ballade

»Zu Dionys, dem Tyrannen, schlich
Damon, den Dolch im Gewande;
Ihn schlugen die Häscher in Bande.
›Was wolltest du mit dem Dolche, sprich!‹,
Entgegnet ihm finster der Wüterich.
›Die Stadt vom Tyrannen befreien!‹
›Das sollst du am Kreuze bereuen.‹«

Die folgenden Strophen trug die Fiala vor, geschickt, gekonnt, auf dergleichen spezialisiert.

Und den höchst anerkannten Jiří Kolář, den er ungemein wertschätze, stellte er vor mit einem Auszug aus seinem Drama: ›Diesseits Brot‹ oder auf Tschechisch ›Chléb náš vezdejší‹. Auch vorgetragen von der Fiala. Feine Frau, Stimme wie Butter zum einen und Donnerhall. Wenn notwendig.

110

Noch Jahre nach der Thronbesteigung unterhielten sich die Leute auf der Straße, auch im benachbarten Ausland. Der Herr Dr. Maximilian Irving, der in München eine gut gehende Internistische Praxis leitete, mit sieben Angestellten und noch vier jungen Doktoren, die seine Arbeit machten, also der Dr. Irving war im Gespräch mit Prof. Dr. Anastasia, Stacy, Brontzki, ebenfalls Ärztin, eigentlich eine Anastasia, Stacy, Meyer. Sie heiratete den Gatten kurz vor seinem Tod und lehrt nunmehr an der Universität sogar als eine allseits geliebte Dekanin der Medizinischen Fakultät und war geachtet und umworben.

Beide waren mit dem Ehepaar Premysl-Trenk bekannt, weniger befreundet, aber sie standen sich näher, als andere bekannte Paare einander nahe stehen.

Die Anastasia sagte, dass die Anke damals ihren Doktor gemacht hätte. Damals, sag ich und wofür? »Jetzt ist er der König von den Tschechen und sie hat umsonst studiert, für nichts und wieder nichts und sie hat ihm ja schon die vielen Cinocenter in der ganzen Republik geleitet und wer nämlich hat, dem wird immer mehr gegeben.« Was sie ungerecht empfände.

Anke hätte sich in den letzten Wochen vor der königlichen Besteigung wiederholt bei ihr ausgeweint, wegen Heimweh und den Nerven und diesen Tschechen, denen man nicht immer und überall über den Weg trauen könnte und dass die tschechischen Leute so wären wie überall. Und sie, die Stacy, sollte doch mal rumschauen in der Uni, wo es da kracht und stinkt und jeder Zweite unter Drogen steht und dem Suff ergeben ist.

Weder war die Andrea noch ihr Gesprächspartner Maximilian damals zur Krönung nach Prag geladen und man wäre da eben schnell vergessen, praktisch ein Nichts und standesgemäß wüsste man sein und jetzt hätten nur Grafen und Fürsten das Wort bei den Přemysl-Trenkschen oben in der Prager Burg und da hört man ja so manches. Aber die Anke bräuchte jetzt kein Privathaus mehr unterhalten. »Wenn sie unversehens wandern oder bergsteigen wollen, nur mit einigen Agenten an der Seite.«

»Heute braucht man doch keine Monarchen mehr an der Spitze einer Nation, die Leute machen das alles selber.« Maximilian gab ihr recht und seiner Meinung nach sollte man sich die Leute, die dazu Ehren kämen, doch mal genauer anschauen.

Gleichermaßen denke auch sie und sie, Stacy, hätte ja mit der Anke im Studium das eine und das andere verbrochen, lachte sie. Aber reden möchte sie heute nach zwei Dekaden nicht mehr, damals war sie jung und, o Schande. Aber der Anke würde das schaden, wegen der Makellosigkeit. Sie hätte jedoch nicht die geringste Absicht. Es käme dann zu Staatskalamitäten und sie, die Stacy, wäre schneller ihren Job los, als man einen König in der Moldau ersaufen lassen könnte.

Der Erste, dem die Anke damals die Daumenschrauben anlegte, ist heute ein Gerichtspräsidfent und wenn sie, die Staca, da nur ein Wort öffentlich an die Presse oder in die Arena brächte, welch ein Elend und auch ein Aufstand, sag ich dir.

Dann kam noch der irre Nuschler ins Café und setzte sich an den Tisch der beiden Ärzte und lamentierte über Schmerzen im Fuß und in den Hüften und wollte sozusagen eine Gratissprechstunde für sich und die Stacy pries Südtiroler Franzbranntwein und den könnte er auch saufen und der Maximilian empfahl eine enthaltsame Pause in jeder Hinsicht, denn ihm, dem Walther, schaue der Tod schon aus den Augen. »Deine Leber ist im Arsch, deine Nieren schaffen das Gift nicht mehr und in deinem Alter sollte man überlegen, den Führerschein beizeiten abzugeben, bevor du eine junge Frau zur Witwe und ihre sieben Kinder zu Waisen machst.«

Sein Privatleben ginge sie nichts an und sie, die Stacy, wäre ob ihrer Leidenschaft über die Fakultät hinaus berüchtigt und so nuschelte er und nuschelte immerfort und plötzlich meinte er: »Die Anke ist neben den Franz Friedrich nun auf dem tschechischen Thron gelandet, ohne irgendwelches Dazutun ihrerseits, ohne Charakter und Niveau und diskret war sie noch nie.« Und er könnte, wollte er nur, erzählen, nur noch erzählen.

Der Nuschler sagte dann noch, dass er jedoch vorm Herrn König einen Respekt hätte. Er würde ihn aus Zeiten kennen, da hätte der Franz Friedrich mit Geld einige Kundinnen von ihm total befriedet und er wäre auch gut dabei weg gekommen. Ein gewisser León hätte seinerzeit einige Hunde zerrissen und ihre Frauen arg zugerichtet. »Er hatte schon immer etwas Magisches an sich, der gute Franz Friedrich. Mit ihm konnte man ungeniert die dramatischsten Gespräche führen und er wusste überall seinen Senf abzugeben und der war nicht von schlechten Eltern. Ein Mann eben aus der Gosse, knorrig aber gradlinig und wenn es sein musste, diskret. Zwetschgenmus ist auch noch heute seine Leibspeise, er hat nur leider nicht studieren können, hat das Abi geschmissen. Aber aus den Versagern in Jugendjahren werden die Koryphäen, welche das Geschick der Welt leiten. Brauchst dich nur umschauen.«

Der Max und die Stacy erzählten dann auch noch von

einer studentischen Fete, wo es nach gesicherter und sorg-
fältigster Überlieferung scharf zuging und die Anke hätte
immer um ›Gottes willen, um Gottes willen‹ gefleht, sie
kam ja ebenso wie der Franz Friedrich von der Straße. »Alles
Straßenkinder, die heute vorn dran sind, Revoluzzerinnen
und Revoluzzer.«

Der Nuschler bekundete seine feste Absicht, den nächsten Urlaub im Osten zu einer Reise mit anschließendem
Besuch beim König Přemysl I. einzuplanen. »Er soll ja viel
im Wald sein, wie die Potentaten früherer Zeiten und Jahrhunderte, siehe doch die Habsburger, nur Jagd und Hunde
und Wald und Frauen.«

»Und dabei waren sie die europäischen Hauptunterdrü-
cker«, warf der Max dazwischen, »das steht ja in den Ge-
schichtsbüchern.« Aber die Maria Theresia hätte eine Unmenge offizielle Kinder geboren und wie viele sie nebenbei
noch hatte, weiß ja keiner. Ist ja alles geheim, bei Kaisers.«

Gemeinsames und leicht gemeines Lachen hielt an, bis
der Nuschler sie einlud. Denn für den Abend hätte er Gäste im ›Lamm‹ und die meisten von ihnen noch unbeweibt
oder wieder frei und er schaute der Stacy ins Gesicht. Als
Rechtsanwalt würde er jedes Jahr die prominentesten seiner Kunden einladen und sie besoffen machen und dann
mit einem Taxi heimschicken, gegen sechs Uhr am Morgen.
»Mein Geschäft trägt sich von selbst und jedes Jahr zwei,
drei Morde und einen Totschlag und eine saftige Scheidung
würden mir voll ausreichen.«

111

In diesen Minuten vor seinem Auftritt gedachte S. M. seines Auftrags, König zu sein, nämlich Premysl I. Dies war ihm nicht in die Wiege gelegt. Die Eltern mussten jeden Knopf sparen, um ihn überhaupt am Leben zu erhalten. Und nun stand er da vor dem tschechischen Volk als deren erster Repräsentant, als Vertreter von Moral, Anstand und Obrigkeit.

Gaudium et spes et caritas wollte er darbringen, seinen Dienst als Opfer auf dem Altar der tschechischen Geschichte, als Rauch- und Dankopfer anbieten.

Seinen Landeskindern mangelte es nicht nur an Einkommen. Vor allem fehlte das Geld für die Dinge des Alltags und das Subtile ihres Humors machte ihm noch immer zu schaffen, hätte er sich doch auch die eine oder andere höhere Ebene gepflegten Niveaus vorgestellt und doch schien diesem Volk nichts heilig zu sein.

Selbst während der schon verflossenen akademischen Debatten hatte es oft genug den Anschein, dass es nur eines kleinen Funkens bedurfte und die universitären Repräsentantinnen und Repräsentantinnen würden wie die Barbaren übereinander herzufallen. Sarkastisches, Albernes, das Fehlen niveauvoller und stimmungsvoller Heiterkeit waren an der Tagesordnung. Sinn für Höherwertiges, besoins de base de la civilisation, wie Anke regelmäßig in diesen Jahren feststellte: Fehlanzeige.

So redeten sie Ihn, die Majestät auf der Straße sehr individuell und persönlich an, mit einer unglaublichen Distanzferne, immer einen primitiven Scherz auf den feuchten Lippen, die Frauen gerne den Rock hochwerfend, die Männer mit gewissen Eindeutigkeiten um sich stoßend. Fernab mitteleuropäischer courtoisie, die Tschechen würden dafür zdvořilost sagen. Schon das Wort, welch ein sprachlicher Fehlgriff.

Vor ihm, dem König, würde Kärrnerarbeit liegen, Kampf gegen die Komplizenschaft, gegen Animosität wie Aversion zugleich.

112

Und er, S. M. König Franz Friedrich Přemysl-Trenk, Přemysl I., trat auf und legte los, ohne Fingerzeig, ohne Auftrumpfen, ganz der Monarch der Neuen Tschechischen Republik.

Er habe sich als Beobachtender verstanden diese Jahre des Kennenlernens, als einer, der sich durch die Monate und Jahre bewegt, ein Wanderer zwischen den Zeitläuften, dem Hier und Jetzt verpflichtet. Rundum frei zu werden für das Hier habe man sich zu befleißigen, um das Alte, das Abgetragene abzustreifen, sich aus den zivilisatorischen Engpässen heraus zu bewegen und obwohl als Randerscheinung einzuordnen, sich der Zukunft zu öffnen. Jeder habe seine Ziele, nicht unbegrenzt, nicht als Funktionierender, eingespannt in das große Soll und Haben. Aufrechter Gang im Vorbild, nicht dekadenter Heide sein, nicht kleiner Mann wohin, sondern sich entwickeln, konzeptionelles Vorwärtsdrängen und wenn es ein müsste, über die Grenzen hinaus. So gelte es Zusammenhänge herzustellen, wie auch eleusinische Beziehungen aufzubauen, Raum zu schaffen, ohne die Monotonie des Alltags hintan zu stellen.

Die Welt wäre komplex, die Zusammenhänge unübersichtlich, das Meditative wiege schwerer und das würde er gerne zugeben. »Und: Die Geschichte wird von Siegern geschrieben.«

Die Parlamentsmitglieder und andere hohe Herrschaften aus allen Lebensbereichen der Nation zollten da in ihrem polstrigen Gestühl lungernd und lauschend bereits ersten Applaus.

»Wir sind Pilger durch die Äonen der Schöpfungsgeschichte. Verantwortung zu tragen ist unsere Verpflichtung. Trost zu bringen, unser Wollen. Sich dem Wunderbaren anheim zu geben, unser Ziel.«

Dass er das Glück seines Volkes als das Nonplusultra seiner Regentschaft betrachte, verstünde sich von selbst und er zitierte den deutschen Großmeister Johann Wolfgang von Goethe: »Geborgenheit ist ein stärkeres Wort für Glück.«

Eminenter Beifall und die raunenden Fragen: »Wer hat ihm das geschrieben.«

Als hätte er diese Frage geahnt, fügte er an, dass das alles von ihm selber stamme. »Liebes tschechisches Volk, verwerft die Traurigkeit, verdingt euch nicht dem Trübsinn, lasst ab von Kummer und Gram. Vielmehr: Werft euch auf den schwarzen Humor.«

Er hob den Becher, neigte sich dem Volk zu, wohlwissend, dass sie durch die Freudlosigkeit des Daseins hindurch gezogen werden mussten, auf ihn, seine diesjährigen Worte, wohl gewartet hatten. Er trank gemessen einen Schluck tschechischen Bieres, wischte sich den Schaum vom Mund, zog seinen braunen Kunststoffkamm aus der linken hinteren Gesäßtasche, glättet damit das Haar. »Kindermund spricht die Wahrheit. Hört auf das, was Kinder euch zu sagen haben, bevor es zu spät ist.«

Er stellte dann zwischen den in die Zuhörerschaft gestreuten Passagen freundlich die Frage, wie es denn daheim und persönlich so gehe und er beantwortete seine Einlassung gerne und umgehend selber mit dem ihm eigenen Sinnspruch: »Wohlstandsdenken geht nicht konform mit Glück und auch und vor allem der zu kurz Gekommene hat eine Würde. Und es kommt auf den individuellen Blickwinkel an.«

Er riet den Tschechen und den Tschechinnen, abschweifend vom Konzept, sich von ihrem Arzt von Kopf bis Fuß untersuchen zu lassen. Seine Erfahrungen unter anderem in Venezuela und auf Hawaii hätten ihn gelehrt, dass das Wahlverhalten, die Einstellung zum gesellschaftlichen Gesamtmechanismus sowie das allgemeine Familienschicksal signifikant mit einer gewissen Stimmungsaufhellung zusammenhingen. »Deswegen und hier will ich der böhmischen Ärzteschaft nicht ins Schälchen spucken, ist Bier, der edle Gerstensaft, dem russischen Wodka vorzuziehen.«

»Und bitte: Antidepressiva sind die Arzneien der Deutschen. Die Tschechen sollten bei ihren Einkaufstouren ins Deutsche hinüber auf ihre Geldbörsen, ihre Handys, ihre Papiertaschentücher aufpassen. »Der Deutsche braucht alles und er nimmt alles.«

Das wussten die tschechischen Menschen natürlich, priesen jedoch des Königs Weisheit. Der Funktionsmodus von Bier wäre bis heute nicht bekannt, so Majestät, aber das wäre nicht die Frage. »Es zeigt seine Wirkung«, so Majestät. »Aber alles mit Maß und Ziel.«

113

Dann wandte König Franz Friedrich Přemysl-Trenk I. sich konkret an die Delegierten aus Politik und Justiz und der Polizei, auch an die Kämpfer in der Drogenpolizei und geheimen Undercover-Fahnderinnen und Spezialagenten. Er lobte sie in höchsten majestätischen Tönen in Dankbarkeit für ihren weltlichen Einsatz und dass ihr unspektakulärer Dienst seinen Respekt verdiente.

Er fahre oft genug und das naturgemäß inkognito durch die Straßen der Stadt. Und die Avenues und Boulevards und die großartigen Radwege und oftmals doch recht verschmutzten Nebenstraßen dieser heiligen und derzeit wieder königlichen Prager Stadt wären doch symptomatisch für den Zustand anderer Straßen im ganzen Land und das landauf, landab.

Es wäre schon gar nicht das Seine, städtische Versäumnisse öffentlich zu monieren. Der 8. Bezirk und da wiederum gerade die dortige Moldaukehre lägen ihm jedoch allemal am Herzen. »Schaut euch doch die morschen Eichen in der Ulice Palmovka näher an. Sicher, das eine oder andere wurde konkretisiert, d.h. revitalisiert. Aber wenn das Eichhörnchen und der Fischotter oder der Biber vernachlässigt werden, können wir auch die schöne Palmovka glatt vergessen.« Und dass vonseiten des tschechischen Denkmalschutzes Gewitter aufzieht, wenn du da mal hinlangen willst, lehne er rundweg ab. »Na, was sage ich.«

Er fügte mit Blick auf den neben ihm sitzenden Herrn Kardinal hinzu, dass wir alle unter dem Unermesslichen lebten, trotz allem jedoch die chthonischen Instanzen, deren Rechte und Pflichten, nicht unterschätzen dürften. Irdisch leben, meine den Mitmenschen wertschätzen dürfen und die Würde des Einzelnen wie des Individuums wäre das Maß oder um es anders zu formulieren: »Ist der Kübel leer, kannst du daraus kein Wasser schöpfen.«

Und der Herr Kardinal nickte schweren Hauptes und flüsterte bei eingeschaltetem Mikron, dass man die chaotischen Burschen und die gewissen und verehrlichen Damen da vorne auf den Sitzplätzen erst mal so richtig hautnah miterleben muss, um ihre Dummheit eben auch ebenso hautnah zu verspüren. Pfiffe. Despektierliche Diskussion. Typisch, der Herr Kardinal oder auch nur der Kardinal und ein Lästermaul, der Hohe Herr.

Přemysl I. erbat Ruhe: »Verdammt.« Und an diese Leute in den ersten Reihen gewandt, setzt er hinzu: »Deswegen kann es nicht um die pausenlose Verteilung von unrecht erworbenem Gut gehen, sondern und hier will ich die Rechtsphilosophie bemühen: ›Unrecht Gut tut selten gut, gedeihet nicht.‹ Und die Wahrheit, vergesst mir die Wahrheit nicht.«

Er selber sei ein sparsamer Mensch, vertrage aber zu Mittag einen guten Schweinebraten und er habe da auch kein schlechtes Gewissen, denn er habe dafür bezahlt und das kann doch nicht jeder hier im fürstlichen Raume von sich sagen. »Nicht das Recht strapazieren, nein. Dem Recht zu seinem Recht verhelfen, muss unsere Devise sein.«

Schütteres Klatschen, verhaltenes Gähnen, Schnäuzen in berühmte böhmische Taschentücher.

»Wir leben in einer Ära des gesellschaftlichen Umbruchs«, wiederholt Přemysl I., »einer Epoche des sozialen Wandels. Auf die eine oder den anderen von uns lauern schwere Zeiten, Krankheit und Unfall, Gefahren zudem und aller Art so sie sind, Verlust der Rente, eines Beines. Nirgends ist man sicher. Aber vor dem Recht sind wir alle gleich.«

Solche klärenden Worte waren schon lange erwartet worden, jedoch waren die Vorgänger, Republikaner, unfähig gewesen.

114

Den Schulen legte er das Jahr 1634 ans Herz, das Wallensteinjahr. Künftig sollten alle Bediensteten an allen Schulen, Hochschulen, Handelsschulen, Berufsschulen, Berufsoberschulen und Universitäten, auch Privatschulen, die sogenannten ›34-Zahlen‹, lebendige Zeitzeugen, abhören. Beginnend von 1634, dem Jahr der Vernichtung, über 1734, dem Jahr des Sattlermeisters, hinein nach 1834, jenem Jahr des Angriffs der Österreicher und auch das schöne 1934er Jahr, das Jahr des großen Zinnobers, sollten die Kinder in seinen gewöhnlichen und feierlichen Tagen erkennen.

»Wer weiß, was es für das 2034er Jahr Neues zu bedenken gilt? Wer weiß das? Oder untersteht sich jemand ins prophetische Fach einzusteigen?«, fragte er ins Volk hinein. So hätte man am 1. Mai eines jeden Jahres künftighin den ›34er Tag‹ zu begehen.

Und daran zu erinnern, schob er in einem nachgereichten Interview in der Prawda nach, wäre nötig, denn das Perpendikel schlage gnadenlos und die Krise in den abendländischen Gefilden würde das Neue Tschechien erreichen und dann kämen die Details ans Tageslicht.

Herzblut wäre nunmehr von der großen Nation gefordert und es würden die Knallbunten und jene in den grellen

Masken durch die Straßen der Metropole ziehen in einzigartigen Ensembles zusammengerottet und verkleidet wie die Kobolde in Přemysl Vaclav Richardus Wagners ›Götterdämmerung‹. Auch ein Tscheche, dieser Přemysl Vaclav Richardus Wagners, von ihm, dem König geehrt und geachtet. Gar ein Pflüger?

115

Nicht ohne gewissen Stolz verwies der König Přemysl I. gegen Ende seiner Ausführungen auf das ihm eigene musikalische Genre. »Nennen wir es einfach Feature«, erklärte er, in dem er gemeinsam mit dem Prager Fernsehen böhmische Klänge, von ihm persönlich baritonal untermalt, böhmische und deutsche Bardenmusik hier heroben im Fürstenzimmer aufgenommen hätte. Und gleich im Anschluss an seine Rede, könnten alle Tschechinnen und Tschechen sich diesem musikalischen Genuss hingeben, auf sehr unprätentiöse Weise natürlich. »Performance in Reinkultur. Gestatten?«

Freude zog da durchs Land, machte auch nicht vor den einsamen Bergdörfern im Riesengebirge Halt, wo doch schon Rübezahl sein Unwesen mit spielenden Kindern und alten Müttern und Leuten in Postkutschen getrieben hatte.

Er, der Přemyslide, trat also zu dieser schönen, abendlichen Stunde wiederum menschlich sehr überzeugend auf und verwies noch auf einige persönliche Zeilen, die er in seinem Leben geschrieben hatte. Scheinbar befriedigten gerade eben jene individuellen Enthüllungen das Volk, die gesamte modern ausgerichtete und auf der Höhe der Zeit agierende Nation exorbitant und schlugen nicht allzu sehr aufs Gemüt.

»Authentisch ist der Herr Majestät«, hieß es noch zu später Stunde in den Lokalen und Bars und ein humoriger Mann wäre er, der alte Přemyslide und er mache seinen Vorfahren Ehre. Und Krieg würde er keinen zulassen und das Land wäre kein Schlachthaus, sondern ein Friedensland, země míru eben und das könnte einen doch nachdenklich stimmen, wären doch die Zeiten schrecklich und in Mähren und Böhmen würden die Leute und Studenten auf den Straßen Hetz- und Hassparolen schreien und schämen müsste man sich vor den übrigen europäischen Landsleuten.

Auch der unvergessene Spitzensaxophonist mit tschechischem Wurzelstock, Vaclav Strosny, kam in den Plaudereien der Majestät mit einer musikalischen Ballade in allseits gefällige Erinnerung, jener Große des Volkes mit absoluter und landläufiger böhmischer Strahlkraft, draußen auf dem Lande, im Irgendwo beigesetzt, seinen Ahnen nahe.

»Ein Spitzensaxophonist, der Gute und mein ehemaligen První generál und man wird sich seiner erinnern. Und anlässlich des Todestages der geliebten, großen und mütterlichen Herrscherin Anke I., ihres schrecklichen historischen Fenstersturzes, des zweiten Fenstersturz der Tschechischen Geschichte, darf auch sein Sturz in den Annalen nicht unerwähnt bleiben.«

Přemysl I. munterte die Nation auf und wer noch stehen konnte, erhob sich und man lachte und drehte sich im tänzerischen Kreise und sang und schlug einander auf die jeweiligen Schenkel, dass es zackig pritschte und die böhmische Freude überwältigte den einen oder die andere.

Und Přemysl I., beabsichtigte, vor dem nächtlichen Zubettgehen, dieses vermaledeiten Fenstersturzes nochmals zu gedenken, ihm kurz nachzugehen, ihn zu eruieren.

116

»Warum merkt sich ein anständiger Tscheche das Jahr
1634?«, fragt der Lehrer jeweils am 1. Mai eines jeden
›Přemysl I.-Jahres‹ in der Schule. »Weil die Habsburger in
Cheb unseren Wenzel Eusebius Waldstein einen Spieß in
den Bauch gestoßen haben. Und deswegen hassen wir die
Österreicher in alle Ewigkeit. Und wir werden es ihnen
heimzahlen.« Dann steckten die Kinder den Daumen und
den Zeigefinger in ihr ungewaschenes Maul und pfiffen, was
das Zeug hielt.

»Warum merkt sich ein anständiger Tscheche das Jahr
1734?«, fragte der Lehrer jeweils am 1. Mai eines jeden
›Přemysl I.-Jahres‹ in der Schule. »Weil im Jahre 1734 in
Horní Stropnice der Sattlermeister Peter Czech aus dem
Leder einer österreichischen Kuh aus Sandl drüberhalb der
Grenze einen ledernen Sattel genäht hat. Den hat er dem
Großbauern Martin Abraham Kramář, auch aus Horní
Stropnice stammend, geschenkt und der hat ihm dafür sei-
ne kleinste Tochter und hundert Gulden vermacht und die
Tochter, eine gewisse Lida, hat einen kurzen und einen lan-
gen Fuß gehabt.

Und deswegen hassen wir die Österreicher in alle Ewigkeit. Und wir werden es ihnen heimzahlen.« Dann steckten
die Kinder den Daumen und den Zeigefinger in ihr ungewaschenes Maul und pfiffen, was das Zeug hielt.

»Warum merkt sich ein anständiger Tscheche das Jahr **1834**?«, fragte der Lehrer jeweils am 1. Mai eines jeden ›Přemysl I.-Jahres‹ in der Schule. »Im Jahre 1834 hat in Prag der Dieb und Strolch Václav Luboš Sedláček einen österreichischen Viehhandlerer namens Georg Liebenau eine drübergezogen und danach haben die Freunde vom Václav Luboš Sedláček in der Altstadt noch ein Haus und dann noch eins angezündet. Und daraus sollte man lernen, dass man mit Feuer vorsichtig umgehen muss.

Und deswegen hassen wir die Österreicher in alle Ewigkeit. Und wir werden es ihnen heimzuzahlen.«

Dann steckten die Kinder den Daumen und den Zeigefinger in ihr ungewaschenes Maul und pfiffen, was das Zeug hielt.

»Warum merkt sich ein anständiger Tscheche das Jahr **1934**?«, fragte der Lehrer jeweils am 1. Mai eines jeden ›Přemysl I.-Jahres‹ in der Schule. »Weil der große Präsident Masaryk 1935 zurückgetreten ist und der ganze Zinnober dann anfing.

Und deswegen hassen wir die Österreicher in alle Ewigkeit. Und wir werden es ihnen heimzahlen.« Dann steckten die Kinder den Daumen und den Zeigefinger in ihr ungewaschenes Maul und pfiffen, was das Zeug hielt.

»Warum merkt sich ein anständiger Tscheche das Jahr **2034**?«, fragte der Lehrer in der Schule. »Das wird sich zeigen. Und deswegen hassen wir die Österreicher in alle Ewigkeit. Und unsere Majestät König Přemys I. wird es ihnen heimzahlen.« Dann steckten die Kinder den Daumen und den Zeigefinger in ihr ungewaschenes Maul und pfiffen, was das Zeug hielt.

117

Der Wahrheit wollten nun viele Tschechinnen und Tschechen die Ehre geben und der Kaplan von Bonifaz sagte zu seiner Haushälterin, einer gewissen Jana, dass sie von nun an beide der Wahrheit verpflichtet wären und so könne es ja doch nicht weitergehen.

»An mir soll es nicht liegen«, sagte die Jana und wenn eine sich unverstanden fühlen müsste, dann doch sie und eine konkrete Lösung wäre nicht in Sicht und das ganze Haus gehört ausgemistet und wer striegelt das Pferd, wenn der Herr Geistliche vom Ausritt zurückkommt? »Ich doch. Ich. Und da redest du von Wahrheit und dabei ist die Wahrheit eine Institution und facettenreich und du solltest selber an dir arbeiten und auf diese Wahrheit achtgeben.« Und sie würde heute zuerst ins Bad steigen.

In Hilowice an der polnischen Grenze stritten der Bauhilfsarbeiter Janus Koretzky und sein Vorarbeiter Petr Hachinsky und das auch über die Wahrheit, welche ja auch eine finanzielle Komponente aufweist. Und er, der Vorarbeiter Petr Hachinsky, hätte ihn betrogen, wie weiland die Pharisäer den Judas und das um nichts und wieder nichts. Er bekäme, sagte der Bauhilfsarbeiter Janus Koretzky für die Einmeterundvierzig mal sechzig eben einen ganzen Haufen Kronen mehr, als der Petr Hachinsky da so rübergeworfen hätte und der Petr Hachinsky verweigerte weitere Zahlungen, denn er hätte die Grube mit Einenmeterundvierzehn mal sechzig von einem Ende zum anderen bestellt und das wäre die Wahrheit. Und der Bauhilfsarbeiter Janus Koretzky haute dem Petr Hachinsky dann die Schaufel über den Kopf und sagte, dass das die Wahrheit wäre und er könnte ihn kreuzweise.

Und im Finanzministerium wirtschaftete der Ökologiedirektor Dr. Jan Wladimir Heltizky schon jahrelang vor sich hin, rechtschaffen und stets übermüdet. Er hatte doch einen redlichen und rechtschaffenen Bezug aufgebaut zu seiner Sekretärin Nina und die erleichterte ihn regelmäßig um ein paar Scheine, die sie aus dem Geldtascherl, das er in seiner rechten Hosentasche untergebracht hatte, herauszog, wenn er, der Herr Doktor schon schlief. Und er kam ihr drauf und sagte ihr die Wahrheit ins Gesicht. Und sie kriegte eine ungestüme Wut, weil er ihr diese echte Wahrheit so ins Gesicht schleuderte und dann griff sie wieder zu. Aber diesmal angelte sie sich seinen Ausweis aus dem Geldtascherl und ohne Ausweis wäre er, der Herr Doktor, dieser Schaumschläger, ihres Erachtens, ein Nichts.

Nun stammte die Nina, und das hatte seine geregelte Bedeutung, aus schwachem Hause mit einem Vater, der ein verwegener Prager Strolch war und einer Mutter, die zu Geld kam. Und die Nina hatte verteufelt gute Freunde in der gaunerischen Szene in Prag wie im Umland.

Diese Herren Gauner hatten einen Bruch unten im Graben beim Juwelier Georg Kartzky geplant und die schöne Nina würde den Anführer, den sie da hatten in der Bande, ersuchen, gegen Entgelt oder so was, dass er den Ausweis es Herrn Doktor am Tatort platzierte. Und der Anführer, ein gewisser Lubomir, erledigte das für die Nina, die diebische und somit war sie also ein ausgemachtes Luder.

Und der Gesetzeshüter fand den Ausweis am Bruchtatort und der Staatsanwalt vernahm den Herrn Doktor und der erzählte brühwarm und voller Wahrheitsliebe die Intimgeschichten. Da reagierte der Herr Staatsanwalt fulminant und auch recht intern und meinte, er würde dieses Fräulein Nina beschatten und belichten lassen und sage und schreibe nach vier Woche schnappte die Falle zu und der Wahrheit wurde Genüge getan. Die Nina, beschattet und belichtet, stellte wieder Kontakte her, diesmal zu einem untergeordneten Glied der Clique. Und schon hat's gebimmelt und sie saßen ihre drei Jahre ab.

Zur Wahrheit gehört jedoch auch jene abgeklärte volkstümliche Weisheit, dass alte Liebe nicht rostet und der Herr Ökologiedirektor Dr. Jan Wladimir Heltizky ließ dem schönen Fräulein Nina Wazikova, welche doch eine gewisse Zeit sein Leben bereicherte, an jedem ersten Samstag im Moment den von ihr hoch geschätzten Mohnstrudel mit Zwetschgenmus vom Konditor Palitzca in das Damengefängnis zusenden. Man weiß nie was die Zukunft bringt und übers Knie brechen dürfe man, schon wegen der Gerechtigkeit und der Wahrheit, nichts.

Es käme eben alles ans helle Licht der Wahrheit, sagte schon der König und der Dr. Jan Wladimir Heltizky verehrte seitdem seine Majestät in jeder Schieflage und trug als Monarchist zum vermehrenden Bestand des königlichen Imperiums weiterhin bei und er ließ auf die Majestät nichts kommen. Und Majestät wäre glücklich gewesen über dergleichen heldenhafte Taten und eine Wahrheitsliebe, die er den Tschechen nie und nimmer zutraute, weil sie für ihn eine Volksgemeinschaft blieben, die nur auseinander brechen kann. Was sonst.

118

Anke, die Kulturschaffende hier auf der Prager Burg und lange ist's her, mahnte ihren König: »Es braucht der Visionen viele.« Franz Friedrich wurde da sofort hellhörig. Beide bedurften der mittäglichen Siesta, wie sie so gerne erwähnte, eingedenk ihrer venezolanischen Beziehungen und da wollte auch der König sein Nickerchen in die Schale werfen. Sie jedoch schränkte sich in ihren Worten nicht ein und reflektierte ständig auf ihre Visionen. Kenne er denn den Broadway oder die Opera? Nichts dergleichen und es durften immer nur diese amerikanischen Superhelden sein, Portraits aus dieser je anderen Welt. Sie fügte hinzu, dass sie sich dermaßen in einer novellierten Welt fühlte, dass da nichts mehr dazwischen kommen dürfte. Und schließlich müsste sie sich täglich mit diesen ordinären Prager Spannungsverhältnissen und den Vernissagen und den Kunstprozessen wie auch den kaum einleuchtenden und nicht mehr zu bewältigenden lyrischen und prosaischen Abszessen abtun. »Abend für Abend die gleiche Unsitte.« Und jeder wäre sich da selbst der Nächste. Sie möchte in aller Stille ihr Leben beenden, spürte sie doch, dass sie den traditionellen Gepflogenheiten přemyslidischen Ablebens nicht entkäme und sie wäre gespannt wie ein Regenschirm.

Ob er sie jemals vernachlässigt hätte, war seine rigide Frage. Und sie könnte sich doch ob seiner spätbarocken Leidenschaften nicht beschweren. Das Volk wisse davon und er befeuere dieses, sein Volk, sich einzubringen und hätte ihm zu früheren Zeit irgendjemand gesagt, er brächte es zu solchen Ehren, er hätte ihn glattweg verachtet. Ihm ginge es um das Setzen von Standards und da bräuchte man Verstand. Denn Arrangements einbringen oder auch nicht, das wäre eben der Schlagobers auf dem Kaffee. Am Lebensende frage man nicht nach individuellen Intentionen, da zähle nur, was man eingebracht hätte. Die Liebe zur Heimat zuvörderst, wie die musikalische Improvisation, wie synthetische Dialogformen, wenn er nur das Zusammenspiel von Strosnyscher Saxophonie wie seiner, der Majestät Gitarrenkunst bedenke.

Anke widersprach heftig: »Es geht alles den Bach runter, ritschiti, ratschi«, sagte Anke, »schau dich doch um.« Und man könnte den Glauben verlieren und alle Hoffnung fahren lassen. Und er lachte. Das wäre wieder einer ihrer geistlichen Höhepunkte und dergleichen bräuchte sie, dachte er sich.

So gab wieder ein Wort das andere und er fragte, ob sie sich noch ihrer gemeinsamen jungen Anfangs- und Ehejahre erinnere, und sie heulte und er sagte ihr, dass er manchmal zweifle, die richtiger Wahl getroffen zu haben. Und sie drohte. Und er winkte ab.

»Jeder Anfang beschwört die schwarze Kunst, macht satanische Teufelskunst jedoch verächtlich, präjudiziert Hexenwerk, wie Goethe doch so trefflich sagt.« Und auf sich bezogen merkte er an: »Es bildet ein Talent sich in der Stille, sich ein Charakter im Strom der Welt.«

»Sprüche. Nichts als Sprüche. Auch von dem Goethe da?«, fragte die Anke und Winston von Windsor knurrte leise. »Ja«, bestätigte der Přemyslide, »und nun sollen seine Geister auch nach meinem Willen leben. Ha.«

»Und das hat er auch gesagt, der Herr Goethe?«

»In seinem ›Zauberlehrling‹ lässt er die Worte und die Gedanken tanzen und das ganz nach meinem Geschmack. Und in Prag beweise ich wahrhaft Goethe'sche Geistesstärke. Da lasse ich mir doch nichts nachsagen, Anke. Und horche seinen, Johann Wolfgang von Goethes, Worten nach: ›Hat der alte Hexenmeister sich doch einmal wegbegeben! Und nun sollen seine Geister auch nach meinem Willen leben. Seine Wort' und Werke merkt ich und den Brauch. Und mit Geistesstärke tu' ich Wunder auch.‹ Der große Dichter und Denker wusste, was mir, uns, bevorstehen mag. Und da lasse ich mir nicht in die Karten schauen.«

Winston of Windsor-Kent, bereits im adeligen Prag so richtig angekommen und aufgetaut, die eine oder andere abgelegene Hütte besucht, wusste, dass da im Laufe der angeregten Abenddebatte noch einiges auf ihn zukommen möchte und schon ergriff Anke das Wort: »Und nun komm, du alter Besen! Nimm die schlechten Lumpenhüllen! Bist schon lange Knecht gewesen. Nun erfülle meinen Willen!«

Er, der Přemyslide wusste genau, worauf sie abzielte, hinauswollte. Und mit weiblichem Überschwang schwenkte sie die poetische Keule weiter: »In die Ecke, Besen! Besen! Seid's gewesen. Denn als Geister ruft euch nur, zu seinem Zwecke erst hervor der alte Meister.«

»Na, sag ich's doch«, nickte der Přemyslide, »sag ich's doch.«

Winston of Windsor war's dann auch zufrieden. Sein Wahlspruch lautete von jeher, frei nach der großen Franzosen

Attitüde: »Paix, Justice, Travail« und er dolmetschte für sich ins Britisch/Englische frei mit ›Friede, Gerechtigkeit, Arbeit‹, das zeichnete den Mann aus.«

Er wusste, er hatte sich seinen Knochen verdient und würde selig schlummern. Bevor er entschlief zitierte er den Schatzgräber, den er auch von Anke gelernt hatte: »Arm am Beutel, krank am Herzen, schleppt' ich meine langen Tage. Armut ist die größte Plage, Reichtum ist das höchste Gut! Und zu enden meine Schmerzen, ging ich, einen Schatz zu graben. Meine Seele sollst du haben! Schrieb ich hin mit eignem Blut.« Und Winston of Windsor-Kent dachte immer und immer wieder bis ihm die Augen zufielen an diesen herrlichen Knochen vom Metzger Holfitsch.

119

S. M. regierte und das Volk war glücklich und die Halme sprossen auf dem Feld, die Kartoffeln streckten ihre Triebe, die Vögel nisteten und legten ihre Eier und der Pfarrer von Libsch, erzählte man sich, wäre zum Osterfest dritten Male ein Vater geworden.

Der Rest des Triumvirates? Eigentlich ging es ihnen zu gut. Übermut tut selten gut und Gedankenlosigkeit ist die Mutter der Nachlässigkeit und daraus folgt Leichtsinn. Nun, unser Freund Winston, Ankes und des Přemysliden Gefährte achtete der Gefahr wenig, ging aufs Eis der Moldau nördlich der großen und mächtigen Karlsbrücke, rutschte vehement, jubelte, ob der Freude, die er empfand. Dann glitt er ins Wasser und verschwand mir nichts dir nichts unter der mächtigen und ach so dicken Scholle blaublanken Eises.

Und Frau Anke, Herrscherin ohnegleichen, eben wie eine jener großen edlen Frauen in alten Zeiten, gleichend in vehementer Erhabenheit der edlen Libussa, mächtige Frau des großen Přemysl, liebte das Leben auf der herrlichen Burg, droben auf dem grünen Hügel.

Das herrlich gelegene Hradčany erstreckt sich rund um die eindrucksvolle Prager Burg und bietet einen herrlichen Blick auf die Stadt und bot ihr täglich die Möglichkeit zu einem Spaziergang mit Dienerinnen und Dienern, Freunden und Gefährten, diesen und jenen.

Sie liebte den Duft tausender Wässerchen, in den fürstlichen Salons, differierende paululum aquae die den herrlichen Flakons entströmten. Der Flakon von Chiffre Femme ist pure und strahlende Fraulichkeit, voller Sinnlichkeit und Wirkkraft. Der magischen Kraft ihrer Weiblichkeit war sie sich bewusst. Ein Odeur für die Herrscherin ward kreiert.

Sie liebte die perfekte Note der mediteran-würzigen Sinnlichkeit, jene der atlantisch-azorischen Wildheit, der nordafrikanisch- geheimnisvollen Grandezza oder auch das Absolute der ukrainisch-vehementen Sinnlichkeit. War es die verführerische Raffinesse dieser und auch jenes liquides der Damen mit ihren Mysterien und Rätseln? Chloé Nomade oder Chloé Love oder Chloé Divoký český? Geheimnis um Geheimnis.

Das feudal-deutliche Výzbroj, gemeinhin als Outfit oder im grandiosen Bosnien gar als Odijelo unter die Frauen und die Damen gebracht, regten sie mächtig an. Wo greift man zu, wenn das Bitter-Orange oder das Creme-Lemon oder das Kali-Ananas warten?

Welch facettenreiches, weibliches Dasein. Welch ein

Entzücken und welch eine ständig immer mehr aktivierte Leidenschaft und gesteigerte Emotion, die das schlichte Begreifen weit überspannt.

Dann greift das Schicksal plötzlich ungefragt an, wie bei Winston, dem Herrscherlichen.

Dem Tanze nicht abhold, auch heftig trunken, fiel sie geradewegs aus dem Fenster oben im Fürstenzimmer und wie weiland die beiden Habsburger seinerzeit am 23. Mai 1618 mitten in dem Misthaufen stak sie. Und, welch ein Schicksalstag, ein böses Omen. Der Tag jährte sich zum vierhundertundfünfzigsten Male.

Sie zerbrach einige Knochen und Gelenke, riss verschiedene Sehnen und Häute und verbrachte ein gutes halbes Jahr im Prager Universitätsspital, versorgt und gepflegt von ärztlichem Mann und sanitärer Frau.

Und Schuld trüge er, der Přemyslide, an ihrem Leid. Jedes Frühjahr neu hatte sie ihn angespornt, endlich ein familiäres Jahresprogramm zu fixieren mit wandern, den Altvater besteigen, die Sumava durchkreuzen, im Oktober dem böhmischen Pilz auf die Spur kommen, der tschechischen Rotkappe und dem westlich orientierten Steinpilz. Oder gerne und ihretwegen eine Kur in Karlsbad, ein kleiner Besuch in Rom, Heiliger Vater und Heilige Treppe. Aber er hätte nie gespurt und nun liege sie da in ihren nassen Windeln und gedenke ihres Leids.

Dann empfing der Přemyslide seine Gattin aufs Neue in der Burg am Hohen Berg. Unbenutzt, jedoch relativ extrahiert, war sie ihm neu geschenkt.

Die Herrscherin hatte nun den Sinn für das königliche Leben verloren, fraß bei Tisch wie seinerzeit Thomas der

Aquinate, der doch damals schon den lieben Gott nachwies, dass er existierte oder gar der gute Adalbert Stifter, dem man ja mehrere Gänsebrüste beim Mahle auftrug, mit rotem Weinkraut, einigen Taubenvögelchen, Salaten und Mengen von Wein.

So erstickte sie nicht etwa an einem Knöchelchen irgendeiner fliegenden Henne. Nein, sie würgte das fette Fleisch eines saftigen Schweinebratens durch den Schlund und dann ging eben nichts mehr. Sie zappelte, verdrehte die Augen, stöhnte noch zweimal, nicht öfter und schon war sie hin.

»Unfall ist schicklicher«, rief der Přemyslide und trug die geliebte, jedoch bereits verblichene Anke, seine Königin der přemyslidischen Macht wie seines Herzens ans Fenster des Fürstenzimmers und warf sie diese elenden siebzehn Meter ein endgültiges Mal nun in die Tiefe. Und im königlichen Bulletin fand sich der gründige Satz, sie, die Gebieterin, hätte sich vom Gebete erhoben, Wallenstein zitiert und wäre durch das Fenster gestürzt, königlich verunfallt. Eine große Herrscherin eben.

»Alles wanket, wo der Glaube fehlt«, soll sie aus Friedrich Schillers ›Wallensteins Tod‹ zitiert haben, eine große, eine gläubige und herrliche Frau und Landesmutter auch im Tode. Damit will man es bewenden lassen.

120

Die Tage, Wochen, nach der wunderbaren Beisetzung seiner Königin, seiner Anke, vielsprachig, die sie gewesen war und umfassend kompetent im Umgang mit Menschen wie dem Fiskalischen, schaute er oft genug, wie er meinte, jedoch immer wieder neu verzaubert, hinab auf das verwilderte Gros schmutziger Bruchsteine, auf denen seine Anke vor einem guten halben Jahr landete. Oder waren es schon wieder Jahre? Die Zeit raste dahin.

Wenn er etwas nicht mochte, eventuell verabscheute, wenn nicht gar von Herzen hasste, dann eben diese Brocken aus Beton, siebzehn, achtzehn Meter unterhalb des Ausstiegs hier aus dem fürstlichen Raum. Ein wüster Haufen von rumpligem und sprödem Schotter, Geröll, Trümmer für Ewigkeiten gemacht und hier liegen gelassen. Warum? Das wusste niemand. Dann fand sich keine zehn Meter weiter ins nördliche Terrain gelagert, aber fast Seit an Seit mit dem unappetitlichen Gestein, unterhalb der Burgfenster ein ekelerregender, riesiger Behälter. Grau, dem Rost hingegeben, bewegungslos, als gehörte ihm und niemand sonst diese Welt hier oben auf dem heiligen Hradschin. Der Gestank, den dieser Kessel abließ, die er, der Přemyslide, seit nunmehr mehrjähriger přemyslidischer Herrschaft einatmen musste, hatte es in sich: Ranziges Öl, Paraffin vom Schlechtesten, irgendwie bestialisch und nach Ratten und anderem Geschweiß riechend, ein übler Rest aus der kommunistischen Vergangenheit.

Schmiere hätte der auch noch intus, der Kübel sagte die Kammerzofe seiner verstorbenen Frau, eine gewisse Katinka, russisches Fräulein irgendwie, braunes Haar, duftend nach den edlen Wässerchen seiner Anke, eigentlich wohnhaft nahe Kiew oder der tristen Umgebung dort hinten vor dem Ural, Heimat, von der sie schwärmte und sie můj drahý a dobrý domov nannte, nach der sie sich sehne.

»Sie hat auch ihre Gefühle«, dachte Přemysl I., Herrscher

der Neuen Tschechischen Zeit.

Andererseits gab er immer wieder sein korrektes Lob aus für diese prächtige Ansammlung von Kastanien, Buchen, festem Ahorn, sogar Zirbeln dazwischen, die auf der nördlichen Seite wuchsen, wo er zur Abtei, dem wunderbaren klösterlichen Stift Břevnov, lustwandelte. In seinen Augen ein Kloster der absoluten Spitzenklasse, altes Format eben, Kalk, trocken wie Zunder und anderes mehr, zugehörig seit Jahrhunderten böhmischer Geschichte, der braun bekutteten Benediktinerkaste. Anlässlich derartiger Spaziergänge konnte er schon ganz schön nachsinnen.

Der Filmbranche erinnerte er sich vor allem, welcher er, doch lange ist es her, ein recht schroffes Ade gesagt hatte. Sein ehemaliges Spiel auf der Klampfe, sein baritonaler Gesang schönen Volksliedgutes hatte er in den für die musikalischen Aspekte zuständigen Windungen seines Gehirns gespeichert. Alles abrufbar. Gesammelte Kenntnis, gesammelte Erfahrungen, viele Konklusionen, quintessences. Zudem abrufbar.

Und wenn er so dahinschritt und sinnierte, zogen ihm neue Gerüche in die Nase: Klärschlamm vor allem, Ekel erregender Kieselgur und dergleichen Elemente, nötig für den Lauf der industriellen Dinge, wie er zu sagen pflegte.

Seine Sehnsucht streckte sich dann tief hinab in die historisch so edlen Zeiten der Anfänge seiner ritterlichen und erhabenen Dynastie, neuntes, zehntes, elftes Jahrhundert und die Vergangenheiten vorher, wilde Zeiten. Dankbar wollte er sein für die doch recht beträchtlichen Vorarbeiten jener Ahnen, die er in den Annalen notiert fand, tolle Bände im Übrigen. Mit Gold belegt, garniert sozusagen, Brokat und anderes mehr und die ihm die Gegenwart ermöglichten. Stammväter, Ahnfrauen, welche seinerzeit sauber wirtschafteten, Respekt, und das Material beieinander hielten, auf Plunder verzichteten und das unter doch spärlichsten Umständen. Muss doch auch einmal gesagt werden.

Zu Sankt Ägidius zog es ihn ein ums andere Mal, also rund um das Stift Břevnov herum. Danach wie gewohnt Sankt Adalbert und Sankt Margareten, Bazilika svaté Markéty v Břevnově, gedenkend und auch des guten, alten Benedikt, jener Mann, Eremit, aus Umbrien, der ja seinerzeit schon wusste, wo es lang geht. »Arbeitet, Leute«, soll er gesagt haben, »und vergesst mir das Beten nicht.«

Erfreulicherweise einer, weniger im Dunstkreis der episkopalischen Truppe, die ihm seine guten Gedanken ausgetrieben hätten, wäre er denn greifbar gewesen.

Ein kluger Kopf, dieser Nursianer, Italiener scheinbar und vom Beten hielt er, der Přemyslide, S. M. der König, Přemysl I. viel. »Kommt man eben aufs Wesentliche, weg von den Nebensachen, andere Gedanken kann man da wälzen. Abstinent sein.« Seine Devise und da drehte er auch den einen oder anderen philosophischen Hintergedanken um, wendete ihn hin und noch her. Wenn er mit Anke, Gott hab sie selig und dem ebenso dahin gegangenen Labrador während sa voie du bonheur debattierte, dann fühlte er sich sogleich frei von diesen ständigen Gegensätzen und sein Engagement stieg und er war dann auch für jede Resonanz dankbar. »Merci pour cette vie glorieuse, un cadeau de Dieu.«

121

»Es hatte so sollen sein.« Der König erinnerte sich, denn
Anke deutete das seinerzeit in einer bitteren Stunde an, als
sie noch in ihrer eigenen Parfümerie, mit Blick über Prags
rote Dachperspektive, suchend ihre Kreise zog und der
tschechische Spitzensaxophonist Vaclav Strong, immer noch
begnadet als musikalischer Draufgänger, ihr den Hof und
vieles andere machte. Vaclav war und blieb eben der Repräsentant des tschechischen ›Saxo-Events‹.

Der Přemyslide war doch seinerzeit mit ihm in Pilsen
und Strakonice engagiert, zudem in Příbram am herrlichen
Marktplatz nachmittags und abends in der Wallfahrtskir-
che der Heiligen Mutter Maria im wunderschönem Kloster
Svatá Hora nahe der Příbramer Altstadt zu einem abendlichen Konzert: Gitarre plus Saxo plus deutsch-tschechi-
schem Volks- und Kirchenliedgesang, celá věc. Mit Ansage
in Deutsch und der jeweiligen Landessprache. Also dem
Tschechischen.

Vaclav Strosny diente dem Přemysliden als První generál
und tat gewissenhaft in etwa dies und das, was er so als un-
trügliche Obliegenheit erkannte. Er achtete den Přemysliden,
aber mehr noch verlangte ihn nach des Přemysliden edler
und großartiger Gattin, die Fürstin hoch und hehr, schön
und erhaben. Die Anke war es, was braucht es der Worte
mehr.

Vaclav öffnete täglich morgens gegen sieben Uhr die
Türe zum Schlafgemach der Hoheiten und trat ans Bett und
brachte den Tee für den König und die Herrscherin, beförderte die Herrschenden ins Bad und half der geliebten Anke

beim Ankleiden und ähnlichen Dingen mehr. Umhängen der Ketten, goldig bis silbrig plus edlem Gestein an jedem Finger, auch am Bauchnabel, gepierct, legte ihr das ihr je angenehme Parfüm zurecht und auf den Rücken zum Beispiel. Dann begleitete er die Majestäten in die Hauskapelle zum morgendlichen Gebet, oft ließ man den Psalmisten sprechen, dann wieder modern. CD-ROM und Aufnahmegerät, alles zeitgemäß.

Er spielte vormittags auf dem Saxophone und wegen seiner Vielsprachigkeit setzte der Přemyslide den Vaclav auch anlässlich der Besuche ausländischer Staatsoberhäupter an seine Seite und der Vaclav Strosny soff mit dem König in die Nächte hinein und sorgte für die Anlieferung von deftiger Speis' und gutem Trank, vornehmlich eben aus dem tschechischen Großraum. Jedes tschechische Mahl leitete der Küchenchef mit einer guten Suppe ein, sei es nun Kartoffelsuppe, also die herrliche bramborová polévka, die Franz Friedrich weidlich als gewöhnliche Kartoffelsuppe schätzte oder aber und das vor allem, die ebenso wundervolle Knoblauchsuppe, in Tschechisch durchwegs auch česneková polévka oder česnečka genannt.

Er liebte obendrein die zelná polévka oder zelňačka, die er wiederum als Sauerkrautsuppe in Erinnerung hatte, jedoch nicht so, wie er sie hier auf der Burg oft auf den Tisch gestellt bekam. Darauf würden Winde scharf blühen, hieß es in der Küche. Zynisch diese Anmerkungen und er fürchtete, sie wollten ihn verheizen.

Er schätzte das jedoch oft sehr zähe hovězí, was er unter Rindfleisch verstand und das echte und fette tschechische Schweinerne, das vepřové also, sowie ab und an ein gut und knusprig gebratenes Huhn. Dieses spezielle kuře wiederum bevorzugte auch und vor allem anderen der gute První generál, der Vaclav Strosny in umfassenden Mengen. Der König liebte den Moldaufisch, welcher Art auch immer, spüre er da doch den Geruch des böhmischen Waldes, ließ er verlauten.

Als Beilage lobte der Přemyslide eine gut gefüllte Schüssel der tschechischen, eher der mährischen Salzkartoffeln, mit leichter Pfefferstreu und er erklärte seiner Anke, dass man hier vařené brambory dazu sagte.

Auch die Bratkartoffeln opékané brambory liebte er, ebenso wie zum Zigeunerschnitzel eine Ladung Pommes Frittes, also die global geschätzten bramborové hranolky. Er wertschätzte seit langem, dass das einfache Volk diese trocken-fettigen und ungemein schmackhaften Kartoffelwürste auch in Venezuela gern hatte. Den hiesigen tschechischen Reis hatte er schon zu Hause im Deutschen schon liegen lassen, das Zeug wäre ihm einfach zu chinesisch. Dafür sprach er den Kartoffelknödeln bramborové knedlíky mit Sauce omáčka zu. Gerne legte er ein oder drei oder vier knedlíky nach, war er sie doch auch zu Hause als gewöhnliche, jedoch seit Kinderzeiten hoch geschätzte Semmelknödel gewohnt.

122

Würde man ihn danach fragen, was jedoch nie geschah, hätte er als Nachspeise, was sie hier Dessert nannten, Crêpes palačinky gefüllt mit Marmelade, vorgeschlagen. Hier im Tschechischen Sprachraum liebte der Mensch auch džem oder mit Crêpes palačinky mit Erdbeeren beworfen, gewisse jahody, erfuhr der Vaclav in den ersten Stunden des Tschechischunterrichts.

»Und mit, viel, viel Schlagsahne, wozu sie ja im Österreichischen Schlagobers, also einen Schlag oben drauf sagen«, ließ der König dem Küchenchef ausrichten. So wuchsen sein Verständnis und seine Vorliebe für die nun tschechisch-heimische Mahl- und Speisenfolge von Festmahl zu Festmahl. Vaclav Strosny brachte nach jedem Mittagessen und das konnte man mit Fug und Recht mit dem Begriff ›reichlich‹ beschreiben, einen mächtigen zinnenen Becher gefüllt mit Marzipaneis oder Hollundereis. Beizeiten auch mit Vanillesahneschmelzeis, grün oder gelb gefärbt oder mit Erdbeereis und anderen wundervollen Kreationen, eben das typisch tschechische zmrzlinový pohár und er bereute schon wegen des guten Essens seinen Umzug in die Prager Burg nie. »Warum nicht eher.« Diese Frage stellte er sich von Jahr zu Jahr häufiger.

Der Vaclav Strosny nun wurde nach dem vorschnellen Abgang der Anke, ihrer beider geliebte Anke, dreist und dreister und noch dazu unanständig im Verbalen und aufsässig und der Přemyslide beschloss nach einem der vielen gemeinsamen Gelage, ihn ans Fenster zu eskortieren, aus dem Fenster zu hieven.

So hatte Vaclav Strosny sich wieder verbal gewalttätig ausgelassen und drohte gar dem König mit der Eröffnung einiger intern-intimer früherer Affären. Gegen fünf Uhr am frühen Morgen war es und beide Herren, der König der Tschechen, Přemysl I., wie der První generál Strosny grölten und debattierten noch deftig, dass gar die Katinka erwachte.

Die beiden Herren schritten mit einigen guten Flaschen

bewaffnet zum Fenster und dann fand der zweite Fenstersturz der Neuen Tschechischen Geschichte seine schlichte
Abwickelung. Vaclav Strosny, der První generál, besetzte
den Fenstersims, sang, krakeelte weiter, hob den Becher,
hob die Flasche und der Přemyslide? Er bohrte mit dem Finger die Brustmuskulator des První generál Strosny an, so mir
nichts dir nichts, versetzte ihm einen kleinen Stoß gegen die
feuchte, vom Alkohol durchnässte Brustgarderobe, etwas
vom Feinsten und Schönsten, was diese Kleiderschränke zu
bieten hatten.

Und der První generál Vaclav Strosny fiel jählings in die
einsame Tiefe, auch gute siebzehn Meter und haargenau auf
jenen Flecken, auf dem schon die geliebte Herrscherin vor
Jahresfrist gelandet war. »Geschickt eingefädelt, das Mal-
heur«, lachte der Přemyslide in sich hinein. Der König Franz
Friedrich Přemysl-Trenk, der neuzeitliche Přemyslide, fand
zu Recht, dass er selber recht gemein wäre. »Ein Schwein bin
ich«, nannte er sich bußfertig. »Ich geb's ja zu.«

Aber er wäre in der Lage, seine Angelegenheiten noch
immer selbstständig zu lösen. Und darauf käme es in der
Politik der Herrschenden schließlich an und er, der Herrscher, war wieder mit sich im Reinen. Er dachte an den alten Přemyslidenherrscher, Boleslav I., einen seiner verehrten
Vorgänger, welcher seinen geliebten Bruder, den Herzog
Wenzel seinerzeit, lange ist's her, auf der Treppe vor der Kirche in Stará Boleslav erstochen hatte. »Alles hat seine Zeit«,
dachte er. »Und davon wusste schon beim Prediger Salomo
zu reden.« Er, der König, war bewandert, selbst in den zeit-
losen Werken der großen Religionen.

»Manches muss deutlich gelöst werden, sonst schiebt

man die unumgängliche Chose auf und was kann aus solcher Politik werden? Nichts oder überraschendes Ungemach.« Und alles wäre vergänglich und er wäre von Gottlosen umgeben und von Faulpelzen und von solchen, die nur Böses im Herzen trügen. Warum sollte da nicht irgendeiner aus dem Fenster stürzen, hätte doch jede irdische Person die Freiheit der Entscheidung, gemäßt derer er seinen Lebensablauf nach eigenem Ermessen abwickeln dürfte. Und selbst das Vieh stürbe doch und Häuser fielen in sich zusammen und seine eigenen Mühen würden nicht belohnt?

Und der König lamentierte noch und rief nach dem guten Vaclav und suchte den geliebten První generál, seinen Weggefährten Vaclav Strosny, Weggefährte wie seinerzeit der Brite Winston von Kent, Labrador, Hund, bester Freund des großen Přemysl I. Der König betrat sodann Katinkas Wohngemach, torkelte standesgemäß durch die königliche Räumlichkeit, stieß gegen die eisernen Stäbe des ehelichen Gemaches und schrie sie an, sie hätte ihn, den Vaclav Strosny, seinen besten Mann und seinen První generál glatt verführt und wo er sich denn aufhalte, der böse Bube, der schlimme Knabe.

123

Frühmorgens fand man beide Herren: Seine Majestät schlief in den Tag hinein, voll wie eine Haubitze. »Abgefüllt bis oben hin«, hieß es später in der Altstadt und in der Neustadt und allen anderen Prager Stadtbezirken. Und mails flogen in die weite Welt, sogar bis Santa Barbara und Caracas. Ein Fleischer hinter den Altstädtischen Arkaden bemängelte, dass die Přemysliden schon von jeher gesoffen und sich mit anderen Weibern als der angetrauten Ehefrau abgegeben hätten und sie wären eben alle animalisch und vor allem Schweine. »Diese verdammte Adelsgesellschaft muss man abmurksen und unter den Kommunisten war alles besser. Und das Land geht zugrunde. Na ja, war's schon immer so, soll's auch so bleiben.« Und er hob sein Schlachterbeil, schlug zu und zerteilte souverän und mit Verve das erste Schwein am Tag.

»Wird schon sein Recht haben, das Ganze«, sagte sein Bruder, der auf Rente hinarbeitete und ein in der Altstadt bekannter und gesegneter Mensch und Huster und Raucher und Säufer war. Und er hob den linken Zeigefinger ebenso hoch, wie der Bruder das Schlachterbeil.

»Na«, sagten die Leute und nickten mit den Köpfen, »wenn da nur kein Unheil auf uns zukommt.«

Vaclav Strosny war nun schon bei den Seinen in der Ewigkeit und er hatte sein Grab daheim in diesem herrlichen und so einfachen Bohdaneč gefunden, einem Dorf mit wenig Umland und noch weniger Kultur wie der König fand, als er selbst an der Beisetzung des První generál teilhatte. »Aber Historie haben die, Respekt«, sagte er. Und mit dem Jan Hus hätten sie es auch gehabt und es wäre um den Vaclav Strosny nicht schade, obwohl der Vaclav Strosny ein Katholik war. »Aber vom Herrn Jesus haben sie damals auch nichts gehalten, weil er aus Nazareth stammte«, dachte der weitläufig gebildete Přemyslidenherrscher Franz Friedrich Přemysl-Trenk Přemysl I.

»So ändern sich die Zeiten«, sagte die Katinka und zerriss alle Briefe, die da in letzter Zeit aus Polen und aus Ungarn an seine Majestät gerichtet waren und dem Duft, besser, dem Geruch, der Ausdünstung nach, hätten nur blöde, verdammt abgestandene Weiber diese Briefe geschickt.

124

Der Hohe Přemysl I. regierte nun nach seiner Rechnung bereits ein gutes halbes Dutzend an Jahren oder auch etliche mehr. »Ein halbes Dutzend sind's?« und die Katinka bestätigte das. Er musste auf dem Laufenden sein, war keine Maschine, war jedoch global dermaßen vernetzt, dass selbst der einfache Tscheche, der eher skeptisch veranlagt ist, staunte.

In einer seiner sich wiederholenden Neujahrsansprachen, kündige er gewaltige Reformen an und der von ihm zwischenzeitlich ins Amt des Ministerpräsidenten gebrachte Josef David Jan Čapek , ein studierter Agrarökonom aus Karlovy Vary, hatte ihm die Rede vorbereitet, wofür der König seinen Dank abstattete. Dann gingen sie beide, S.M Přemysl I. und der genannte Josef David Jan Čapek nach der Neujahrsansprache, es war dann schon zwei Uhr morgens, eben am nächsten Tag, noch ins entzückende und mit köstlichen Speisen und fulminantem Getränken aufwartende ›Bad Jeff's Barbeque‹ und luden verdammt mächtig auf.

Auf dem persönlichen Heimweg, ist der Josef David Jan Čapek dann irgendwie weggetreten. Man erzählte, er wäre nahe dem Rudolphinum an der Moldau oberhalb der prächtigen Karlsbrücke, die man unter seiner Anleitung frisch gestrichen hatte, im Sommer schon war es gewesen, vom Trottoir auf die Straße gefallen und seitdem läge er gelähmt in einem Sanatorium und auch noch einem narkotischen

Delirium verhaftet.

Andere sagte, dass eine Auseinandersetzung, lautstark und gewalttätig, zwischen dem König und dem Ministerpräsidenten der Anlass für die Verunfallung gewesen wäre und die vier Girls, die sie im Schlepptau hatten, könnten es bezeugen, wenn sie nur wollten. Aber sie wollten partout nicht. So war man im Reich der Medienwirtschaft auf Hirngespinste und Faselei und auch auf unseriöses Gerede verwiesen.

Přemysl I. drohte auch noch mit verbaler Attacke und er offenbarte, er hätte seine Zukunftsvisionen und die ließe er sich durch die lausige, verwüstete, geistig prekäre Journaille nicht zerstören oder gar ganz kaputt machen.

Dann lud er, also zum ersten Male nach dieser ominösen damaligen nächtlichen Wallfahrt, das Kabinett unter der Regie des neu zum Ministerpräsidenten bestimmten Dr. Karel Jaroslav Smetana, vielleicht gar einem Nachkommen des ehedem so erfolgreichen Musikanten gleichen Namens, auf den Burgberg.

Diesem im Sommer so faszinierend und anmutig begrünten Hügel, dem geliebten Hradčany und eröffnete dort im Fürstensaal bei gutem Mahle die erste Sitzung.

Zunächst betete der König Přemysl I. vor Kraft strotzend einige handfeste und wegweisend-aussagekräftige Psalmen vor und dann gab es Schnaps und dann setzte er sich auf den Thron und stellte sein selbst gestricktes Regierungsprogramm vor.

Er verwies zunächst auf seine katholische Orientierung, dann auf das Leid, welches ihn heimsuchte, also den Tod seines Freundes Winston von Kent, Labrador und Brite.

Danach kam er auf den Fenstersturz seiner geliebten Gattin zu sprechen und auch auf den bald darauf folgenden sogenannten Dritten Fenstersturz seines Freundes und Spitzensaxophonist Vaclav Strosny und verehrten und hoch geschätzten První generál zu sprechen und er presste gerührte eine ziemlich erquickliche Anzahl Trauertränen aus den beiden Augen. Deutlichst verwies er zudem darauf, dass man den Sturz der Herrscherin auch als den historisch verbürgten Zweiten Fenstersturz zu bezeichnen hätte und er wies seinen Pressefuzzy darauf hin, der anwesenden Medienwirtschaft deutlich Zunder zu geben. »Sonst nix Kaffee, nix Kuchen«, grinste der gütige Franz Friedrich Přemysl I. von Tschechien.

Und dass diese Medienheinis nur das Volk verführten, dem Populismus huldigten und alles eben Leute mit irreparablem Charakter wären, richtige Herdentiere. Aber selbst der ärmste Sibirakenclanchef oben bei Pewek oder auch bei Ayonb, beide Dörfchenb kenne er, würde dergleichen Schwachköpfe eher ins Meer jagen und zuschauen, wie sie, je nachdem wer nun dran wäre, ersaufen ließe.

125

Die sachliche Vorstellung seines Regierungsprogramms für das nächste Jahr wie auch die Zukunft im Allgemeinen sei mit Stichpunkten rekapituliert aus den offiziösen und schon digitalisierten Annalen wiedergegeben: Jede Tschechin, jeder Tscheche sollte seinen und ihren Glauben respektive die eigene und innerste Überzeugung frei leben dürfen.

Es wäre an der Zeit, die Häuser im ganzen Land von

Kommunismusgrau ins farbenfrohe Licht kapitalistischer Zukunft auszurichten.

Die Kanalisation im gesamten Staatsgebiet wäre zu erneuern und müsste er selbst Hand anlegen.

Musik und Leidenschaft an Theatern und schönen Abenden und dem Schreiben von Büchern, Lektüren, sollte bereits in den Schulen gelehrt und die Kinder schon beizeiten dazu regelrecht animiert werden. Einen Theaterabend pro Woche schenke der König frei Haus, alles umsonst, würde nichts kosten. Aber man müsste vorhanden sein.

Der Mensch müsse wissen, ob er Mann oder Weib wäre und hätte danach zu leben.

Wer besoffen angetroffen wird oder in Begleitung unredlicher Damen und Herren, der müsse ganz schön blechen und ins Goldene Gässchen zu kotzen, koste extra drauf.

Auch die Hinterglasmalerei möchte er fördern und man sollte sich Beispiele aussuchen wie er selber, dem es die Basilika des Heiligen Georg nicht nur zum Gebete, sondern gleichzeitig auch zum Betrachten, unter anderem der Hinterglasmalerei, angetan hätte. Viel Beifall für diese letzte Passage.

Und man sollte aufs Geld schauen und den Finanzminister bat er um schwarze Zahlen und den Umweltminister beauftragte er, für reine Luft über den roten Dächern des heiligen Prag Sorge zu tragen.

Würde es nach ihm gehen, könnte die Welt von den Tschechen lernen, stellte er fest. »Und während die anderen, die Jimmys und die Wjatscheslaws, von der Bombe sprechen, haben wir sie in den Kellern und ich bin gegen kalten Krieg. »Lasst uns im Fall der Fälle nicht lange fackeln.« Klassisch böhmischer Beifall auf der ganzen Linie.

Gerade der Böhme müsste sich doch jedes Jahrhundert neu ausrichten und kalte Kriegerinnen und Krieger wären ihm ein Graus und er stünde lieber mit einer Affenhitze auf Du und Du, als mit dem kalten böhmischen Winter. Und er redete sich gewaltig in Rage und auch hier anhaltender Beifall und alle warteten auf das Ende und verzehrten sich nach dem Mahle, welches der Vernichtung durch tschechische Politikerinnen und Politiker und Journalistinnen und Journalisten harrte.

Er bemerkte auch, dass das eine oder andere im hiesigen Lande brüchig, defekt und knockout wäre, wie es nicht sein sollte und dass alles und alle mit Veränderung unter seiner rigiden Herrschaft zu rechnen hätte. »Wir lassen uns weder mobben noch ausbeuten. Das ist Sache der Bestien. Wir lassen uns nicht vor die Türe stellen, um zu warten, bis das EU-Geld hereinkriecht und uns gnädigst fragt, ob es denn willkommen sei. Nein, wir nicht.« Wieder Beifall. »Und wenn sie es wollen, können sie es haben. Wir können auch alleine und das besser und wir haben Stolz und Würde und sind Teil der Wertegemeinschaft. Also moralisch und ethisch hoch gerüstet und Vorbild gebend und das alles global ausgerichtet, jedoch zentral wie auch peripher angesiedelt.«

Der Veitsdom solle saniert und das Andenken an die Přemyslidendynastien hoch gehalten werden, denn nur sie, die Přemysliden, garantierten Zukunft. »So kann es nicht mehr lang gehen«, rief er. »Auftakt, Orientierung, sittliche Neuausrichtung haben Vorrang und unser Volk zu leiten ist mein Begehr. Der Weg ist uns vorgezeichnet. Der Tscheche und die Tschechin wisse darum, sie sind nicht der Typ ›gefühllose Maschine‹, sie bilden ein strategisch-familiär-nationales Ensemble mit Grazie, Holdseligkeit und Esprit. Wonach sich andere Völker sehnen.« Beifall wiederum. Die tschechischen Frauen und Männer erhoben sich.

126

Und er hätte noch so viel zu verlautbaren, rief er und dass es nunmehr jedoch amüsant werden könnte und das aufgefahrene Essen wäre mit dem Prädikat ›Erster Klasse‹ zu qualifizieren und Unterhaltung bis in die frühen Morgenstunden wäre gewährleistet und jedem das Seine und jeder das Ihre. Přemysl I. überblickte von seinem Thron die Arena, hatte einen faszinierenden Blick über die große Festversammlung und sein Auge wanderte zum Fenster. Er gedachte der Stürze und dass er beteiligt war und dass er so in die Geschichte eingehen könnte, würde er sich denn äußern. Aber das könnte ihm Schwierigkeiten bereiten und unbedachte Aktion in dergleichen Gegebenheiten wäre völliger Blödsinn und er würde alles seinen nach seinem Tod aufzulegenden Memoiren anvertrauen. Vorfälle wären somit historisch festgehalten und er könnte ja in Andeutungen bereits jetzt das eine oder andere publizieren und veröffentlichen und in Umlauf bringen, bedachte er und er war's zufrieden. Doch wie heute, so nicht gleich morgen und es befielen ihn Ahnungen.

Noch heute Nachmittag, während diese Leute hier sich dem Schmause hingäben, würde er sich an den Schreibtisch setzen und Mittelpunkt um Mittelpunkt notieren und mit zusätzlichen, tollen schriftstellerischen Arrangements brillieren. Des Schmauses satt würden sie nach ihm fragen und er würde ihnen mitteilen lassen, dass er Gedanke um Gedanke erbrüte, auf dem Sprung nach Neuem wäre, sich bald dem Volke mit seinem Nachgedachten präsentieren würde.

Er erinnerte sich des lange nicht gesehenen Supersaxophonisten Daniel Petr Blahoslav und eines anderen qualifizierten Saxophonisten, des František Chelčický, alter saxophonischer Trinkgenosse, welche ebenfalls beste und intime Freunde des Spitzensaxophonisten und ehemaligen První generál Vaclav Strosny waren und er ergriff das Telefon. Er bat den Wirt vom ›Goldenen Kalb‹, seinen Haussaxophonisten, einen gewissen František Chelčický, der auch auf der Zither brillierte, ins Palais zu beordern, und zum Spielen natürlich, und er solle sein Saxo nicht vergessen, sonst gäbe es Saures und er, der Herr Wirt und der Herr Musikant würden es nicht bereuen.

Der Wirt vom ›Budapest‹, natürlich irgendwie ein Ungar, der sich nach dem Vater Balázs Karel Havlíček nannte, jedoch nach der tschechischen Mama auch noch Maria zum Namen setzte, der also hier im Tschechischen gewisse mütterliche Wurzeln sein eigen nannte, fühlte sich geehrt und er katzbuckelte durchs Telefon und der geschmacklose ungarische Speichel triefte aufs rot-grün-blau karierte Hemd. Der Halbungar, ein Hunne, legte den Hörer aufs Uraltgerät aus des ungarischen Großvaters Zeiten und sagte zum Daniel Petr Blahoslav, dass die Sau am Pražský hrad oben am eigentlich heiligen Burgberg, eben persönlich angerufen hätte.

Er, der Daniel Petr Blahoslav, sollte nicht zu wenig verlangen. »Hol doch noch unseren von der Majestät erwünschten und erbetenen František Chelčický ins Geschirr.« Und er, Daniel Petr Blahoslav, sollte dem König Přemysl I, sagen, dass ihn der Wirt vergöttere und zutiefst achte. Und es wäre ihm, dem Wirt Balázs Karel Maria Havlíček vom gesegneten ›Budapest‹ eine Würdigung der besonderen Klasse und eine Auszeichnung noch dazu ehrenhalber.

Er, der Wirt Balázs Karel Maria Havlíček fasse den königlichen Anruf als eine hohe, praktisch die höchste Auszeichnung auf und er, der Wirt würde für König, Volk und Vaterland zu sterben bereit sein und der Hohe Přemysl I. solle hochleben und dreimal hoch und Seine Majestät wäre und bliebe unser Herr und ehrwürdigster König Přemysl I.

»Diesen Mist sagst du ihm und katzbuckelst so richtig. Aber sag ihm nicht, dass er eine echte Sau ist und ein deutscher Idiot und ein aus der Zeit gefallener Verräter und einer, der Ziegenmilch in sich hinein säuft und türkisches Kamelfleisch frisst. Und wenn sie ihn in die Moldau in einem Netz zum Ersaufen hängen, wäre er dabei und würde massiv seinen Beifall hinterher schmeißen.«

Přemysl I. schlummerte indessen über der Abfassung erster Zeilen ein, erwachte gegen Abend, vom Duft köstlicher Speisen geweckt. Er empfing die beiden Musikanten František Chelčický und Daniel Petr Blahoslav, hörte sie an und entlohnte sie wahrhaft königlich und dann zog er sich mit der russischen Katinka und einigen anderen Wesen zurück und ward nicht mehr gesehen.

Und die Mitglieder des Parlaments, die sich ja schon seit Stunden ergötzten und recht despektierlich über den König und das Volk herfielen, lachten deliziös und sie würden ihm die Entspannung gönnen. Sie waren drauf und dran, sich auch bald deutlichst und auf angenehmste Weise zu verlustieren.

Der Herr Verteidigungsminister, der vor einer halben Stunde seiner verehrten Kollegin, der ebenso verehrten Frau Sozialministerin Anna Lida Voříšková Seitz, deftig auf deren linken Schenkel geklopft hatte, weil das tschechischer Brauch ist, rief, der Erfahrungsschatz seiner Majestät wäre da doch wohl der größte weit und breit und gegen die Melancholie des irdischen Lebens käme eben nur die Leidenschaft an. Superbes Gegröle, idiotische Anzüglichkeiten, Peinlichkeiten, Ehrverletzungen und Grenzverletzungen vonseiten der Meute folgten.

Und das wüssten und danach lebten Tscheche und Tschechin seit des Ersten Přemysls Zeiten. Und die Sozialministerin Anna Lida Voříšková Seitz kündigte ihm rechtliche Schritte an, weil er eine alberne Kanaille wäre und einen Haufen Kinder im ganzen Land zu ernähren hätte. Sogar die drei wilden Sibiraken, mit denen sie seinerzeit drei Tage alleine im kalten sibirischen Zelt nächtigen musste, wären anständiger gewesen. Aber jeder Schuft und Hochstapler könnte heute ein Verteidigungsminister werden.

Und der Herr Verteidigungsminister, der schon fast voll gelaufen war, sagte, sie wäre eine solche und er wüsste, was sie in Sibirien hinter sich gelassen hätte. Dann mischte sich auch noch der Herr Außenministerin in die Bagage ein und erzählte von seiner Frau, die auch in Sibirien gewesen wäre und sie hätte die Beziehungen zu den Sibirischen gestärkt und man würde sie drüben als Hoffnungsträgerin verehren und das wäre eben von größter Bedeutung für die Aussöh-

nung der tschechischen wie der russischen Volksgemein-
schaften.

Und der Herr Verteidigungsminister sagte dem Herrn
Außenminister auf den Kopf zu, dass er doch kein Abfall
wäre und wenn einer eine Bedeutung hätte, dann er und er
würde ihn, den Außerminister kaltblütig erschießen und es
kümmere ihn einen Dreck, ob seine Frau eine abgeschlos-
sene Schulausbildung hätte oder mit ihrer blöden Vitalität
ganze sibirische Kohorten abräumte. Und aus gegebenem
Anlass riss der Außenminister das Tischtuch vom Tisch und
wenn einem so viel Gutes widerfährt, sollte man danken
und seine Emotionen zurück stellen und er hätte sich von
ganz unten nach oben durchgekämpft und das wüsste jeder
zu schätzen. So verging der Abend und die Nacht.

127

König Přemysl I. war in fabelhaft entspannter Laune, lag
doch Kirkys wunderbarer Antwortbrief auf seinem Schreibtisch und die Jahre waren doch auch nicht stehen oder an
einem hängen geblieben. Und die Alten, die Weisen hatten
doch recht, wenn sie feststellten, dass das Leben kurz wäre,
die Zeit schnell verginge und der Tod, eben ein unange-
nehmer, leider jedoch unausweichlicher Geselle wäre. Zum
Lachen diese Kirkysche Metapher und das in seiner Totale. Winston, sein geliebter Gefährte und Labrador, schien
in Kirkys geheimnisvollen mentalen Irrgängen eine gewisse
Rolle zu spielen.

Er war zeitlebens, schrieb Kirky, ein Glücksucher. Auf
allen Ebenen. Und Přemysl erinnerte sich, dass schon beim

letzten Besuch in der amerikanischen Heimat dieses echten und wohl letzten Globetrotters, Kirkys Gesicht eben zu Stein gefror, gemeißelt schien, wenn er Wesentliches festhielt. Undurchdringlich wurde das Antlitz des Phänomenalen, als würde er die Geheimnisse des Universums ergründen.

Kirky schrieb, ließ schreiben, wie er, der wohl Letzte oder zumindest einer der Allerletzten aus der Dynastie der Douglazier, anfangs dieses seines möglicherweise abschließenden ›grande lettre‹ festhielt, er hielte viel von diesem Labrador, hätte eine hohe Meinung vom auch in California bekannten geheimnisumwitterten ›Labradorischen Lande‹ in seiner Gesamtheit. Prächtiges Stück Erde, dünn besiedelt, Besuch wäre zu überlegen.

»Tolles Gestade dieses Labrador, bezaubernde Menschen, tolle und sogar bemerkenswerte und teilweise ästhetisch zu nennende Kulisse, wenig Dschungel, eher dem subarktischen Klischee zugeneigt, kalt genug, harte Männer, makellose Frauen, pulsierendes Leben und viele Mysterien«, schrieb Kirky, der Weltmann. »Der Überlebenskampf erscheint mir hart. Nacktes meditierendes Leben, teils unsichtbar.«

Seinen Kindern hätte er, Kirky ans Herz gelegt, wie sie es künftig halten sollten, wäre er, der Alte, doch schon nahezu in einem anderen Äon angesiedelt und er hätte sein Leben im Grund selber aufgebaut. Seinerzeit und durch die Zeitgeschehnisse. Zeitlebens galt er als der ›Weißrusse‹, als jener aus dem kalten Osten. Dazu Kirkys Resümee: Weißrussland, Belarus, Prypjat und Dnepr, darin zu baden, eine Erquickung. Historie, weitläufig, belarusisch, slawisch, alles rundherum, Sprache belarusisch, Kultur, Klöster, Fakten aller Art, geliebtes Minsk, noch weitaus intensiver jedoch, diese, seine Liebe zur persönlichen Heimatstadt, dem edlen, herben und schönen, attraktiven New York. Er, Sohn dieser Stadt, gebildet, durch die Welt gereist, ein Vermächtnis im Herzen tragend.

»Leben und Licht sind mein«, sagte er seinen Kindern, den Enkeln und den Urenkeln und allen Kolleginnen und Kollegen in den Studios. Und: »Die Rache ist mein.«

»Kennst du ihn, den Großen unter den Dichtern meines Landes, ihn, Wassil Uladsimirawitsch Bykau? Wer kennt ihn nicht. Freund fürs Leben. ›Wolfsrudel‹ und ›Zeichen des Unheils‹, große Literatur. Beide Bücher, Werke, dreimal gelesen. Ich bin so unendlich glücklich, mein hoher Freund und König aller Slawischen Völker, Franz Friedrich. Du drängst in mein Herz.

Gelassenheit, Abgeklärtheit legte er dem König Přemysl ans majestätische Herz, wären in seinem Beruf als Mime wie in der königlichen Apanage das berühmte Maß aller Dinge und die amerikanischen Werte ließen ihn ihm die Hoffnung auf Zukunft wachsen. Und seine Anne liebte ihn noch immer, beide nun älter geworden, abgeklärt.

Er hätte gerne gegessen und getrunken und sein hohes Alter mache ihm kaum zu schaffen, schlafe er doch den längsten Teil des Tages und nachts träume er und sein Geist wäre klar. »Ich war lebenszufrieden und lebenssatt mein Leben lang, baute weder Luftschlösser, noch verlor ich viel Geld, zog in die Welt. Meine Kraft führte mir die schönsten Frauen zu und mein Speciallook, meine individuelle Schönheit, entzückte. Gut denn, eine Gnade, unverdient.«

Der König vermerkte, dass er von Kirby, der ja nun sei-

336

nen hundertsten Geburtstag hinter sich gelassen hatte und seine alternden Kindern besuchte, ihnen Trost und Mut und Pflege zukommen ließ, dass er von diesem alten und guten Freund, Amigo, lernen konnte.

128

Zwei knappe Wochen später. »Imprimé à taxe réduit«. Das war interessant, denn Kirky war ansonsten freigiebig. Braunes Kuvert, ohne Frankierung, typisch amerikanisch. Diese Freibeuter schicken ihre Produkte unfrankiert in alle Welt.

Vermutlich lag dieser neuerlichen postalischen Infektion wieder eines seines Fotos mit Unterschrift plus irgendetwas, Prospekte oder Unsinn von Kirkys Werbeagentur bei. Früher schickte der alte Freund ihm seine Memoiren, die er nun auf sechzehn Teile konzipiert hätte, wie er schrieb und es lag nun schon ein desolates Häufchen von Kleinschriften, více než deset částí , petits textes, malé texty, auf seinem odkládací stolek, diesem hölzernen Einzelstück table d'appoint, vor ihm.

Ein altes Möbel aus dem Französischen, beste Arbeit, braun glänzend furniert, dürfte 17., wenn nicht sogar knapp 18. Jahrhundert gefertigt worden sein, etwa annähernd Louis XIV. Und dann eben das Kirkysche Gequatsche von Belarus und Abgeklärtheit, alles Ratschläge, die der alte amerikanische Blödian sich sparen könnte.

Kirky erzählte da drinnen und gar nicht unbeholfen, er wäre 20000 Meilen unterhalb der Meeresoberfläche gewesen, sesshaft dort geraume Zeit. Er hätte mit den Wikingern zu tun gehabt, Helden, Heroen, harte Hunde und Frauen, blond und germanisch und er selber wäre ja, wie gesagt, Belarus.

Als König, güter Imperator und als unbeugsamer und unerbittlicher Revolverheld hätte er Güte und auch den schnellen Tod gebracht, wäre mit den Indianern ins Gespräch über deren Indianische Mythologie gekommen, am Feuer bei Pfeife, Ziegenkäse, Beeren gesessen. »Dann der Grizzlybär, er greift an, ich schieße, definitiv eben. Ruhe. Sterne wieder am Himmel, Manitu. Grandios dieses, mein Leben als Akteur, Darsteller Star, Größter.«

»Schwachkopf, Angeber Prahlhans«, dachte Majestät.

Kirky ließ nicht locker. »Lob von allen Seiten, Schwimmen in Geld und Gold, schlechter Magen, gute Gene, langes Leben, den Teufel auch. Empfänge bei Präsidenten und in Bars und ›The New York Times‹ nannte mich ›einen Gott‹. Etwas weit hergeholt, aber bitte. Der ›Observer‹ nannte mich ›ein Mensch vor allen anderen‹. Die ›Weekend‹ sagte nur ›ER‹.«

Der Přemysl hing in seinem alten königlichen Sessel und ließ die Kinnlade hängen. Da gelte es nachzueifern. Es bedeute für ihn, den Herrn der Tschechen, Großes voranzubringen, Neues, Mächtiges, weltweit Anerkanntes. Kühle Strategie, Utopien kreieren und ankurbeln, Film-Business aufbauen, hatte er doch Erfahrung und heutzutage wäre nichts unmöglich. »Interessante, epochale Zeit«, stellt er fest, »Spannung, Hauptsächliches, Hervorragendes im Lande, auf dem Kontinent, dem Globus, plus eklatante Hitze und Kälte und Exotik allenthalben.«

Der Přemysl dachte daran, die globale Herrschaft zu ergreifen, seit Urzeiten Signum jener wirklich faszinierend

Wirkenden und Mächtigen. »Man muss«, hielt er in seinen Memoiren fest, »mit unglaublichem Willen ausgestattet sein, das Böse registrieren, zuschlagen können und vor allem: Topform.« Und er würde Dienstag ausgehen über den Berg hinunter auf den Altstädter Ring, kleine Runde, kleines Mittagessen, Bar, Kaffee, etwas Sahne zum Kuchen.

Přemysl I. wusste gleichwohl nur zu gut, dass die Musik in seinem Leben das Wichtigste wäre und er wollte den Seinen hier im Tschechischen etwas zurückgeben. »Ich bin in eben dieser angemahnten höchsten Leistungsphase, psychisch-physisch wie mental, vokal, instrumental hochkarätig. Ich muss mich hier oben auf dem Burgberg nicht verstecken. Trübe Situationen stehen immer ins Haus, sie wollen gemeistert werden. Das Schicksal schlägt zu oder es liebkost mich. Werden sehen.«

Anke spukte immer noch durch den königlichen Kopf, die Herrscherin, die Zauberin, die Zweite Libussa. Vergangen ist vergangen. Ihre seinerzeitige Daueropposition, in immer dem gleichen schwarzen Leichenwagen, so nannte sie die von ihr verfluchte schwarze, durch massive Stahlummantelung geschützte Staatskarosse, durch die Lande brausen zu müssen. Seine Anke zeichnete sich in der Frühzeit als Kinobersitzerin durch lavierende Leidenschaft am Steuer aus, grundlos erregt, voll zugespitzter Affekte, jedoch mit Freude, Glückseligkeit und Hingabe. Als Ferrarifahrerin, gefürchtet, ob ihrer doch auch zügigen Fahrweise. Nun, die Zeiten ändern sich, man wird älter, nachsichtiger, weiser, aber Wesentliches bedacht.

Kirky schrieb von einem Oasenbesitzer, einem Ibn Abu–Saud. »Der wollte mich mal einladen, Teppichwerbung, wollte mich ausnehmen, verramschen, das Schwein, das elende, Gauner. Habe ihn aufgekauft. Läuft derzeit mit der üblichen Karawane von anomalen, idiotischen, bösartigen und virulenten Touristen aus Europa durchs Land.« Vonseiten Přemysl I. heftiger Beifall.

»Die Hunde kläffen, die Karawane zieht weiter«, notierte Kirky. Und das Leben wäre komplex, kaum zu übersehen, kaum zu vernachlässigen, vor allem im Alltag. Werktreue und kämpferische Strategien wären glorifizierender Teil seines Lebens, der Alltag gewesen. Er hätte sich nichts vorzuwerfen. Kann nicht jeden Tag Feiertag sein.

In den Rockys besäße er eine Landschaft mit zwei Bergen, zwei Quellen und zwei Basislagern, Dünen sogar, woher, wer weiß? Nun wollte er Datteln anpflanzen, drüben im upland. Dromedare und Ziegen wollte er einführen aus dem Arabischen, genügsame Tiere eben, Schafe, Frauen jeglicher Kultur, gebildet.

Aber der Klimawandel gangstere in seinem Kopf und die Eis- und Schneeschmelze und das bei der Hitze, derzeit 35 Grad, absoluter Nullpunkt weit über 400 Grad, Eiseskälte wie im All. Eben für sein Areal negativ und da wäre Stabilität angesagt, bedürfte die Welt doch der Konsolidierung. Narratives wäre nun bald global angesagt. Aber vielleicht käme nach seinem Tod alles ganz anders. Er fühlte, er würde zu früh aus dieser Welt gehen.

»Ich werde niemand abhalten, Ochs oder Schwein zu essen, eventuell Huhn.« Und ob der eine an Gott oder Allah glaube, tangiere ihn nicht. Es ginge heutzutage ausschließlich um die denkerische Sorgfalt, das mit Akribie, ritterlicher Sinn in the background. »Edler Geschmack ist nötig, um das Fleisch als Denkmal vergangener Zeiten wieder aufzurichten. Fleisch, eventuell vom Bison, gibt doch Kraft, gehen wir doch bald ans Vegetarische und das unisono. Und heute Morgen bereits 80 Grad Fahrenheit. Es fröstelt mich.«

»Das Fleisch eines Ochsen ist doch unübertrefflich«, schrieb Kirky, »unerreichbar, unbezahlbar. Der Araber schwimmt im Öl, deswegen eben der Ochse und Gelegenheit macht Diebe. Vor allem, wenn der Ochse gereizt wird.« Und der Přemysl konnte all diese Gedanken nachvollziehen und würde für das Kabinett die eine oder andere Imagination formulieren.

Umfassende Aussagen seines Freundes Kirky, den er wohl bald hier ins Königliche einladen würde. »Kommt Zeit, kommt Rat.«

129

Die Tschechinnen und die Tschechen, sogar junges Tschechenvolk teilten die Auffassung, dass die Zeit schnell vergeht und oft sogar viel zu überstürzt. Der Polizeikommissar Miroslav Buran-Kupka, Karel Fiala-Mucha, ein geehrter und geachteter tschechischer Filmschauspieler und Sänger, der kleine Ganove Miloš Čapek-Woizec, der sich mit geringfügigen Lumpereien über Wasser hielt, aber auch der Politiker Josef Jan Abrahám Hádek, die Neuschauspielerin und gerne die jugendliche Liebhaberin darstellende Jana Kaczová und die Sprachenlehrerin für Latein und Griechisch Lida Kolářová waren alle dergleichen Meinung.

Madame Lida Kolářová war allseits geachtet, populär und verehrt und die Teilnehmerinnen und die Teilnehmer an ihrem Kursus zum Erlernen des Lateinischen verehrten sie und der Polizeihauptkommissar Miroslav Boran-Kupka bat sie zum Nachmittagskaffee in sein Vestibül und auch der Karel Fiala-Mucha würde ihr ein Lied vorsingen.

Aber Madame Lida Kolářová lehnte einfach ab und sagte, dass es sich zum einen nicht schicke und dass eben die Zeit so schnell verginge, praktisch davon fliege und kein Mensch wisse, wohin sie, die Augenblicke, denn eigentlich eilten. Sie würde sich derzeit über den von ihr natürlich geschätzten und überaus verehrten Herrn König Přemysl I., etwas echauffieren, weil er, was dieses wesentliche und der Schöpfung ja seit Anbeginn anhaftende oder auch innewohnende Problem betreffe, ganz anderer Meinung als das tschechische Volk in seiner Gesamtheit wäre.

Habe S. M. doch anlässlich der Neueröffnung und Einweihungsfeierlichkeiten des neuen Radweges durch den Letná Park erklärt und sie wäre Zeugin des eigentlich zu tadelnden Vorfalls, ihm wäre langweilig. Langweilig, weil eben die Zeit nicht verginge, gar stehen bleibe und jeder und auch die Frau und der jugendliche Mann. Wer immer sich also aufs Rad werfe, sollen aufmerken, dass er und auch sie beizeiten daheim ankämen, gesund und putzmunter wie ein Moldaufisch, zum Beispiel ein Hecht oder eine Forelle oder eine Äsche und das blöde Volk hätte da gelacht.

Sie selber hasse ja Karpfen und es gäbe doch auch die Zunft der Fliegenfischer, zumeist harte und kräftig und gesunde Männer, welche sie unter der Rubrik Tierquäler abheften oder gar subsumieren würde. Denen ginge es nur um das richtige Gerät und die besten Gummistiefel, leider simple Amiware oder China und wer am weitesten zum Beispiel mit der 10er Rute die Fliege am Haken werfe. In hohem Bogen noch dazu. Aber am Streamer beispielsweise eine blöde Äsche zu fangen und sie hinaus zu balancieren ans Ufer, das verlange schon Geschick und da hätte sie eine exorbitante Achtung vor einem feurigen Fischejäger und sie könnte die Trockenfliege beim Fliegenfischen nur empfehlen, weil Natur eben Natur wäre.

»Emotionslose Plastikhaken gegen heißes Trockenmaterial abzuwägen, ist natürlich auch nicht gerade sinnvoll, weil der Zweck hier über dem Sinn zu liegen kommt.« Letzteren Trockenmaterialhinweis trug der Kleinganove bei.

Und dann sagte sie noch, die Madame Lida Kolářová, dass sie ihre Aussagen nun ins Lateinische übersetzen würden, gemeinsam also. Praktische Dinge böten die beste Gelegenheit, den Personen per se in die lateinische Sprache einzuführen, sodass sie Freude empfänden. Und neuen pädagogischen Erkenntnissen werde sie sich nie verschließen. Auch in der Pädagogik gelte es, die Zukunft nicht auszuschließen. Und sie könnte da ganze Romane schreiben oder Legenden stricken, Märchen erzählen und sie hätte viel hinter sich.

Die lebenslustige Schauspielerin Jana Kaczová erzählte dann diese Gruselgeschichte von einem gewissen weißen Hai, der da die Weltmeere vor geraumer Zeit unsicher gemacht und schwer bevölkert hätte. »Dann schon lieber Fliegenfischen«, fügte sie ihren künstlerischen Darlegungen gefühlvoll an.

Der Politiker Josef Jan Abrahám Hádek konnte da nur lachen und verwies darauf, dass die Amerikaner aus jeder Libelle einen Drachen und aus einer Makrele einen weißen Hai machten.

»Typisch Yankee und ich habe diese Bande satt.«

Allerdings empfehle er aufgrund eigener Erfahrungen, einem Hai nicht allzu nahe zu kommen. Ein Freund, Staatssekretär im australischen Innenministerium, hätte beinahe einen Intimus verloren, der kurz vor Adelaide am Strand von einem einsam seine Bahn ziehenden Hai geschnappt worden wäre. »Leichte Bisswunden, jedoch genug, um die Frage zu stellen: Warum?«

Der eigentlich recht eloquente Polizeikommissar Miroslav Boran-Kupka, ein Mann mit Erfahrung in gefährlichen Angelegenheiten, konnte da wiederum nur lachen, wäre doch die Jagd nach Terroristen und Kriminellen aller Art weitaus gefährlicher und manchmal haarsträubend, was sich da alles abgespielt und das in praxi und vor Ort. »Et in praxi locum«, übersetzte er, hoffend, dass ihn die Madame Lida Kolářová doch noch zum Kaffeetrinken besuchen würde und das unter Verschluss, als Ehrensache.

Er wisse, deutete der Kleinganove Miloš Čapek-Woizec an, dass er das eine oder andere Mal über die Stränge geschlagen hätte, degoutiertes Handlungsweise ohne Anstand und Haltung. »Aber dein Blick«, sagte er, »dein Blick, lieber Polizeikommissar Miroslav Boran-Kupka, dieser Blick auf mich ist entehrend.«

Und was von ihm, dem Polizeikommissar Miroslav Boran-Kupka schließlich nach Erfüllung aller irdischen Gegebenheiten übrig bleibe, das wisse nur der Allmächtige.

Der Polizeikommissar Miroslav Boran-Kupka erwiderte mit sehr verständnisvollem und doch auch jovialem Lächeln, dass er, der Kleinganove Miloš Čapek-Woizec »nichts aber auch gar nichts, als, sagen wir einmal, Vermächtnis hinterlassen könnte. Jeder muss Rechenschaft über seine Taten abliefern, gelegen oder ungelegen und etwas mehr Achtsamkeit gegenüber dem Nächsten kann dir, mein lieber Möchtegerngangster Miloš Čapek-Woizec nicht schaden, strömt da doch erst die Lebensfreude heraus, die dir fehlt.«

Politiker Josef Jan Abrahám Hádek unterstützte den Miroslav Boran-Kupka nicht nur ansatzweise. Er führte die tschechische Kriminalstatistik des vergangenen Jahres ins Feld und man müsste zulangen. »Weil, wenn das Wildschwein, die Schlange, die Ratte in einem Lande, inmitten einer ehrbaren und rechtschaffenen Nation, die Regie führen, wer weiß?«

Miloš Čapek-Woizec deutete nebelhaft, um einer Beamtenbeleidigung zu entgehen, in die stickige Luft. Aber jedes Mitglied der lateinischen Sprachengruppe wusste, wohin mit dem Finger und der Polizeikommissar Miroslav Boran-Kupka versprach ihm keine Nachsicht, würde er ihn bei nächster Gelegenheit ertappen und er wäre einfach ein Mensch, der sich fragen müsse, warum er denn überhaupt existiere. Und rauchen könnte er in einem französischen Bistro, drüben beim Mathéo Raphaël oder einer amerikanischen Bar, irgendwo in Texas oder Nebraska oder Wyoming, jedoch nicht im Beisein von Frau Lida Kolářová

Madame Lida Kolářová schickte ihm eine dezente Übereinstimmung mit den herrlichen Augen zu, schüttelte jedoch den Kopf und meinte, dass man den Herrn Miloš Čapek-Woizec ja nicht schon zu Lebzeiten heilig sprechen müsste und er hätte doch auch schon gewisse Einsätze für das Gute und Sittsame hinter sich gelassen.

130

Wenn es nach dem Aussehen ginge, hätte Karel Fiala-Mucha, ein bewunderter und berühmter tschechischer Filmschauspieler und Sänger, die größten Chancen, bei Madame Lida Kolářová zu landen. Er lasse nichts auf die amerikanischen Kolleginnen und Kollegen kommen, beschied er gleich von vornherein deutlichst das disponible Kollektiv, auch nichts auf die hier anwesende verehrte Frau Kollegin Jana Kaczová, der er eine große Zukunft prophezeie. Und was den weißen Hai angehe, da müsste man die Kirche schon im Dorf lassen. »Von Roy Scheider oder von Lorraine Gary kann sich noch jede oder jeder hier in diesem Raume eine große Scheibe abschneiden.« Diese gut gemeinte Äußerung zog großes Gelächter und gegenseitiges Schenkelklatschen nach sich. »Das muss man sich vom Geschmack her und von der Prozedur, die vorausgeht, vorstellen«, lachte der elende und nun sein ganzes verkommenes Wesen ausspielende kleine Prager Bandit Miloš Čapek-Woizec. »Scheider, Gary, wenn ich das schon höre. Ich bitte doch sehr.«

Der Mensch sollte gut sein und lauter und dann könnte er seinen Verpflichtungen am besten entsprechen, zog Madame Lida Kolářová schon ein tolles Resümee: »Ama et fac quod vis«, zitierte sie den heiligen Bischof und Philosophen und Theologen Aurelius Augustinus.

Der Polizeikommissar Miroslav Buran-Kupka fügte an, dass er das auch so sehe und jedes von uns über die Brücke zu gehen habe, die zum anderen Ufer führe und trotzdem würde er auf einen so gewaltsam getöteten Fisch verzichten. »Wer geht schon einem Hobby als Fliegenfänger nach?

Doch nur Leute vom Rand.«

Vorfälle, wie er sie bei einem Aufenthalt in Thailand auf dem Markt beobachtet hätte, könnten eine Lehre für alle Anwesenden sein: »Trefflicher Schlag auf den Kopf, aufschlitzen, ausnehmen und das Tier zappelt noch. Glatter Wahnsinn, das.« So gehe man nicht um mit einem Fisch.

»Und, wie hältst du es mit dem Rind, dem Schaf, dem tschechischen Schwein hier in Prag und Umgebung? Das frage ich dich«. Der unwichtige Spitzbube Miloš Čapek-Woizec war aus dem Häuschen.

Aber er fand die Kraft, Lucanus zu zitieren, der sicher auch eine Menge von Geld und Gut und von feiner Lebensart verstanden hatte: ›Ibi fas ubi proxima merces‹. »Für dich Herr Polizeioberrat übersetze ich: »Wo der Gewinn am höchsten, da ist das Recht. Herr Doctor honoris causa.«

»Du denkst nur ans Geld«, entgegnete der gebildete und schon von seiner männlichen Ausstrahlung her überlegene und titanische Polizeikommissar Miroslav Buran-Kupka dem dunklen und verlotterten Kleinganoven Miloš Čapek-Woizec. Und von dem wusste jeder, dass er dem Polizeikommissar nicht das Wasser reichen könnte.

»Und schon wieder Streit unter uns, wirklich unnötige und doch überflüssige Polemik«, versuchte Madame Lida Kolářová die Angelegenheiten wieder in versöhnliche Spuren zu überführen.

»Würde es nach mir gehen«, flötete die Jana Kaczová, Schauspielerin mit vorausgesagter künstlerischer Größe, »würde es nach mir gehen, ich würde alle diese Fische freilassen, ihnen konkrete Freiheit verheißen, denn sie sind doch eines der schwächsten Glieder in der Kette.«

Miloš Čapek-Woizec, Prager Halsabschneider, lachte, dass sich die Balken bogen: »Welche Kette, mein schönes Fräulein, welche Kette. Du bist dumm und du bleibst dumm, Jana. Dein Job ist nichts als brotlose Kunst und wenn du einmal faltig bist wie ein chinesischer Fächer, liegst du in einem vom Staat, also von uns Bürgern zu finanzierendem Seniorenbienenstock. Und da krepierst du vor dich hin.«

»Was nur unsere Majestät von solchen simplen Gesprächen hielte«, fragte Karel Fiala-Mucha, der umfassend erprobte und achtbare tschechische Filmschauspieler, der prägende Inhaber der tschechischen filmischen Theaterkunst, bedeutungsvoller und weit und breit anerkannter Staatsschauspieler dazu und Hofsänger.

Der Politikprofi Josef Jan Abrahám Hádek, Abgeordneter direkt aus Prag, ledig, unter anderem auch studierter Physiker mit dem klassischen Schwerpunkt ›Supraleiter/Bildung von Cooper-Paaren/Topologische Isolatoren‹ lud sie dann alle zum Abendessen ins ›Inspiration‹, nebenan in Smíchov ein und die Madame Lida Kolářová versprach ihm, ihn, sollte er sich voll laufen lassen, nach Hause zu führen.

Nur der gemeine Kleinganove Miloš Čapek-Woizec, der ja auch als Chansonnier im alten ›Intercontinental‹ in Florenc droben auftrat, gelegentlich natürlich, konnte das Dazwischenreden nicht sein lassen: »Hat euch der Přemysl schon mal was spendiert? Ja? Nein? Weg mit dem adeligen Misthaufen, weg damit. Wir müssen die Welt neu gestalten, Frieden, Freiheit und Sozialismus, das hat Zukunft.«

Polizeikommissar Miroslav Buran-Kupka hörte da einfach drüber hinweg, wollte er sich doch den Abend nicht wegen angeblicher Majestätsbeleidigung verwüsten.

Aber der anderweitig eingesetzte König Přemysl I. war um diese Abendstunde mit schwierigen Problemen befasst, konnte also nicht weiterhelfen. Er, der sich immer um die Leiden der Schwächsten mit Vorliebe kümmert, nicht nur deren körperliche Auszehrung, vielmehr auch das Seelenleben der Geschüttelten wahrnimmt.

»Impavidi progrediamur«, hatte er doch in einem Bulletin verkündet, »schreitet, ohne umzuschauen, weiter, wie Přemysl, mein Vorgänger, schon sagte, unverzagt, immer weiter. Und hinter jenem Pflug, in den ihr gespannt seid.«

131

Franz Friedrich Přemysl-Trenk Přemysl I. eröffnete das Fenster seines herrschaftlichen Gemachs und nur um seiner selbst willen wagte er mehr als nur einen Blick hinaus, hinunter auf die Dächer der großen Prager Stadt, königliche, eine Zeitlang kaiserliche Residenz, nicht unbedingt mit der Pflicht der Herrscher dort auch to jour zu residieren. Bildung en masse, Zusammenleben zwischen Juden, Christen und Hergezogenem, guten und strebsamen Menschen, auch Gesocks aus aller Herren Länder und er, Přemysl I. entdeckte das reine Weiß auf den Dächern der herrlichen Hauptstadt aller Tschechen und er rief seine Katinka, diese Nachfolgerin der verblichenen Anke.

Er würde schlussendlich noch eine Rede an sein Volk zu richten haben, wegweisend, zielführend.

Zuerst tat er Katinka, die sich da frisch aus dem Bette schälte, seinen königlichen Unwillen kund, zunächst ob des winterlichen Überfalls, der praktisch eine Schneise schlage, sagte er, von der herrlichen und winterlichen Sumava drüben an der germanischen Grenze zumal, bis herauf ins Königlich-Metropolische, ins Majestätisch-Präsidiale, ins Monarchisch-Residenziale, hier in Prag. Und er könnte da ganz beiläufig in Ekstase geraten, rief er und da fühle man sich den Herausforderungen gewachsen.

So sah er es, der alte Přemyslide, zu seiner Zeit Cinema-King of Bavaria and Germany too, Specialagent too et infernale und das in Venezuela und landauf, landab. Und er setzte sich nach dem Frühstück mit Katinka auf die wacklige Bank am Fenster, an dem unter normalen Umständen diese Prager Fensterstürze stattfanden, derer zwei er ja mitgestaltet bzw. miterlebt hatte.

»Es geht mir nicht gut«, und er blickte hinaus auf das Schneeige über Prag und er erachte diese weiße Flut als gelenkten Überfall und wer hätte dergleichen nötig und er säße gerne auf diesem kernigen Stück Holz aus alter Zeit. Das hätte weniger mit nostalgischen Anwandlungen zu tun, bedeute eher Rückerinnerung, ein großes Gewappnetsein.

Hier, an diesem irdischen Fleck Erde, trinke er, sagte er zu seiner Katinka, gerne ein oder zwei Flaschen besten Roten bis in die frühen Stunden. Und er fehle ihm, der Saxophonist, dieser tote Mann, Musiker, Freund, dieser tschechische Spitzensaxophonist Vaclav Strosny, draußen auf dem Lande im kühlen Grunde liegend und auf die Auferstehung wartend.

»Ich selber hänge gesundheitlich derzeit ganz außen am Tellerrand und gerne würde ich eine Zigarre aus altem venezolanischem Bestand noch mit dir, geliebte Katinka, rauchen. Rauchen wie ein alter Pilsener Schlot im dortigen industriellen Distrikt.« Pilsen kenne er nur zu gut und vor allem Pilsener Bier, eines der delikatesten Hopfenprodukte weltweit, zugegeben.

Sie erachte ihn als verblödet und warum er glaube, dass der Wettergott ihn, den Přemysl I., verachte oder gar missachte, wegen dem bisschen Schnee da draußen auf den Dächern der Stadt. Unfug, solches Denken. Unrecht zudem den göttlichen Mächten gegenüber, oder glaube er, der König, schon über die Natur zu herrschen? Und sie lachte und sagte ihm, er würde Gewicht zulegen, futtern wie ein polnischer Graf, und sie verfluchte ihre und seine Vergangenheit, Gegenwart und Zukunft.

Während die Katinka sich das Gelbe, Seidene überwarf, rief Přemysl I. den Fernsehfuzzy an und er solle sich schnellstens in die Burg herauf bewegen, kleines Aufnahmeteam und er hätte eine Rede zu servieren, dem Volk wolle er nahe sein. Und dann waren diese Fuzzys sofort zur Stelle und los ging es:

»Liebe Tschechinnen und liebe Tschechen«, hob Přemysl I. an, »seid euch's bewusst: Ihr seid nicht die ewigen Verlierer der Weltgeschichte, nicht die Aufgewühlten, die apokalyptischen Reiter, nicht die Selbstzerfleischer, mit dem Schlachtermesser, nicht die hoffnungs- und gewissenlosen Performancer mit ephemerem Charakter. Nein, liebe Frauen und Männer unseres stolzen Landes: Vielmehr zählt ihr zu den bevorzugten Nationen in der kulturellen abendländischen Vielfalt, in der es der Überlieferung gemäß mal nach oben mal nach unten geht. ›Nobody is perfect‹, alter und bewährter Spruch von mir. Die Lebenserwartung des schlichten tschechischen Menschen, seine signifikanten Schwächen, moralisch und bezogen auf den psychosomatischen Formenkreis, seine Verfehlungen und seine Schuld, in die der tschechische Mensch durchwegs verwickelt ist und verstrickt bleibt, sind eklatant. Ich wiederhole: Eklatant und eine Offenbarung.« Selbst der Fuzzy klatschte da schon recht voreilig und geflissentlich in die Hände.

»Trotzdem«, fuhr Přemysl I. fort, »und trotz allem: Das Leben beinhaltet ja immer doch auch ein gewisses Restrisiko und die Standpunkte und der Blickwinkel ändern sich von Tag zu Tag. Ihr mögt eure Empörung über den Verfall von Sitte und Moral verbergen, aber: Die Zeiten sind euch nicht günstig, die Umstände kaum vorteilhaft gesonnen. Über Sinn und Sein mit euch zu palavern, hieße frei nach dem biblischen Matthäus Perlen vor die Säue schmeißen und schon Augias, Sohn des Helios und der Hyrmine hatte in seinem Volk gewaltig mit Mist und dreckigen Stallungen zu tun.«

Přemysl I. schwitzte, hatte er doch des Nachts dem Weine zugesprochen: »Vielmehr werdet ihr durch eigene Schuld und Anmaßung mit drastischen Widrigkeiten und nachdrücklichen Enervierungen sondergleichen zu tun haben. Der Mangel an Solidarität untereinander hat Hochkonjunktur und mit euch einen Pakt zu schließen, Verträge zu vollenden, hieße doch schlicht und einfach, dem Gegenüber, dem Vertragspartner das Grab zu schaufeln. Jetzt heißt es: Grabt den Schatz. Sucht nach zeitgemäßen Antworten auf die relevantesten Fragen, auf dass ihr fruchtbar werdet der Verheißungen, die mein Vorfahre Premysl vor eintausend Jahren bereits seinem Volk mit auf den Weg gab, sie zu erfüllen: Tschechien den Tschechen.«

Wieder eine Rede, die es in sich hatte. Blitzschnell konstruiert, brühwarm serviert. Přemysl I.: »Dieses große Nation ist nicht auf Sand gebaut, nicht zerronnen zwischen den vier Fingern und dem Daumen einer Hand, nicht auf Appelle hin tendierend. ›Future is‹, um meinen amerikanischen Freund Kirky Douglazier zu zitieren, ›Future is all‹. Oder: Allein den Status quo sichtend und analytisch die Zukunft am Schopfe packend.«

Der Fernsehfuzzy fragte, ob das alles wäre und er müsste noch an die Universität, wegen dem Studentenaufstand.

132

Er, der Herrscher, schwärmte nun, die Katinka im Blickfeld und schwelgte vor sich hin und gedachte des Gesprächs mit dieser neuen Bekanntschaft, einer gewissen Madame Lida Kolářová, welche eine große Bildung aufweise, Latein und Griechisch parliere und einer gewissen Jana Kaczová, dieser überdurchschnittlichen Leinwandgröße mit eindeutig bestehender und gerühmter und vor allen Dingen ästhetischer Bedeutung.

Er erzählte Fakt um Fakt der neben ihm entschlafenen Katinka, die bevor sie hinüberschlief, monierte, sie hätt nichts zu tun, obwohl ausersehen. Und der Přemysl würdige sie ob dieser abfälligen Anmerkung keines Blickes mehr.

Přemysl Franz Friedrich I. reüssierte jedoch mit Blick aus dem Fenster über die schneebedeckten Prager Hausdächer und Kirchendächer jene delikaten Vergangenheiten von Frau Anke und Freund und böhmisch-tschechischem Spitzensaxophonisten Vaclav Strosny und Labrador und Hund Winston of Kent, gebildeter Brite mit Eigensinn und Kultur.

Přemysl I. nahm weiterhin an, dass, ob Fenstersturz oder ein Untergang in der kalten und eisigen Moldau, stets zu dem gleichen Ergebnis führten. Er würde das nochmals gedanklich prüfen und er übersah immer wieder aufs Neue das Grau von Katinkas russischem Haar und die Falten und braunen Flecken und Warzen an Hals und Brustansatz und dachte wiederum an seinen Gefährten Winston of Kent, adeliges Geblüt, britisch, einer der Großen seiner Gesellschaftsgruppe und Machart.

Dieses clevere Kerlchen, diesen populären Gewieften, wie der Přemysl bedachte, außer dem, was er sonst alles zu beurteilen hatte, von früh bis in die späte Nacht, dieser edle und stinknormale Kunstganove Miloš Čapek-Woizec, würde gut in sein Ensemble passen. Weniger musikalisch, als eben von Statur und Esprit her akzeptabel. Frech und aufsässig, jedoch charmant und vor elegantem Geist sprühend, dieser gemeine Schurke und Strauchdieb. Und Přemysl I. lachte in sich hinein. Eventuell könnte er auch den eleganten Polizeikommissar Miroslav Buran-Kupka, aus der Madame Lida Kolářováschen Lateingruppe, die diese Typen zum Protest gegen sein Denken vor seine Haustüre seiner Residenz am Burgberg geführt hatte, zu seinem Leibwächter kreieren. Änderungen, Wandel im Gehege sind ja doch immer wieder nötig und Neuaufbrüche auch im Přemyslischen Radius angebracht.

Unter Miroslav Buran-Kupkas Regie, des vortrefflichen Hauptkommissars der Prager Elitepolizei, könnte er,

Přemysl I., zudem seine Überlegungen, seiner persönlichen Leibgarde einen oder zwei maßgeschneiderte Elitesoldaten neuester Kreationen, Osmanen vielleicht und so arabische Hochgewachsene, eben Kerle von enormer Statur, verwirklichen.

»Schau her, Boris Dimitri«, würde er dem Kollegen aus dem kalten Osten, in dessen windiger Hauptstadt, entgegen halten, dessen Werkstatt im Zusammenbruch begriffen war, »schau mich an, Freund. Ich binde sie ein, diese krummbeinigen Heiden und du erschießt sie. Das unterscheidet uns.«

Und er würde sich als verlässlichen strategischen Partner darstellen und ob es bei der Zusammenstellung von Ziel, Strategie und definitivem Vorgehen nicht doch eher auf Menschlichkeit, Humanität, Großmut und Seelenadel denn auf gegenseitiges Auslöschen ankäme, bleibe zunächst dahin gestellt. Er, der König, Přemysl I. in der Neuen Tschechischen Zeit, auch Ära, wenn es beliebt, wäre friedfertig und er halte weder etwas von einem Gleichgewicht des Schreckens noch der Balance betreffs der Künstlichen Intelligenz.

Derlei Gedanken, das muss man sich vorstellen, kreisten durch seinen schon leicht angegrauten Schädel. Königliche Fiktionen, majestätische Reflexion natürlich, fern der Bourgeoisie, fern des Sozialstreits, des Dünkels, immer nahe den Wirklichkeiten und deren Entwicklungen und möglichen Obsessionen. Aber sein Revier schwellte und wuchs.

Die Arithmetik der Macht, des Schreckens, der Katastrophen würden sie ja schon hier in den Schulen lernen und darauf käme es doch schlussendlich an.

Dieser charmante Karel Fiala-Mucha ging ihm nicht aus dem Sinn. Kultiviert, der Mann. In der tschechischen Kultur akkreditierter und geachteter böhmischer Filmschauspieler der Spezialklasse, Weltschauspieler dazu und Tenor, jedoch mit doch sehr slawischem Einschlag. Mit ihm ließen sich saxophonisch-gitaristische Volksliedabende gestalten.

133

Der König schlief eine geraume Stunde vor sich hin und naschte einen kleinen, jedoch recht annehmbaren Kuchen plus Tee. Dann schrieb er weiter an seinen individuellen und doch so unmittelbar menschlichen Memoiren und klagte über das fiskalische und atomische Wettrüsten der russischen und amerikanischen und arabischen und chinesischen Kollegen. Er zitierte sie als Querulanten und Idioten und auch den Verteidigungsminister zitierte er schließlich zu sich in sein königliches Büro.

Der Karel Babiš, so was von edel und diensteifrig, kam eilends herbei und der König erfreute ihn zunächst mit einem kleinen Umtrunk und er fragte den Verteidigungsminister, ob er denn genug Money für die Truppe in petto halte. Er, der König Přemysl I., halte viel von dieser neuen sogenannten ›Künstlichen Intelligenz‹ und ob da schon was auf dem Markt wäre. Verwertbares natürlich und ob er, der Karel und er lachte dröhnend, jedoch sehr wohlwollend und klatschte dem Verteidigungsminister gewaltig eins auf die Schulter und danach aufs rechte Hinterteil, ob eben der Karel ihm für seinen elitären Soldatenzirkel, Wache natürlich, auch noch einen knackigen Indianer aus Minnesota einkaufen könnte oder auch aus Manitoba. »Diese Leute hören das Gras wachsen.«

»Ja«, sagte der Karel, und dass er das sofort alles im Kabinett besprechen würde, und er, der König Přemysl I., könnte sich auf ihn stützen und auf ihn bauen. Und im Kabinett teilte Verteidigungsminister Karel Babiš mit, dass seiner Einschätzung gemäß, der König, seine Majestät Přemysl I., eine Macke hätte. Und wenn Majestät nicht selber aus dem Fenster falle, dürfte man ihn auf die Wallensteinsche Weise, vielleicht, was gründlich zu bedenken wäre oder so ähnlich eben. Aber er hätte nichts gesagt.

134

Franz Friedrich Přemysl-Trenk, König Přemysl I., fand sich in besonderer Verantwortung wieder und bestärkte sich selbst durch viele Studien in der Absicht, dieser wahrhaften Verantwortung hier und heute gerecht zu werden. »Und es ist eine besonders veritable Verantwortung«, redete er sich gut zu. »Denn wir stehen mitten im Leben, sind vom Tod umfangen und wie dem Morgen der Abend folgt, das Ach dem Weh, das Aber dem Wenn, der Löwe der Löwin, der Hirsch der Hirschkuh, der Schuld die Buße, die Schuldlosigkeit der verdammten Pflicht und anderes mehr, so folgt dem Glimmen das Verglimmen.« Diese und ähnliche Gedanken trug der König nun seiner ureigenen Protestbewegung vor, den Typen um die Lateinlehrerin, der achtbaren und hoch angesehenen Madame Lida Kolářová.

»Das ist doch voraussehbar«, warf der freche und minimal rebellierende Gangsterkönig der Prager Unterwelt, der stinknormale Kunstganove Miloš Čapek-Woizec dem König frech und dreist, geradezu unverschämt vor die Füße. »Denn der Zeugung folgt die Geburt, der Geburt das Ableben und das alles ist Magie.«

Zur Gruppe dieser Weisen hatte sich vor Wochen schon der neu angekaufte und noch relativ knackige Indianer aus Minnesota gesellt, ein gewisser ›Jagender Adler‹, der wiederum seinen Bruder abends zwischen zehn und zwölf Uhr über Skype im Internet anglotzte, weil er so viel Heimweh hatte. Dem edlen und auch älteren Bruder, ein Wurstverkäufer ebenda in Minnesota, den sie zu Hause als ›der mit dem tapferen Berglöwen spricht‹ bezeichneten, der nun versorgte den Bruder in Prag mit den neuesten Nachrichten aus den Wigwams des Stammes.

»Wie dem auch sei«, hieß es dann in der Protestgruppe. Jeder hätte eben einen Charakter, wäre häufig betroffen, gäbe sich von früh bis spät absolut verblödeten Ritualen hin. Daheim in Minnesota spiegeln sich dergleichen Observanzen genauso wie hier auf dem herrlichen Burgberg. Ob ›der mit dem Berglöwen spricht‹ für sein großes und von einer Vielzahl blauer Seen umgebenes Grundstück außerhalb von Saint Paul hunderttausend oder zweihunderttausend Dollars verlange oder es den Methodisten für nichts und wieder nichts überlasse, praktisch in den kirchlichen Schoß werfe, das interessiere hier und heute auf dem Hradschin keinen Menschen, den König Přemysl I. schon gar nicht.

So redete man hin und zurück, erörterte des Königs Vorschlag, mal wieder irgendwo eben eine der Verantwortungen zu übernehmen. Vielleicht im Sommerurlaub außerhalb von Prag oder mit der gesamten Kohorte unter des allseits geschätzten Miroslav Buran-Kupkas Regie, des vortrefflichen Elite-Hauptkommissars der Prager Spezialeinheit für Rauschgiftdelikte und neu ernannten Agenten für den König.

Es wäre anzuraten, so der Schauspieler und Theatermann, spezifizierter Kulturpreisträger der Stadt Prag seit Neuestem, Karel Fiala-Mucha, drunten dann in der slowakischen Ödnis einzufallen, was wiederum als Zeichen des Mitgefühls mit dem schwachen und ärmlichen Nachbarn in irgendeiner späteren königlichen Chronik aufscheinen würde.

Karel Fiala-Mucha sollte recht behalten. Das Rudel der Begleittypen verabschiedete eine Resolution an das tschechische Kabinett, anstatt teurer Entwicklungshilfe in der Slowakei einzumarschieren, acht Mann hoch und die Frauen nicht gezählt. Und der König, hieß es, hätte angefügt, ihm ginge es um die Nächstenliebe und sein Herz hätte gepocht, in der Hoffnung vielleicht, eine slowakische Mätresse mit nach Prag abzuschleppen. Und so was stünde ihm gut zu Gesicht, solle er gesagt haben oder auch nur gedacht, wer weiß das so genau.

»Nur eine Kleinfamilie, nicht viel mehr«, solle der König geweint haben, »nur einen Sohn soll mir jemand gebären.« Fehle ihm doch der Nachfolger, den schon Anke, die Herrscherin ehemals, zu ihrer besten Zeit, herbei sehnte und nichts wäre es geworden. »Was, wenn ein schneller Tod mich verschlingt«, vertraute er der Madame Lida Kolářová an und er betrachtete die schöne Frau, die alte Sprachen lehrte und meinte, dann doch feststellen zu dürfen, dass sie zweite Wahl wäre und das sagte er ihr auch. Aber sie würde ihn verwirren, wäre er doch nach dem Tod von Anke und Katinka absolut gereift und geistig all diesem Gesindel im Kabinett haushoch überlegen.

135

Er wäre total fit, würde über den Hudson River schwimmen, schneller als ein Fisch oder in Caracas lustwandeln und das mit der Gattin von ›El Lider‹. Aber es wäre verhext und er hätte eine Erinnerung an eine gewisse Ungarin namens Ana-Bella, eine Frau von hunnischer Tiefe und Brillanz. Aber die läge außer Greifweite. Dann wäre da noch zur Erhaltung des Stammes der Neu-Přemysliden diese polnische Zigewa, Energiebündel, sechssprachig, wie Anke selig. Rennfahrerin von hohem Stand und Rang und Namen, diese schöne, blonde polnische Frau aus Rabka-Zdrój und der Großvater seinerzeit Präsident des Polnischen Parlaments, des Sejm und er, der König, kenne den derzeitigen Boss vom Sejm, vertraute er dem Typenrudel an, ein gewisser Ryszard Władysław Bujak, sogar achtsprachig, alle slawischen Sprachen perfekt.

»Bin ich der Lonely Man, der einsame König, jener, der nur irdisch wurde, um separiert vom familiären Leben zu vergehen?«, fragte er sein Umfeld.

Aber er hatte sie, die Zigewa, als Einzelgängerin in Erinnerung, sympathisch, jedoch energiemäßig zu anspruchsvoll, ständig auf Achse, hätte ihn ums Haar niedergewandert, jedoch nicht wählerisch. Eine Liebhaberin des Magischen, nachgewiesen, kannte keine Langeweile, dafür jeden Rennstall in Old Europe.

Bei einer gemeinsamen Wanderung in den Niederungen weit droben an der Ostseeküste hatte sie ihn von Władysławowo über Gniewino und Białogóra gejagt und an der windigen Küste entlang über Dębki und wieder retour nach Władysławowo. »Knapp am Herztod vorbeigeschliddert«, hatte er im Gedächtnis.

Er war in jenen Tagen zusammengebrochen. Er fühlte, er würde früh, viel zu früh sterben. Und die Krone? Wohin mit der Krone des Přemysliden? Er wusste, die Polin hätte ihn trotz seiner Unansehnlichkeit, die er sich durch Suff, unmäßige Völlerei und Behäbigkeit zugelegt hatte, erbeutet, nur um an die tschechische Přemyslidenkrone zu gelangen.

Der Arzt sagte seinerzeit: »Hinterwandinfarkt, mein Lieber, knapp vor dem Abschied. Exit. Zack. Aus. Merken Sie nichts. Anscheinend eine tolle Sache.«

136

Enthemmt, wie er wurde, von Stunde zu Stunde mehr, legte er sich rauchend zu Bett, schlief, vier Stunden zumeist, erhob sich, um sich seiner Notdurft zu entledigen. Zwischenzeitlich, so ward in den Chroniken späterhin vermerkt, fing das Bett Feuer, verbrannte das Interieur lichterloh, Teppiche, Hölzernes im Gestade und alles, was nicht niet- und nagelfest war. Der König schlief auf der Toilette ein.

Das Kabinett war der Meinung, der würde über kurz oder lang die Burg abfackeln. Der Innenminister, um es kurz zu machen, erschien mit einer Eskorte und berichtet von einem Anruf des böhmischen Meeresgottes, welcher sich heuer besonders im Böhmerwald aufhalte und seiner Aufgabe jedoch nur schlecht und recht nachklommen könne. Krämpfe, Blasenleiden, Gicht.

Alt, sehr alt, dieser Gott, sagte der Innenminister und er bäte Seine Majestät, Přemysl I., um dessen Unterstützung, denn nur ein gekröntes Haupt unterscheide schlagartig zwischen Blitz und Donner, und um die Gestaltung der Blitzelemente gehe es.

Der König versprach zu überlegen. Tolles Angebot, so nebenbei, ließ er verlauten. Jedoch nur für ein oder zwei Wochen und wo das denn wäre, genauer, bitte.

»Krumau, Adelssitz, vom Schönsten, Kulturbau, könnte man renovieren.« Deutlichste Ausführung des Herrn Innenministers.

Majestät erfasst das Angebot. »Was heißt hier Gott?«, fragte er. »Sein oder Nichtsein, das ist und bleibt auch in Böhmen die Frage. Machen wir uns auf den Weg. Und: Diese böhmischen blaublütigen Habichtshändler? Tauchen vermehrt auf, wurde mir von meinen Spähern zugetragen. Hier gelte es einiges zu reformieren.«

Der Herr Innenminister konnte dem Rausch der Geschwindigkeit, mit der Seine Majestät die Angelegenheit an sich riss, nicht folgen. Aber es ginge nur darum, Majestät von der Notwendigkeit seiner staatsmännischen Blitz- und Donnerkunst zu überzeugen.

Přemysl I. stellte zunächsst klipp und klar fest, dem Kollegen vom Böhmerwald auf die Sprünge helfen zu wollen, von Kollege zu Kollege, und das tschechische Volk könnte stolz auf ihn, Přemysl I., sein und dem Kabinett eine Empfehlung.

Die ›Protestgruppe Lida Kolářovásch‹ entpuppte sich nun, nach der gegebenen königlichen Zusage an das Kabinett, als treue Anhängerschaft, verwies auf ihren gesunden Menschenverstand und dass er, der König Přemysl I., tatsächlich der Erste war, der ihnen Perspektiven eröffnet hätte.

Unschuldig, wie sie waren, erschreckten sie ob des Zustandes ihres Königs und boten sich an, Majestät in den Großen Wald zu begleiten, auf Staatskosten.

137

Das gesamte Kabinett folgte dem Aufruf des Ersten Premierministers, S. M. König Přemysl I., ins Böhmische Waldgebiet zu begleiten, wo er sich um die künftige Gestaltung der Blitzelemente kümmern würde.

Dem König selber war dieser Aufwand zu viel und er würde gerne alleine reisen. Er zeigte mit dem rechten Zeigefinger den königlichen Vogel und schüttelte nur noch den Kopf, denn solche Leute würden sein Königreich doch noch in den Ruin führen.

Die Kabinettsmitglieder brauchten jedoch Abwechslung und so warfen sie sich in die blitzblank gewienerten Karossen des Königlich Přemyslidischen Fahrzeugkonvois und dann fuhr man mit Fanfarengeleit aus Prag hinaus und dann Richtung Rocycany und Pilsen bis in die westlichen Ausläufer des künftigen Walddomizils S. M. Franz Friedrich Přemysl-Trenk, Přemysl I.

Zwei tschechische Meilen vor Erreichung des anvisierten Zieles befahl der Kabinettchef abzusatteln. »Wir begleiten Seine Majestät auf Schusters Rappen bis zur ersichtlichen Gemarkung jener weiträumigen ›Gestaltungs-Home der Blitzelemente‹.

Die Damen und Herren des Kabinetts konnten kaum mehr auf den Beinen stehen, hatten sie doch während der dreistündigen Fahrt dem tschechischen Alkohol sehr stark zugesprochen. Sie sattelten jedoch ab, verließen die Karossen und marschierten die zwei tschechischen Meilen Seit an Seit und mit typisch tschechischem Holterdiepolter.

Und der König griff zum wiederholten Male an die Stirne und vertraute den beiden ihn begleitenden harten Männern, dem knackigen Indianer aus Minnesota, diesem unzweifelhaften ›Jagender Adler‹, sowie dem anderen der harten Männer, das weitere stramme Mitglied seiner maßgeschneiderte Elitesoldaten neuartigster Modelle, dem Osmanen Nilüfer Suliman. Und zwei weitere arabische Hochgewachsene, eben Kraftmenschen von großer Statur, ergänzten die königliche Einheit: Ein zweifellos total gesicherter und mit Schwert bewaffneter gewisser Ibrahim Ben Al-Sabahat und Jussuf Ibn Saud-Doha-Katari, der eine Wasserkaraffe hinter sich herschleppte und noch einer mit arabischer Hakennase. Vermutlich eingefleischer Oasenmann, vermutete S. M.

So erreichten sie das herrliche Dorf, welches dem künftigen Domizil Ihrer Königlichen Majestät vorgelagert ward. Verdreckte Säue kamen dem königlichen Ensemble grunzend aus dem Dorf entgegen und ein paar Hunde strolchten und näherten sich und bellten und der König, der zwischenzeitlich wieder die Regie über den berauschten Haufen übernommen hatte, sprach by the way: »Hört, wie die Hunde bellen, bellen, bellen. Die Hunde bellen. Doch die Karawane zieht weiter.« So erreichten sie das Territorium, welches man in ferner Zeit das Přemyslidische Rayon nennen sollte.

138

Ein mächtige, fein gezimmerte und fabelhaft eingerichtete holzige, jedoch wohl anmutige Hütte mit drei Räumen, deren einer als Gebetsraum ausgelegt war, nahm ihn auf und S. M. bot sich an, die Blitzangelegenheiten unabhängig vom Wettergott allein durch Meditation in die richtige Richtung zu lenken.

Die Zeit rauschte über den Böhmischen Wald hinweg, verfing sich im hiesigen Geäst mit Krach und Donnerschlag. Die ersten Monate waren sie eine verschworene und den Ritualen verhaftete Gemeinschaft. Dann entfloh der eine und dann der oder die andere und schließlich blieben die Schauspielerin und die Lehrerin, bügelten, kochten, wuschen den Monarchen.

Die wichtigen Schriften der tschechischen Nation berichteten in späten Zeiten von seinen Erinnerungen S. M., die er eigenhändig schrieb, immer und immer mehr im Stillen, im Abgeschiedenen, wäre auch zuzeiten in lauten Gedanken an seine Gemahlin, die Herrscherin Anke betreffend. Auch Unvergessliches an Aussagen im Hinblick auf die große Libussa, jener frühen Ahnherrin, war in den Zeilen anzutreffen.

Johannes von Tepl im Sturmgepäck, soll der emeritierte König Přemysl I. täglich gegen neun Uhr nach dem königlichen Toilettengang und gründlicher Pflege und Reinigung, einem darauf folgenden herzhaften Frühstück und der relevanten Morgengymnastik zu Winterszeiten das hirschlederne Wams und in sommerlichen und sonnigen Tagen die Kurta übergeworfen haben.

Gleich der Damen, die sich in rote, gelbe, blaue oder grüne Saris schwangen oder eine Lehangas, gar einen der Tradition abgeluchsten schönen Salwar-Kameez gegönnt hatten. Locker soll es zugegangen sein in Kleidung und allgemeinem Verhaltensstil, hieß in der wäldlerisch-dörflichen Umgebung und man hätte sie singen hören und tanzen gesehen. Nicht enthemmt, nein eher des böhmisch musikalischen Ausgleichs wie der eingängigsten Literatur nahe.

Und der König gedachte mit einem, dem Dynamischen, Beweglichen, Gymnastischen gebührenden Gedicht, jeden Tag zur gleichen Stunde seiner Gattin, die er nach wie vor, nicht zu oft, jedoch immer wieder im Herzen trug. So gelang es, auch Blitz und Donner zu vermählen und herrliches Wetter sommers wie winters zu arrangieren. Wobei er dem Blitz, dem endgültigen Reiniger, mehr Wesentlichkeit als dem Donner zuwies.

Schließlich war es des Dorfmesners Jiri Epsteinsky ehrengeachtete und heiligmäßige Ehegattin, die Karolina Epsteinskova, welche ihn, den Majestätischen, wusch und hegte und pflegte und ihm eine wunderherrliche Strickliesl schenkte.

Und Majestät versprach, einen ungewöhnlichen Teppich zu weben für den Fürstensaal in Prag, und bald trug das Töchterlein des Jiri Epsteinsky und dessen heiligmäßiger Ehefrau Karolina Epsteinskova, die süße und ehrenwerte Maria Karolina Epsteinskova, das Kind des Königs Přemysl I. unter ihrem Herzen.

Karel Petr Švabinský, der Pfarrer der weilerischen Örtlichkeit meldete den Vorfall nach Prag und reklamierte zugleich für dieses Kind die Anwartschaft auf die Thronnachfolge. Und es wäre göttliche Fügung und die DNA stimmig und man ließe es auf einen Prozess ankommen.

So sang und spielte er, der König, sich umherziehend durch das Dorf Sušicovice. Wandernd, Kusshände und devote Grüße verteilend. Geliebt von Kind und Maid.

Und vielen blieben der königliche Gesang, seine voluminös-majestätische und noch immer baritonale Stimme und nun auch die herrscherlich-dichterischen Verlautbarungen im Kopf.

Franz Friedrich Přemysl-Trenk
König Přemysl I. der Neuen Tschechischen Nation rezitiert:
»Der Ackermann aus Böhmen«
– Von Johannes von Tepl aufgeschrieben –
– Gedichtvortrag seiner Majestät vormittags um neun Uhr –
– Devote Stille – Niederknien –
– Hände des Königs himmelwärts ausgestreckt –
– Blick ebenso nach oben in das Himmelszelt direkt –
– oder auch in das Firmament geworfen –
– Das Gedicht wird nun psalmisch, respektive auch melodisch vorgetragen.

»Mich rewet Margaretha, mein auserweltes weib. Gunne ir, genadenreicher herre, in deiner almechtigen vnd ewigen gotheit spiegel sich ewiglichen ersehen, beschawen vnd erfrewen, darinnen sich alle engelische kore erleuchten.

Alles das vnder des ewigen fanentragers fanen gehoret, es sei welcherlei creature es sei, helfe mir aus herzengrunde seliglich mit innigkeit sprechen: amen!«

139

Allzu lange, hieß es in den tschechischen Gemarkungen, soll er nicht auf Erden gelebt haben, der King of Majesty. Eines Mittags wäre er einfach auf seinem hölzernen Stuhl sitzen geblieben, ohne Mucks. Sagten die einen.

Er habe nie seine Verantwortung verdrängt, stets sein Tagewerk gesegnet und auch vollbracht. Das eigene Leben soll er geliebt und die Existenz anderer nie bedroht, vielmehr in wahrhaftige Bahnen geleitet haben. Er wäre schlussendlich zur vollen Erkenntnis gelangt.

Seine späten Tage wären Schicksalstage gewesen. Seine letzten Worte und alle Großen verlieren letzte Worte: »Es ist der Beginn, welcher jedem Anfang innewohnt. Das Internet vergisst nie und nichts.«

Schlusswort, auch Erkenntnis genannt – für die Vielen

Conclusion parfaite – mais plus qu'un aperçu de la vie ordinaire ou une simple sagesse de la vie

Conclusioni oder auch epilogus – für den weltweit operierenden Klerus respektive dicata ad theologum ex catholica Ecclesia;

Āpitihanga – dem geschätzten Volk der Maori

Aus gegebenem Anlass verzichte ich in meinem Schlusswort auf die britisch/englische Sprache – For a reason I give up my final word on the British/English language.

Demnach nunmehr das Schlusswort: ›Panta rhei‹, alles fließt: Jenes griechische Wort gab uns Jahrtausende Wegweisung. Die Philosophie der Griechen, jedoch leider bereits lange vor Christi Geburt, gab selbst jenen schwerst beladenen Schiffen, global in allen Meeren unterwegs, Zuversicht, Hoffnung und Weisung nach dem Polarstern de la pensée grecque.

Der edle Přemyslide Franz Friedrich I. regierte seine große Nation Jahrzehnte, wenn nicht Jahrhunderte, nach eben jenen ehrwürdigen Grundsätzen. Und nur zum Vorteil, zum Guten seines Volkes. Nie hörte man sagen: »Wir laufen schon wieder auf Grund und der Přemyslide muss weg.«

Die Schäden, die er hinterließ, hielten sich in Grenzen und noch jedes politische Wirken, im tschechischen Volk auch politickou prací genannt, kam irgendwo an seine Grenzen. Man nannte ihn den königlichen Barden, den absoluten Monarchen mit der Leier, gleich dem Hebräer und

König David, dem späten Abrahamiten, Vorgänger Jesus Christi, jenen, der nobel seinen Mantel über sein Volk breitete, vom späten Sonntagabend bis in den frühen Montagvormittag.

In seiner Ägide ging nichts verloren, kein Tropfen geheiligten Moldauwassers, kein Stein aus dem böhmischen Granit, keine Garbe aus den mährischen Kornkammern. Kein Jota heiligen Radons aus der Joachimsthaler Quellen-Basis.

Nicht der Populismus, der andere Völker in den Wahn trieb, leitete den Přemysliden. Nicht Minimalforderungen trieben das Volk in den Wahnsinn, es waren eher die Schicksalsmächte, derer sich das Volk nicht zu erwehren im Stande sah. Am geistigen Stillstand, so hieß es weit im Abendlande, gehen sie zugrunde, diese Disziplinlosen, diese Säufer, diese Gegenpositionisten.

Von Guadalupe bis Aserbeidschan geißelte man die Verkommenheit des zerrissenen tschechischen Kollektivs einerseits. Andererseits pilgerten die Großen, die Weisen, die Lenker der Weltgeschichte, die Sozialisten und Kommunisten und Kapitalisten aus aller Herren Ländern ins heilige Prag, um den edlen Přemysliden zu ehren und ihm Psalmlieder zu singen.

Někteří starostové hängte man am Altstädter Ring an lockere Dachrinnen und Laternenpfähle und andere wiederum ersäufte man in hölzernen Bottichen und anderen Behältnissen. Die Fässer und Tonnen mussten nur der Größe der Delinquenten entsprechen. Dieses animalische Vorgehen polarisierte und provozierte. Jedoch verging die Zeit und obwohl sich die Geschichte in gewisser Weise immer wieder aufs Neue wiederholt – dieses Mal war manches anders. Der Herrscher überlebte: Der Přemyslide. Im Böhmerwald. Geraume Zeit.

Ein altes Wort, gegenwärtig nicht den Griechen zuzuschreiben, eher einem primitiven Nachbarn aus deutschem Lande, machte in Böhmen und Mähren und vor allem in den tiefen Wäldern am Rande der Ruine Burg Andělská Hora im Okres Karlovy Vary in Tschechien die Runde. »Čas plyne – die Zeit vergeht.«

Um bei der Feste Andělská Hora noch ein wenig zu verweilen, ihr also die Anerkennung nicht zu versagen, den Ruhm zu bekunden: Natürlich hatte diese so herrliche und urtümliche und noch immer wehrhafte Burganlage Andělská Hora auch den Dreißigjährigen Krieg gesehen. Wer hat das damals nicht.

Sie liegt immer noch behäbig ausgebreitet und hingestreckt wie von einem Maler ins Farbige gebracht, auf Erden. Südöstlich dieses wunderbaren historischen Denkmals, wo früher Magma und Lava durch die Täler strömten, flossen zu des Přemysliden Zeiten das schale Pilsener Bier und der überflüssige und importierte französische Rotwein und die Tschechen trieben das Ihre auf althergebrachte Weise: Beharrlich und intensiv, eben böhmisch-tschechisch, dem Leben zugewandt.

»Schreiben ist gut, Denken ist besser. Klugheit ist gut, Geduld ist besser.« Man nannte seinen Namen, jenen Geistesheroen, der diese dichterisch-denkerische Beteuerung prägte und man nannte ihn Hermann den Hessen oder auch den ›Großen Siddhartha‹. Sie hießen ihn den germanischen Brahmanen, auch den Asketen, den Erleuchteten. Wort des Königs: »Wo er recht hat, da hat er recht.«

140

Nun flüsterten sich recht bald die Tschechinnen und Tschechen hinter vorgehaltener Hand zu, er, der Přemysl I., hätte es da oben in Prag einfach satt gehabt und wäre wieder nach Germanien gewandert, durch den Böhmerwald, auf sich gestellt. Er leite weiterhin sein Kino-Imperium in Verbindung mit diesem Kirky Douglazier und einem inzwischen fraglos einbeinigen gewissen Tom Hankers aus The United States of America. Einer, der diabetisch hingestreckt und elendiglich zugrunde gehen würde.

Genannter Karel Petr Švabinský, der Pfarrer der besagten Örtlichkeit meldete, er wäre von seiner Majestät regelmäßig an den Frühstückstisch gebeten worden. Während seine pfarrliche Hausfrau, eine Anna Portescaue, eine rumänische Gastarbeiterin, die schon vielen Pfarrern geholfen hatte, diese Erklärung ihres Pfarrers als glatte Lüge bezeichnete. Er, der Karel Petr Švabinský, wäre doch nur ein Schwadroneur, ein toller Figurant, ein jämmerlicher Verleumder und tschechischer Vaterlandsverräter und sie wiederum wisse, dass da droben noch nie jemand vor dieser dreckigen Hütte am Frühstückstisch gesessen habe. Alles Firlefanz und Lüge, velká lež eben und hier üblich. Karel Petr Švabinský wäre unzuverlässig, einer, der falsches Zeugnis ablege, sich seinen Bienen hingebe und schließlich unsauber ins Bett käme.

Der geistliche Figurant jedoch beharrte darauf, mit seiner Majestät Rühreier mit Speck und Schinken, Marmelade aller Art, Melonen und Avocados und kleine und große Schüsselchen gefüllt mit Kaktusfeigen und Litschi und delikatem Mango und Brot und Brötchen und Schenkelchen von gebratenen Hühnchen und tausenderlei Sachen mehr zu sich genommen zu haben. Und Kaffee aus Deutschland und Tee aus China. Und er, Karel Petr Švabinský, der mit Přemysl I. gefrühstückt hätte, würde in die Chronik des Landes eingehen. Stünde er doch für die Wahrheit und nichts als die Wahrheit.

Andere wieder wussten zu erzählen, dass Seine Erhabene Majestät Franz Friedrich Přemysl-Trenk Přemysl I. nunmehr endgültig entrückt wäre, sich in einer unterirdischen Höhle bei Schloss Friedland aufhalte, dort schlafe. Ein Doppelgänger wäre damals in jenem verträumten böhmischen Dorf Sušicovice durch die örtlichen Straßen gewandert, freundlich lächelnd, hätte im Walde vor seiner herrschaftlichen Residenz stehend, laut geschwatzt und intoniert. Was von einem gewissen böhmischen Ackermann soll er rezitiert haben, aber wer weiß das schon. Solche Sprüche ließ der Oberlehrer Jan Petr Hučko-Pavel aus dem kleinen Dorf Netolice los und diese bemerkenswerten Leitgedanken geisterten durch die böhmische Landschaft und zwischen Netolice und Pisek kannte sie jeder.

Man raunte zudem, und das vor allem in Veselí nad Lužnicí, wo S. M. vor Jahren mit der gnädigen Herrscherin Anke auf Sommerfrische lag, er würde sich in dieser friedländischen Höhle auf seine Wiederkehr vorbereiten, Jahr um Jahr zur Sommersonnenwende mit Sir Winston of Kent-Windsor, Labrador, geadelter Brite, längst ebenso verblichen, durch die Lande streifen. Sollte es der Zufall ergeben und er würde mit jenem anderen Großen, den auf Schloss Friedland geerdeten, von den Habsburgern ermordeten Albrecht Václav Eusebius z Valdštejna, ehedem großer Politiker und überragender Heerführer im schrecklichen Dreißigjährigen Krieg zusammenzutreffen, müsste der noble König Přemysl I. seiner überzeitlichen Order entsprechend, abermals das Steuer an Bord des Dampfschiffes ›Neues Tschechien‹ in die Hand nehmen. Er würde sodann die tschechische Nation zur Herrschaft über alle Welt führen.

Und so ließ die große tschechische Nation immer wieder in historischen Bedrängnissen den eigenen Verstand hochleben: ›Mysl vždy vyhrává.‹

Von Franz Spichtinger sind bereits die
folgenden sieben Romane erschienen:

Breitbrucker Rhapsodie

Schauplatz dieses figurenreichen Romans ist ein verschlafenes Dorf namens Breitbruck. Franz Spichtinger stellt bewegende, oft dramatische Lebensschicksale in den Mittelpunkt, erzählt in eindringlicher Sprache von Geburt, Leben und Sterben der Dörfler. Vor dem Auge des Lesers lässt der Autor ein faszinierendes Kaleidoskop von Psychogrammen erstehen, erzählt mit langem Atem von einem Menschenschlag, der Chuzpe und Charme versprüht, aber auch in Abgründe blicken lässt. Das Besondere an Spichtingers Geschichten ist die beobachtende, nicht wertende Haltung des Erzählers, mit der er eine nahezu spielerische Leichtigkeit der Figurenkonstellationen erzeugt.

Gebundene Ausgabe, 216 Seiten | 22.90 €
ISBN 978-3-8423-7099-9

Paperback, 216 Seiten | 13.90 €
ISBN 978-3-8423-7109-5

Eine böhmische Serenade

Ferdinand Hrdlicka, Archivoberrat in der Stadtarchiv-Bibliothek, kann die historischen Fakten des Dreißigjährigen Krieges wie die der Weimarer Republik umfassend erklären und er legt größten Wert auf ein geordnetes Leben. Kaum hat ihn seine Fr»au Antonia verlassen, gerät sein Leben aus den Fugen. Als sie schließlich zurückkommt, kehrt damit die Beschaulichkeit aber nicht wieder ein. Antonia wird von ihrer Tante das Restaurant Treibsand übernehmen, und so steht auch für Ferdinand Hrdlicka eine berufliche Veränderung an. Es sind schließlich die Erfahrungen von Liebe und Freundschaft, die ihn lehren, sein Los zu meistern.
In diesem bunten Bilderbogen ergreifender Geschichten scheinen unterschiedliche Lebensentwürfe von Menschen auf, wie das Schicksal der dem Leben zugewandten Bertil, die nach Krieg, Vertreibung und Flucht aus Böhmen ihr Geschick in die Hand nimmt und in Argentinien neu beginnt, oder der Aufbruch, den Christiane Wordes in späten Jahren auf dem amerikanischen Kontinent wagt.

Eine böhmische Serenade ist eine Erzählung, in der es um Abschied und Verzicht geht, um Neuanfang und Tapferkeit, vor allem aber um couragierte Unverzagtheit.

Gebundene Ausgabe, 224 Seiten | 24.90 €
ISBN 978-3-8482-2051-9
Paperback, 224 Seiten | 14.90 €
ISBN 978-3-8482-2730-3

Remsky, Hamlet und Beaufort

Drei ehemalige Schulfreunde begegnen sich nach zwanzig Jahren wieder. Aus ihnen sind erfolgreiche Männer geworden, die es ganz nach dem Wunsch ihrer Väter zu Ansehen und Wohlstand gebracht haben. Ihre zufällige Begegnung wird unversehens zu einer Reise in die Vergangenheit, auf der sich die großen Fragen des Lebens noch einmal stellen und Bilanz gezogen wird: Ist das, was im Leben erreicht wurde, in jeder Hinsicht das Bestmögliche gewesen?
In diesem Reigen von Lebensschicksalen, die der Roman aufscheinen lässt, wird so mancher von uns das eigene wiedererkennen.

Paperback, 284 Seiten | 16.90 €
ISBN 978-3-7357-3924-7

Der Ratisbona Mane geht ins Amerika

›Ins Amerika gehen‹ ist im böhmisch-bayerischen Raum des ausgehenden 19. Jahrhunderts das geflügelte Wort für einen großen Traum. Wenn es einer schafft, ihn zu verwirklichen, dann ›der Mane‹, so ist man sich einig. Doch woher soll ein einfacher Regensburger Handwerker wie Manfred Waldstein das Geld nehmen? Das Schicksal will es, dass er dem Kommandaten des Königlich Bayerischen Infanterieregiments begegnet und mit ihm in den Krieg gegen Frankreich zieht. Als er nach dem letzten schweren Gefecht in die Heimat zurückkehrt, ist er nicht mehr derselbe; nur sein Traum, eines Tages nach Amerika auszuwandern und sich dort eine Existenz als Farmer aufzubauen, brennt noch in ihm. Schon hat sich der Mane darauf eingerichtet, die nächsten Jahre durch harte Arbeit im heimatlichen Eisenbahnausbesserungswerk die Mittel für die Überfahrt zusammenzusparen, da kommt von ganz unerwarteter Seite Hilfe …

Paperback, 292 Seiten | 9.99 €
ISBN 978-3-7347-5833-1

Der böhmische Herr Ferdinand

»A wenig a Tristesse, a wenig a Schmäh, oba ane Kultur«: So ließen sich
die Lebensumstände wie der Seelenzustand der kaiserlichen Untertanen
im Habsburger Reich beschreiben. Die morbid-charmante Historie der
österreichisch-ungarischen Donaumonarchie bildet den zeitlichen Hintergrund des neuen Romans von Franz Spichtinger.
Ferdinand Polschitz, den sie im südböhmischen Prachatitz achtungsvoll
den böhmischen Herrn Ferdinand nennen, ist der Hauptprotagonist der
facettenreichen Romanerzählung.
Das österreichische Linz und das prunkvolle, ausgelassene Wien der
Jahrhundertwende mit seiner spezifischen Lebensqualität, aber auch
das böhmische Juwel Prag an der Moldau, vor allem aber der Böhmische Wald sind Stationen dieses an Metaphern und literarischen
Miniaturen reichen Romans. Aus dem Reigen der Figuren stechen
Anna Anzengruber, ein Gewächs aus dem »Mödlinger Pflanzgarten«,
und die neureiche Jarmilla hervor, Witwe des früh verstorbenen Ritt-
meisters von Wesowitz, »ane ägyptische Potifar«, welche aus einfachen
Verhältnissen in den niederen Adelsstand aufstieg. Der Autor legt einmal
mehr einen erfrischenden, authentischen und sprachlich überzeugenden
Roman vor.

Paperback, 376 Seiten | 11.- €
ISBN 978-3-7392-4234-7

Das Haus am Hradschin

Krieg, Hunger und Pest sind die hässlichen Begleiter von Gevatter Tod, der
auch durch die böhmischen Lande eine Spur des Verderbens zieht.
Auf der Burg Haunstein und im gleichnamigen Dorf an den Ausläufern
des böhmischen Waldes versuchen Graf Haunstein und die Bewohner des
Fleckens dem Elend des Dreißigjährigen Krieges zu trotzen. Der verwegene
Rudolf Prack schließt sich zwei Offizieren des Generalissimus Albrecht
Wenzel Eusebius von Wallenstein an. Er will sich seinen Kindheitstraum
erfüllen und das berühmte Haus am Hradschin sehen, das sich im Besitz
seines Grafen Haunstein befindet.
In der ehrwürdigen Stadt Prag sinnen derweil ein alter Adelsmann,
Zeuge des furchtbaren Geschehens seinerzeit am Altstädter Ring
im waldsteinischen Fürstenpalais, und der betagte Kilian im Haus
am Hradschin, einst unter dem großen Baumeister Peter Parler im
Hohen Dom des Heiligen Veit tätig, über ihr Leben nach.
Der Golem aus dem Judenviertel sitzt auf der Bank vor dem Haus am Hradschin, grübelt über die Zukunft seiner kaiserlichen Stadt, liest mit seinesgleichen aus der Kabbala und schreibt mit dem Finger in den Staub der Straße.

Im gräflichen Dorf Haunstein gehen unterdessen die Dörfler unverzagt ihrer Arbeit nach. Rupert Prack spürt die Bitternis, die der Krieg den Dörflern zumutet; aber er wird die Seinen nicht ihrem Schicksal überlassen. Seine Gebote sind Gebet und Arbeit, und mit Gottes Hilfe will er allem Ungemach trotzen. Derweil fließt die gute Mutter Moldau wie zu allen Zeiten aus ihren moorigen Urgefilden im mächtigen böhmischen Wald hinein ins goldene Prag. In steter Sorge um das heilige böhmische Land trägt sie ihre oft genug wilden, schweren, aber vor allem Segen bringenden Wasser.

Paperback, 347 Seiten | 11.- €
ISBN 978-3-7460-5543-5

Klemens Krummauer, Philosoph und Schuster zu Brünn

Mähren, zu Beginn des 19. Jahrhunderts: In der turbulenten Ära des Fürsten Metternich, Minister Seiner Kaiserlichen Hoheit Franz I., sorgt in der Brünner Gesellschaft der Schuster Klemens Krummauer für Gesprächsstoff. Nicht nur, dass er als Krüppel die Liebe einer schönen Frau gewonnen hat und mit Anna eine große Familie gegründet hat, beschäftigt die Gemüter, sondern auch sein scharfer Verstand, mit dem er die politischen Ereignisse um Napoleon und eine Neuordnung Europas zu kommentieren versteht. Bei den abendlichen Zusammenkünften der gebildeten Brünner ist er nicht nur als hervorragender Kenner der altgriechischen Philosophie ein geschätzter Gast. Doch Klemens Krummauer bemerkt auch, dass er sich mit seinem freien Geist und seiner Wohltätigkeit auch jüdischen Mitbürgern gegenüber nicht nur Freunde macht …

Paperback, 364 Seiten | 11.99 €
ISBN 978-3-7392-0391-1

Alle Bücher sind auch als Kindle-E-Book erhältlich.

Besuchen Sie die Homepage des Autors:

www.Franz-Spichtinger.de

- Informationen zum Autor
- Leseproben
- Bestellmöglichkeiten
- Kontakt